诗 歌

Poetry

来自塞尔伯恩的邀请

看哪！塞尔伯恩把她最炫目的美四处炫耀，

千姿百态的山谷和山地

如此壮美！

缀满装饰的居所有什么值得骄傲？

都是些无趣、无味、无用的花费，

如何能与大自然这不加雕琢的华贵相比。

起来吧，我的陌生人，快来这天然的风景；

未整理的农场等你来规划：

添些亭子吧，通风、敞亮又实用；

穿过高大的拱门便是那延伸的风景，

森林沿着山坡往山上铺展，

几条涓涓小溪流入湖里。

往远处眺望，

覆满常青藤的炮塔，

让古老的城堡愈显高大。

明媚的草坪上散落着灌木丛，

还有用绿地点缀的缤纷花园。

快用那种中式泛白而梦幻的篱笆围住这喜悦，

或立些塑像设陷捕住这景象。

在明亮、柔和、静谧的夜，

缪斯引你走向长满山毛榉的小山，

细饮香茗度过凉爽清新的时光。

亭子如挂巢随风轻摇，

悬在空中隐士们的茅草小屋，

在树木丛生的幽谷中若隐若现，

如同爱幻想的女子，

于荫蔽处遇见想象中的白发圣人。

多浪漫的地方！

各种可饱享眼福的风景都在这里展现，

尖尖的塔顶、庄园，牧场，

黄褐色的休耕地，金灿灿的谷物，

泛起涟漪的湖面闪出道道亮光，

直到所有画面渐渐暗淡，退出视线。

捡些干柴，点燃火种，

完成各自的职责，再以不同的方式隐退。

牢牢固定吊壶的支架，

用叉子捅燃火苗，

或用帽子煽起一股小风。
这乐趣只在野外，让人忘却布满家具的屋，
说吧，你想在园子里狂欢？
还是囚居在不得劲的穴？
听！山脚下的村庄钟声四起，
回音似甜美的仙子柔声轻答；
一旦起风则万树奔腾，
呼啸声如潮水拍击岸边卵石。
山谷里一个孤寂、隐蔽的角落，
树木遮蔽的小溪影影绰绰，
废弃的修道院久无人居，
懒散的牧师困在与世隔绝的牢房。①
不是缪斯遗忘这牧师的居所——
也不是偏心的诗人只弘扬他的故乡，
只因孩提时便被这美深深折服，
也不知为何独爱这海岬的怪诞和狂野。
显赫的花园矗立高处，
自然之手掬成脚下深谷。
科巴姆村，以它独有的方式意气风发，
军事与园丁艺术在这里融合。
城墙、堡垒、壕堑和栅栏这些军事手段统统拿来加固。
或许再立上几口大得吓人的迫击炮，
或者一些看似咆哮的假炮。

现在爬上峭壁，往下投射你的目光，
果园围住鲜花盛开的村庄，
我那卑微之所在如画的低处，
被树木遮蔽得毫不起眼。

高高俯视塞尔伯恩的旷野，
悬挂的林地，青翠的山峰，
欢乐敲打着心扉，
远处的景致逐渐暗去，
直至沉入一片迷蒙的蓝。
大自然将树林斜挂在眼前，
一条小溪从中间潺潺流出，
冲出一道抖动的光。

塞尔伯恩悬挂林

诗人过去常用无忧无虑的调子，

吟唱塞尔伯恩的明天和乡村时光。

现在他凄凉的笛子只适合哀伤的曲调，

这茫然的年轻人哀叹这瞬息万变的年月。

曾经辉煌的场景已然退去，

昏沉的山毛榉也没了昔日芳华，

黄枫病恹恹地哀泣，

赤褐色团簇的林地一片苍茫。

朦胧的雾霭笼罩着乡村，

谷地与混杂的山丘陷入迷乱，

北风之神难道真要乘着风暴的翅膀跃过北方的栅栏？

呼啸的树林发出震耳欲聋的咆哮，

像大海在鹅卵石海岸上翻滚。

倾盆大雨落入湍急的潮水，

峡边的锯齿岸在撕裂中哭泣。

在这肆虐的冬天，

雪从寒冷的东方滚来，沉重而缓慢，

弯曲的树枝被压得下沉，

白晃晃的一片吞噬了人间的一切。

在一副荒蛮的景象中，

隐士冰冷冷的小屋悬在空中，黯淡凄凉，

没人记得这曾有鬼怪作祟，也没人记得往昔的盛宴，

只剩下落满树叶，孤独荒凉的小床！

这里真是不久前纵情欢歌的地方？

那时德尔菲跳舞，温柔的安娜唱歌。

哈里特里普迈着仙女般轻盈的步伐，

在树桩上卧着吃饱喝足愣神的小猫？

归来吧，可爱的仙女，

在轻柔的夜莺开始歌唱前，

在第一只燕子掠过清新的平原前，

在相思的海龟倾吐多情的痛苦前，

请阻挡那华丽的春天。

让自然之神不容挑衅的权威与它的时代回归，

让失恋的情人在乡村的舞步中再遇惊喜，

让喜庆的欢乐浸润村庄，

让所有的世外桃源都现于眼前。

归来吧，无忧无虑的少女，

带着你自由的个性、天赋的风趣和美妙的歌声，

塞尔伯恩自然史

经典自然
随笔

The Natural History and Antiquities of Selborne

四川人民出版社

［英］吉尔伯特·怀特／著

高玉华 王俊棋／译

图书在版编目（CIP）数据

塞尔伯恩自然史/（英）吉尔伯特·怀特著；高玉华，
王俊棋译. 一成都：四川人民出版社，2020.5
　ISBN 978－7－220－11834－0

　Ⅰ.①塞…　Ⅱ.①吉…　②高…　③王…　Ⅲ.①书信
集－英国－近代　Ⅳ.①I561.64

中国版本图书馆 CIP 数据核字（2020）第 057999 号

SAIER BOEN ZIRANSHI

塞尔伯恩自然史

［英］吉尔伯特·怀特　著

高玉华　王俊棋　译

策划组稿	张春晓
责任编辑	张春晓　王　雪
翻译统筹	刘荣跃
封面设计	张　科
版式设计	张迪茗
责任印制	祝　健

出版发行	四川人民出版社（成都市槐树街 2 号）
网　址	http://www.scpph.com
E-mail	scrmcbs@sina.com
新浪微博	@四川人民出版社
微信公众号	四川人民出版社
发行部业务电话	(028) 86259624　86259453
防盗版举报电话	(028) 86259624
照　排	四川胜翔数码印务设计有限公司
印　刷	成都东江印务有限公司
成品尺寸	130mm×185mm
印　张	15
字　数	301 千
版　次	2020 年 5 月第 1 版
印　次	2020 年 5 月第 1 次印刷
书　号	ISBN 978－7－220－11834－0
定　价	56.00 元

塞尔伯恩教堂（北面）

前　言

　　1720 年 7 月 18 日，吉尔伯特·怀特在塞尔伯恩出生。他是当地人约翰·怀特先生的长子，他的母亲安娜是萨里斯特里特姆教区长托马斯·霍尔特牧师的女儿。他在贝辛斯托克接受教育，师从牧师托马斯·沃顿先生。这位牧师是两位优秀文学家的父亲，一个儿子是温彻斯特学院院长约瑟夫·沃顿博士，另一个是牛津大学诗歌教授。1739 年 12 月，吉尔伯特·怀特进入牛津奥里尔学院学习，1743 年 6 月获得文学学士学位。1744 年 3 月，他被选为学院教师。1746 年 10 月获得文学硕士学位。1752 年 4 月成为大学高级学监。淡泊名利的他十分喜欢乡村风光，因此很早便在故乡安家。他致力于研究自然界，并在塞尔伯恩度过他文学生涯中的大部分时光。

　　他在自然研究方面不懈钻研，敞开胸怀接受虔诚和善良的训诫，这些想必是从事这种研究所必备的品质。虽然他有好几次机会能在大学里安定下来生活，但他始终无法说服自己离开心爱的地方。对于一个观察者来说，这里的环境的确让人愉悦。他的生活平静而安详，日子里除了四季变迁，其他皆一如既往。直到 1793 年 6 月 26 日，这些日子随生命的停滞而终结。

怀特先生去世后，他的朋友——沃灵顿的艾肯博士出版了他的书信著作。信里提到作者许多令人愉悦的生活，还包含了公众所知道的怀特先生的个人经历，尽管这些内容在其中微乎其微。他的一位热情的仰慕者最近去了塞尔伯恩村，这位仰慕者这样总结："关于吉尔伯特·怀特本人，我从他人那里收集到的相关回忆很少；一位照料过他家庭几代人的老妇人这样评价这位明达的老单身汉：'他好静，不好动。''他这人一丁点歪心眼都没有，这点我可以向你保证，先生！真的，一点都没有。'"

怀特先生通过所著的《塞尔伯恩自然史》一书举世闻名。尽管这本书声称是对一个教区自然环境的描述，实际上，它是一本具有普遍意义的书。这本书包括对各种自然现象进行的广阔探究。它起源于写给托马斯·彭南特先生和尊敬的戴恩斯·巴林顿先生的一系列书信，这两位是当时的名家泰斗，前者著有《英国动物学》《四足动物的历史》《苏格兰之旅》以及很多其他优秀作品。

《塞尔伯恩自然史》最早在 1789 年出版，当时分为四部分，其中还包括怀特先生认为在区域史上必不可缺的内容，即当地的古物。最后一部分足够引起当地人的兴趣，对一般读者的吸引力却是有限。

作品中的独创性和富有启发性的细节很快引起广泛关注，这种关注甚至扩大到欧洲大陆。这本书已经被翻译成多种语言。据我们所知，最早的外文版于 1792 年在德国柏林印刷出版。

在表现手法上，这部作品的各部分之间没有进行特意衔接，也未试图做任何科学性的编排。然而，对这种随意安排，怀特先生展示出很强的掌控力。他列举的事实细微精确，选择收录的事例生动，文笔活泼优雅，这使它成为同类出版物中阅读趣味性最强的作品之一，也为作者赢得高度且极为公正的声誉。

怀特先生信中一系列观察被巧妙而有重点地重复着，大大地扩充并纠正了我们对他所研究的那些自然史的认知和了解。尽管他的言语几乎全是独创，他还是被认为是雷和德勒姆的继任者。在某种程度上，他的作品甚至比这些著名的自然学家的作品更有资格引起我们的关注。

作者的诗歌插入本版本是恰当的，一是因为这些诗歌本身十分优美，更主要的原因在于诗歌立足于本地主题，与本书自然而然融为一体。诗歌本身也极具价值，它们恰如其分地表达了作者对自然研究的强烈热爱。

目 录

诗歌

////

书信

／／／／

对大自然的观察篇

带着你感知的心和自然而然的轻松，
也带着那不可言述的优雅和让人愉快的力量。

彩虹

仰望天边的虹，那亮丽的美不禁让人赞美造它的主。

——教会

在早晨或是傍晚，

云彩生动地弯成大弧，

含水的大气背对着太阳，

闪耀出喜悦的光。

多美好的折射！

宛如艳丽的绣带闪烁着不同色彩，

迷糊的少年在被照亮的田野上，

茫然凝视这神圣的景象。

他有时也奔跑追逐着看似流下的珍宝。

有时仰望天际，

怀着虔诚的敬畏向这联合拱门式的彩虹欢呼，

让人崇拜的主啊，

你那手指竟能弯成如此华丽的弓，

环绕着天堂。

上帝如诗句一般耀眼夺目，

"这造物者简直无所不能，

先造了云，再造了这虹。

他对着约法庄严起誓，

再不让这世界被水淹没，

从今天起直到永远，

直到时间不再流淌。

季节跟着季节，白天伴着夜晚，

从夏天到冬天，从收获到播种，

寒冷与炎热有规律地互相交替。"

希伯来诗人这样歌颂上帝的教诲。

收割

收割者被黎明温柔的光唤醒，

快速地穿好衣裳，

欢喜着走向成熟的田野，

他不是匆忙一人

身边是他的随从，他忠实的妻

他心系的唯一的伴，

婴儿在妻胸前熟睡，

身后拖着的玩具火车步调不一。

三对幸福的伴侣也加入这爱和劳作，

忙碌中彼此偶尔也闲聊几句，

以打发这沉闷、单调的时光。

他们身边是一排排割倒的玉米，

或是整齐排放的一垛垛禾束堆。

正午的太阳召唤着一顿简餐，

他们坐在荆棘的暗影里，

享用简单的饭菜，喝着桶里的水。

呜咽的婴儿在晃动的摇篮里渐渐安静。

似乎被行人匆忙的脚步声忽然惊起，

狗竖起背毛，

跟在那人身后，

仿佛保护它的藏品一样，

守卫着不多的口粮和褐色的衣裙。

偶然出现在冬天里的
阴沉、安静、干燥、温暖的天气

囚禁的风在洞穴沉睡，

古怪无常的性情很快被束缚，

它想要在这里长久安家。

大自然的昏沉都是这样，

那厚厚的蒸汽来自陆地或洪水，

让天空暗如"黑漆漆的天花板"。

悬浮的蛛网缓慢从空中穿过，

又或者从一个叶子伸到另一个，

波浪状的网让田地呈现一片白色。

大气压力推着托里切利①水银气压计管里，

沉重的水银从一格跳到另一格。

柔美的云雀高入云霄不见踪影，

只有那谜般的旋律响起，忽然停下，

又再和着黑鸟响亮的音符响起。

在温暖大气的抚慰下，

聒噪的乌鸦期盼在春天选个伴，

绕着筑有她巢的高树，

和她一同修复那被暴风雨撕裂的巢。

滋润的田是作物最好的保证，

农夫的笑容从心底溢出；

园里的松脂病也暂时缓解，

园丁看着温床满心欢喜。

快乐的学生早将那责罚置于脑后，

一连串把戏看得让人眩晕，

在白灰路上变着花样滚动铁环，

或在尘土飞扬的硝石地欢呼雀跃。

圣人恰恰相反，

边走边陷入沉思。

究竟是什么控制着暴雨的怒火？

在酷寒的天气，冬天又为何展露笑颜？

好多天，至少几周都温和平静，

忽然让几滴小雨拉开改变的序幕：

太阳光带着折射，迸发出离别的幽暗，

天空变幻着泛出明亮的炫光。

前夜还是轻声嘀咕的风，

现在却将愤怒的脸庞投向地平线，

暴雨往下倾注，

淹没的小径和泥泞的田野在水中浮动。

_____

①一个小修道院的废墟，由温彻斯特的主教修建。

②托里切利，意大利数学家、物理学家。1644 年他同维维亚尼合作制成了世界上第一具水银气压计，一个大气压力相当于 760 毫米高的水银柱的压力。为了纪念托里切利，将 1 毫米水银产生的压强定义为"1 托"。——译者注（本书注释为多人提供，未特别说明的均为编者布朗注。）

| 书 信 |

letter

第一封
致托马斯·彭南特先生

　　塞尔伯恩教区在汉普郡最东端，与苏塞克斯郡相邻，距萨里郡不远。近看在伦敦西南方约 50 英里、北纬 51 度的地方，位于奥尔顿镇往彼得斯菲尔德镇中途。塞尔伯恩面积大而广阔，邻接 12 个教区，其中特罗顿和罗盖特两个教区在苏塞克斯郡。从南往西，这些相邻的教区依次是埃姆肖特、牛顿·瓦伦斯、法灵登、哈特利·莫德维、大沃德勒罕、金斯利、海德利、博拉姆肖特、特罗顿、罗盖特、利斯和格雷特姆。这个地区的土壤类型如同人们的观点和看法那般复杂多变。西南方是白垩质山地形成的广阔高地，比村庄高出 3000 英尺。高地分成一块牧羊坡、一片高木林地和一条长长的被人们称为悬挂地的斜坡林。这块崛起之地覆盖着山毛榉，无论从光滑的树皮、油亮的叶子，或是优雅下垂的枝条看，山毛榉都是树木中最让人愉快的一种①。牧羊坡宛若花园，延伸约一公里后，在丘陵边缘向外突出，再向下汇入平原，和丘陵、山谷、林地、荒野和水流交织在一起，形成一片壮观的景色。往东南面和东面远眺，那里山脉连绵起伏，有苏塞克斯山冈、吉尔福德镇附近的吉尔德山冈，多克镇周边的山冈。东北方是萨里郡的拉伊盖特冈。这些山脉和奥尔顿镇及法纳镇外的乡村勾勒出宏伟广阔的景象。

山脚下，与高地一阶相隔的便是村庄。村里有一条约四分之三英里长、与悬挂地平行的街道，在树荫遮蔽的山谷里时隐时现。一片硬黏土将山地和村舍隔开。村舍散落在一片陡峭、看上去有几分像白垩的白石岩上，但其强耐高温的特性又似乎和白垩完全不同。毛石养护着类似白垩的物质，生长着郁郁葱葱的山毛榉。山毛榉随岩石延伸到最底部，便不再向前。如同生长在白垩上，这里地势尽管陡峭，山毛榉依旧枝叶繁茂。

村道把土地隔开，道两边是两种看起来极不协调的土壤。西南面是贫瘠的黏土，多年劳作才能让它变得肥沃。东北面是园地，园地后面被围墙围住。园地这边向阳温暖，呈碎土状的广阔黑色白垩土适宜种植早熟作物，土壤看似已被蔬菜和动物的有机肥充分滋养。这儿大概是镇子的起源地，在那时，树林和灌木丛很可能从低处延展到对面山坡。

这个西南往东北走向的村子两头各有一处泉水。西北头的那条经常干涸，东南头的是被称作泉源的常流泉，几乎不受旱雨季影响[②]。这眼泉水从与科尔山相连的几处高地冲流而出。雄伟的白垩质山脉壮观地将两条小河分别送入两条不同的大海。往南的那条作为阿伦河的支流流向阿伦德尔镇，最后汇入英吉利海峡；向北的塞尔伯恩河在海德利与黑下河汇合，在蒂尔福德桥与奥尔顿和法纳姆河流交汇，形成韦依河的一条分支，在戈德尔明镇涌入船只可以航行的韦依河。韦依河流经吉尔福德镇，在韦桥汇入泰晤士河，最终在诺尔注入日耳曼海。

我们的水井均深六十三英尺，一旦到达这个深度，水井一般不仅不会枯竭，涌出的水还会清澈纯净、口感绵和，喝过这种纯物的人都大加赞赏，只是肥皂在这种水里打不出泡沫③。

村子西北方、北方和西方的一系列围墙由一种叫白垩的土壤建成，这是一种腐石或被称为毛石。一旦受霜冻或雨水的侵蚀，这种石头便会腐蚀成碎片，转为自身的养料。这种土壤产出品质优良的小麦和苜蓿。

在东北方，比村子低一阶处是一片白土地。这种白土既非白垩，也非黏土；不适宜放牧，也不可用作耕地，但却很适合啤酒花的生长。这种土壤能培植出最鲜艳的啤酒花。这种植物的根深深扎入毛石地里，茎秆可随手采作柴火。

教区向沃尔默林地方向倾斜。黏土和沙土的交界处，土壤变得肥沃、湿润且呈沙质，不能用来铺路，却能生长出优质的木材。坦普尔和布莱默出产的橡木备受木材商的青睐，甚至很多用作海军军用木料。相反，毛石地生长的高大树木被工人们称作脆木，锯的时候木头常常碎裂④。越过那片沙壤土，土壤变成贫瘠的荒沙地，在远处和林地交织在一起。除了石灰和芜菁，那里几乎不能种植任何作物。

---

①尽管人们公认山毛榉是森林中最美的一类树，但橡木所呈现出的一种壮观、庄严、独特

的景象使它在英国林地中脱颖而出，成为无可争议的森林之王，宛如万兽之王的狮子，聚集着力量的庄严之美便是它的王者特征。

②1781年9月14日，在经历过酷夏、连续干涸的春天和冬天，这眼泉一分钟依然产出9加仑水，也就是说24小时内产出216桶水。那时很多水井业已枯竭，河谷里的水塘早已干涸见底。——作者注

③水的这种硬度是由溶液中含有的大量土质盐引起，其中最常见的是硫酸钙。这些盐有分解普通肥皂的特性。水中的酸和肥皂的碱中和，泉水中一些土的成分和皂油形成一种不溶于水的物质。该物质包裹着肥皂，摸上去有种油腻的感觉。要解决这种问题，一般可以在这类水中滴入碱性碳酸盐。

④落叶松在砂岩底部的陆地上难以茁壮成长。当根扎得很深，碰触到砂岩时，树不再往下生长，变得弯曲，容易碎裂。

第二封

致托马斯·彭南特先生

村庄西北处的那片白垩土上坐落着诺顿农庄。在过去的 20 年里，农庄院里耸立着一棵阔叶榆，也叫山榆，被雷称作 ulmus folio latissimoscabro。1703 年的一次大风暴折断了这棵树上一支中等树木那么粗的树枝。即便如此，这棵树砍倒后的木料仍装了八车多。因为太粗大，马车装不下，人们只好在距根部七英尺的地方把树锯断，截面直径将近八英尺[①]。提到这棵树是想说明种植的大块头榆树究竟能长到什么程度。这棵树长得如此高大定是源于它的生长环境[②]。村中央的教堂附近有一块四方广场，四周由房子围起来，被人们粗略地称为普莱斯特广场[③]。从前，广场中间有棵大橡树，粗矮的身躯，向外伸展的臂膀几乎遮蔽了整个广场。立着座位的石阶环绕着老树。夏日夜晚，这里是老人和孩子们常去的欢乐之所：老人们坐在树下一脸严肃地互相争辩，孩子们则在面前嬉戏蹦跳。如果不是 1703 年那场惊人的暴风雨瞬间把树掀翻，这棵树应该会存活很久。村民和牧师当时都感到无比遗憾。牧师花了几英镑把古树栽回原地，他的悉心照料终究徒劳无益。虽然眼看着树抽出了新枝，不久还是枯萎而死④。我提到这棵树，是为了说明种植的大橡树究竟能存活多久。

后面介绍塞尔伯恩古迹时，谈到这个地方我还会重提上文的这棵树⑤。

大橡树

布莱克穆尔农庄有一小块林地叫罗塞尔，面积只有几英亩。最近那片林地新植了一批奇特、有价值的橡树。这种橡树身型高大、形如锥形的冷杉。它们没有大枝条，树冠很小，紧紧簇拥在一起，仿如灌木。大约 20 年前，汉普顿附近托伊那里的桥已腐朽不堪。

修复这桥需要一批 50 英尺长、没有枝条、细的一端直径至少在 12 英寸的木料。木材商在这一小片林地中找到了 20 棵符合要求的树，很多树干长达 60 英尺，每棵售价在 20 英镑。

这片小树林的中央有棵橡树，高大挺拔，却在树干大约中部的地方向外突出了一大块树肿。一对乌鸦在树上筑巢多年，这棵树也因此出名，人们叫它"乌鸦树"。附近很多孩子都想掏下那个鸟窝。越难掏，就越想尝试。每个孩子都跃跃欲试，想挑战这一艰巨的任务。可每当爬到树中间，突出的树肿挡住了道，难度可远远超越了他们的攀爬能力。连胆子最大的少年都觉得胆怯，连声说这个任务实在太危险。于是，那对乌鸦安然地层层衔枝搭巢，直到那个灾难日降临，树林被夷为平地。那是正值乌鸦孵卵的 2 月，铁锯锯向树的根部，楔子插入切口，树林里回荡着木槌，抑或是大锤沉重的敲击声。树摇摇欲倒，母鸦仍孵在蛋上。大树最后轰然倒地，母鸦被猛甩出了窝。尽管母鸦的母性使她理应享有更好的命运，但终究还是被枝条抽落到地上，一命呜呼。

----

①《伊夫林森林志》（vol. ii, p. 189）写道：据我们所知，斯塔福德郡的沃尔特巴格特爵士公园里有棵奇特的榆树。树干底部直径曾经为 17 英尺，伐倒时竟已生长到 120 英尺。木料量惊人，估计有 97 吨。

②种植树通常达不到自然生长树的尺寸，这是公认的事实。

③普莱斯特广场是亚当·戈登先生留下的。戈登先生是苏格兰裔的一位绅士，亨利三世统

治时期是芒福特派系的领袖。怀特先生在他的《塞尔伯恩的古迹》中写道："在亚当爵士开始进步的几年里，他发现他的思想被为逝者祈祷的合理性和有效性这些主流思想所影响。1271 年，他和他的妻子康斯坦莎分别被聘为塞尔伯恩男女修道院的院长。此外，他们还拥有一处叫作普莱西斯托的地方，'在自由、纯洁、永恒之中'，就位于前面提到的村庄。意思为玩乐之地的普莱西斯托，位于教堂附近的一处平地上，约 44 码长，36 码宽，现在人们称其为普莱斯特广场。和旧时一样，这个地方现在依旧是附近年轻人和孩子们的娱乐场所。使人印象深刻的是，即使在撒克逊时代，这个村庄也不属于最贫瘠之地，那里的居民认为，理应为年轻人的运动和娱乐安排如此宽敞的地方。"

④根据前面提到的注释，这棵大榆树很可能栽种于 1271 年，砍伐前树龄高达 432 年。

⑤这种橡树是整个王国最大的一种树，因为所处特殊地理位置而得名。它在德比郡、诺丁汉郡、约克郡三郡交接之地，覆盖面积达 707 平方码。在格林郡和约克郡附近的布莱克本山谷中有一棵白蜡树，在 1828 年 2 月被砍伐时，结实的木料有 750 英尺长，树墩直径有 10.6 英尺。在德比郡克里奇附近的闪崖砍伐的一棵橡树，木料有 965 英尺长，根茎处截面直径有 13.4 英尺。这类树中最大且最有价值的一种是有名的考索普橡树，它耸立在约克郡韦瑟比附近、与树同名的考索普村边缘。已故的亨特博士注意到大自然这个壮美的产物，他在其编辑的《伊夫林森林志》里，描写谢菲尔德公园一棵特大尺寸的橡树时这样写道："不管是这棵树，还是伊夫林先生提到的任何一棵橡树，都比不上在考索普生长的橡树。那棵树的尺寸简直大得不可思议。离地 3 英尺的地方，树径有 16 码；近地面的地方，长达 26 码。在 1176 年遭到损害的情况下，树依旧大约 85 英尺高，主枝干从树干向外伸展了 16 码。整棵树的树叶相当稀薄，盛夏时节，透过叶子能清晰看见古枝的结构。与这棵树相比，其他所有树不过是林中的幼童。"（iii, P. 500）

这个描述尽可能地展示了这棵树现在的状态，这点从树身的切口也可看出。普通橡树被植物学家称为欧洲栎。

与美国赤道地区的一些树相比，我们林地中最大的那些树的周长就显得微不足道。1827 年，埃克塞特先生在圣玛丽亚·德特斯拉教堂的墓地里测量过一棵柏树。这棵树长在瓦哈卡以西两法里半的地方，树干周长 127 英尺，高 120 英尺。那时正好是它生长的鼎盛期，看不到一根枯枝。

第三封
致托马斯·彭南特先生

　　这个地区的化石贝、几种石头及诸如此类的东西也落入我的观察范围,我可不能对此默不作声,也得说点什么。首先要说的是一个罕见的标本,这是一个村民在牧羊坡附近翻耕白垩地时发现的。他觉得其外形奇特,便出于极大的好奇心把石头给了我。在无动于衷的人眼里,这不过是条约四英寸长的鱼化石,把轴节误认为是鱼的脑袋和嘴巴。其实,这是一种双壳类动物。林奈将其归为贻贝属的鸡冠种(crista galli),利斯特称之为耙齿贝(rastellum),伦菲斯称之为少褶皱牡蛎(ostreum plicatum minus),达尔让维尔称之为猪耳贝(auris porci)或鸡冠贝(crista galli),收藏家称它鸡冠①。尽管我曾询问过伦敦几位这类化石收藏家,但从未见过完整的标本,也没在书里见过完整图样。我获准去莱斯特家大藏室查找这种化石标本,尽管因没找到而大感失望,但在藏室看到若干保存极好的贝壳,还是喜出望外。据我所知,这种双壳贝仅分布在印度洋,寄生在柳珊瑚上,这是一种类似植物的海生动物。我得到的这块化石有弧形曲线,接缝处奇特地叠加在一起,上面凸槽纹相间。用铅笔勾画的图比文字描述更加简单直接，我便拿着化石当样本去绘图和雕刻。

菊石（Cornua ammonis）在村子随处可见。村里开了条通往悬挂地的路，在沿坡地往上修建斜路时，工人们常在峭壁上、土壤下或是白垩土里找到大个头的菊石。井源上方，往埃姆肖特去的小道边坡上，浅黑色泥灰里也满是又小又软的菊石。稍远处是克莱水塘，深坑边的淤泥经常被村民们挖出当作肥料。偶尔在泥里，我会发现一些大块头的菊石，直径约莫有 14 到 16 英寸。不过，它们是由土石或者说是变硬的黏土形成，而非坚硬的石料。一旦受雨水或霜露侵蚀，这些菊石会立刻腐化。由此看来，这些菊石形成的时间应该很短。有时，在悬挂林西北部的白垩坑也会挖到大块的鹦鹉螺[2]。

在已是相当深的毛石地最厚层，掘井人经常挖到大扇贝。这些扇贝两瓣外壳都有极深的纹路，皱起和凹陷交替。它们的材质即使不是全部，大部分也是来自白垩坑的石料[3]。

---

①拉马克称之为龙骨牡蛎（Ostrea carinata），产在萨尔特省和法国其他地区。作者错误地认为这个物种是在附近地区发现的。现已证实，在古老的石灰岩层中发现的那些化石贝，没有现存活物种，仅有一些与它们相似的个体而已。

石化作用分为三种情况：有时物种会有一点变化，有时会变成石头，有时物种的轮廓，或是把它们封存在内的模子会被保存下来。

②现代自然学家已经将这些化石贝分为 20 个属，统称为阿蒙角贝（cornu ammonis）。

地质学家对此的结论是：它们最先在青石灰岩层中被发现，又在接下来的部分地层中出现，但在沉积硬白垩岩的海洋中似乎早已绝迹。这里提到的这种螺，是被拉马克命名的鹦鹉嘴螺贝。首先，这种贝壳的隔膜褶皱弯曲，边缘浅裂或直接裂开，隔膜在贝壳内壁上方相遇，用锯齿状的合线连接。第二，直角螺出现在早期地层中，向上延伸到松软的白垩层，之后就再也不见。这些贝壳非螺旋状，多是直的或几乎是直的。第三，卵圆形的鹦鹉螺是否存在于早期地层中，人们并不知道，仅知道它存在于坚硬的白垩土中，之后再也不见。它们形成时期应该较晚，但很快又灭绝。作者提到的那些已经腐烂的贝壳，只是这些鹦鹉螺的残骸。

③在邓弗里斯郡康科克勒沼地里，有一个砂岩采石场，采石场的石板上清晰地印着动物的脚印。它们在 1812 年被发现。脚印大小不一，从野兔的爪子到小马的蹄子。在拉斯韦尔庄园邓肯博士花园的凉亭里有一面墙，墙上一块石板上有 24 个脚印，左右脚各有 12 个。巴克兰教授认为，一定是鳄鱼或是乌龟留下了这些印痕。

第四封
致托马斯·彭南特先生

前面一封信偶然提过这个地方的毛石，这里我再详细介绍一番。

毛石经常用来砌炉底石和炉床，用量很大。它也是砌石灰窑内衬的好材料。砌的时候，工匠不用灰泥浆，而用沙黏土。高温下，沙黏土里的沙子熔化成流动的液体①，再冷却形成坚固的玻璃状涂层，覆盖炉窑的整个表面。有了这种保护层，石灰岩可以免受天气的侵蚀，使用寿命可达三四十年之久。表面凿磨平整的毛石可以用来修砌房子正墙，看上去极为雅致。毛石的颜色和纹理可以媲美巴斯石，比巴斯石更佳的是，毛石不会因为年代久远而脱落。比起波特兰石，毛石纹理更紧致、细密，可以用来砌造美观的壁炉、铺设屋子的地面。当用在这些方面时，毛石也因其石质太软显得有些美中不足。毛石也称为自由石，可以从各个方向切割。但是也有些石头是水平纹路，不能随意沿石头边缘斜放，只能按照在采石场的生长原态摆放②。这种石头不能用来铺设屋外的人行道，估计是含盐分的缘故，雨水会把石板撕裂成碎片③。虽然这种石头极难被醋腐蚀，但是白色或青色板岩部分，还是会和矿物质的酸性物质发生剧烈反应。尽管白色毛石不能受潮，但在采石场，每挖到一定深度就会出现一层薄薄的、能经受雨水和霜露侵蚀的青板岩。这种板岩很适合用来铺设马房、道路、庭院地面或是干燥的堤墙。堤墙属于大有益处的一类围墙，村子里随处可见。当然，这种板岩也可用于修补路面。尽管表面粗糙、石质坚硬，不易削磨平整，但却非常耐用。不过，板岩层很薄，而且埋得很深，要想大量开采，费用很高。板岩层之间有一些带有黄色或铁锈色斑点的块状物，这些颜色几乎与青色一样持久。块状物之间不时夹杂易碎材质形成的球状物，颜色近似铁锈色，村民称之为锈球。

在沃尔默皇家林场，我只见过一种石头，工人们将它叫作沙石或者林石。这种石头通常呈铁锈色，好像可以用作铁矿石。它质地坚硬、比重大、纹路密实，由圆而透明的小沙砾构成。小沙砾之间由含铁的褐色黏土粘连，切断很费劲，用铁锤敲也难起火星。通常找到的这类石头又大又平，不会在霜天或者雨天打滑，是铺建房屋周围路面的上好材料。它不仅是砌墙的好材料，有时也可用在建筑物上。这种石头就散落在荒地裸露的地面上。在森林东边威弗冈的大山处，它们被埋在地下，需要开采，那里岩层薄，矿坑浅。这种石头不易受腐蚀。

为了把墙面装饰得更显美观，工匠们把石头削成钉子头般大小的小块，再沿着毛石墙面的接缝处，把这些小块嵌入湿灰泥里。这种做法让墙面看起来很奇怪，偶尔会有外乡人打趣地询问：你们这里的墙面是不是都是用钉子钉起来的？

————————————

①也许这里所注意到的事实并不能说明，所谓的玻璃化堡垒可能由传递信号时燃火所致，这里提到的高温下导致沙子流动的例子也是如此。烧成石灰的白垩本身也可能含有一定比例的沙子，因为几乎没有不含杂质的白垩。——作者注

②在第28封信中，牛津郡的普劳特博士写道："把石头沿石头边缘斜放，是指石头摆放的姿势和在采石场的生长原态相反。"尽管他说这样最适宜用于泰顿石，但在我们的干墙上或者烤炉里却无法这样放置。——作者注

③"自由石富含盐，无硫；纹路密实，无间隙；盐的耐火性独一无二；盐岩暴露在潮湿和霜冻中则会腐烂。"（见《普劳特的员工》P152）——作者注

第五封
致托马斯·彭南特先生

在本地的奇景中，两条岩质凹路也值得我们关注：一条通往奥尔顿，另一条通往林地。横贯白垩土地的这两条路，经过多年踩踏和雨水侵蚀，凹陷的路面已穿透第一层毛石岩层，有些地方甚至穿越第二层。它们看起来更像是两条水道，而不像是路。裸露在外的板岩有几弗隆长①。很多处的路面比两边地面低了 16 到 18 英尺。每逢洪水或遇霜露天气，路面都会露出奇怪而狰狞的样子：岩层间交缠在一起的树根扭曲变形，洪流从断裂处直泻而下。特别在寒天，小瀑布结成冰柱子，悬挂成千奇百怪的冰花。从小道上方走过的妇女探头下望，嶙峋阴郁的景象让她们不寒而栗。骑马经过的胆小鬼常被吓得两腿打战。路边的各类植物，特别是一种奇特的却在此处随处可见的蕨类植物，倒是让自然学家极喜爱这两条路。

如果严格看管塞尔伯恩领地的资源，山坡的植被应该更加繁茂，动物也会更多。尽管现在野兔、山鹑、野鸡仍随处可见，在以前还常看见山鹬。鹌鹑更喜欢阔野，这里四处林地围绕，这种鸟就很少见了。收割季后，偶尔还能看到秧鸡。

算上周围的林地，塞尔伯恩辖区面积很大。勘测地界的人绕着教区走一圈，需要三天。若计入曲折不平的边线，教区边界线不少于 30 英里。

村子地处一个安全的庇佑之所，西南面的悬挂林挡住了凛冽的西风。这里空气温润，虽然充斥着树木散发的气味，但却非常有利健康，不用担心疟疾之忧。

同多山、多林的地区一样，塞尔伯恩降雨量相当大。只可惜，我测量的时日短、经验不足，无法给出确切的降雨量[②]。我只能提供以下信息。

期间	降雨量(英寸)	降雨量(英担)
1979 年 5 月 1 日至本年年底	28	37
1780 年 1 月 1 日至 1781 年 1 月 1 日	27	32
1781 年 1 月 1 日至 1782 年 1 月 1 日	30	71
1782 年 1 月 1 日至 1783 年 1 月 1 日	50	26
1783 年 1 月 1 日至 1784 年 1 月 1 日	33	71
1784 年 1 月 1 日至 1785 年 1 月 1 日	33	80
1785 年 1 月 1 日至 1786 年 1 月 1 日	31	55
1786 年 1 月 1 日至 1787 年 1 月 1 日	39	57

塞尔伯恩村连同面积较大的橡木架村，还有几处孤零零的农场和一些散落居住林地边缘的农舍，共有 670 多位住户。

我们这里尽管贫穷，但人们勤劳简朴，舒适的石砌或砖砌的房子镶着玻璃，卧室设在楼上，完全看不到一处土坯屋。

除了干农活，男人们在园子里打理啤酒花（我们有很多这种园子）、伐木和剥树皮。春夏两季，女人们给玉米除草，9月忙着采摘啤酒花，以迎接第二个丰收季。从前，女人们在死气沉沉的月份里忙着纺羊毛，用来织一种时髦的、有绳纹的巴拉贡布料。这种在那时夏天很是流行的布料主要产在相邻的奥尔顿镇，一部分由贵格会教徒经营。这里的居民们健康长寿，街上的孩子们成群结队。

---

①弗隆，又称浪，为长度单位，1弗隆等于220码或201.2米。——译者注

②一位有知识的先生凭借他40年的测量经验告诉我：要想得到某个地区确切的降雨量，必须进行长时间的测量。他说，仅就1740年到1743年这四年来说，林登的年降雨量是161/2英寸；1740年到1750年，181/2英寸。1763年之前平均降雨量为201/2英寸；自1763年起，降雨量为251/2英寸；1770年至1780年，26英寸。1773、1774及1775年，据测量，林登的平均降雨量为32英寸，从161/2升高到32英寸。——作者注

第六封
致托马斯·彭南特先生

　　沃尔默林地约有五分之三的面积在这个教区内，如果略去不详讲，我对塞尔伯恩的记述将很不完整。这片林地的动植物资源丰富而珍奇。不论是作为狩猎者或是自然学家，这个地方都带给我无穷乐趣。

　　沃尔默皇家林地长约 7 英里，宽约 2.5 英里，近似南北走向。由南至东，毗邻的教区依次是格雷特姆、利斯、苏塞克斯郡的罗盖特和特罗顿、博拉姆肖特、海德利和金斯利。这片林地的沙土地上全都覆盖着石楠和蕨类植物，看不到一棵树。丘陵和山谷倒是增添了林地的多样性。谷底水流淤塞，形成片片沼泽。沼泽以前埋有很多树。尽管普劳特博士信誓旦旦地说："南部诸郡的苔藓间从未藏有倒着的树。"[①]他错了！在这片荒野边的一处农舍，我曾亲眼看到一种看着像是橡木的黑硬木头。农舍的主人们很确定地告诉我，那是他们在沼泽地用烤肉叉或者类似工具搜探到的。只可惜后来泥块被清理，搜遍沼泽地再没有发现这样的树[②]。除了橡木，有人还给我看过几片颜色更浅、质地更软、被当地人称为冷杉的木化石。我仔细检查一番后用火烧，发现那些化石片里不含树脂，因此我推断这些木化石出自柳树、桤树或者类似的水生树③。

这片人迹罕至的区域是很多野禽的乐园。它们不仅是这里冬天的常客，夏天也来这里交配、繁殖。这里头有麦鸡、沙锥鸟和野鸭，还有我近几年发现的水鸭。在宜人的季节，林木边会有大量小山鹬出生，它们常常在林地短足旅行。尤其是在 1740 年、1741 年及之后几年干旱的夏季，山鹬繁衍量达到高峰。那些不理性的游猎队一天就能猎杀 20 对，有时竟达 30 对。

之前有种更为名贵的野禽也被捕杀，现在早已绝迹。听老人们说，在捕射飞禽前，这种叫石楠鸡，又名黑山鸡或黑琴鸡的飞禽随处可见。记得我还是个小男孩时，父亲的餐桌上时不时就有一只黑琴鸡。最后一群黑琴鸡被射杀是在大约 35 年前；近 10 年则仅出现过一只孤零零的雌黑琴鸡。猎狗追逐几条野兔时，这只黑琴鸡被惊飞。游猎者大叫："野鸡！"不过，现场一位常在英格兰北部见到黑琴鸡的先生后来肯定地告诉我，那是只黑琴鸡④。

黑琴鸡的绝迹并非塞尔伯恩动物群唯一的缺失。本地生物链中美丽的一环——赤鹿也消失了。本世纪初，赤鹿数量升至约 500 头，看上去很是壮观。还在世的看林人叫亚当斯。过去 100 多年里，亚当斯的曾祖父（曾参加 1635 年的勘测）、祖父、父亲和他本人相继负责看管林地。这位看林人告诉我，他父亲常对他说，安妮女王行至朴次茅斯大道时，她觉得这片林地实不该为皇家所有。有一年，行至途经的利波克镇，女王离了大道，在一处特意修理平整的山坡上小憩。至今仍称作"女王坡"的这片山坡在沃尔默林场水塘向东约半英里处。一群大约有500头赤鹿的鹿群被看林人赶到女王面前的山谷里。女王看得尽兴满足。此景实在配得上最伟大君主的注目。不过，亚当斯补充道，由于沃尔瑟姆偷猎者的行为，或者，用他的话说，那些人一开始偷猎，鹿群数量就立减到约50头，之后还在不断减少，一直到已故的坎伯兰公爵那个时代。30多年前，公爵指派一名猎人和6名骑兵侍卫，身着镶金边的猩红上衣，带着猎狗，去活捉林场所有的赤鹿，再用马车运往温莎。那年夏天，他们抓走了所有雄鹿。有些捕捉场面简直成了奇特的消遣场景。第二年冬天，他们又抓走了所有雌鹿。当时呈现的壮观捕猎场面，成为之后多年村民们谈论和感叹的话题。我也曾亲眼看见，一名骑兵侍卫把一头雄鹿从整个鹿群中分离出来。我得承认那人身手是我曾见过最厉害的，远胜过阿斯特利先生骑术学校里的所有人。马逐鹿奔，场面大大出乎我的意料。不过，马的奔跑速度远胜过鹿。先把要抓捕的鹿从鹿群中分离出来，按老规矩，先让鹿在狩猎者的注视下奔跑20分钟，再吹响号角，放出猎狗追逐。

---

①见他本人所著的《斯坦福德郡郡史》。——作者注

②老人们确定地说，在一个冬天的清晨，他们在沼泽地里发现了这些树，上面覆着白霜，树干比藏身地长出一截，从沼泽里突了出来。这似乎并不是一个臆想的概念，而是与真正的哲学思想相统一。黑尔斯博士说："随着气候的变化，冰冻开始解冻。在地下某一深度，土壤的热

量促进解冻。这点在下面的观察中显而易见。1731年11月29日晚上降了小雪，到了第二天上午11点，地表大部分雪已经融化。灌木公园中几处地下挖有排水道的地方雪仍未消融，地下埋有榆树管道的地面也是如此。由此证明，这些排水道阻隔地下从更深处上升的地球热量。排水道上土超过四英尺，那些地方都是雪。茅草屋顶上、墓地、墙头也还覆盖着雪。"这种观察难道不可以在国内的一些情况下应用吗？譬如说协助发现房子周围被掩埋的旧排水沟和古井；在罗马的车站和营地，可以用这种现象来寻找人行道、澡堂、坟墓或者其他一些被掩藏的神秘古迹。——作者注

③这种化石，包括橡树和松树的化石，在欧洲多数沼泽地和泥塘很常见。

④关于黑琴鸡曾在英格兰山地个别郡县大量存在的说法，很值得怀疑。目前，黑琴鸡在南部一些地方数量很少，比如汉普郡的新森林地带，德文郡的达特莫尔和塞奇莫尔的沼泽区，萨默塞特郡与德文郡毗连的一些石楠丛生的山地，斯塔福德郡和北威尔士。它们在苏格兰的南部和北部则数量众多。法夫伯爵得到一种新品种锦鸡，别名叫"森林里的公鸡"（the capercalzie），开始大量养殖。伯爵大人在马尔洛奇林区将它们放归山林。这个项目无疑很成功，过去在苏格兰曾有过多类似做法。斯坦福德郡成功引进弗吉尼亚山鹑，这种山鹑在当地大量繁殖，甚至蔓延到邻近一些县。红腿山鹑是法国本土品种，最近成功引入英国禁猎区。无论在哪里落脚，它都会把普通物种赶出禁猎区，像挪威鼠消灭本土物种一样。

第七封
致托马斯·彭南特先生

尽管大鹿群危害乡里，但相比庄稼的损失，村民道德缺失带来的损害则更为长久。诱惑总是难以抵制：大多数男人天生就是猎人，往往难以抗拒与生俱来的猎取天性。于是本世纪初，整个国家都陷入偷猎赤鹿的狂热中。一个年轻人，除非成为一名猎人——他们喜欢这么称呼自己，否则就算不上是男子汉或有男人气概。沃尔瑟姆偷猎者长期恶意纵行，当局不得不颁布酷法厉律——《黑法令》①。该法令列举的重罪比之前任何法律所限定的都要多。当有人敦促一位如今已故的温切斯特主教为沃尔瑟姆猎场补充猎物时，他断然拒绝道："造的孽已经够多了。"这话配得上其主教身份。

老一辈的猎鹿人还有几个尚在人世。不久前，他们还常喝着麦芽酒，吹嘘自己年轻时的壮举：比如去鹿窝守着母鹿产崽，小鹿一坠地，为防止它逃跑，用小刀立刻削掉小鹿的蹄子，等小鹿长得够大、够肥再宰杀掉。有一次，他们在月光下的芜菁地用枪射杀一只鹿，不料误射自己的邻居。还有一条猎狗曾离奇地死去：几个家伙怀疑母鹿把新生的鹿崽藏在一处茂密的灌木丛里，便带着一条杂种猎狗去偷袭。受惊的母鹿收紧四蹄，纵身一跃，冲出藏身地，重重地踩踏在狗脖子上，那狗立马身首分家[2]。

漫山的野兔也是村民们游手好闲、四处游猎的另一诱因。野兔藏身在各种地洞和干燥的地方，得翻找才能找到。公爵派来的人觉得很麻烦，便在捉走鹿后特许村民除去那些野兔。

失去违法乱纪的诱因，这些森林和荒原便大大便利了住在边上的村民：用泥炭和草皮生火；用柴火烧制石灰；炭灰做牧草的肥料；喂养家禽或小牛畜花费极低，甚至有时无须花费一分一文。我看到伦敦塔一份旧记录中写着：批准格雷特姆教区农庄的申请，允许羊以外的牲畜在适宜的季节进入林地放养[4]。我估计，把羊排除在外的原因是羊太能吃[5]，它们会吃光最好的草，影响鹿群的进食。

尽管玛丽诏书23章第4条和第5条规定："圣烛节至仲夏，若在荒原焚烧帚石楠、石楠、荆豆或蕨类，将处以鞭刑，送教养院监禁。"但在沃尔默林场，每年三四月的干燥天气时，还是常常看到烧石楠的大火堆。大火经常乱窜，有时烧着树篱，有时窜到灌木丛、树林、柴火堆，酿成火灾。据说烧掉老石楠这些荒草，新草才会抽芽，供给牲畜鲜嫩的食草。遇到大株荆豆，火会顺着根燃到地下，把地下物质化为灰烬：数百英里之内毁尽烧净，除了滚滚浓烟和焦土，只剩下那一大圈炭灰，像火山爆发后的灰烬。耗竭的土壤多年内寸草不生。那个时节，这里常刮东北风和东风，村民不仅饱受浓烟之苦，大火还经常威胁到村子。记得有一次，一位家住安多弗镇的先生来我这里。他走了25英里路，爬上安多弗镇和温切斯特之间的山冈时，滚滚的浓烟和烧焦的气味让他大吃一惊，当时他以为是奥尔斯福德发生了火灾。等走到那里才发现不是，又觉得会是下个村庄，就这样，一路走一路猜，直到行程终点。林场最高处的两个山坡各有一座凉棚或是凉亭，由橡树枝搭建，其中一个叫沃尔登小屋，另一个叫硫黄石小屋。每年在圣巴拿巴节期间翻修凉亭时，看管小屋的人拿走旧料当额外补贴。这个教区一个叫布莱克穆尔的农庄负责给沃尔登小屋提供柱子和灌木条，格雷特姆教区的几个农庄轮流负责看管硫黄石小屋。所有材料都要求现场砍伐和交付。这风俗想必由来已久，所以我特意提下。

---

①该法令的解释条文为"9 Geo, I, C. 22"。——作者注

②为把猎狗从幼鹿藏身之处引开，母鹿承受着被捕猎的巨大恐惧，故意把自己暴露给狂暴的猎狗。它在保护后代、保护自己时极度勇敢。在这种情况下，猎狗和狼往往不得不让步。坎伯兰的威廉公爵把一只公鹿和一只老虎关在同一区域，想对鹿虎对决一探究竟。雄鹿勇敢抵御，老虎最终无奈地在对峙中败下阵来。

④为获此特权，这块地产的主人过去要给国王敬献七蒲式耳的燕麦。——作者注

⑤霍尔特林场现在还有扁角鹿，所以直到今天羊也不准入内。——作者注

第八封
致托马斯·彭南特先生

按照现在的边界，林场边有三大湖，橡林村的那两个湖没什么特别之处可讲，另一个叫宾池或比恩塘的倒是值得自然学家或游猎者关注。湖的北边柳树、丛薹草（carex cespitosa）[①]丛生，那里是野鸭、水鸭、沙锥鸟和其他鸟类安全惬意的栖息地。冬天，狐狸常光顾这里，野鸡偶尔也来。沼泽地里生长着各种奇异植物[②]，详见第四十二封致巴林顿先生的信。

现在展开在我眼前的沃尔默林场和霍尔特勘界图，绘制于1653年——查理一世十一年。从图上看，前者区域广阔。我对沃尔默林场的另一边不甚了解，故略去不谈。林场这边的边界线旧时经过宾斯特德，延伸到沃德勒罕园地的沟渠（园地耸立着洛奇山和诡异的约翰王山）和哈特利·莫德维边缘的莫德维入口，覆盖了肖特荒野、橡木架村和橡树林。这片广阔的区域尽管过去为皇家领地，现在却属于私人财产。我发现羊皮纸长卷中没有出现"偏僻之地（pur-lieu）"这词。除了边界线，羊皮纸上粗略估算出当时分布在霍尔特林场的木材的价值，数字相当可观。上面还列出相邻的这两个林场不同级别管理者的名字、薪金和津贴。和现在一样，沃尔默林场那时也没有什么树。沃尔默林场如今的边界线内分布着霍格默湖、克兰默湖和沃尔默湖这三大湖，湖里满是鲤鱼、丁鲷、鳝鱼和鲈鱼。只是湖水养分不足，湖底又都是光秃秃的沙子，鱼长势都不怎么好。这些湖泊还有个情况，虽无特别之处，但也不能绝口不提。在夏天燥热的天气下，受本能驱使的公牛、奶牛、牛犊还有小母牛，会长时间地泡在水里。湖水或齐肚深，或仅没过小腿。这里蚊虫少，还可吸入凉爽的空气。它们上午 10 点入水，悠然反刍，直到下午 4 点才陆续回岸进食。这些牛一天的大部分时间都待在湖里，产生的大量牛粪便成了昆虫的温床。虫子多了，鱼也有了食物。要是没有这个偶发情况，鱼儿肯定吃不饱。由此看，大自然可真是位伟大的经济学家，用一种动物的消遣来维持另一种动物的生存！

　　擅长观察自然之事的汤姆森自然不会放过这般趣事，他在《夏》中写道：

　　　　草岸上

　　　　有一群牛羊，

　　　　有的躺着反刍，

　　　　有的立着，

　　　　半身在水中，

　　　　不时低头、饮水，

　　　　水面打着圈。

我想沃尔默之所以被称为湖，主要原因是相对这个地区，它的水域很宽广，环湖一周 2646 码，接近 1.5 英里。西北岸和对岸长约 704 码，西南岸长约 456 码。即使在不算狭长，也不规则的东北角，湖的总面积也有近 66 英亩。这些数据是我请人精心测量的，相当准确。

　　冬天，如果没有捕鸟人的威胁，这片广阔的水域整日都有野鸭、水鸭、赤颈鸭和各类飞禽活动。这些鸟都在夜间活动，白天则在这儿悠闲地梳理休憩，太阳落山才三三两两离开，去小溪和草地觅食，第二天拂晓再回来。如果这个湖有一两道覆满植被的湖湾，可就真是个极具价值的诱捕场，只是这里至今还是光秃秃的。这个湖声名远播，倒不是由于其广阔的面积、清透的水质，也并非这儿聚集的各种飞禽、畜群，而是在大约 40 年前，有人在湖床发现了大量钱币③。

---

　　①这种草被森林人称为 torrets，我猜应该是 turrets（塔楼）这个单词的变体，因为这种草长高后簇拥成一个个高高的草垫。自 1787 年夏天起，沃尔默和霍尔特皇家林地由政府派来的人测量。——作者注

　　②详见第八十四封，致巴林顿先生的信。——作者注

　　③这些都是铜钱币，还发现一些罗马帝国铜质大奖章（其中几十个归怀特先生所有）。有一些图案是皇帝马可·奥勒留（Marcus Aurclius）和他的皇后福斯蒂娜（Faustina）的图像。

第九封
致托马斯·彭南特先生

作为补充，我还得烦请您再多了解这个话题。沃尔默林场有片姊妹林场——艾尔斯·霍尔特或是艾丽丝·霍尔特。据旧时记录，这是多年前由皇室转赠的。

据记录者回忆，最初林场受赠者是伊曼纽尔·豪准将军和其夫人露珀塔。露珀塔夫人是鲁珀特亲王和玛格丽特·休斯的私生女，他们后来将林场转给彼得伯勒家族的莫当特先生，他娶了彭布罗克伯爵遗孀。接着林场又到了亨利·贝尔森·莱格和其夫人手里。如今，这片林地的主人是斯陶威老爷和他的儿子。

豪将军夫人年岁很高，远超过她丈夫。夫人去世后留下很多精巧的小机械，出自她那既是出色技工和艺术家①，又是战士的父亲。她还留下一个构造极其复杂的钟。最近，这只钟由萨里郡法纳姆著名狩猎画家埃尔默先生收藏。

虽然两片林场仅由一块狭窄地隔开，两边的土地却相差甚远。霍尔特土壤肥沃，为淤泥土质，草地优质，遍布着长成大径材的橡树。沃尔默不过是一片贫瘠多沙的不毛荒野。

霍尔特林场全部在宾斯特德教区内，从南到北、从东到西差不多都是两英里。受赠人的大宅子就坐落在密布的林地和草场中间，还有座叫"古斯格林"的小宅子。周边相邻的金斯利、佛林斯罕、法纳姆和本特利教区都有权使用这片林区。

奇怪的是，尽管霍尔特历来多黇鹿，除了一道普通的篱笆，没有任何栅栏或是围墙阻拦，这些黇鹿竟从未在沃尔默界内出现过。同样，沃尔默常见的赤鹿也从不会跑入霍尔特的灌木林或者林中空地②。

尽管无数守林人尽力保护鹿群，偷猎者一旦被发现就会遭到诸如鞭笞之刑的严惩，可如今霍尔特的鹿群还是因为夜猎者大大减少。看来罚款或是监禁都无法阻止那些人，狩猎的精神深植在人类天性里，难以泯灭。

豪将军找了些德国野猪，放在林场里震慑周边村民。甚至有一次，他还放进去头水牛或是野牛。村民们群起抵抗，将它们消灭掉了。

今年春天，也就是 1784 年的春天，人们开始大砍大伐，仅霍尔特林场就砍掉了 1000 余棵橡树。据说其中五分之一都属于林地的获赠者斯塔威尔老爷。他称树冠和树枝也是自己的，但宾斯特德、佛林斯罕、本特利和金斯利教区的穷人们说该属于他们，便乱糟糟地聚集起来，还真的把树枝一抢而空。有个男人领了一队人抢回家 50 多捆。最后，55 位哄抢树枝的人都被那位老爷给起诉了。

那些高大挺拔的树是在冬季二三月份砍倒的，树皮还没长好③。旧时，霍尔特林场距泰晤士河彻特西镇水道约有 18 英里。魏河至萨里郡的戈德尔明镇通航后，这个距离缩短了一半。

---

① 一般认为铜版雕刻印刷术的发明人是鲁珀特王子。根据克里斯托弗·雷恩爵士的作品《埃尔梅的生活》，也有人认为发明人是这位杰出的建筑师。1662 年 10 月 1 日出版的《皇家学会期刊》上记录说，雷恩博士提出一种新的切割法。按照这种方法，他几乎可以在任何一块青铜或者黄铜上刻画，就像在纸上用蜡笔作画一样。就这个问题，《敬先节》的编辑确定地说："根据博学的约翰·伊夫林的说法，雷恩博士是铜版艺术雕刻法第一发明人，后来由鲁珀特王子殿下继承和发扬，方法在某种程度上有所不同。"

② 有一个并不广为人知的奇怪现象：在一段时间里，鹿角会长出很多分枝。一些人认为这是由于更丰富的食物所致，也有些人认为种群变得如此密集前，动物有更多的宁静休息时间。在一些个体中，鹿枝数量成倍增长。黑塞堡博物馆展出过一个有 28 只鹿枝的鹿角。居维叶男爵提到一个有 66 个鹿枝的鹿角，也就是每一个角上长有 33 个鹿枝。

③ 冬天砍伐的木材品质好，原因在于一年中这个季节树液溢出。夏季砍伐的木材容易干腐或开裂，这两种情况都是由于在干燥过程中树液没有正常排出所致。一年之中，树液只会在春天增多，秋季减少。

第十封
致托马斯·彭南特先生

1767 年 8 月 4 日

很遗憾，我从没遇到过其所从事的研究能引领着他去探寻自然奥秘的邻居。缺少这样一位能促进我努力钻研和提高专注度的同伴，我从孩童时代起就极为痴迷的研究，到现在也只是在某些方面取得微小进展。

关于冬季在怀特岛或是国内任何地方冬眠的家燕（hirundines rusticae），我从未听到过任何值得关注的叙述。一位很有探究心的牧师肯定地说，当他还是个孩子时，一年早春，几个工人拆掉教堂钟楼的雉堞，在废墟里发现两三只雨燕（hirumdines apodes）。乍一看好像都已经死了，放到火炉边又活了过来。他说，由于实在想养着这几只雨燕，他便把它们装进一个纸袋，挂在炉火边，不料后来都闷死了。

另一个睿智的人告诉我，当年他还在苏塞克斯的布赖特埃姆斯通上学时，在一个多风暴的冬天，一大块白垩崖块落在海滩上。很多人在废块里找到家燕。我问他是否亲眼见过哪怕其中一只，他否定的回答很让我失望。不过他确定其他人的确见过①。

今年7月11日就能看见家燕的雏鸟，但马丁燕（hirundines urbicae）的幼鸟还在巢里羽翼未丰。这两类鸟年内会再哺育一次后代。我在去年的动物志里记载道，乳燕晚到9月18日才出巢。这些晚孵出的小燕子会不会更愿意在本地隐匿而不想迁徙呢？事实上并非如此，去年虽晚至9月29日还看见小马丁燕待在巢里，但到10月15日它们已全部消失不见。

尽管看上去雨燕跟家燕、马丁燕的习性完全相同，但雨燕总在8月中旬前离开，家燕和马丁燕往往待到10月中旬，这点很是奇怪。有一次我见到很多马丁燕，那是在11月7日②。它们和红翼鸫、田鸫同飞，这种冬鸟和夏鸟齐聚的景象，实属罕见。

一种不是普通云雀属（alaudatrivialis）③就是柳鹟莺属（motacilla trochilus）④的小黄鸟在高高的树巅不断发出咝咝的颤音。这一带还没给这种鸟起名，雷称之为stoparola，通常动物学里将其称作捕蝇鸟。这种鸟有个似乎被人们忽略的特点：捕食时它站在杆顶，猛然跃起捉住空中的蚊蝇，几乎脚不沾地再回到杆顶，如此反复多次。

我发现这里肯定不止一种柳鹟莺属鸟。雷在《哲学书简》里提道：德勒姆先生说他自己发现了三种。这些常见的鸟儿同样没有英文名。⑤

斯蒂林弗利特先生询问黑顶林莺（motacilla atricapilla）究竟是

不是候鸟，我觉得这点毋庸置疑⑥。它们会在 4 月的一个好天气里成群结队回来，冬季从来一只也看不见。它们是叫声婉转的歌者。

每年夏天，许多沙锥鸟到本教区边的沼泽地繁衍后代。那时，看雄鸟振翅高飞，听它们低声嗡鸣，着实惬意。

我一直没机会抓到一只在镇上跟你提到过的那些老鼠。上次给我老鼠的人说丰收季节老鼠才多，到时我一定要多抓些去搞清楚这些老鼠究竟有没有被分类。

我认为水鼠可能有两种。雷说水鼠后腿带蹼足，林奈也这么讲。我在小溪边发现的一只水鼠，没长蹼足，却仍是个游泳和潜水好手。这正符合林奈《自然体系》中对两栖鼠类的描述："它们在沟堑中游泳和潜水。"要是能得到一只有蹼足的水鼠，我会特别高兴。林奈说起两栖水鼠（mus amphibius）时似乎非常困惑，他不确定它们是否和两栖陆鼠（mus terrestris）不同。如果确如雷所说"田鼠头大身子短"（mus agrestis capite grandi brachyuros），那无论是它的大小、体格，还是习性都与水鼠大不相同。

至于我在镇上提起的隼，我会冒昧给您送到威尔士。对我，它很是新奇，若您视之为平常，还望见谅。这只隼虽不完整，但"窥一斑，便知全貌"。

这只隼之前在沼泽地搜猎野鸭和山鹬，被射杀时，它扑倒一只猎物，正准备把它撕咬成碎片。我发现它不同于英国任何一种鹰，春园的展品中也找不到相似标本。它是我在一间用谷仓建的乡村博物馆里发现的，当时钉在屋子的后墙上。

我住的这个教区地势陡峭，崎岖不平，山多林多，因此也多鸟。

①关于几只家燕留在这个国家冬眠的个例的确从来没有发生过，但是它们通常冬眠这点却毋庸置疑。查尔斯·卢西恩·邦纳1823年3月20日在直布罗陀海峡附近的特拉华州船上，给林奈学会秘书的一封信中写道："几天前，在距葡萄牙海岸500英里，非洲海岸400英里的地方，我们惊喜地发现了几只燕子，其中有家燕和马丁燕。我们猜想应该是东风造成这种极不寻常的情况，估计风切断了它们从大陆前往马德拉岛的迁移路线，当时马德拉岛离我们只有200英里远。当看到几只小莺在甲板和索具上蹦蹦跳跳时，这更让我惊讶。这些可怜又神秘的家伙很快就被抓住了，带到我这里来。"这些莺是柳鹨鹪（the sylvia trachilus），也称干草鸟。

②据了解，雨燕停留在这个国家最后的时间是1817年的9月15日。在彭赞斯附近的海边，有人看见两三只头雨燕带着一大群家燕和马丁燕往东飞去。毫无疑问，这些鸟是在从这个国家迁往南方的途中。直到1806年11月20日，W. T. 布里牧师还看到家燕（H. rustica）。斯威特先生也提到，1828年11月23日，他在伦敦附近的花园里看到一只家燕飞过头顶。那天天气很好，有很多蚊蝇。不过让他感觉困惑的是，在之前的严寒日子里，它究竟如何生存？那位敏锐的自然观察者注意到它们最早现身的时间是在1803年4月3日。根据他的记录，他在1818年和1822年3月31日看到崖沙燕（H. riparia），1818年那次是在彭赞斯看到。他还补充说："一位睿智的朋友告诉我，家燕一旦在晚秋时节把家安在沃里克的圣玛丽教堂，到圣诞节前夕就会经常看到它们在那里成群出现。圣诞节之后便消失，再也不见。"这些鸟出现的顺序依次是：崖沙燕、家燕、马丁燕、雨燕。

③蚱蜢云雀。

④黄色的柳鹨鹪。

⑤文中提到的三个物种，一种是文中提到的普通柳鹨鹪，另外两种是最小的柳鹨鹪和棕柳莺。

⑥黑顶林莺无疑是迁徙鸟。它在4月中旬出现，9月退去。

交嘴鸟

第十一封
致托马斯·彭南特先生

塞尔伯恩，1767 年 9 月 9 日

我会耐心等待您对那只隼的看法。至于它的重量、体宽等信息，真希望我当时记了下来。不过我记得，它有 2.8 磅重，双翼展开间距 38 英寸。隼的蜡膜和脚呈黄色，眼睑周围为亮黄色。因已死去多日，眼珠凹陷，无法详细观察瞳孔和虹膜的颜色。

几年前的夏天，我见过一对戴胜（upupa），这是我在这一带见过最不同寻常的鸟。它们连续几周光顾我菜园边的一块花地。它们仰首阔步，边走边觅食，这样一日数次。它们本来似乎已经准备好在这里繁育后代，却被几个无所事事的男孩惊吓、驱扰，无法再享有悠闲安宁。[①]

几年前的一个冬季，园子里来了三只厚喙鸟（loxia coccothraustes），我射杀了一只。从那以后，在同样寒冷的冬天不时会冒出一只这种鸟。[②]

去年，有人在附近射杀了一只交嘴鸟（loxia curvirostra）[③]。

053

我们这边的小河，村尾水位才稍高一点，河里只有大头鱼，或叫杜父鱼（gobius fluviatilis capitatus）、鳟鱼（trutta fluviatilis）、鳝鱼（anguilla）、七鳃鳗（lampaetra parka et fluviatilis）和棘鱼（pisciculus aculeatus④）。

这里离海 20 英里，距大河也是差不多的距离，因此很少见到海鸟。至于野禽，也只是沙锥鸟繁育的沼泽地才能看见几群野鸭，遇到恶劣的天气，林间湖泊常有一大群赤颈鸭和水鸭。

对一只被驯养的褐鸮，我也有一些了解。它像鹰一样时不时咳出老鼠皮毛或是鸟毛颗粒。吃饱时，则像狗一样，把吃剩的藏起来。

小仓鸮很难养，得源源不断供给它们新鲜老鼠。小褐鸮倒是从不挑食，喂什么就吃什么，蜗牛、老鼠、猫崽、狗崽、喜鹊，或是其他动物的腐肉或内脏，统统来者不拒。

毛腿燕此时仍在产卵，雏燕也羽翼未丰。我看到最后一只雨燕大约是在 8 月 21 日，那是个落伍兵。

最近还看到红尾鸲、翔食雀、灰莺和柳鹪鹩（reguli non cristati），只是黑顶林莺却不见踪影。

有件事忘了提。在一个阳光明媚、温暖的清晨，牛津大学基督教会学院的中庭，有一只毛腿燕飞来飞去，最后落在矮墙上。那时已是 11 月 20 日。

目前，我知道两种蝙蝠，包括人们常见的普通蝙蝠（vespertilio murinu）和普通长耳蝠（vespertilio auritus）⑤。

去年夏天，一只会从人手里取苍蝇的驯养蝙蝠带给我很多乐趣。喂它食物时，它把双翼放在嘴前，护住脑袋盘旋，姿势如猛禽扑食。它不吃苍蝇，但它剪断苍蝇翅膀的娴熟样，让我觉得挺有趣。昆虫应该最合它意，生肉也不拒绝。蝙蝠顺着人家烟囱下去啃吃熏肉的说法，似乎也并非不可能发生。在饶有趣味的几次观察中，我看到这奇特的四肢动物轻松地从地面上一跃而起，这也批驳了那些说它一旦落地就再也飞不起来的粗鄙说法。它跑动的敏捷性超乎我的想象，不过样子很是滑稽古怪。

蝙蝠像家燕一样在飞行中饮水，它在掠过池塘和溪流时轻啄水面。它们喜欢光顾水面，不仅是要饮水，还因为水上昆虫最多。几年前一个温热的夏夜，我从里士满乘船到森伯里，沿途看到多不胜数的蝙蝠。泰晤士河沿线的天空也满是蝙蝠，一眼望去便有成百上千只。

---

①莱瑟姆在《概览》中叙述了一个小戴胜鸟在 5 月被枪杀的事件。大不列颠很多地方，从德文郡到苏格兰北部都能看到这种鸟。几年前，一只戴胜在班夫附近被射杀。在德文郡和南威尔士也曾捕杀过这种鸟。塞尔比先生说："关于这种鸟的插图是按照标本绘制的。我的那些标本是在班堡附近的诺森伯兰海岸上捕获的。那些戴胜鸟经历过一些恶劣天气已经疲劳不堪。"珀西瓦尔·亨特牧师说，在 1829 年寒冷的月份，他们常在肯特郡不同地方看见这种鸟。戴胜鸟只是偶尔造访，夏季的几个月，它们主要居住在欧洲南部，后来又从那里迁徙到非洲。曾在 92 军团任职的威廉姆森上校告诉我们，直布罗陀对面的非洲休达市附近，一整年都有大量戴胜。它们的巢由梗草搭建，里面衬着软料。巢建在树洞里，据说臭气熏天。卵有四个，呈蓝白色，有浅

棕色斑点。

②这种鸟被英国自然学家称为鹰翅雀，谭明克称之为锡嘴雀（fringilla coccothraustes）。它们只在秋天偶然造访，和我们待到 4 月，很少飞往北部各县。伦敦的 T. F. 先生在《自然历史杂志》第一卷第 374 页中记录了一个例子。他说："1828 年 5 月 14 日，在肯特郡切尔斯菲尔德的沃林先生的果园里捕获一个鹰翅雀巢。一只老雌鸟在巢里被射杀。巢搭建在一棵苹果树的大树枝上，离地有 10 英尺。松散凌乱的巢很浅，不像绿翅雀或者红雀的巢那么深。巢的外部是枯枝和几条草根，夹杂着粗糙的白色苔藓或者地衣，里面衬着马毛和一些细细的干草。卵有五个，大小和云雀差不多，只是又短又圆，卵上有蓝灰色和橄榄棕色的斑纹，有些呈暗褐色或黑棕色。这些斑纹分布在不同的卵上。这种鸟是意大利、德国、瑞典和法国南部的本土鸟。"

③交嘴鸟偶尔来到英国，而且通常出现一大群。塞尔比先生提到，1821 年 6 月，英国出现大量交嘴鸟，它们主要以冷杉树果实为食，在全国冷杉树茂密的地方蔓延开来。鸟群中多数是雌鸟。1828 年 11 月，威斯特摩兰的安布尔塞德一带出现一大群。它们最喜欢出没的地方是有一片小落叶松的种植园。交嘴鸟是北欧的土生鸟。

④英国的溪流中有五种棘鱼，其中三种是亚瑞尔先生发现的。在《自然故事》杂志中，我们对这些小动物的好斗行为有过生动的描述。一位记者说，"春天和夏天的几个月的不同时间，我把这些小鱼养在一起，密切观察它们的习性。凭个人经验，我可以确定以下要讲的事实。我通常把它们养在一个大约三英尺长、二英寸宽、两英尺深的鱼缸里。当它们刚被放进去的一两天时间里，它们在浅处游来游去，显然是在探索它们的新居。突然，一只鱼忽然会去占据浴盆，有时会占据盆底，这时就立刻开始攻击同伴；如果其他鱼胆敢反对它的统治，一场经常性、非常激烈的争斗就会随之而来。它们以最快的速度游来游去，用嘴里长的牙互相撕咬。这时，侧刺会凸显出来，彼此使劲用这些侧刺去刺击同伴。我亲眼目睹了这种争斗，整个过程持续好几分钟，直到一方让步为止。当一方屈服时，征服者露出让人难以想象的复仇般的愤怒，以锲而不舍的、不屈不挠的方式，把对手从浴盆的一边驱赶到另一边，直至最后精疲力竭。在这个时候，征服者身上会出现有趣的变化，它那张布满斑点的绿色外衣变成美丽的颜色；腹部和下颚变成深红色，背部有时呈奶油色，不过通常是鲜绿色；整个身体充满活力和斗志。我偶尔看到浴盆十分之三四的地方被这些小暴君占领，它们以最高度的警惕性守卫着领地。只要一有轻微入

侵，它们就会发起一场战争。战败的一方马上也会发生一种奇怪的变化，曾经那勇猛无畏的样子已荡然无存，鲜艳的颜色也逐渐褪去。斑点在身上重现，丑陋不堪。它只得把自己的耻辱藏在那些平和的同伴中间。只有雄性的鱼才如此好斗。"

⑤目前已经确定有六种蝙蝠：蒙塔古上校在德文郡托基的洞穴中发现的马蹄蝠（hinolophus ferrum－equinum of Geonroy）；同一位先生在威尔特郡和德文郡发现的小马蹄蝠（r. hipposideros）；弗莱明博士在法夫发现的普通蝙蝠中的凹脸蝠（vespertilio emarginatus）；本文作者发现的大蝙蝠（v. noctvJa）；彭南特先生发现的耳蝠（plecotus auritus）；蒙塔古上校在德文郡、皮尔先生在肯特郡的达特福德发现的倒刺蝙蝠（p. burbastellus）。

第十二封
致托马斯·彭南特先生

1767 年 11 月 4 日

得知那只隼①确非寻常，我的满足感可真不小。要是您也从没见过我送去的这只鸟，我得承认我会更高兴一些，不过我明白很难出现这种情况。

我得到两只之前在信里提到的那种鼠，一只幼鼠和一只孕鼠。我把它们浸泡在白兰地里保存。从毛色、体形、大小和筑巢方式看，我断定这种品种从未被归类。它们比雷所说的中等个头的家鼠（mus domesticus medius）瘦小很多，毛色更近似松鼠或榛睡鼠。白肚皮上有一条沿侧身的直线，将背部和腹部分开。这种老鼠从不会自己跑进屋，都是混在麦捆里被扛进禾堆和谷仓。收割季也是它们的繁育期，它们在地上的玉米秸秆堆里，有时也在蓟草丛中筑窝。在草叶或是麦秆筑成的小圆巢里，常常看到一窝幼崽，有的多达八只。

今年秋天我得到一个这种鼠巢。巢仿佛是人用麦秆拼接编成，浑圆像板球大小。巢口处封得精巧，看不到结头。尽管巢里还装有八只没睁眼的秃幼鼠，但巢本身很紧实，即使滚过桌面也不会惊扰到小家伙们。只是这巢已经严严实实，母鼠怎么把奶头送到每只幼鼠口中呢？也许，为方便喂奶，母鼠会在不同地方开口，喂完后再把口封上。幼鼠每天都在长大，母鼠应该没法跟孩子们一同待在巢里。这个在麦田里发现的、悬挂在蓟枝上的摇篮，可真是本能努力的绝美典范。

太平鸟（也称德国丝尾鸟）

一位喜欢鸟的先生来信说，去年1月，他的仆人在一个极端恶劣的天气里射到一只鸟，他确信我一定不认识。我想不到会是什么鸟，就在今年夏天去看。一见那鸟，从五根短羽末梢上五颗独特的红点，我立刻断定这只鸟是太平鸟（garrulus bohemicus）中的雄鸟，这种鸟也叫德国丝尾鸟，绝对不是英国本土鸟。不过雷在《哲学书简》上写道：英国境内在1685年的冬天出现许多这种以山楂为食的丝尾鸟[②]。

提到山楂，我不禁想起这种养活大多鸟儿、大有裨益的野果，今年全面歉收。晚春恶劣的天气不仅打落一些娇弱或稀有树种的果实，强壮和常见树的果子也一同掉落。

最近，附近常有一种鸟跟槲鸫一同出没，啄食紫杉树上的浆果，这种情形恰好符合对环颈鸫（merula torquata）的描述。我曾雇人寻找标本，却未能如愿。我一直有个疑问，如果在春天把加那利雀的卵放在金翅雀和绿翅鸟等同科鸟的巢里，新孵出的加那利雀也能自然适应这里的气候吗？在冬季前，它们的翅膀也许已经长硬，能够自由迁徙[③]。

大约十年前，每年我都会在汉普顿宫附近、泰晤士河沿岸最宜人村庄之一的森伯里待上几周。秋天，聚集在这里的各种家燕带给我无限乐趣。让人印象最深的是，一开始这些家燕远离烟囱和屋舍，每晚到河心小岛的柳林落脚。一些北方人说它们栖于水下。现在，一年中这个季节的栖息方式似乎在某种程度上证实了这一奇怪的说法。一位对此深信不疑的瑞典自然学家在《植物历法》中谈到家燕会在9月初下水时，就跟谈起他家养的家禽日落前安歇一样自然熟悉[④]。

伦敦一位擅长观察的先生写来信说，去年10月23日，他在伯勒看见一只毛腿燕往巢里飞进飞出。去年 10 月 29 日，正在牛津游历的我也看到四五只家燕，时而盘旋，时而停落在郡医院的顶上。

如今在这晚秋时节，那些可能几周前刚孵出的可怜小鸟，还能试图从一个国家的内陆地区，远飞至近赤道的戈雷或是塞内加尔吗?⑤

尽管大多数家燕冬季可能迁徙，但有些还是会留在我们身边越冬，这一点我完全赞同您的观点。

那些短翼软喙鸟倒让我十分困惑，一到春天它们便成群飞来此地。今年我密切观察，发现直到米迦勒节前后，它们才会不见踪影。为了生存它们不会公然现身，而是躲过好奇者探寻的眼睛。至于藏身之所，没人自诩见到过正在冬眠的它们，但也难以就此认为它们已经迁徙离开。漫漫夏日，它们很少飞翔，多在篱笆间跳来跳去。如此柔弱和糟糕的飞翔者，难道真的会飞越广袤的陆地和海洋，只为享受非洲更温和的气候?

---

①这种隼被证实是游隼。——作者注

②这种美丽的鸟（谭明克称之为 ampelis garruta）是英国的常客，经常成群出现。珀西瓦尔·亨特牧师提到，1828 年他曾在肯特郡见过一群这样的鸟。比威克说，在 1789 年和 1790 年，有很多这种鸟被带到诺森伯兰郡。1810 年，英国各地都能看到一大群一大群这样的鸟。塞尔比先生提到自己在 1822 年曾看到一些。1830 年 12 月一只在爱丁堡，另一只在考文垂被射杀。1829、1830 和 1831 年这三年间，有记录可查的标本至少有 20 个，都是在萨福克郡和诺福克郡被射杀的。

③在英国，人们曾做过各种各样的实验试图使金翅雀适应异地生长环境，最后都以失败告终。

④本书作者似乎非常倾向于家燕一族在冬季会浸没在水中的说法。但是地表下或是水面下很深地方的温度，足以否定鸟类冬天在孤独的洞穴或是在湖底深处处于冬眠状态的说法，正如其他许多作者已经证实的那样。

众所周知，地表以下 80 英尺的所有地方，温度恒久不变。太阳对这些地方也没有任何影响。除此之外，还有什么能让这些鸟类的休眠器官发挥作用呢？因此，我们有理由得出这样的结论，那就是寒冷让它们麻木、昏昏欲睡，从而进入长久睡眠。

⑤见安德森的《塞内加尔之旅》。——作者注

第十三封
致托马斯·彭南特先生

塞尔伯恩，1768 年 1 月 22 日

您前一封回信中说，收到我自最南端寄去的信，让您很欣喜。现在我想回赠您同一赞誉，相信长居北方的您也定有些信息，可以满足我的好奇心。

据我多年观察，每近圣诞节，田里都会涌现一大群一大群的苍头燕雀。我以前觉得如此多的数量，应该不是从同一地方孵化出的。经过更密切的观察，我惊奇地发现它们好像都是雌鸟。于是，我和聪慧的邻居们交流这一疑惑。他们费劲研究了半天，确定的确大多是雌鸟，雌雄比例至少在 50：1。这不同寻常的现象让我想起了林奈的话："入冬前，所有雌苍头燕雀途径荷兰，迁徙到意大利境内。"很希望从北方有好奇心的人那里获知，冬季那边是否有大群苍头燕雀？多数是雌鸟还是雄鸟？从这些情报应该就能判断出我们这的雌鸟群是来自岛的另一端，还是来自大陆①。

冬季，我们这儿出现大群朱顶雀。数量如此之多应该也不会来

自同一区域。据观察，春日渐近，在阳光里，这些鸟齐聚枝头婉转歌唱，仿佛宣告它们各自即将离开冬日居所，返回夏日的家。众所周知，至少家燕和田鹬分别动身前会群集鸣啭[2]。

您大可相信鹀（emberiza miliaria）在冬季不会离开。1767 年 1 月的霜寒天，我看到几十只鹀落入安多弗附近山冈的灌木丛中。在这片树林环绕的教区，这种鸟极其罕见。[3]

白色和黄色鹡鸰整个冬季也都待在这里。鹌鹑成群结队前往南部海岸，常被特意赶到那里的人们捕杀[4]。

斯蒂林弗利特先生在《杂文集》中写道："穗鹏（Oenanthe）即便不离开英国，肯定也会迁往别处。他们在收割季前还随处可见，之后消失不见。"这就很好地解释了为什么那时人们在刘易斯附近的南岗捕到大量的穗鹏。在那里穗鹏一直被视为美食。我收到可靠消息称，一直有牧羊人设陷诱捕，一季能赚不少钱。穗鹏素来不喜群居，尽管有人捉到不少，而对那片区域熟悉的我也只见过两三只[5]。一般来说，它们属于徙鸟，一到秋天便飞往苏塞克斯海岸。我在许多郡一年四季都见到过这种鸟，特别在饲养场和采石场附近，它们肯定并非全部离开。

眼下在海军我没有熟人，不过我写信给在最近一场战役做随军牧师的朋友，请他翻看记录，查下进出海峡时栖落在索具上的鸟。哈塞尔奎斯特的描述让人印象深刻："我们离开海峡向北前往列万特，一路上总有短翼小鸟落在船上，特别是在风暴天气。"

您对西班牙的推测，极有可能是准确的。安达卢西亚冬季很暖，那些离去的短翅鸟，很可能在那里找到足以维持生计的昆虫。一些富有、健康、悠闲的年轻人，真该在秋季到西班牙旅行，或用一年的时间好好考察下这个大国的自然史。威卢格比先生本着这个目的穿越整个王国，不过他厌恶西班牙人的粗野放纵，便也只是心情不佳、浮光掠影般沿着边缘走了一遭。

如今我在森伯里已没有朋友，无法获知栖息在泰晤士河中小岛上家燕的情况，也打听不到更多那些我怀疑是环颈鸫（merula torquata）的消息。

关于小老鼠⑥，我还想多说几句。它们把哺育幼鼠的巢悬挂在尚未收割的庄稼地里，冬天一到，它们便在地上挖深洞，用草铺出温床。丰收时它们带进来的谷垛似乎是它们豪华的聚集地。一个邻居最近在搭燕麦垛时，发现稻草下聚集了近 100 只老鼠。大多数老鼠都被捉住了，我还见过一些。经测量，这些老鼠从鼻子到尾巴有 2.25 英寸长，仅尾巴就有 2 英寸。用天平称，两只老鼠重量仅相当于半便士的铜币，即三分之一盎司左右。它们该是本岛上最小的四足动物。我还发现，一只成年中型家鼠（mus medius domesticus）重一盎司，是上面提到的老鼠的 6 倍多。鼻子到臀部 4.25 英寸长，尾巴长度相同。

这个月，我们这里严霜厚雪，有一天温度计显示室温−14.5 摄氏度。娇嫩的常青植物遭受严重损害。地上铺着厚厚的积雪，幸亏没有风，否则植物损失惨重。数据表明，其中几天应该是 1739 至 1740 年以来的最低温度。

①塞尔比先生表示，在诺森伯兰郡和苏格兰，这种雌雄分离的现象大约发生在11月；从那时起直至春天回归，很少看见雌鸟，也很少看见雌鸟鸟群。然而也有例外，我们曾在隆冬时节遇到过雌鸟和雄鸟。同时也可以确定地说，在费弗居住的几年，我们的灌木丛和花园里，雄鸟和雌鸟一样多，并没有分为雌雄不同的群体。

②在囚禁状态下，朱顶雀不会呈现出夏季自由自在状态下的美丽色彩，像婚礼上的那种艳红色调就从未出现过。

③常见的鸦在冬天聚集，不会迁移。秋天，它们从北方退回我们身边，春天可能再离我们而去。冬天，它们很常见，经常成群结队地飞去农场。克纳普先生说："早上，我看见一垛干草从茅草屋顶全部被扯了出来，这是鸦干的。它们抓住稻草露在外面的那端，将草扯出来，寻找任何可能剩下的谷物。麻雀和其他鸟钻进干草垛里偷食玉米。故意拆除建筑物屋顶的行动似乎为鸦所独有。"

④春天看到的鹌鸪是徙鸟；5月来到我们身边，9月离开。据说夏天在西伯利亚和俄罗斯都能看到。接下来的一整年时间都待在法国。——作者注

很难想象短翅鸟这种飞行能力肯定很差的鸟，如何能够穿越广阔的水域。圣皮埃尔说："9月底，鹌鹑乘着北风离开这里前往欧洲，它们拍打着一个翅膀，另一个翅膀乘着风半是帆又半是桨。它们用有羽毛的尾部在地中海的巨浪中滑行，前往非洲沙漠。它们可能正好成为扎拉那些饥饿不堪的居民送上门的食物。"

⑤斯蒂林弗利特说这个物种不合群的观点是错误的。蒙塔古告诉我们，1844年3月24日，有一大群穗鹀中的雄鸟出现在靠近金斯布里奇的南德文海岸。白天它们成群结队，忙着寻找食物。

⑥肖在《动物学》里称这种老鼠为禾鼠或者巢鼠（mus messorius），这个品种最先由怀特发现。

第十四封
致托马斯·彭南特先生

塞尔伯恩，1768 年 3 月 12 日

如果某位有好奇心的先生得到一只黇鹿头，把它剖开，会在鼻孔旁看到两个气门（spiracula），或称呼吸孔，应该类似人头上的泪点（puncta lachrymal）①。口渴时，这鹿像马一样把鼻子深扎进水中，喝水时长时间保持这个姿势。为了方便呼吸，它们会张开呼吸孔。这两个孔位于眼睛的内眼角，与鼻子相通。这奇特的自然造物很值得关注。据我所知，至今还没有哪位自然学家注意到这点。尽管口和鼻孔不呼吸，看上去这些动物也不会窒息。头部这一特别构造，应该专门服务于好逐跑的动物，以方便自由呼吸。两个额外的鼻孔在飞奔时无疑会张开②。据雷先生观察，马尔塔一位主人切开驮重物驴子的鼻孔，发现这种鼻孔天生狭小，在如此炎热的天气运输或是劳作，都无法吸入足够的空气。我们都知道：马夫和赛马场的先生们都知道狩猎和赛马时肯定是马的鼻孔越大越好。

希腊诗人奥庇乌斯法似乎也在下面几行诗中提到牡鹿的四个气

门（spiracula）：

Τετçαδνμοι ζ ινες, πισνçες πνοησι διαυλοι.

四个气门，四条呼吸道。

喜欢互相引用的作家们把"山羊用耳朵呼吸"这话安在亚里士多德身上。实际上，他的意思正相反："阿尔克迈恩说山羊用耳朵呼吸，他提出的这个观点是错误的。"（见《动物志》第 1 册第 11 章。）

---

①专业名称为泪腺窦，常见于所有鹿属类动物，许多羚羊身上也有。

②对这个问题，彭南特先生给我一个奇特又中肯的答复。他说："我很惊讶地发现羚羊身上也有类似你提到的这种鹿上的东西。这种动物每只眼睛下面都有一个长长的裂口，可以随意打开或者关闭。在它面前放一个橘子，这种动物就像用鼻孔一样会充分利用这些孔，它只是把这些孔贴在水果上，就好像通过它们嗅到了味道。"——作者注

第十五封
致托马斯·彭南特先生

塞尔伯恩，1768 年 3 月 30 日

一些有知识的村民说，我们这里除了鼬鼠、白鼬、雪貂和臭鼬，还有一种鼬属动物。这种小红兽比人们惯常称为蔗鼠的田鼠大不了多少，只是长很多。这个信息或许不可信，但也可进一步查证①。

附近一位先生得了个巢，里面有两只乳白色秃鼻乌鸦。它们还没学会飞，就被一个蠢笨的马夫发现，扔到地上折腾死了。主人极为痛惜，他原本很高兴在自己这简陋居所还能保有一个新奇之处。我曾目睹这些鸟的标本钉在谷仓尽头的墙上，乳白色的喙、腿、脚和爪子让人惊讶。

一个牧羊人说，今年冬天他在我房后高处的山冈看到一些白云雀。那不正是《不列颠动物志》里被称作"雪花"的雪鹀（emberiza nivalis）吗？这点确定无疑！②

几年前，我见过一只关在笼子里的红腹灰雀的雄雀。从田里捉

到它时，其羽毛色泽饱满。大约一年后，颜色开始变淡，以后逐年变黑，四年后完全成了炭黑色。它主食大麻籽，看来食物对动物的颜色影响竟然如此之大。

驯养动物毛色斑驳杂乱，应该是由于它们吃的那些简陋、混杂以及各种奇奇怪怪的食物。③

据我多年观察，在酷寒的大雪天，篱笆旱坡上斑叶阿诺母的草根常常被刨出来吃掉。经过我和其他人仔细辨认，应该是被鸫科属的鸟刨出来的。这种草根相当温热辛辣。

大群的雌苍头燕雀还没抛下我们，乌鸫和画眉却在寒冷的1月变得稀少。

2月中旬，一只落在高篱笆上的小鸟引起我的兴趣。从黄绿色羽毛看应该属于柳禽类的软喙类。这不是山雀，说是金冠鹪又太大太长，看起来更像柳莺鹪。它有时会倒挂着，也从不在一个地方久待。我拿枪射，它左蹦右跳，总也射不中④。

我不知道欧石鸻是否该被一些作者称为罕见的鸟。在汉普郡和苏塞克斯郡野外，这种鸟随处可见。整个夏天直至深秋，它们都在那里繁育后代。这个季节，它们在夜里已开始鸣叫。不论基于哪一点，它都不像雷先生所说是"盘旋水上的鸟"。至少在白日，它们会远离水，只在最干燥、开阔的旱田和牧羊场出没，夜里则无从知晓去了哪里。这种鸟主食虫子，有时也吃蟾蜍和青蛙。

我带给您一些我给新品老鼠做的上好标本。林奈也许会称它们为小老鼠（mus mini）。

①蔗鼠已被证实是一种常见的鼬鼠。在萨福克郡，它被称作捕鼠鼬。

②我们见过许多英国品种的白鸟，没有理由看不出提到的那只鸟应该是白云雀还是雪鹀。1828年10月，在坎特伯雷附近的金斯顿教区附近，一只白云雀被射杀。《自然历史》有一篇文章，提到康沃尔郡圣安斯代尔发现的黑鸟巢穴。巢里有两只鸟，一只为纯白色。1831年夏，爱丁堡附近的纽波特发现一个黑鸟窝，里面有四只幼鸟。其中两只颜色普通，另两只全白。前者为雌鸟，后者为雄鸟。几年前，在朋友帕特里克·沃克爵士的德拉姆舍夫庄园，有一只漂亮的杂毛黑鸟和家禽在一起喂养，它已被驯化。这只鸟在德拉姆舍待了好几年，后来在梅尔维尔街被一位先生从后窗射死。这位先生从没听说过这只鸟，还以为是种罕见的品种。标本现存放在帕特里克爵士博物馆。一只色彩斑斓的黑鸸，几年前被维茨博先生关在笼子里，这位著名的眼镜师住在距杰德堡不远的英奇博尼。我们经常看到白乌鸦、一只白色红眼知更鸟、一只白麻雀和一只白寒鸦。我们相信，这些偶然的变种几乎存在于所有鸟类物种中。威廉·贾丁爵士提到了一对在达姆弗里斯郡埃斯克代尔农场孵化出的乳白色喜鹊。《自然历史》有一篇文章说，一只金翅雀在赫里福德郡的罗斯附近被射杀。这种鸟通身为亮黄色，其中夹杂着绿色、黄色和灰白色。

③食物、气候和驯养方式对动物颜色影响很大。几乎所有家养禽类都毛色不一也是源于该原因。野生状态下，大多数鸟类的羽毛为深色，可以保护自己抵御天敌。自然学家认为，这就是毛色繁多的鸟类在第二或第三年才穿上盛装的原因，那时它们才学会用狡黠和力量躲避敌人。

④很可能是长须山雀。

第十六封
致托马斯·彭南特先生

塞尔伯恩，1768 年 4 月 18 日

欧石鸻通常一次只产两个卵，从不超过三个。它们不筑巢，卵产在田里裸露的地面，常被翻地的村民们毁掉。雏鸟像鹧鸪一样飞快地跑出蛋壳，钻入水坝附近的燧石场，藏在石缝里。这里是最安全的藏身之所。欧石鸻的毛色跟斑点点的灰色燧石相似，除非发现雏鸟的眼睛，否则它们能从最细心的观察者眼皮底下逃脱。其卵短而圆，点缀着暗红斑点。即便我很乐意，也难以捉到一只，不过几乎每天都能指给您看。一到晚上，村子周围都是它们的声音，喧闹声能传到一英里开外。它们腿部像痛风病人一样肿大，也被人们叫作厚膝鸻，贴切又形象。丰收季后，我曾带着波音达猎犬在芜菁地里去射杀它们。

我确定有三种鹟鹩①，其中一种一直无从得到，而另两种我很熟悉。这两种鸟的叫声截然不同，没有哪两只鸟的叫声比它们差别更大。一种调子欢快如笑声，另一种尖厉刺耳。前者身体各部分都

大一号，身体长了 0.75 英寸。前者重 2.5 打兰②，后者重 2 打兰，看来欢歌者比啁啾者重五分之一。我记录道，啁啾者 3 月中旬起鸣叫，经春过夏直到 8 月底。人们最早听到这种夏候鸟的叫声，有时歪脖鸟可能会更早。较大的鸟腿呈肉色，较小的呈黑色。

　　蝗雀③上周六开始在我地里哑哑叫，没有什么声音比这种小鸟的低语更有趣。尽管还有百码远，低鸣声听起来如此近。即使近在耳边，叫声也并不会响亮多少。假如我对昆虫没一些了解，也不知道此时蝗虫还未孵出，我几乎要相信灌木中低鸣的是蝗虫。若说这是鸟叫声，村民一定会取笑你。这是一种非常狡猾的生物，它常躲在最茂密的灌木丛中，只要隐蔽好，它会在距人一码处歌唱。我只好请人绕到它常出没的篱笆那头去堵截，可就在我们面前 100 码开外的地方，它像老鼠一样窜进荆棘丛深处消失不见。它从不让人看清真面目，破晓时分万籁俱静时，才在枝头振翅开声。雷先生自己不了解这种鸟，便引用约翰逊先生的描述。显然，约翰逊先生将它和柳鹟鹩这两种迥然相异的鸟混作一谈（参见雷《哲学书简》第 108 页）。

　　常在我葡萄藤上繁育的翔食雀还未现身，红尾鸲却已开始歌唱，短促而不清亮的叫声一直持续到 6 月中旬左右④。较小的一类柳鹟鹩会摧毁豌豆、樱桃和红醋栗以及诸如此类的果实，是园子里极为讨厌的害虫。这种鸟如此想亲近人类，拿枪都吓不走。

　　本地在这个时间段发现的夏候鸟根据出现时间早晚顺序排列如下：

中文名	林奈命名法
最小的柳鹪鹩	Motacilla trochilus
歪脖鸟	Yunx torquilla
家燕	Hirundo rustica
马丁燕	Hirundo urbica
崖沙燕或灰沙	Hirundo riparia
布谷	Cuculus canorus
夜莺	Motacilla luscinia
黑顶林莺或称黑顶莺	Motacilla atricapilla
白喉林莺或称白喉莺	Motacilla sylvia
中等个头的柳鹪鹩	Motacilla trochilus
雨燕	Hirundo apus
欧石鸻?	Charadrius
斑鸠?	Oedicnemus? Aldrovandi?⑤
蝗雀	Alauda trivialis
秧鸡	Rallus crex
最大个的柳鹪鹩或鹪鹩	Motacilla trochilus
红尾鸲	Motacilla phaenicurus
欧夜莺(或食乳鸟)	Caprimulgus europaeus
翔食雀	Muscicapa grisola

　　这里的村民常谈起一种鸟，它用喙啄枯树枝或是老栅栏发出嘎嘎声，人们将其叫作嘎嘎鸟。我击落过一只，确定这种鸟其实就是

五子雀（sitta europaea）。雷先生说那些身上斑点少的啄木鸟也这么做，响动估计一弗隆⑥外都能听见。⑦

现在是观察短翼夏候鸟的唯一时机。一旦树长出叶子，这些好动的飞鸟便难觅踪影。雏鸟一出现就更混乱，分不清种属和类别，也分不出是雌是雄。

在繁育期，沙锥鸟在沼泽上方尖叫嘶鸣着嬉戏。下落时嗡嗡作响。它们难道也像火鸡一样用腹部发声？也有人认为它们是靠翅膀摩擦发声⑧。

今早，我看见一只金冠鹪鹩，冠部像抛光的金子一样闪闪发光。这种鸟常像山雀一样倒挂在枝头⑨。

---

①这三种是鹪鹩、干草鸟和棕柳莺，后者通常4月底在这个国家出现。斯威特先生说，棕柳莺能很快适应囚笼生活。他抓住的那只三四天就学会从他手里取苍蝇，也"学会从勺子里喝牛奶，而且很喜欢这么做。它跟着勺子后面绕着屋子飞，它会停在握着勺子的手上，一点儿也不害怕；它有时会飞上天花板，下来时每次嘴里都叼着一只苍蝇。后来，它变得很温顺，卧在我的膝盖上，在炉火边睡觉"。

②打兰，英语dram的译音，英制重量计量单位，为一盎司的十六分之一，旧称英两或啊。——译者注

③蝗雀的习性和特点与百灵鸟属截然不同。蝗雀身下没有长爪。常住在灌木丛中或常在低洼潮湿的地方出现。它跳跃着前进，不像百灵鸟一样在地上奔跑。

④贝希斯坦说，红尾鸲的歌曲欢快动听。他说："有一只把巢筑在我房子下面，惟妙惟肖地模仿窗户上一只关在笼子里的猫的叫声。还有一只把巢筑在邻居家的花园里，重复着莺的

调子。"

　　4 月初它们抵达这个国家，9 月底离开。但是，据伦敦一个杂志记载，1830 年圣诞节，有人在萨尼特岛邓普顿阶梯崖上看到一只红尾鸲的雌鸟。

　　⑤我们的作者在这一物种后面打了问号，似乎在怀疑它是否为这一带的候鸟之一。斑鸠，林奈称为 Columba turtur，在英格兰南部各郡很常见。它们在 4 月底或 5 月初到达，9 月离开。有人最近在北边的泰恩河畔纽卡斯尔看见这种鸟。贝威克提到曾在 1794 年拜访纽卡斯尔附近的普勒斯威克·卡时见过一群。塞尔比的那只是 1816 年在北桑德兰射杀的。这只斑鸠嗉囊下的腺体分泌一种乳液，这点应该在所有的种属中都很常见。

　　⑥1 弗隆（浪）＝20116.8 厘米。——译者注

　　⑦一只被游猎者打中翅膀的五子雀，关在一个用橡木和铁丝做的小笼子里。在被囚禁的日日夜夜，它不停地拍打。仅过了很短一段时间，那个木笼子就像被虫蛀一样。它对自己的处境表现出极度的不耐烦，坚持不懈地设法逃走。这个过程中也展示出它的聪明和狡黠。它凶猛、勇敢无畏、贪婪地吃着摆在它面前的食物。第三天天快黑时，它在烦恼、勤勉和贪婪的食欲的综合作用下安静下来。这只关在笼子里的五子雀特别辛苦，啄东西的方式也和其他所有鸟都不一样。"它用两只大脚拼命地抓着笼子当作支点，用全身的重量一下一下重重地拍打下去。"

　　布里先生告诉我们，他在孩子们常用砖搭的陷阱里捉到一只五子雀，喙的样子非常特别，让他印象深刻。喙尖斜钝，看上去像被切断的。他确定这是五子雀试图逃跑的结果。孵化过程中，任何迫害都无法迫使这只无所畏惧、勇敢的小鸟离开它的巢穴。它以坚定的勇气捍卫着巢穴：它发出嘶嘶的声音，用喙和翅膀攻击入侵者，即使被抓住也绝不屈服。

　　⑧声音来自喉咙，而非翅膀。蒙塔古说："繁殖季节，沙锥鸟发出的声音和冬天完全不同。雄鸟能扑扇一个小时翅膀。它们像百灵鸟一样上升，发出尖锐的笛鸣；再以飞快的速度下降，发出的声音像老山羊在鸣咽。它在雌鸟待的地方不断上飞下落，尤其是在雌鸟孵卵的时候。"

　　⑨这个优雅的小物种是英国最小的鸟类。重量很少超过 80 克。这只小鸟勇敢地面对气候中最严酷的冬天。塞尔比记录了迁徙的两个例子。他说，在 1822 年 10 月 24 日和 25 日，"在经历了自西北方来的狂风和浓雾后，成千上万只鸟抵达诺森伯兰郡海岸和沙滩"。

　　这个冬天，这种生活极有规律的鸟类出现了一个不寻常的情况，那就是，整个鸟族，本地

的还有外来的都一同从整个苏格兰和英国北部消失了。这个情况发生在1823年1月底，一场持续数天的暴风雪到来的几天。英格兰北部各郡县和苏格兰东部地区都遭受严重的暴风雪侵袭。这种迁徙的范围和具体地点尚不清楚，但很可能是前往很遥远的地方。因为，在之后的那个夏天，在人们熟知的它们往年频繁出现的地方，没有看到一对在那里出入或繁殖，直到10月份也没见到一只。

第十七封
致托马斯·彭南特先生

塞尔伯恩，1768 年 6 月 18 日

您 6 月 10 日让人愉快的信，上周三终于收到。得知您依然精力充沛地从事博物学方面的研究，并着手推进爬行类动物和鱼类研究，我非常高兴。

尽管我很希望多了解爬行类动物，但我知之甚少，对其发展史也不甚了解。对于这类动物类似隐花植物的繁殖方式，我依旧存有疑惑和模糊之处，有些鱼，如鳗鱼繁殖就是如此[①]。

蟾蜍产卵和养育后代的方式似乎还不为人知。有些作者说蟾蜍是胎生动物，雷却将它纳入卵生动物，但对繁殖情况只字未提。或许跟蝰蛇一样，它们都"先在腹内产卵，孕育出幼仔后再将其产出体外"[②]。

人人都知道青蛙抱对交配，或者至少看起来如此，斯瓦默丹[③]早已证实雄蛙体内没有生殖器。春天，我们会看见一只青蛙伏在另一只背上，足有一月之久。我从来没见过也没听说有谁见过蟾蜍有

同样情形。很奇怪，蟾蜍是否有毒至今尚无定论。显然，蟾蜍对某些动物来说的确无毒。鸭子、秃鹰、鸮、欧石鸻和蛇吃了它安然无恙。我清晰地记得，有一位江湖郎医生在村里吞下一整只蟾蜍，村民们看得目瞪口呆。那位医生随后喝了点油。我虽未亲眼目睹整个过程，但当时在场的人不在少数。

我收到条可靠消息，有一些女士很喜欢一只蟾蜍，一到夏天就去喂它。当然，您大可以说她们品味确实与众不同。这只蟾蜍一年年越长越大，长到最后体形简直大得惊人，身上的蛆竟都生出麻蝇。每天夜里，它从花园台阶下的洞里爬出。有人在吃过晚餐后，把它抱到桌上给它喂食。它最终还是被一只家养的渡鸦盯上。有一天，它从洞里刚一探头，就被渡鸦用它粗硬的喙狠狠地啄掉一只眼睛。这只动物之后日渐衰弱，没多久便死掉了。

在雷的《上帝造物的智慧》第 365 页，德勒姆先生有段描述青蛙迁离繁育池塘的文字。您读过大量精彩的作品，相信您也记得这段。德勒姆先生说因为青蛙贪恋雨天的凉爽和潮湿，不断推迟行期，直到下雨天才出发[④]。他同时驳斥了"青蛙是雨天从云里落下来的"这种荒谬说法。青蛙目前还是蝌蚪态，几周后，这些不过指甲盖大小的迁移者，便会涌满村中车道、小径和田野。斯瓦默丹详细记录了雄雌蛙交配的方式和情形。从这微小动物的四肢看，上帝的造物法则多么神奇！它们在水栖幼虫时只有像鱼一样的尾巴，腿一旦长出，尾巴立刻被舍弃不用，开始往岸上跳。

梅雷提出树蛙是英国的一种爬行动物，这个观点我相信绝对大错特错。它们大量存在于德国和瑞士。⑤

雷说的蝾螈（salamandra aquatica），又名水螈或水蜥，会撕咬钓鱼人放的饵，经常被钓上来。之前，我一直想当然地认为蝾螈在水里孵卵、生活，最终也死在水里。皇家学会会员、被称作"珊瑚埃利斯"的约翰·埃利斯先生，在1766年6月5日致皇家学会的一封信中谈起泥鳗蜥这种来自南卡罗来纳州的两栖蜥的时候说，"水螈"或者"水蜥"只是陆蜥的幼体，就像蝌蚪是青蛙的幼体一样。以防有人怀疑我误解了他的意思，我直接引用他的原话："关于泥鳗蜥鳃盖或者说是覆盖着鳃的部位，"他继续写道，"我发现这些长毛的鳃盖跟英国蝎虎（lacerta）水生形态的幼体相似。英国蝎虎，又叫水蜥或'蝾螈'，前不久我刚观察过它。鳃盖盖住腮，在游动中它的功能相当于鱼鳍。我养过一段时间泥鳗蜥，据观察，它们转型为陆上生物后，就像舍弃尾鳍一样，退掉鳃盖。"⑥

林奈在《自然体系》一书中，不止一次提出与埃利斯先生相同的观点。

承蒙上帝厚爱，国内有毒的蛇类爬行动物仅蝰蛇一种。鉴于您著书是为服务大众，请您一定记得提下，色拉油可用作治疗蝰蛇咬伤的特效药。经过仔细观察，我确定蛇蜥（anguis fragilis）应该无毒。一位常带给我美好启示的自耕农邻居，在5月27日左右打死一条母蝰蛇。剖开蛇身，他看到11只如乌鸦卵大小的蛇蛋。所有蛇蛋都还未成熟，看不见幼蛇的雏形。蝰蛇虽然属于卵生动物，但称它为胎生动物也无不妥，这种动物在肚内孵化出幼蛇，将它们产出体外。每年夏天，尽管我们尽力阻挠，这些蛇还是到我的瓜田产卵。据我多年的经验，这些卵到来年春天才被孵化。

一些智慧的村民说，他们亲眼看见，当遇到紧急状况，蝰蛇张开嘴，让无助的幼蛇躲进喉咙，这种方式跟母负鼠遇危险将幼崽藏进腹下袋囊一样。然而，伦敦的蝰蛇捕手们却坚持对巴林顿先生说，这种情况绝不存在。我确信，蛇类一年进食一次，说得更确切些，一年中只在一个季节进食⑦。村民们常谈起一种蛇，我确定他们谈论的是一种水蛇。常见的蛇大都喜欢在水中畅游，或许是想从水中捕捉青蛙或其他食物，确切的原因便无从知晓⑧。

我猜不出您是如何分清您的 12 种爬行类动物。它们要么不是同一类，进一步说，应该属于雷列举的 5 种不同种类的蝎虎⑨。我清楚地记得曾在萨里靠近法纳姆的一片阳光沙滩上见过几只漂亮的绿蝎虎，我一直没有机会加以确认。雷也承认，爱尔兰也有这类蝎虎。

---

①鳗鱼的繁殖，有许多盛行的荒谬观点，比如它们起源于扔进河里的马的鬃毛和尾巴，其他各种理论也同样没有根据。鳗鱼的鱼卵与其他鱼类的卵外表不同。在这个错综复杂的问题上，库奇先生做了如下评论："尽管杰出的自然学家对这一问题给予极大的关注，鳗鱼的繁衍却一直模糊不清。这种鱼沿着脊椎上的珍珠状物质就是鱼子，大多数鱼的鱼子也是如此。与大多数鱼类不同的是，这种鱼卵含大量优质油，这种油不带鱼腥味，在康沃尔的点心外皮和其他烹饪用途中很常见。对鳗鱼本身来说，它的用途似乎是保护脆弱的性器官免受寒冷的损害。鳗鱼整个身体构造对寒冷非常敏感，它能感觉到温度的每一次变化。多瑙河和它的任何支流都没有鳗鱼。

尽管西伯利亚支流又大又多，也没有这种鱼。"

显然，鳗鱼并非胎生，尽管这种错误观点长期以来在自然学家中盛行。

②蟾蜍的繁殖方式与青蛙完全相同，同是产卵。青蛙的卵挤出时被雄性的精液浸润，不规则地团聚在水中，而蟾蜍的卵则被挤成一连串。一位热心的自然观察者施耐德断言，蟾蜍会周期性蜕皮，并被自己吃掉。贝尔·先生在《动物学杂志》上发表的一篇论文证实了这一观点。

青蛙捕食方式很奇特。当它一注意到一只虫子或苍蝇，就会瞄准，像一个猎狗锁定猎物。停几秒钟后，青蛙朝目标冲去，努力用嘴抓住。这种尝试，它常常不止一次地失败。通常在等待很短的一段时间后，重新发动攻击。

蛇是卵生的，这点毫无疑问。《自然历史杂志》的记者在可塞斯杀死一只蝰蛇，剖开后"发现一串卵，共有 14 个，每个卵里都有一只小蝰蛇，已完全长成形，包裹在一种黏液中。这些小动物虽然从未见光，但个个都很活跃，甚至感觉它们还要表现出咬人的本能。我从卵里取出几只，但很快就死了。那些放在纸上，黏液包裹完好的小家伙，在很多小时之后还在活动。现在这只蝰蛇几乎完全被掏空。但在检查心脏时，我发现它仍然剧烈地抽动着。我用小刀把它取出来，放在一张白纸上，饶有兴趣地观察它的运动。当跳动虽然强烈，但已变得不那么急促时，它继续以微弱的力度跳动了一个小时。再过了半小时，才彻底停止"。

③J. J. 斯瓦默丹（1637－1680），两栖动物专家。——译者注

④以下段落摘自最新一版《贝尔法斯特编年史》。"两位先生坐在布什米尔斯附近的白铜柱上交谈，他们被一场非同寻常的大雨惊呆了：半成形的青蛙从四面八方落了下来。当地两个药剂师把其中一些泡在葡萄酒里保存，展示给好奇的人们。"

劳登先生说："1828 年 9 月在鲁昂，一个住在那里的英国家庭很确定地说，伴随着如午夜般的漆黑和狂风的一场雷阵雨，无数只小青蛙落在房子上和周围。屋顶、窗台和砾石小路到处都是。它们个头很小，但都已成形。第二天很热，它们被晒成小点，大约有针尖那么大，好像很多个小药丸。显然，这种现象发生的原因是风或者龙卷风把附近池塘里的水和青蛙卷走了。"

不同年代都有类似这样的记录，我挑选上面的事例来证明作者的观点是错误的。大约十年前，金罗斯郡下了一阵青鱼雨，许多青鱼是我认识的人在利文湖附近的田野里捡到的。汤逊博士根据他对青蛙做的某些实验，解释了青蛙随阵雨降下的原因。他说，"青蛙仅通过皮肤吸收液

体，所有它们吸收的流水都被皮肤吸收，所有不能通过皮肤吸收的水都被排出体外。一只青蛙在一个半小时里，几乎能吸收相当它自己重量的水"。

⑤树蛙是英国本土蛙这点从未被证实。但唐先生在福法尔郡湖区附近发现一种可食青蛙，它和普通蛙类主要区别在于个头较大、背后有三条纵向黄线。

⑥发布在《爱丁堡哲学杂志》第十七期有一篇关于这个主题的优秀论文，很好地描述了这些动物的蜕变。水生蝾螈拥有三年繁殖能力。从卵到蝌蚪状态为第一次蜕变，之后在进化到成熟过程中，还会经历一系列变化。

⑦所有的蛇族都是周期性地进食，但是关于它们一年只进食一次，或在一年中特定时间进食的说法是错误的。在狼吞虎咽地吃完猎物后，它们就会出现昏昏欲睡的麻痹感，这种状态会持续几天，有时甚至几个星期，之后它们又再变得活跃起来，爬到外面寻找猎物。大多数蛇族，几乎像所有两栖动物一样，定期蜕皮。

⑧整个蛇族都能下水。我们也有很多关于这个事实的记录。它们游得很轻松，在美国能很轻易地穿越大河。默里先生提到一个奇怪的事情：一条蝰蛇咬住一个苏格兰湖泊钓鱼人的人工蝇。这个湖泊在河口的边缘，最后它被逆流拖到水中淹死了。

1828年8月2日，一名渔民在朴次茅斯港的哈斯拉湖捕鱼时，捕获了一条游蛇的标本。第二天早上，一个水手在同一个地方又抓了一个，这两个标本都被带给了朴次茅斯的外科医生利尼姆先生。

⑨到目前为止，在英国只发现了12种爬行动物。

第十八封
致托马斯·彭南特先生

塞尔伯恩，1768 年 7 月 27 日

6 月 28 日亲切坦率的来信已经收到。收到信时我正在一位先生家做客，我也想尽力给出让您满意的答复。可手头既没书可查阅，也没空坐下好好答复您的诸多问题。

我派人在小河搜寻，没看到九刺鱼（gasterosteus pungitius）[①]之类的鱼，却抓到不少三刺鱼（gasterosteus aculeatus）。早上，我给小陶瓷罐装满湿苔藓，往苔藓里塞入一些刺鱼、七鳃鳗和大头鱼，可惜没抓到米诺鱼。刺鱼有雌有雄，雌鱼体大有卵。今晚，这个篮子就能送到弗利特街。梅泽尔明早收到时，希望依然新鲜肥美。我随信也给雕刻师列出一些特别注意事项。

有次外出，发现距离安姆博莱斯伯里镇不远，便遣仆人去镇上买几条泥鳅回来做标本。他用玻璃瓶装回几条，步伐轻快稳当。这些泥鳅身长二至四英寸，来自为浇灌草地挖的水渠。我这样记录："这些泥鳅外表总体看起来清透：背上遍布不规则小黑斑点，和背

鳍、尾鳍一样刚到体侧线下方。两眼各有一条黑线延至鼻子。银白色肚子，上颌比下颌突出。身体有六条触须，两侧各三条。胸鳍较大，腹鳍相当小。肛门后的腹鳍小，而背鳍长得很大，有八根脊骨。尾巴连接的尾鳍异常宽大，无尖刺。宽大且末端方正的尾鳍正是这种泥鳅的独特之处。从宽大且肌肉强劲的尾巴看，它似乎真的是一种好动且敏捷的鱼。"[2]

那次出行离亨格福德镇也不远，我也记得去询问下蟾蜍治愈癌症这一神奇疗方。绅士和牧师这些聪明人都对资料上的说法深信不疑。跟我吃过饭的一位教士，似乎也被一件事实说服了。听完他的讲述，我觉得其中一些情况已大可以清楚地证明，那不过是一位女士的伎俩，完全不可信。"那位女士说，因苦于癌症折磨，她去了一个人特别多的教堂。当她正准备落座，一位素昧平生的牧师叫住她。那位牧师先对她的状况表示同情，接着告诉她按一种方法取用活蟾蜍，便可痊愈。"这位不知名的先生独对这一位女患者温柔关怀，对每天成千上万饱受这种苦痛折磨的人视而不见？难道他就不会利用这个无价秘方为他赚取酬劳？或者至少想个办法，利用出版物或其他方法让疗法公之于众，造福人类？简而言之，依我看，这位把自己打造成治癌圣手的妇人不过在用这种阴暗、故弄玄虚的讲述愚弄乡里罢了。

据我观察，水蜥至少从表面上看无腮，为呼吸新鲜空气，它得不断浮出水面。我曾剖开一只大肚皮水蜥，发现腹中满是卵。即便如此，也无法驳斥它们是幼虫体的说法。昆虫的幼虫体内也满是卵，这些卵要发育到最后阶段，才会被排出体外。我们在水桶中养了一只水蜥，它老顺着桶沿爬出来，四处乱窜。每年夏天，人们都能看见大量水蜥爬出它们出生的池塘，爬上干燥的河堤。水蜥种类繁多，颜色各异。有些尾巴和后背上长鳍，有些则没有。③

①九刺鱼，也有叫十刺鱼，在这里的河流和河口很常见。几乎没有确认的英国种。

②上面描述的物种是带须泥鳅。在英国的大多数溪流中发现了其他物种，如条纹双光鱼。

③发情期水蜥的鳍大小会发生变化，尾巴和背薄膜大量增多。

第十九封
致托马斯·彭南特先生

塞尔伯恩，1768 年 8 月 17 日

我现在无疑已能辨别三种鹪鹩或称柳鹪鹩（motacillae trochili）的不同声音，它们的调子向来不同。但同时我也不得不承认，对您提到的那种柳云雀我实际一无所知。4 月 18 日写给您的信里，我武断地说自己知道您说的那种柳云雀①，其实当时我还从未见过。当我捉到一只才发现，无论从哪个地方看，它都只是个柳鹪鹩，只不过个头比另外两种鹪鹩大。相比之下，它的整个上半身是更为鲜艳的黄绿色，白色的肚皮也更透亮。现在这三种鸟的标本都摆在我面前，我可以清楚地看到它们的尺寸完全不同。最小的那只腿呈黑色，另两只呈肉色。色泽最黄的那只个头比其他两种大很多，翎羽和次级飞羽尖呈白色，其他两种则没有。最后一种鹪鹩只在高高的榉树的树梢出没，歌唱时会时不时轻振羽翅，发出"唧唧声"，如蝗虫鸣叫。现在，我确定这就是雷所说的柳鹪鹩。他说，这种鸟"叫声似蝗虫"。然而，这位伟大的鸟类学家从未怀疑过这种鸟其实有

三个不同的种类。

---

①见 1776 年版《大不列颠动物志》第 381 页。——作者注

第二十封
致托马斯·彭南特先生

塞尔伯恩，1768 年 10 月 8 日

我发现，和植物界一样，大自然赋予动物界的物种也是如此齐全。这片区域被考察得最多，物种也最丰富。有几种据说只待在北方的鸟，在南方似乎也常见到。今年夏天，我就发现了三种这样的鸟，一些作者说它们只可能在北方各郡出现。5 月 14 日，我得到第一种鸟，是只雄矶鹬（tringahy poleucus）。这只雄鸟常在村子附近的池塘边出没。等有个伴，它无疑会在水边安家繁育后代。池塘的主人记得几年前的夏季，他在池塘边也见过这种鸟①。

第二种是 5 月 21 日得到的一只红背屠夫鸟，也叫红背伯劳（lanius collurio）。击落它的邻居说，要不是白喉林莺和其他小鸟叽喳的喧叫声把他的注意力引向这只鸟藏身的灌木丛，它肯定早已逃脱。当时鸟爪子里还握满甲虫腿和翅膀②。

第三种是只罕见的环颈鸫（turdi torquati），我上周才得到。

这周，一位在伦敦待了 12 个月的先生跟我们说，有次他拿着

枪出去找乐子，在围着浆果的旧紫杉篱笆上看到一些鸫鸟，有些像乌鸦一样颈部有白环。附近一位村民在同一时间也看到同一番景象。因为没有标本，便也没有特别留意。1767年11月4日，我写给您的信中提过这种鸟，因为并非我亲眼目睹，估计您也未在意。上文提到的村民，上周见到一大群鸫鸟，有二三十只。他击落了四只，两雄两雌。据他回忆，去年春天他也见过这种鸟，时间大概是在天使报喜节，3月25日前后。像往年一样，它们当时正要返回北方。他们看到的那些乌鸫也许并非来自英国北部，而是来自欧洲更北边地区。估计它们在寒霜降临前撤离那些地方，只等春天来临、严寒退尽再返回去繁育后代。如果的确如此，那就又发现了一种冬候鸟，只是有关它的迁徙细节，作者们却都未提及。如果证实它们来自英国北部，那便揭示了我国内部确实存在迁徙，而这点之前从未被提及。它们通常是否会飞离本岛、前往南方还不可知，不过可能性极大。否则，它们在南方各郡不被人察觉地待那么久，简直让人难以置信③。这种鸫鸟体形比乌鸫大，食山楂。如果遇到像去年秋天没有山楂的情况，它们也食紫杉果。春天则会吃常春藤的果子，这种果子每年仅在三四月间成熟一次。

　　您最近在研究爬行类动物，有件事我一定得告诉您：我的仆人最近常拿桶去我家的一口井里打水，井有63英尺深。桶中时不时冒出一条黄肚皮、带尾鳍的大黑蜥蜴。它们怎样下到那么深的井下？若不借助外力，又怎么上来？我是难以说清④。

感谢您费心查看雄鹿头。您目前的发现似乎已证实我的猜测。我希望某位先生能做出赞同我看法的决定。这样就多了一个上帝造物智慧的新实例，从而将自然界这非同寻常的条款推进一步。

我还没完成对石䳭、俗称欧石䳭的研究。秋天的时候，苏塞克斯有位先生家周围总会聚集一群群的石䳭。我会请他好好观察一下：如果石䳭迁徙离开，那具体是在什么时间？春季又何时返回？我最近跟这位绅士在一起时，还见到了几只单飞的石䳭⑤。

---

①谭明克称这种鸟为矶鹬（totanus hypoleucus）。它在春天来到英国，常出现在这里的湖泊和河流，用苔藓和干树叶在河岸上搭巢。这种鸟在苏格兰大量繁殖，欧洲大部分地区甚至北至西伯利亚也能见到。10月迁徙到亚洲和非洲海岸。

②这种鸟尽管在格洛斯特郡和萨默塞特郡并非罕见，但也属于本地物种。它在5月造访我们，9月离开。这个物种胃口很大，捕食小鸟，并将猎物固定在刺上食用。蒙塔古提到，他发现了一些幼鸟。"这四只鸟和谐地生活了大约两个月，接着发生了激烈的冲突，有两只死去。"另外两只被拴住关进笼子，就像常见的囚禁金翅雀那样。它们非常驯服，有时会跑来吃喂给它们的苍蝇，这种食物它们非常爱吃。当喂给生肉时，它们会努力把肉固定在笼子的某个地方，以便撕碎。当它们吃被撕扯成碎片的老鼠和小鸟时，会像鹰类一样吐出羽毛、皮毛和骨头残骸。其中一只鸟因吞食太多老鼠毛皮而死去，因为那些毛皮无法被咳出来。

③塞尔比告诉我们，环颈鸫是一种候鸟。春天它一抵达这个国家，立即飞往英格兰和苏格兰山区，将繁育地安置在最贫瘠的地方。它在10月底迁移到法国和德国，据说在非洲和亚洲不同纬度地区也都可见到环颈鸫。

④我们在爱丁堡喷泉桥的一个旧木管中，发现这个动物的一个非常大的标本。这个木管两端被堵塞有20多年，这只动物待在那里肯定也有那么久。因为它不可能在管道堵住后进入。

⑤谭明克称之为 oedicnemus crepitans，英国作家称之为欧石鸻。它是一种迁徙物种，出现在 4 月末或 5 月初，10 月初离开英国。它不筑巢，只在光秃秃的地上产两个卵。卵为浅棕色，有斑点和暗色纹。这种鸟将活动范围限定在南部的几个县，在诺福克、汉普郡、苏塞克斯和多塞特郡以外，人们从未见过这种鸟。

第二十一封
致托马斯·彭南特先生

塞尔伯恩，1768 年 11 月 28 日

提到石鸻（Oedicnemus），我打算尽快给家住奇切斯特附近的一位朋友去信，他家附近这种鸟好像特别多。我要督促他特别留意下，这些鸟什么时间聚在一起，再密切关注是否在隆冬期间离开。掌握这些信息，我对石鸻也便有了完整的了解。实际上，这些信息已经十分可信，希望您能满意。这位先生有个大农场，他每天从早到晚都在户外，很适合观察这些鸟儿的活动。另外，他挺喜欢我推荐他买的《博物学者日志》。据此，我想他每日的记录一定很翔实。据您观察，我们这如此寻常的鸟竟从未散落到您那边去，这点很让人诧异。

正好给您转述件事，这是我上次拜访前面提到的那位先生时，他讲给我的。他家门口连着一个养兔场，每年许多寒鸦（corvi monedula）在地下的兔子洞里筑巢。小时候，他常和兄弟们去掏这些鸟巢。他们先把耳朵凑在洞口听，如果听见雏鸟的喊叫，就拿根叉形

棍子，把鸟巢卷扯出来。我知道，有些水鸟，比如善知鸟，的确是这样孵卵的，只是我没想到寒鸦也把巢筑在平地下的洞中①。

另一个看似不可能，却也是寒鸦抚育后代的地方，是巨石阵。在这不可思议的古遗迹上，寒鸦们将巢筑在立柱石和和横柱石之间的缝隙里。下面这一情况就能说明立柱石的惊人高度：鸟巢所在的位置如此之高，以致安全地躲过了一群放羊孩的干扰。

11月26日，也就是上周六，一个邻居在一处阴凉地看到一只马丁鸟。太阳温暖地照耀着，这只鸟轻快地追逐飞虫。很高兴得知它们并非全都在冬天离开这个岛屿。

您谨慎且有保留地对蟾蜍治病疗效进行判断的态度，我很是赞同。不管人们基于这方面还会有什么发展，人性中都有欺骗和被骗的倾向。因此，对何消息，特别是发布在印刷物上的，都不能不加某种程度的质疑和思索，便很有把握地转述传播。

您赞赏我对环颈鸫的新发现，这带给我极大的满足感。看来同我一样，对于它们是光顾我们的外国鸟的说法，您也持怀疑态度。

请您一定记得去调查，秋季那些环颈鸫是否会离开您那边的岩石区。最让我不解的是它们竟然只在这里待了短短三周。很好奇它们是否像去年一样，春季到来时再返回造访我们②。

我想了解更多鱼类学的知识。如果有幸住在大海或大河边，我那与生俱来的求知欲会让我很快熟知水中各种产物。只可惜我大多数时间都居住在内陆的丘陵地带，我知道的鱼类也仅限于这些地方的溪流湖泊中的那几类。

①这是关于动物脱离其常见习性的生动例证。美国横贯密西西比的几个州有一种鸟——白天出现的穴居猫头鹰,波拿巴称之为 strix cunicularia。与同类不同,这种鸟把巢筑在地洞里,巢穴总是修整保持得很整齐,里面通常住有几只。受惊时,它们总会飞往这地下藏身处避难。这些鸟把居所安在前面提到的土拨鼠挖的洞里。有些情况下,它们也会自己挖洞栖居。与普通猫头鹰不同的是,它们只在白天出现,快速飞行寻找食物或是嬉戏。并无直接证据表明,这些猫头鹰和土拨鼠生活在同一洞穴,尽管众所周知,它们会在恐惧的驱使下飞向同一个洞穴。在同一居所甚至还发现过响尾蛇和蜥蜴。

②有些环颈鸫在迁徙前,总是在乡村的耕作区停留一两周,在果实中拼命啄食,似乎是为弥补它们在孵化过程中吃的那些又少又劣质的饮食。

第二十二封
致托马斯·彭南特先生

塞尔伯恩，1769 年 2 月 28 日

根据它们的特性，如果说格恩西的蜥蜴和我们这里的绿蜥蜴或许是同一种，这也并非不可能。几年前，牛津大学彭布罗克学院的花园里就曾放生过很多只格恩西蜥蜴。它们在那儿待了很久，而且似乎挺享受这种生活，只是从未在那里繁衍。我不确定这种情况是否能证实些什么。

感谢您对克莱西府的讲述。1746 年 6 月我在斯波尔丁待了整整一星期，竟没人告诉我身边便是那奇景。下次来信，请一定告知究竟是什么树能承载如此多的苍鹭巢，苍鹭巢到底是遍布整个小树林或是一大片林子，还是仅挂在几棵树上。

我们对夜鹰如此一致的看法让我很满足。我尽力想证明这种鸟常在栖落和飞行中鸣叫。由此看来，夜鹰的鸣叫的确是由器官震颤发声、而非嘴喉间凹陷处抵挡空气时摩擦所致[①]。

如果说我见过任何类似真正迁徙的飞行，那是在去年的米迦勒

节。当时我正在旅行途中，一大早便出门往海边走。起初大雾弥漫，但在离家七八英里远的时候，太阳突然升起，天气温和晴朗。我们走到一片开阔的，似乎是常见的石楠地时，雾气消散，我看见一大群家燕（hirundines rusticae）聚在低矮的灌木丛上。它们好像已经在那歇了一宿似的，待天空一放晴，便平静、轻盈地振翅而起，往南朝大海飞去。之后除了偶尔看见离群的一只，再没见过其他家燕。

有些人称家燕跟来时一样，是慢慢消失的。对此我难以认同，那一大群家燕应该是一下子离开的。留下失群的几只会待得久一些，而且是从不离开这个岛屿。关于这点，我有充分的证据。家燕似乎把自己藏了起来，只在温和的天气才会露脸，就像消失数周的蝙蝠突然在一个温暖的夜晚忽然涌现一样。

一位德高望重的先生曾向我保证说：那是在 12 月最后一周或是 1 月第一周，在一个极其炎热的午后，他跟几个朋友走到莫顿墙下，发现学院一扇窗的窗角簇挤着三四只家燕。我常说，在牛津看见燕子的时间比别处晚。究竟是出于那里恢宏的建筑、周围的水域，抑或是别的什么原因呢？

去年秋天，早上起床我常看见家燕和马丁燕聚拥在附近茅屋的烟囱或是茅草顶上，这让我禁不住窃喜，同时也夹杂着些许懊恼。喜的是看到这些热情又准时的可怜小鸟是如此遵从自身的本能，或迁徙或隐藏，看来这本能已由它们那伟大的造物主镌刻在它们的内心深处。懊恼的是每当想到无论我们如何费尽周折探寻，依旧无法确定它们到底迁往哪里，如果发现有些鸟儿从未离开，就更觉不安。

这些回忆如此强烈清楚地浮现在我脑海里，写成小文也许能给您带去片刻欢愉。下次有幸再写。

---

①这是美国常见的一种鸟，叫作三声夜鹰，这个名字的发音"whip-poor-will"是根据它的叫声和单词发音的相似之处而来。威尔逊对它的叫声做了如下有趣叙述："每天早晚，邻近的树林里都能听到它那尖厉而接连不断急促的叫声。当两只或两只以上夜鹰同时发声，如同在配对季节那样，彼此相距不远，叫声与来自群山的回声交织在一起，着实令人惊讶。在这个鸟类众多的国家的部分地区，陌生人会因为这种叫声几乎无法入睡。然而，对那些熟悉它们的人们来说，这种声音常常像催眠曲一样帮助他们安眠。

这些音符听起来似乎是人们通常称呼它们的单词'whip-poor-will'。第一个音节和最后一个音节的发音都是强调重音，每一次重复间隔大约一秒钟；但当两只或两只以上的雄性相遇，它们之间吵嚷着的'whip-poor-will'节奏越来越快，持续不断，就好像每个雄性都在竭力压制另一方。当你靠近细听，你会经常听到在音符之间有一种引入似的咯咯声。这时，它们和几乎所有的鸟一样，都飞得很低，离地不过几英尺。它们从房子周围和门口掠过，飞落在木桩上或在屋顶停歇。除非在月光皎洁的夜晚，通常快到半夜它们才会安静下来，仅间歇有些声响，直至清晨。"

第二十三封
致托马斯·彭南特先生

塞尔伯恩，1769 年 5 月 29 日

我对麻皮金龟子（scarabaeus fullo）很了解，曾在藏品中见过标本，但从没在野外见过它活生生的样子。班克斯先生说他觉得或许在海边可以找到。

春秋两季，人们在牧羊岗见过北上或是南下途中的环颈鸫。4月13日，我去了，在平时它们落脚的地方很惊喜地发现三只。我击落了两只，一雌一雄。它们身体浑圆健壮，雌鸟体内的小卵说明它们属于晚育的鸟，而整年与我们相伴的鸫属鸟，它的雏鸟这时早已羽翼丰满。

这对环颈鸫的嗉囊里没找到可辨认的食物，仅有几乎已消化、如草叶一样的东西。秋季，它们吃山楂和紫杉果，春季以冬青果为食。

我烹了一只，感觉汁多味美。奇怪的是，这种鸟春季在这里仅停留几日，米迦勒节却待了两周。经三春两秋的观察，我发现环颈

鸫返回最准时。那些称它们不会在南方诸郡出现的作者们，一定没有关注过这种鸟展示出的新迁徙方式。

邻居最近送我只新品柳禽①，起初我怀疑可能是您说的柳云雀，但经过仔细观察，我觉得更像您在林肯郡里夫斯比击落的那种鸟。记录笔记上写着："体形比蝗雀小，头、背和翅膀基部毛呈暗褐色，无类似蝗雀身上的暗色斑点。双眼上方各有一道奶白色纹路。下颌和喉咙呈白色，身体下部为黄白色。尾部呈茶褐色，尾羽尖状。鸟喙尖且黑。腿呈微黑色，后爪为长弯状。"②击落这只鸟的人说，它的叫声很像芦雀，以至于他以为自己打落的是芦雀。他说这种鸟整夜鸣唱，这说法还有待考证。我怀疑这是一种蝗莺（locustella），在雷的《书简》第 108 页德勒姆博士曾提到它。德勒姆博士替我捉到过一只蝗雀。

您关于美洲独有动物物种的问题，如它们何时、以何种方式到达那里，我也深感迷惑无法作答，这些问题也常常困扰着我。如果哪位想找写过这类话题的作者寻求答案，定也难偿所愿。机灵的人随意采纳貌似可信的证据来支持他们的理论。不幸的是，这样一来，每个人的假定都跟他人的一样好，因为都是建立在猜测之上。近来有类作者采用的都是很早以前的陈词滥调。我记得，有种说法是从非洲西海岸和南欧把动物运到美洲，再切断连接两边、横跨大西洋的地峡。这得需要多么庞大的机器？这项艰巨的任务定得神助才是！荒谬！

博物学者的夏夜漫步

（我深信其中定有神智慧的指引。——维吉尔《农事》
1.415—23）

当落日洒下柔光，

蜉蝣③在小溪和池塘上翻飞；

猫头鹰悄然掠过茂密的草地，

胆怯的野兔跛行着觅食；

是时候悄悄溜下山谷，

听布谷鸟这流浪者的故事④，

麻鹬⑤吵嚷着呼唤侣伴，

而柔弱的鹌鹑在轻诉苦痛；

看那迟归的家燕为抚育它那群雏儿，

俯扫暮色中的平原；

再看那雨燕、扑扇着翅膀，

绕着塔尖，打着卷转着圈；

这欢快的鸟儿呀，

说说寒霜肆掠，大雨滂沱时，

你藏身何处？

待春天温和地扬起插满鲜花的头

受那强烈本能牵引的你，又从何归来？

捉摸不定的行踪嘲笑着人们试图打探的骄傲

原来，自然之神是你神秘的指引！

暮色渐浓，模糊了白日的面庞，

走，让我们去那树荫下的长凳，

等万物都滑入黑暗，

渐暗的景致沉浸在夜色之中。

于一片静谧中，

听懒洋洋的金龟子振翅飞过的嗡嗡声，

蟋蟀⑥清脆的鸣叫。

看那觅食的蝙蝠掠过树林，

静听远处传来倾泻的水声，

醒来的猫头鹰倒挂在崖上，

尖厉的叫声在寂静的夜色中回荡；

森林云雀⑦在高天上伸展着翅膀，

看不清它的身姿，只那柔声的鸣唱也让人着迷；

心里升起抚慰的欢愉：

大自然的作品让好奇者心醉神往，

就在心思飘荡的瞬间，那甜蜜的苦痛啊，

偷偷爬上脸颊，再爬遍全身的血管，

每一片乡景、每一种声音、

每一种气味都合为一体；

羊铃的叮当声，母牛的呼吸声，

新割下的干草堆散发出微风的清香，

农舍的炊烟升起，穿过树梢，

清冷的夜露降下：走吧，该回去了；

夜幕还半笼在天边，

看哪，萤火虫却已燃起多情的火焰⑧，

这性急的姑娘，早将灯笼高高挂起：

爱的流星呀，是最真实的指引，

带着利安得匆匆赶往爱人的睡床。⑨

---

①有关这种柳禽鸟，详见第 26 封信。——作者注

②斯威特称之为莎草鸟，来自贝希斯坦。斯威特先生说："无论白天黑夜，它几乎总在歌唱，很远的地方都能听到，歌声从 with chit，chit，chiddy，chiddy，chiddy，chit，chit，chit 这些音符开始。它是一种非常活泼的鸟，会靠近任何一个不会驱赶或惊吓它的人，几乎没有任何恐惧之态。——译者注

③垂钓者常称之为蜉蝣，林奈称之为 the ephemera vvlgata，大约傍晚 6 点褪去蛹，浮升至水面，晚上 11 点死去，飞虫状只持续五六个小时。它们通常在 6 月 4 日左右开始出现，接连不断地有近两周。——作者注

④之所以称布谷为流浪者，是因为它没有孵化期，无须喂养雏鸟，可以无拘无束地游荡。——作者注

⑤学名为 Charadrius oedicnemus。——作者注

⑥学名为 Gryllus campestris。——作者注

⑦炎热的夏天夜晚，森林云雀常常飙升到惊人高度，在空中鸣唱。

⑧雌性萤火虫发出的光是给雄性传达的信号，她经常爬上草茎，让自己更为醒目。雄性为甲虫属，身体细长、呈暗黑色。——作者注

⑨见希腊神话故事《英雄和利安得》。——作者注

第二十四封
致戴恩斯·巴林顿阁下

塞尔伯恩，1769 年 6 月 30 日

上月在伦敦时，在某种程度上我已决定，来日有幸一定就自然史的话题给您去信。现在，我已准备履行这个承诺。您是位非常坦率的人，特别能体谅我这立足实物观察而非来自他人文字的户外自然学者。

以下列表是本区的夏候鸟，按照出现的早晚顺序排列。

序号	中文名	雷命名	通常出现时间
1	歪脖鸟	Jynx, sive torquilla	3 月中旬出现，叫声尖厉
2	小柳鹪鹩	Regulus non cristatus	3 月 23 日出现，吱喳而鸣至 9 月
3	家燕	Hirundo domestica	4 月 13 日出现
4	马丁燕	Hirundo rustica	同上
5	崖沙燕	Hirundo riparia	同上
6	黑顶林莺	Atricapilla	同上，叫声甜美粗犷

序号	中文名	雷命名	通常出现时间
7	夜莺	Luscinia	4月初出现
8	布谷	Cuculus	4月中旬出现
9	中柳鹪鹩	Regulus non cristatus	同上，叫声甜美
10	白喉林莺	Ficedulae affinis	同上，叫声平和至9月停止
11	红尾鸲	Ruticilla	同上，叫声愉悦
12	欧石鸻	OEdicnemus	3月末出现，夜间鸣叫，声音嘹亮如笛
13	斑鸠	Turtur	
14	蝗雀	Alauda minima locustae voce	4月中旬出现，叫声细弱，7月方歇
15	雨燕	Hirundo apus	大约4月27日出现
16	小卢雀	Passer arundinaceus minor	甜美共鸣、急促，多鸟音符
17	长脚秧鸡	Ortygometra	叫声响亮，刺耳
18	大柳鹪鹩	Regulus non cristatus	4月开始栖息在大桦树上
19	夜莺/欧夜鹰	Caprimulgus	5月初出现，夜间鸣叫，调子奇怪
20	翔食雀	Stoparola	5月12日出现，不爱鸣叫，到来得最晚

根据林奈分类法，除去鹊目属（picae）的蚁䴕（jynx）和布谷（cuculus），高脚属（grallae）的石鸻（Oedicnemus）和秧鸡（Ortygometra），以上这些奇妙有趣的鸟为雀类（ordo of passeres）。

按林奈分类体系，按序号如下归属。

1	蚁䴕属	Yunx
2，6，7，9，10，11，16，18	鹡鸰属	Motacilla.
3，4，5，15	燕科	Hirundo
8	布谷属	Cuculus
12	鸻属	Charadrius
13	鸽属	Columba
17	秧鸡属	Rallus
19	夜鹰属	Caprimulgus
14	云雀属	Alauda
20	鹟属	Muscicapa

大多数柔软的喙鸟不食谷物和种子，食昆虫，它们在夏末迁徙。下列食虫的软嘴鸟一年四季和我们待在一起。

知更鸟	Rubecula	冬天常光顾房屋，在屋外盘旋。食蜘蛛
鹪鹩	Passer troglodytes	
篱雀	Curruca	常出没水槽，寻屑和残渣
白鹡鸰	Motacilla alba	这三种鸟常在不结冰的小溪出现，食石蛾蛹，最小的可捕鸟
黄鹡鸰	Motacilla flava	一整个冬天都可以看见本属的一些鸟
灰鹡鸰	Motacilla cinerea	
穗鵖	Oenanthe	
草原石鵖	Oenanthe secunda	
石鵖	Oenanthe tertia	
金冠鹟鸰	*Regulus cristatus*	英国最小的鸟，在高树巅出没，在这里过冬

以下列表为冬候鸟，按照出现早晚顺序排列。

	中文名	雷命名	通常出现时间
1	环颈鸫	Merula torquata	不久前米迦勒节看到这种徙鸟，3 月 14 日再见到
2	红翼鸫	Turdus iliacus	旧米迦勒节前后出现
3	田鸫	Turdus pilaris	白天立于枝头，夜间栖息地上
4	冠鸦	Cornix cinerea	开阔丘陵地最常见
5	丘鹬	Scolopax	旧米迦勒节前后
6	扇尾沙锥	Gallinago minor	有些常在这里繁衍
7	姬鹬	Gallinago minima	
8	欧鸽	Oenas	很少见，最近见到一些，不及以前多
9	野天鹅	Cygnus ferus	一些大型水域
10	野鹅	Anser ferus	
11	野鸭	Anas torquata minor	出现在这里的湖泊和溪流
12	潜鸭	Anas fera fusca	
13	赤颈鸭	Penelope	
14	水鸭	Querquedula	在沃尔默林地繁殖
15	粗喙鸟	Coccothraustes	偶尔流落这里的流浪汉，通常迁徙离开
16	交喙鸟	Loxia	
17	丝尾鸟	Garrulus Bohemicus	

以上各鸟按序号归于林奈分类系统。

1，2，3	鸫属	Turdus	9，10，11，12，13，14	鸭属	Anas
4	鸦属	Corvus	15，16	交嘴雀属	Loxia
6，7	丘鹬属	Scolopax	17	蠟属	Ampelis
8	鸽属	Columba			

夜间鸣唱的鸟只有如下几种。

夜莺	Luscinia	藏身于最隐蔽处。——弥尔顿
森林云雀	Alauda arborea	悬在半空
小卢雀	Passer arundinaceus minor	芦苇和柳林间

　　下面我本该接着介绍盛夏后仍啼鸣的鸟，只是数量太多，本章难以列下。另外，这时恰逢夏候鸟的时节，对于某些我还存在疑虑的叫声，我想再观察一下。

蟾蜍

第二十五封
致托马斯·彭南特先生

您已在某种程度上解释了寒鸦偏爱在兔子洞里搭巢的原因：这个地方几乎没有什么高台或是塔尖。汉普郡和苏塞克斯郡的教堂几乎跟国内任何一郡的教堂一样简陋，只有诺福克郡是个例外。我们有很多年薪两三百镑的教士，可他们的礼拜堂比鸽子窝也好不到哪去。我第一次去到北安普敦郡、剑桥郡、亨廷登郡和林肯郡的沼泽地，便被周围无数高耸的塔尖惊呆了，从任何角度看，都自成风景。我这美景的倾慕者又怎能不为家乡缺此景致而痛惜呢！塔是任何优美风景里不可或缺的元素。

您提到驯养蟾蜍，我甚感兴趣①。古代一位作家，虽然不是自然学家，但他有句话说得好："所有走兽、飞鸟、蛇或是海中的生物，都可以，实际上也已经被人类驯养。"

很高兴得知您在德文希尔郡得了一只绿蜥蜴，多年前我在萨里郡法纳姆附近一片阳光充足的沙洲上也发现过一种蜥蜴，现在证实

109

正是这种。我很了解德文希尔郡的南哈姆斯，因为地处南方，很适合这种动物的生长，色泽也最鲜艳。

既然您那边大山里的环颈鸫不曾为抵御寒冬离开，我们便怀疑米迦勒节前后飞来的鸟来自欧洲更北部地区，而非英国本土，这种猜测似乎更合情合理。您可以费心探究一下它们究竟从何而来？为何停留的时间如此短暂？

您讲到您在两种鹭上犯的错误时，顺便提到的克莱西府苍鹭巢带给我极大乐趣，我从没料到自己能看到这种奇景。80个苍鹭巢同时挂在一棵树上实属少见，因此不管多远，我都要前去一览。恳请务必在回信中告知克莱西府②在哪个郡的哪个镇子附近。我一直以为，人们对于那片广阔沼泽的探索始终不够。如果有六位先生、配备上优品的水猎狗，好好地在那里踩踏上一周，定能发现更多物种。

在鸟的习性方面，我研究最多的是夜鹰（caprimulgus），这种生物非常美妙，也很特别。尽管通常它都是立在枝头时发出尖厉的叫声，有时它也会在飞行中鸣啼。鸣叫时，它的下颌震颤。我常常一看就是半个小时，特别是在这个夏天。它通常栖立在一枝空树枝上，头低过尾巴，就像插画家在您《不列颠动物志》里画的那样。每日黄昏，它会准时高歌。它是如此准时，以至于我不止一次听到它的叫声跟天气晴朗时传来朴次茅斯的降旗炮声同时响起。在我听来，它的叫声一定是部分气管发力再带动器官振动发声，就像猫叫。我想您会相信下面这件真事。邻居们有次聚在山坡边一处幽静的茅草屋喝茶，一只夜鹰飞来落在屋顶的十字架上鸣叫了好一阵子。这么小的动物，一旦动起来，整座茅屋都随着轻颤，这让我们吃惊不小。有时，这种鸟也会发出短促的尖叫，反复四五声。据我观察，雄鸟在枝头调情时追逐雌鸟，也常发出这种叫声。

如果您捉到的蝙蝠被证实是新品种，那也一点都不稀奇。邻国已经发现了五种不同种类的蝙蝠。我提到的那个大品种肯定不属于其中任何一种。今年夏天我只见过一只这种蝙蝠，可惜没抓住。

您对印度草的描述很有趣。我自己虽不钓鱼，但当我问垂钓者那部分渔具是什么材料做的，他们回答都一样："蚕的肠子。"

我不敢自称精通昆虫学，但对这方面知识也并非一无所知，所以还能时不时为您提供一点信息。

这边的大雨跟您那边几乎同时停止。雨后天气一直晴好。有 30 年测雨经验的巴克先生在最近一封来信中说，据他观察，虽然 1763 年 7 月至 1764 年 7 月的降雨量比今年任意七个月的总量都要多，但从年降雨量看，还数今年最多③。

---

①有许多蟾蜍被驯化的例子。阿斯科特先生提到一只活了 35 年以上的蟾蜍。蟾蜍史上最精彩的部分是经常在坚硬岩石的内核或者树洞发现活着的个体。1777 年，赫里桑特进行了一些实验，以确认这些说法是否属实。他把三只蟾蜍关在密封的石灰盒里，放在科学院。18 个月后再打开盒子，一只蟾蜍已经死去，另两只还活着。没人怀疑事件的真实性。尽管观察结果似乎得到证实，实验本身却遭到严厉批评。有人说，空气一定是从一个看不见的洞钻进去，这逃过了

观察者的眼睛。爱德华兹博士在1817年发表的研究报告里确定这一推测的可能性。通过观察，他发现关在盒子里的蟾蜍在完全没有空气的情况下活了很多天，比被迫待在水下的蟾蜍活得更久。

这无疑是爬行动物学史上所提供的最超常规的现象之一，挑战空气对动物生命不可或缺这一规则。上面例子中，确实有空气穿过石灰，爱德华兹博士后来证实了这一点。一旦把石灰盒裹起来放入水中，蟾蜍就会死去。因此，在某种程度上，反对派的怀疑在一定程度上是有道理的。不过，在这种情况下，动物仅靠一点空气仍活了这么久的事实依然让人惊异，也会引发奇特的反思。如果这些爬行动物以这种方式生存的时间，比在干燥开放的空气中存活的时间要长，那么原因必然是蒸发作用下的损耗要少一些；如果它们比在水里活得久一些，那一定是接触到了空气。

为阐明这个晦涩的课题，巴克兰教授最近做了一些实验。他取了两种石头，一块为多孔鲕状灰岩，另一块为致密的硅质砂岩。沙岩石上凿出12格，5英寸宽，6英寸深。灰岩石也凿12格，5英寸宽，12英寸深。1825年11月，24个格子各放入一只活蟾蜍，每只放入前都仔细确认重量。每个格子上放置块玻璃板做盖子，上面压着一个圆形石板做保护。这两块石板，连同封闭状态的蟾蜍一同埋在巴克兰博士花园三英尺深的地下。一年后，也就是1826年12月，它们被挖出打开。在致密的沙岩石格里，蟾蜍都已死去。极度腐烂的身体足以证明它们死去好几个月。多孔石灰岩的较大格子里，很多蟾蜍都还活着；它们大多非常瘦弱，只有两只重量增加，一只从1185格令增加到1265格令，另一只从988格令增到1116格令。巴克兰博士认为这两只都是由昆虫供给养分。昆虫通过玻璃盖的裂缝进入一个格子，而另一个格子可能是通过未经仔细检查的小洞进入。两个格子中都没有发现昆虫，但在另一个格子的玻璃盖外部发现聚集的昆虫，在其他玻璃盖有缝隙的一个格子中发现一只死去的昆虫。瘦弱的蟾蜍中，有一只从924格令减少到698格令，一只从936格令减少到652格令。巴克兰博士说，"实验得出这一结果：13个月后，密闭在沙岩石里的所有蟾蜍，无论大小，均已死去。石灰岩石中较小的蟾蜍也死去。到第二年，大的也死掉了。第二年，他们通过格子玻璃盖观察，观察时没有取掉盖子让空气进入。蟾蜍们似乎总是醒着，睁着眼，从来没有出现麻木状态。骨瘦如柴的状态每隔一段时间增加，直到最后发现它们已经死去。那些在第一年结束时体重增加，然后又被小心封存起来的蟾蜍，在第二年结束前已消瘦死去。四只蟾蜍被关在苹果树树干上的洞里，用塞子紧紧地把洞堵起来，以防昆虫进入，还不到一年发现它们已经死去。"

关于在岩石内发现活蟾蜍这一现象，他解释说："显然是空气。"小癞蛤蟆一脱离蝌蚪状身形，从水里出来，就在岩石和树木的洞里或者裂缝中寻找栖身之处。一只蟾蜍可能因此而钻进岩石上的一个小开口，需要觅食的时候，便捕捉在同一处寻找栖身之处的昆虫；蟾蜍个头渐渐长大，难以从原来进入的小口钻出。所有发现有蟾蜍的石头，很可能都有小孔，只是工人们没有注意到，也没有任何诱因促使他们仔细研究一番。也会有其他情况，岩石上可能有一个开口，动物进入后，开口被钟乳石封住。如果没有食物和空气，它会陷入一种冬眠状态，或是静止不动，一些动物在冬天就处于这种状态。至于这种状况会持续多长时间，目前还不确定。

乔治·杨牧师在1628年出版的《约克郡海岸地质调查》第二版中提到最近在坚硬的沙岩块中发现一些活蟾蜍的例子。"我们在记录这些事实方面更详细，"他说，"因为一些现代哲学家试图把这些叙述描述得天花乱坠。"杰西先生告诉我们，他认识一位先生。他把一只癞蛤蟆放入一个小花盆，把口系紧，以防昆虫进入。然后把它深埋在花园的底下，免受霜冻影响。过了20年，他挖出来，发现蟾蜍长得很壮实健康。

②克莱西府在林肯郡的斯波尔丁附近。——作者注

③在阿尔岱雪地区的茹瓦约斯，1827年10月在11天之内降雨量达到36英寸。当月9号，两个小时内降雨29.5英寸。在这场大雨中，尽管整个过程中有连续不断极为猛烈的雷声和闪电，气压计几乎静止不动，一直在平均线下二到三线处。

第二十六封
致托马斯·彭南特先生

塞尔伯恩，1769 年 8 月 30 日

得知您很喜欢我对环颈鸫迁徙的描述，我自然感到满足。您问我如何得知它们秋季迁往南方？这问题很是尖锐。如果不是因为坦率公开是博物学的命脉，或许我就该像那些狡猾的编译者一样，遇到经典著作中晦涩难懂的段落，便会跳过置之不理。但诚实的天性促使我不无羞愧地承认：我只是通过类比推断出这一结论。因为其他所有秋鸟从北方迁来这享受暖和的冬天，待严寒退去再返回北方。尤其在得知环颈鸫经常在寒冷的山区出没，我便推断，像同类的田鸫一样，环颈鸫也是如此。我还听到一个十分可靠的说法，称它们会在达特穆尔高地繁殖。它们离开那片荒野之地之际，也是拜访者在我们这崭露头角之时。我有充分的理由猜测：从那以后，它们或许会从西方来到这里，待来年春末，它们才再次返回。

我费了不少工夫研究您那只以及我这只眼睛上方有白纹、尾部为茶色的柳禽。我仔细观察它活着和死后的状态，为此还找来些标

本。我肯定它正是雷所说的小苇莺（passer arundinaceus minor）①，相信不久以后您也会得出相同结论。出于某些原因，《不列颠动物志》完全忽略了这种鸟。雷则让人费解地把它归入近雀属（picisaffines），或许也是原因之一。这鸟无疑应归入单色尾燕科属（aviculae cauda unicolore），跟您那种细嘴小鸟同属。林奈应该会恰当地将这鸟归入鹡鸰属（motacilla），他在《瑞典动物志》中提到的柳鹡鸰（motacilla salicaria）跟它似乎最相近。这种并非罕见的鸟，常在池塘和小河边的隐秘处、沼泽地的芦苇丛或是莎草丛中出没。有些地方的村民称它为莎草鸟。在繁殖期，它模仿麻雀、家燕和云雀的叫声日夜不歇地鸣唱，叫声急促，很是奇怪。根据您的描述，我的标本跟您在里夫斯比击落的柳禽最像。雷先生的描述极贴切："喙大，腿长，与体形极不相称。"

我给您找到一只石鸻（Oedicnemus）卵，是从光秃秃的休耕地里捡来的。本来有两只，被发现前，不幸被人踩碎了一只。

去年我写信谈到爬虫类动物，当时我忘了说蛇的一项自卫本领——放臭气。有位先生养了条温顺的蛇。在心情好和未受惊吓的情况下，这蛇跟其他任何动物一样讨人喜爱。可一旦有陌生人或是猫狗进来，它就会发出嘶嘶声，放出臭气，整间屋子熏得恶臭难闻。因此，雷在《四足动物纲要》里称，这种蛇，平时无害温顺，但被狗或人逼急时，就会喷出毒气，恶臭难忍，相当可怕。

最近，一位先生送了我只完好的伯劳鸟标本。您出版《不列颠动物志》前两卷时，我发现您还没见过这种鸟，但您根据爱德华画的插图所做的描述，很是贴切。②

_____

① 详见第 24 封信。——作者注

② 这可能是林伯劳。它是我们稀客中最罕见的一种，但也并不像有些人想象的那么稀少。它经常被误认为是普通的伯劳鸟。霍伊提到，近几年有两只这种鸟在坎特伯雷附近被杀，另一只在诺福克郡的斯瓦夫汉姆被捕杀。他说这种鸟总把巢建在树上，尤其喜欢橡树。最近被捕杀的一只由斯瓦夫汉姆的哈蒙德牧师收藏。

第二十七封
致戴恩斯·巴林顿阁下

塞尔伯恩，1769 年 11 月 2 日

我有幸在去年 6 月底就自然史的主题给您去了封信，随信附上了我在这一带观察过的夏候鸟和冬候鸟的列表。我还提到自英格兰南部来到这里过冬的软嘴鸟，以及晚上鸣唱的那些让人感觉不可思议的鸟儿。

按计划，我现在要继续列举盛夏后仍然高歌的鸟儿，严格说，它们才属于鸣禽。下表按入春后，鸟儿开始鸣唱的顺序排列。

序号	中文名	雷命名	通常鸣叫时间
1	森林云雀	Raii nomina/ Alauda arbore	1 月开鸣，过夏秋两季
2	歌鸫	Tordus simpliciter dictus	2 月开鸣，8 月停止，秋天再鸣
3	鹪鹩	Passer troglodytes	除寒霜天，终年鸣叫
4	红胸	Rubecula	同上

序号	中文名	雷命名	通常鸣叫时间
5	篱雀	Curruca	2月初至6月10日鸣叫
6	黄鹀	Emberiza flava	2月开鸣，过7月，至8月21日
7	云雀	Alauda vulgaris	2月开鸣至10月
8	家雀	Hirundo domestica	2月至9月鸣叫
9	黑顶林莺	Atricapilla	3月初至7月13日鸣叫
10	云雀	Alauda pratorum	4月中旬至7月16日鸣叫
11	乌鸫	Merula vulgaris①	2、3月至7月23日鸣叫，秋天再鸣
12	白喉林莺	Ficedulae affinis	4月起至7月23日鸣叫
13	金翅雀	Carduelis	4月至9月16日鸣叫
14	绿翅雀	Chloris	7月至8月2日鸣叫
15	小卢雀	Passer arundinaceus minor	5月至7月初鸣叫
16	朱顶雀	Linaria vulgaris	8月前繁育、鸣叫。10月离开前群聚再鸣

盛夏高歌或者陷入沉寂的鸟：

17	柳鹪鹩	Regulus non cristatus	4月开鸣，9月沉寂
18	红尾鸲	Ruticilla	5月开鸣，6月中旬沉寂
19	苍头燕雀	Fringilla	2月开鸣，6月初沉寂
20	夜莺	Luscinia	4月开鸣，6月沉寂

只在早春鸣唱，持续时间很短的鸟类有：

| 21 | 槲 | Turdus viscivorus | 1770 年 1、2 月，在汉普希尔郡和苏塞克斯郡又叫"风暴鸟"，据说叫声可以预测大风天气，是这里最大的一种鸣鸟[②] |
| 22 | 大山雀/牛眼鹩 | Fringillag | 2、3、4 月开鸣，短暂停歇后 9 月再鸣 |

发出某种音符或调子，但却不能称为鸣禽的有：

23	金冠鹪鹩	Regulus cristatus	声小、形小、栖于高橡树和杉木，英国最小的鸟
24	沼泽山雀	Parus palustris	出没大森林，发出两种尖厉音调
25	小鹪鹩	Regulus non cristatus	3 月至 9 月鸣唱
26	最大鹪鹩	Regulus non cristatus	叫声如莎鸡展翅，4 月末至 8 月鸣唱
27	蝗雀	Alauda minima voce locustae	4 月中旬至 7 月末整夜鸣叫
28	马丁燕	Hirundo agrestis	整个繁殖期都鸣叫，5 月至 9 月
29	牛雀（即红腹灰雀）	Pyrrhula[③]	
30	鹀	Emberiza alba	1 月底至 7 月鸣唱

英国甚至全世界所有鸣唱的鸟儿，以及那些试着鸣唱的鸟儿，都可按林奈分属系统分类。

以上各鸟，按照林奈分属法依照序号归类如下：

序号	中文名	按林奈系统分类	序号	中文名	按林奈系统分类
1，7，10，27	云雀属	Alauda	8，28	燕科	Hirundo
2，11，21	鸫属	Turdus	13，16．19	燕雀	Pringilla
3，4，5，9，12，15，17，18，20，23，25，26	鹡鸰	Motacilla	22，24	山雀属	Parus
6，30	鹀	Emberiza	14，29	交嘴雀属	Loxia

在飞行中歌唱的鸟类只有少数几种：

中文名	雷命名	通常鸣叫时间
云雀	Raii nomina/Alauda vulgaris	起飞、在半空或者下降时鸣唱
鹀	Alauda pratorum	降落时、立于树上或行走在地上时鸣唱
森林云雀	Alauda arborea Suspended	空中鸣唱，夏季整夜不停
乌鸫	Merula	从一处灌木丛飞往另一处，有时鸣叫
白喉	Ficedulae affinis	飞行时鸣唱，姿势千奇百怪
家燕	Hirundo domestica	在晴朗天气鸣唱
鹪鹩④	Passer trolodytes	从一处灌木丛飞往另一处，有时鸣叫

本地最早开始繁育的鸟有：

名称	雷命名	开始孵化时间
渡鸦	Corvus	2、3月
歌鸫	Turdus	3月
乌鸫	Merula	3月
秃鼻乌鸦	Cornix frugilega	4月初
森林云雀	Alauda arborea	4月

在我看来，盛夏后仍鸣叫不休的鸟，不只产卵一次。

大多数鸟性野还胆怯，大致和体形成比例。在这个岛上，它们深受人类捕捉困扰。阿森松岛和其他荒凉地带，水手们发现那里的鸟根本不了解人类。它们甚至站着不动，任人捕捉。鲣鸟便是如此。我还发现，即使靠近金冠鹪鹩这种英国最小的鸟三四码远，它们都不会飞走。而英国最大的陆鸟鸨却十分警觉，数弗隆之外都不允许人类再靠近。

---

①下面关于乌鸫模仿能力的情况是自然史上一个新发现。1831年4月，北安普顿附近的沃德教区牧师巴顿·布希耶记录了这一事件。"在离我住处半英里的地方，"他说，"有一只画眉鸟不停在叫，叫声很像公鸡，也一样响亮；在静寂的日子，几百码外都能听到。我第一次听说这事时，我猜那一定是一只藏在附近荒地里的公野鸡干的。当确定那不过是一只普通的乌鸫时，我决定亲眼亲耳去见证一下这件事。一天，它落在一棵槐树高枝上，以不停息的热情鸣唱着不同寻常的音符。我很高兴能靠近它。这只雄鸟长得很像啼鸣的公鸡，远处还有好几只公鸡在回

应它，这小家伙似乎很喜欢和粪堆上的公鸡比试。它偶尔沉溺于它惯有的歌声，但只一两秒钟，就恢复了它最喜欢的调子。有一两次，它开始像公鸡一样啼鸣，中间停了下来恢复它自然的哨音。我不知道乌鸫是否包括在能被教会模仿声音的八哥、松鸦或喜鹊的鸟类中。我不知道这只鸟怎样养成现在的习性，我只能说，它经常出没的地方靠近一个饲养家禽的磨坊，或许是从普通家禽那里学来的。"

乌鸫在被囚禁的状态下能学会各种曲调，但我们认为这种鸟在野生状态下能模仿公鸡的叫声，真是不可思议。

②尽管作者已经把这种鸟列为歌者，但直到今天，关于它是否属于歌者，还有各种观点、意见并不统一。最近发表在《自然史》杂志上的几篇文章都提到了这一点，并使答案确凿无疑。一位作家在本杂志第三卷，第 193 页有如下记述："它的音符更像黑鸟，而不是普通的画眉，它可能被普遍误认为是黑鸟，但它的声音更大，更圆润，而且没有黑鸟特有的嗓音。"在隆冬或初春寂静的一天，没有人听到其他歌唱者的时候，我们非常尊敬的贝尔法斯特当局的 J. D. 马歇尔先生说："这只鸟似乎有两种歌声，一种不像黑鸟的歌声；另一种很甜蜜，尽管歌声很甜美。浓淡的音调，更接近普通画眉的声调。它在我养的一只金丝雀旁边待了近了一年，从某种程度上说，它已经学会金丝雀的歌声，能完美地模仿几个音符。"

③雄性和雌性斗牛雀都唱歌，它们的音调变化不大，但带着某种简单而狂野的调子，这种狂野以低而悦耳的音调呈现。召唤音符非常动听，类似金属相互碰撞时发出的声音。驯化状态下，这些鸟能高度完美地学会各种曲调。在德国，它们学习各种各样华尔兹舞曲。我们在蒙特罗斯附近的埃斯克·康纳西斯的朋友——威廉·夏普有一只外来鸟，它能以优美的方式唱着几首复杂的华尔兹旋律。

④那只鸫鸟偶尔在飞行中鸣唱。在《伦敦杂志》上，一位记者发表如下声明："截至目前，我只有一次观察到这样一只边鸣唱边从田野的一边飞到另一边的鸫鸟。"布里牧师之前说过，"1831 年 3 月 3 日，我切实见证了这一点。我曾亲眼看见亲耳听到一只鸫鸟边飞边鸣唱，而且唱得很有风格，它在奥尔斯利和考文垂之间的村落中飞越拉马斯田地。"

田鹬

第二十八封
致托马斯·彭南特先生

塞尔伯恩，1769 年 12 月 8 日

很感谢您自苏格兰返回途中的来信。您在苏格兰停留时日不短，足以探查那片辽阔王国自然界的珍奇之物，小岛和高地应该无一遗漏。一般这类远足的困扰之处在于流于匆忙，即便有空闲，人们也很少拿出一半的时间去做应做的事。他们定下归期，急匆匆从一地赶往另一地，好像得迅速了结这次行程，而不像考察大自然杰作的哲学家般认真仔细[①]。这次您定有很多发现，为《不列颠动物志》的再版积累不少素材。这片位于大不列颠的领地，以前从未有过如此翔实的考察，您这次花费如此大的心血，一定不会遗憾。

尽管田鹬与画眉、黑鹂属同一科，却从不选择在英国产卵，这点让我很困惑。按理说，它们不该觉得高地或更北的地方寒冷，但却都隐匿起来，实在更奇怪和神奇[②]。您发现有环颈鸫终年待在苏格兰，由此推断，每年秋季在此短暂停留的候鸟，并不是来自那里。

还有件事也适合在这一提。今年秋季，那些候鸟在 9 月 30 日左右现身，像往常一样准时。只是这次鸟群规模更大，停留时间更久。像一些同科鸟，它们来和我们度过整个冬天，待来年春天再离去，这和其他越冬候鸟一样，没有特别之处。只是我在米迦勒节观察了两个星期，又在 4 月中旬观察约一周，却被一种神奇念头所俘获：这些旅客究竟从哪儿来？又飞向何处？他们似乎只把这里的小山当作客栈或是小餐馆。

您对大花鸡，俗称雪片③的描述很有趣。奇怪的是，这种短翼的鸟竟也喜欢飞越北冰洋的危险之旅。冬季，一些乡下人说他们时常就在山丘上看见两三只白云雀。仔细考虑这种情形，这应该就是我们正在谈论的这种鸟，估计是在南飞远途中偶然掉队的几只。

很高兴得知苏格兰山地有那么多白野兔，特别是还属稀有品种。④英国四足动物实在太少，任何一种新物种都是一大收获。

如果能证实雕鸮⑤也属于我们，这种雄赳赳的鸟定为本地动物群添色不少。大雁的繁殖地我之前确实未曾耳闻。

我确定您击落的那只柳禽就是雷所说的小芦雀，这点您也认同。我花了很大精力才弄清楚，还找到一些完好的标本。这个结论肯定没错，您大可以放心接受。只是因保存不善，标本已经腐烂。您完全可以把它插入您再版的书里，新添的页面也会给您的著作增添光彩。

据我所知，德·布丰描述过水駍⑥。得知您在林肯郡也发现了水駍，我自然很高兴，原因已在之前讲述白野兔时提过。

邻居最近翻耕一块离水很远的白垩干地时，发现了一只水鼠。它奇怪地蜷缩在草和叶子编成的越冬巢（hybernaculum）里。巢穴的一头，整齐地堆放着土豆，有一加仑那么多，是准备过冬的食物。不明白的是，这种鮈鯙科动物为什么把冬天的寓所安在距水这么远的地方？是碰巧在这发现种植的土豆，还是水鼠向来都在较冷的月份远离水边？

我素来不喜类比推理，博物学里这种方法很牵强。但下面这种情况，我还是更乐意用这种方法，它或许有助解释我之前提到的一个难题——为什么雨燕总是比同科鸟提前几周离开。不仅这里的雨燕如此，安达卢西亚的雨燕也早在 8 月初便开始隐退。

夏天一开始大蝙蝠②就忙着迁徙离开。我从没抓到过这种在英国还未记录的大蝙蝠。它们在不同的高地捕食，因此一直以来难以抓到③。雨燕也是如此，它们很少在近地面处或水面上扑食飞虫，捕食地比其他鸟儿都要高。因此，我推断这些燕科鸟和大蝙蝠以高飞的昆虫、金龟子或蛾类为食。这些昆虫寿命都不长，因食物匮乏的缘故，这些外来客只做短暂停留。

日记记载杓鹬一直嗥鸣到 10 月 31 日。之后，我就再没见到它们的身影或听到它们的声响。直到 11 月 3 日却还能看见家燕。

---

①这句公道的话值得每个人反思。尽管对塞尔伯恩的昆虫和植物关注较少，但知识渊博的怀特把对塞尔伯恩教区的考察工作当作他一生最重要的职责。我们还记得在一个学会，有人讲

述科克和都柏林之间的乡村地质报告，这个报告基于一位学识渊博、可敬可佩的博士在一辆邮车顶上的长期观察。

②《自然史》第 276 页讲述了一个不同寻常的事件。"上个星期，也就是 1832 年 2 月 19 日，在拉文斯通代尔，洛瑟勋爵的管家米特卡夫先生拿着他的枪在田野里巡视。他看见一只老鹰在附近盘旋。就在他准备给它一枪的时候，一只田鹬惊恐地撞向他的胸口，然后停在他的肩膀上。他第一枪射向那只老鹰，但没击中。那鹰一心扑在猎物上，全然不予理会。第二枪才把它打落。在这期间，田鹬一直立在他的肩膀。当老鹰死去，田鹬飞离肩头，它在死去的敌人旁边跳了一会儿，发出一声欢快的笑声，然后迅速地离开了它的朋友——一位不期而遇的保护人。在这种情况下，除本能外还有其他东西。"

③雪片，学名 plectrophanes nivalis，麦尔将它从鹀属中分离出来，它的翅膀长度大大超过了已形成自然属中的其他鸟类，适合更广阔的飞行。

④英国自然学家称之为阿尔卑斯山野兔 hpus variabilis。耳朵比头短，耳尖为黑色。身体其他部分夏天呈暗色，冬天呈白色。动物身体颜色分布似乎与温度相关。在热带地区，人和动物的颜色比北纬地区更多样，色彩本身更强烈。温带气候的动物一般不受季节变化的影响。尽管在许多情况下，一些物种的冬装和夏装颜色差异很大。英国的白兔就是一个例子。它的皮毛在夏天是黄灰色，9 月或 10 月变得雪白。这个不同寻常的转变过程如下：大约 9 月中旬，灰色的脚开始变白。月底之前，四只脚都变成白色，耳朵和口鼻颜色更亮。通常，白色升至腿部和大腿，灰毛下出现白色斑点。这种变化持续到 10 月底，背部仍为灰色，眉毛和耳朵几乎全白。从这以后，颜色变化更快，11 月中旬，除耳尖仍是黑色，整个皮毛都变成闪亮的白色。黑色 8 天内变成白色。在皮毛发生显著变化的过程中，毛发没有脱落。由此看，毛发仅改变了颜色，并未更新。根据大气温度，皮毛的白色一直保持到 3 月，有时会更晚。5 月中旬，又恢复了灰色。春天的变化与冬天不同，因为皮毛完全脱落。岩雷鸟（tetrao lagoput）就是一个类似换色的例子。夏季它的羽毛是浅灰色，有暗斑和条纹。到了冬天，深色的羽毛消失，人们发现它的羽毛变成纯白色。我们自然地想去探寻引起动物这种周期性变化的原因，被引导去询问这种周期性的变化会给动物带来什么好处。因为造物主的一切设定皆有其原因。颜色对身体冷却的比率影响很大。这是一个公认的定律，即更易反射热量的表面，通过辐射热量散去越慢。白色物体最

易反射热量，热辐射比例相应较低。如果将一只黑色动物和一只白色动物，放置在比它们体温更高的温度下，热量会以最快的速度进入黑色动物体内，动物体温很快升高，大大高于另一只动物。

如同热天穿黑色、白色衣服效果不同一样，如果这些动物被放置在低于体温的地方，黑色动物会通过辐射把身体热量传给周围物体，这样体温很快下降。相比之下，白色动物通过辐射散热速度要慢一些。因此，动物外衣颜色的不同是为适应它们所处环境的温度。然而，偶然也会发生变异，就像我们在第36页提过的一些鸟类。1828年2月，一只黑野兔在考文垂附近的康比被射杀；另一只在什罗普郡的内特利被F. W. 霍普牧师射杀。

⑤雕鸮（strix bubo）在约克郡、苏塞克斯郡和苏格兰被捕杀。它最早生长在挪威和欧洲其他地区。

⑥已经在英国的很多地方发现这种四足动物：在这个国家它似乎被长期忽视。在特尔顿的英国动物群，还有另一种水鼩，它的名字叫the ciliatus，或称缨尾水鼩。这种水鼩全身黑色，底下几乎看不到白色。伦敦杂志上有一篇关于水鼩的描述，它是水鼩鼱的两倍大，据说颜色更深。

⑦每年几乎每个月都有小蝙蝠出现；但直到4月底前，7月以后，我都没见过大蝙蝠。它们在6月最常见，但也从未大量出现过。属于我们这里的稀有物种。——作者注

⑧这是一种特大蝙蝠（vespertilio noctula），来自特尔顿的英国动物群，该物种被作者最先发现并定义。

第二十九封
致戴恩斯·巴林顿阁下

塞尔伯恩，1769 年 12 月 8 日

您喜欢我列的鸟单，没什么事能比这件更让我心满意足。要是说单子有什么优点的话，那便是准确。数月来，每次外出办事，无论骑马还是步行，我口袋里总会放着单子，列着要记录的事项。每天我都会记下每只鸟的叫声，无论是继续鸣叫还是停歇。我对所记录的事实如此确定，就像一个男人对他经手的交易一样那么确定。

我会尽我所能回答您在前两封信中提出的几个问题。您在伊斯特威克及附近地区很少听到鸟鸣，可能因为那里不是林区，无法留住这些歌者。如果您扫读过我上一封信，您便了解，7 月初后许多鸣禽还会持续鸣叫。

鹨和黄鹂繁育期都晚，后者还更晚一些。它们歌唱的时间拖得晚一些，也就不足为奇。"只要有孵卵，则必会啼鸣。"①这句话已被我看作鸟类学的一句箴言。除了寒霜天，知更鸟和鹪鹩几乎终年歌声不停，尤其是鹪鹩，就连最漫不经心的观察者也了解这点。

很想给您活捉一只黑顶林莺，或是小一点的小芦雀或是莎草莺，却也无能为力。据我了解，黑顶林莺和莎草莺无疑是夏候鸟，因此笼养的话需要人细心入微地照料。这些我恐怕做不到。这三种鸟都是出色的歌者。每当听到黑顶林莺自然甜美的鸣叫，心里总想起莎士比亚《皆大欢喜》里的诗句：

翻将欢乐心声，学唱枝头鸟鸣。

莎草莺能模仿数种鸟鸣，多变的音调简直让人吃惊。只是它啼鸣急促，并不利于这点。不管怎样，它依然是个绝妙的精通多种语言的大师。

我从不知道笼养的鹨会在夜间啼鸣。或许只有笼中鸟才会如此。我知道有只驯养的知更鸟，每当屋里点起蜡烛，就会不停地啼鸣。如果是在野外，没有人会认为它们在夜里歌唱。

您说尽管每天都有小鸟破壳而出，7月的鸟仍显得比以往任何月份少。我很怀疑这种说法的真实性。我敢肯定，家燕一族绝不是这样。夏味愈浓，家燕的数量也随着剧增。这个时候，我在彻韦尔岸边见到数百只小鹈鸰，几乎覆盖了草地。如果确如您所说很少见到其他鸟类。会不会是因为雌鸟们都忙着孵卵，而幼鸟们也藏在树叶间？

我有很多次出于好奇，剖开过丘鹬和沙锥的胃，想了解它们的生存之道。可我找到的只不过是软乎乎的黏液，其中夹杂着许多透明的小石子②。

_____

①虽然我们承认作者的话是真实的，但我们更倾向于相信鸟儿经常鸣唱是出于精神和喜悦的振奋，或是出于竞争。每个人一定都已经注意到，每当鸟儿们栖息的地方出现噪音时，它们就会立即开始鸣叫。

斯维特先生花了很多时间驯服鸣唱者——泰尔维娅品种。通过勤奋的观察和相应的管理，他实际上已经把大部分的泰尔维娅鸣唱品种从一年一歌唱的鸣唱者改造为四季常鸣的歌者。在3月份的时候，人们可以听到这些有趣的唱诗班的歌者，流淌出那些熟悉的仲夏曲调。他把一个带火炉的小房间当作大鸟舍。鸟舍里放置两个大笼子，里面有夜莺、白喉林莺、小头鸟、石鸥、白耳鸥、草原石鸥、红尾鸲、黑顶林莺、柳鹩鹩、金翅雀以及其他鸟。

对大自然爱好者来说，管理鸟舍是最有趣的娱乐活动。如果鸟儿们的住所足够大，这些小歌唱家就不会因为禁锢而感到枯燥乏味，它们会带着它们在野外树林里展示出的热情，各处飞来飞去玩耍。添加的橘树和常绿植物也进一步补充了这个场景，它们在这里，如同在自然状态下一样开始繁衍后代。在这里，它们丝毫没有感觉到受了囚禁。相反，在有暴风雨的日子里，它们依然能享受着夏天般的温暖，看到这个场景很让人愉快。它们鸣唱着的欢快音符也显示出它们并没有令人心碎的忧虑。

②尽管我们还没有完全弄清楚鹩鹑和鹩鹑的食物，但我们从蒙塔古《鸟类学词典》第二版中得知，鹩鹑非常喜欢蠕虫，如下面一段所述："我们小动物园里的一只鹩鹑能很快发现地里的每一只虫子，它们会在地上挖个洞，把虫子飞快地拖出来。我们在一个大花盆里放上虫子，上面盖着五六英寸深的泥土，第二天一早所有虫子都被清除干净，一只不剩。"

第三十封
致戴恩斯·巴林顿阁下

塞尔伯恩，1770 年 2 月 19 日

您观察说："布谷不会随意把卵置在其他鸟的巢里，但是在某种程度上，她应该会留意给自己的孩子在同源鸟里找到一位保姆，并把孩子托付给她。"对于这个说法，我真是头一次听说。但我被这种说法深深地打动，自然开始思考情况是否真的如此。如果是真的，那又是什么原因导致的？据回忆和探究，除了在食昆虫的软嘴鸟的鸟巢里，比如鹡鸰、林岩鹨、鹨、灰莺和知更鸟之类，我没在别的巢里见过布谷鸟。杰出的威洛比先生提到在斑尾林鸽和苍头燕雀的巢里见过布谷鸟，这些鸟食橡子和谷粒这类硬壳食物。但他随后并没有将此确定为他亲眼所见。他只在后面说，他曾看见一只鹡鸰给一只布谷喂食。软嘴鸟不可能像硬嘴鸟一样以同样的食物为生。前者胃膜薄，只适合软食。后者为谷物一族，靠碎石和沙砾磨碎吞下的东西，砂囊像碾磨机般强劲有力。布谷随意置卵的行为简直骇人听闻，它违反母性这一重要的自然规律。要不是有记载说巴

西和秘鲁有一种鸟，也有这种反天性的暴力行为，我们将永远都不会相信这是真的。当被剥夺了那种在物种中普遍存在、先于自己去照顾另一种群的自然能力时，这种简单的小鸟身上那种无与伦比的狡黠和机智被激发了出来，它们同时也被赋予了更强大的辨识力，帮助分辨出哪些鸟是同科鸟，适合做乳母来照顾它抛下的卵和幼鸟。而它只须将卵产在那些鸟巢里便可。这又为上帝造物的神奇增添新的一笔。这种造物方式不拘泥于任何法则或是模式，而是在新奇多变中绽放出新的光芒①。

古代一位备受尊敬的作家说到鸵鸟天性缺陷的话，或许也很适用于我们谈论的这种鸟：

她狠心抛弃雏鸟、似乎并非她生，

……神使她没有智慧，也未赐予悟性。

另问：雌布谷一季只产一枚卵，还是一有机会就会在不同巢里随机产下数枚卵？

----

①自然主义者对这个让人好奇的问题存在分歧。1831 年，霍伊先生，这位来自萨福克州斯托克奈兰市的一位专注的自然观察家，发表了如下的最新观察："4 月初，一对鹡鸰（motacilla alba）在覆盖着我房子一边的常春藤里筑巢，养育了雏鸟，并把它们带走。离巢后的几天，我看到老鸟显然在收集搭巢的材料。雏鸟边跟在母鸟身后跑来跑去，边带着恳求的神情和姿势乞求

食物，这情景很是有趣。但是寻找根草的老鸟似乎只专注于它们新的居所，而对它的这些小鸟漠不关心。我经常看到附近有一只母布谷密切地关注着它们的举动。这时，鹡鸰把它们的第二个巢建在茂密的常春藤里，离门不到一码。因为巢常常隐蔽在藤丛中，以至于布谷因为找不到巢而被吓走。因为巢的这个设计挫败了入侵者的计划，这些鸟开始孵化它们的第二窝幼鸟，只是巢几天后被意外摧毁。大约在这十天后，它们实际上已经开始搭建第三个巢，距离第二个巢的位置仅几英尺，非常安全。我曾多次从鹡鸰的巢里取出布谷鸟蛋，布谷似乎对这个地方非常偏爱。除了偶尔的两次，一次是在篱莺的巢，另一次是在红尾鸲的巢，我不记得在其他地方发现过布谷卵。只要是在这附近，不管鹡鸰选择桦树的洞穴、墙上的裂缝，还是桥下凸缘，这都难以逃开布谷的窥探。因为我经常在这些地方发现布谷的卵或是幼鸟。在把卵挤出前，布谷似乎有把卵保留一段时间的能力。有一次，我看见一只布谷几天来一直焦急地望着一对鹡鸰的楼宇。当巢快建好的时候，我看到布谷往巢里飞了两三次，估计那时鹡鸰在休息。像原来预料的那样，布谷在巢的内衬还没有完成前，快速地把卵产在巢里。出乎我意料的是，布谷的卵并没有被扔出去。第二天，鹡鸰像往常一样开始孵卵，入侵者的卵便和其他卵一同被孵化，估计不久以后，这个入侵者便会霸占整个巢。有一次，我看见一只布谷进入了一个鹡鸰的巢，我以前看到里面还有一枚卵。几分钟后，布谷从洞里爬了出来，嘴里叼着什么东西飞走了。原来是鹡鸰的卵，它刚好掉到了我举着要射击的枪口上。我在检查鸟巢时发现，布谷只是做了一个简单的交换，它留下了自己的卵。1829 年 5 月，我在同一巢中发现了两枚布谷卵。本想亲眼目睹两个派系之间充满绝望的争斗，但这希望却因为有人捣毁了巢而破灭。"

尽管有这些惊人事实，这个话题仍有很多费解之处。

第三十一封
致托马斯·彭南特先生

塞尔伯恩，1770 年 2 月 22 日

我的园子和地里有很多刺猬，它们吃草地上车前草根时的样子很是古怪：它们用较长的上颚拱到植物的底部，从下往上吃，完全不碰长叶子的地方。

这种刺猬能除掉一种让人讨厌的野草，感觉还有些用处。不过在地上钻出很多小孔，使得小路显得有些难看。从草坪上排泄的粪便看，它们吃的甲虫可真不少①。去年 6 月，我得了一窝小刺猬，一共有四五只，看上去只有五六天大。它们和小狗崽一样，初生下来是盲的，到我手里时也还看不见东西。出生时，它们身上的尖刺必定软和柔韧，否则可怜的母刺猬在分娩的危急时刻肯定要受不少罪。不过，这些刺很快就会发生变化，现在这几个小家伙背上和体侧的刺已经硬得很容易把人扎出血。

刚刚出生几天的刺猬的刺是雪白的。它们有一对下垂的小耳朵，我不记得在老刺猬身上见过这种耳朵。它们现在已经能把皮肤

拉下来盖住脸，只是还不能像成年刺猬一样，防御时把身体缩成球，这多半是因为能使它们缩成球的肌肉还没发育好，色泽和韧性都还不够。

在冬季，刺猬用树叶和青苔铺成暖和的越冬巢，躲在里面过冬。我从未发现，刺猬会像其他一些四足动物一样存贮过冬的粮食。

我发现田鸫的一个特点，也是够奇特的。这种鸟白天栖居在树上，巢筑在高树上（这点可参见《瑞典动物志》），食山楂和树篱。这里的田鸫却总宿在地上，常常在天黑前看见田鸫成群结队飞来，落入林中的石南丛。那些在夜间拉网捕云雀的人，常在麦茬地里逮到它们。

捕禽人抓到过不少红翼鸫，却从没抓到过田鸫。为什么这些鸟的栖息方式以及白天的行为与同科鸟差别如此之大，我到现在都无法解释。

我略微提过请您关注下驼鹿，因为我自己通常很少碰到外国动物。这些有限的信息也只局限于对家乡的观察。

———————————————

①我们惊奇地发现，如今一些自然学家否认刺猬吃肉这一事实。法国自然学家布丰谈到一些驯养昆虫时说："它们吃毛毛虫、甲虫和蠕虫，也喜欢吃肉，无论生熟。"后来的观察证实，它们的确属于食肉动物。我在兰开夏郡伯里外科医德科克先生那里见到一只。这是他从一个农民那里得来的。被抓住时它正在吃蟾蜍，它执拗地用身体蜷起蟾蜍，再用嘴紧紧咬住。我们想

把蟾蜍从它身上拉下来，可它竟把猎物抱得更紧。被发现时，蟾蜍的头和一条腿已被吃掉。刺猬也以蛋为食，繁殖季节，它们给家禽造成很大危害。它们会钻进鸡舍，把母鸡从窝里赶走，吃掉鸡蛋。

1829年在达姆弗里斯郡，一个名叫科普兰的工人在特劳蒂附近的田野里，听到一种声音，他确信近旁一定有一只正处于危险之中的野兔。忽然，吱吱的叫声停止，那人四周仔细查看，发现一只已经死去的野兔躺在一只刺猬旁边。而施害者这时把自己蜷成一团。从当时情形看，是它咬住并闷死了那只兔子。它的放肆激怒了科普兰，他立刻举起斧子将它砍死。尽管我们没有找到像现在这种能证实这些说法的事实证据，但经常有不同的家禽看护人对我们说，他们怀疑刺猬具有食肉习性。

1799年在诺森伯兰郡费尔顿，安吉尔客栈的班克先生养了一只刺猬。它在各方面都在执行着一个看护者的职责，如同狗被当作看护者一样。像其他四足动物一样，它在屋里跑来跑去，一副顺从的样子。那时候，这种动物的习性还不被人了解。

第三十二封
致托马斯·彭南特先生

塞尔伯恩，1770 年 3 月

1768 年米迦勒节，我在古德伍德看见里士满公爵的一头母驼鹿。让人失望的是，当我赶到那里时，它早在前一天清早断了气，之前它倒是气息奄奄了好一阵子。得知这鹿还没被剥皮，我决定好好观察下这个罕见的四足动物。

我在一个旧温室找到这动物，被绕过腹部和下颌的绳子吊立起来。虽然刚死不久，尸体却已开始腐烂，熏天的臭气简直让人窒息。

这只鹿那双奇特的长腿不同于我见过的其他鹿。长腿支撑的身体大幅度前倾，就像高脚鸟一样。我用人们量马的方式量了它的尺寸。从地面到肩部隆起部位刚好 5 英尺 4 英寸，即 16 掌高，几乎没有哪种马能长这么高。

相对于它的长腿，这只鹿的脖子相当短，超不过 12 英寸。吃草时，腿一前一后叉开，头很困难地埋进两腿之间。下垂的大耳朵有脖子那么长；头长约 20 英寸，跟驴头长度相似。鼻孔超大，还有我之前从未见过的厚上唇①。旅行家们说，这种唇在北美洲是美味佳肴。这种说法有理有据，因为它主食嫩树叶和水生植物，长腿和厚唇则很利于这种生存方式，我也读过它很喜欢食睡莲(nymphaea)。后腿到肩后的腹部有 3 英尺 8 英寸；前后腿很长是源于长得出奇的胫骨。我急于逃离那股恶臭，忘了仔细测量那块关节。短尾巴长约 1 英寸，呈灰黑色；鬃毛约 4 英寸长；前蹄竖直匀称，后蹄平滑外张。去年春天它才两岁，很可能还没开始长个。成年雄鹿该是怎样一头庞然大物！听说有些有 10 英尺半高！

驼鹿

这个可怜的生物起初还有头雌鹿做伴，但雌鹿去年春天死去。

园子里还有头年轻的雄鹿，也称赤鹿，人们指望它和那头雌鹿结合产崽，一定是二者不对等的身高阻碍了情色之合。本想仔细查看牙齿、舌头、嘴唇和蹄子，但恶臭耗尽我进一步打探的好奇心。

护园人说，这个动物似乎在去年冬季的严霜天过得最为惬意。他们在屋里让我看一头雄驼鹿角，上面没有前杈角，平阔的边缘有一些小的凸起物。那头死驼鹿的贵族主人打算用它的骨头做成骨架。

如果我听说的那头雌驼鹿碰巧跟您见过的一样，请告知。另外，您是否依然认为美洲驼鹿和欧洲麋鹿是同一种动物？

---

① 一些旅行者说，这种巨型驼鹿身长 11 到 12 英尺；实际尺寸很可能更接近一匹大马。欧洲麋鹿身长 7 英尺到 8 英尺，从口到臀部 10 英尺长。

麋鹿曾为爱尔兰本土物种，因为常在爱尔兰发现这个物种的遗骸化石。1821 年在马恩岛中挖掘马尔坑时，发现一具非常大的化石骨架，后由爱丁堡学院博物馆收藏。该博物馆由已故的爱国贵族阿索尔公爵设立。

第三十三封
致戴恩斯·巴林顿阁下

塞尔伯恩，1770 年 4 月 12 日

去年盛夏后，我听到很多鸟在鸣叫，其中有几种鸟的音符。这足以证明森林乐声并非在夏至时分停止。黄鹂无疑比其他鸟儿的歌声更稳定持久些，而森林云雀、鹪鹩、家燕、知更鸟、白喉林莺、金翅雀和赤胸朱顶雀都是我这种观点的实例。

假如这严酷的季节并没有隔断夏季惯常的迁徙，黑顶林莺两三天后就会到来①。真希望尽自己的力量为您捉一只鸣禽，只可惜我不是捕鸟高手。况且，我也着实不善于喂养笼中鸟，就算捉到一只，也怕因缺少喂养技能让它很快死去。

您养在笼子中的那种芦雀，究竟是《动物学》第 320 页提到的厚嘴芦雀，还是雷命名的小芦雀，也就是彭南特先生新近作品第 16 页上提到的莎草莺？

长嘴鸟在轻霜时节更为圆润，我自然清楚其中的原因。我认为，鸟在那时长膘，是因为微寒让汗水变得很少，排出也少的缘

故。乌鸫之类也是如此。那时，农民们发现猪最容易长肥；养兔人说，兔子也在微霜天长势最好。不过，如果霜更重，且持续时间久，情况很快就会变化。这时，食物短缺很快会超过排汗的饱和。而且，我还注意到，有些人的体质在冬天比夏天容易长胖。

当鸟儿遭受严霜寒，我发现最先忍受不了寒冷而丧命的是红翼田鸫，接着是歌鸫。

林岩鹨之类的鸟如何能被引诱去为布谷孵卵，而不会对那些个头大得极不相称的冒充蛋心生愤慨，你自然心生疑惑。不过我想，这不动脑子的小牲畜根本无法分辨大小、颜色或数量②。据我所知，若满巢的卵被拿走，出于孵卵的急躁，母鸡会卧在一块不成形的石头上。更有甚者，如果是一只遭遇相同情况的雌火鸡，它会卧在空巢里，直至饿死。

要想知道一季中布谷到底是产一枚、两枚，还是多枚卵，在产卵时节剖开一只雌布谷的肚子，就能知晓。如果卵巢里不止一枚卵，而且被孕育到一定尺寸，那年春天它无疑将产多枚卵③。

我会尽力捉只雌鸟去查看一番。

您推测鸣禽哑然失声，可能因为某种自然阻碍。只要阻碍一旦消除，新一轮的歌声便会响起。这种说法既新鲜又大胆。愿您早日找到能证实这种猜测的有力证据。

很高兴您喜欢我制作的欧夜鹰的标本。我发现，您以前就很熟悉这种鸟。

您建议我起草该地区的动物志，下次见面时，我很高兴跟您交流此事。您对我这点微薄能力的偏爱，让您对我寄予厚望，但我恐怕自己做得更多也只能在个人能力范围内。因为在没有助手的情况下，仅靠一人之力从解剖到完成一部自然史是个不小的工程。尽管大自然无边无际，给观察提供无限空间，但是当一个人竭力确保事实准确时，他能取得的调查成果也会进展缓慢。一个人即使耗费毕生精力，积累的所得也极为有限。

您《关于当今意大利空气温度差异的调查》等一些书中的一些章节让我豁然开朗，很是满足。我每次读到您引用的段落，心中的疑虑就消失了。深思远虑的维吉尔为意大利地区写教诲诗时，绝不会考虑去描绘冰冻的河水，除非那严酷的天气时有发生。

还有，在霜雪中，家燕出现了。

---

①威廉·贾丁爵士以为，英国的黑顶林莺是从马德拉岛迁徙到马德拉的，他曾有来自那个岛的标本，但是住在那里的海肯博士告诉我们，它终年停留在那里。勒温先生 1 月在肯特射杀到一只。

②布谷的卵比林岩鹨的小，这种差异对于这些卵最终长成的自然体也是恰当的。如果我们不知道这个事实，即布谷不像其他鸟类那样孵化自己的卵，我们会惊讶于这些卵与布谷的身材大小相比极其不成比例。毫无疑问，在布谷的习性中，这个独有的既定规则下，最终会有一些明智的安排，而这些尽管引起了人们的仔细观察，但也很难真正被了解。

③我们在第 81 页的笔记中记载的事实表明，它们产的卵不止一枚。如果以此类推，美国的黄喙布谷产三到四个卵，同一国家的黑喙布谷产四到五个卵。这些鸟在生理结构上与常见的布谷极为相似。

第三十四封
致托马斯·彭南特先生

塞尔伯恩，1770 年 5 月 12 日

上个月，我们这里经历了一系列变幻莫测的寒冷天气，霜冻、大雪、冰雹、暴风雨接连不断，阻碍了那些本该迁徙或露脸的夏鸟。有些鸟，比如黑顶林莺和灰莺，也比往常晚来几周，至少没听见叫声。到现在都没听见蝗雀和体形最大的鹡鸰声响。我也没看见翔食雀，尽管它确实属于最晚来的鸟，但这时怎么也该露头。在碰撞的气流和暴风雨中，两只家燕却在 4 月 11 日，顶着风霜大雨早早来了。只是它们很快就退去，很多天不见踪影。直到 5 月才看见家马丁燕，它们总比家燕晚到。

过了交配期，有几只单飞的单配鸟，其中有雌有雄。很难知晓这种独身状态是出于选择还是必要。家雀霸占我家马丁燕巢时，只要我射杀一只，剩下那只，不论雌雄都会立刻找到新的伴侣。几次都是如此。①

有座鸽棚常遭到一对白猫头鹰的骚扰，幼鸽们因此经历了很大

143

的劫难。人们射杀了一只，另一只转眼就找到新伴，继续祸害鸽棚。直到过了一段时间，这对新伴都被杀死，困扰才消失②。

还有件事，有个人对狩猎越来越痴迷，已大大超越人性。一过交配期，每对在他地里出现的山鹑，雄的都会被他射死。他认为，雄鸟间的争斗会中断繁殖。他过去常说，虽然让一只雌鸟做了好几次寡妇，它却总能找到另一位伴侣，新伴侣也不会带它离开常居之处。

我还认识一个喜欢设陷的老猎手。他常跟我说，过了丰收季节，他常常去端山鹑窝，里面总能发现雄鸟。以前，他常风趣地喊它们"老光棍"。

普通家猫有个很显著的习性，那就是极喜欢鱼，鱼应该是它们最喜爱的食物。尽管天性里似乎根植着这种嗜好，但这天性并没有得到支持——它们不知如何取鱼。所有四足动物中，猫最不喜欢水。见水是能避就避，它们连爪子都不想弄湿，更别说跳入水中③。

捕鱼的四足动物都属两栖类，比如天生就善潜水的水獭，给水中居民带去不少困扰。当有人带来一只雄水獭时，我特别高兴，我可从没料到在这浅溪能逮到一只。这只水獭有 21 磅重，是在普莱奥利下游的河岸上捕获的。那条小河正好是塞尔伯恩和哈特利林地的分界线。

---

①已故的波多贝罗的詹姆逊先生给我们讲述了关于燕子的一件非同寻常的事情，显示出类似人类的精明。在波托贝洛，一对鸟儿在他家一扇窗户的角落里筑巢。几乎快要完工，巢被一

对家麻雀占了去，合法主人被赶出居所。燕子几番尝试想收回失地，均不成功。它们总被顽强守卫着入口的家麻雀打败。当发现一切都是徒劳后，它们很快就离开了。不久带着一队同伴又返了回来。它们并没有试图对占领者发起强攻，而是建了一个通向窝的入口，好像决心要终生囚禁这些非法霸占他人财物的掠夺者。

雄鸟通过鸣叫的力量吸引配偶。由此可以推断，如果一只被囚禁的鸟学会另一种鸟类的叫声，而不保留自己本身任何音符，释放后，它很可能永远也找不到同类配偶；即使找到，也没有理由怀疑，这只鸟的幼鸟也会失去它原有的音符。

鸟类的音符是先天还是后天获得，自然学家们对此争论不休。其中大部分争论基于未经验证的普标原则。我们做的这些实验已经清楚地证明，鸟类的鸣叫属于天生。我们不断养育一窝又一窝苍头燕雀的雏鸟。成年后，它们无一例外地鸣唱着它们本来的音符。前提是，它们听不到同族的叫声。尽管它们在同一间屋子由一只灰色的红雀养大，也从没获得红雀的任何音符，而是鸣唱着自己所独有的。这些确定无疑。

②猫头鹰食鱼这一事实普遍不为人知。牧师布里先生从巢中取出几只棕色小猫头鹰（strix stridula）放在阿勒斯利教区花园的树丛里。小猫头鹰的父母不断地给它们带来活鱼，有牛头鱼和泥鳅。这些鱼是从附近一条小溪里捉到的。多年前，在波特兰公爵的领地巴尔斯特罗德花园里，鱼池里的金鱼和银鱼被猫头鹰捕去。这是看管池塘的人发现的。

③猫捉鱼的例子很多。1829 年，家住泰恩河畔纽卡斯尔镇附近的杰斯蒙德·穆迪先生养了一只猫。这只猫他已经养了好几年。它抓鱼可真够勤勉，还常把鱼活着带回家！除了小鲤鱼和鳗鱼，偶尔也会带回一些沙丁鱼。1827 年 8 月他发现它抓的一只鱼竟然有 6 英尺长。它还努力教邻居家的猫抓鱼。尤依斯看到这两只猫在一起找鱼。有时，它们会出现在河两边寻找猎物，彼此相距不远。

1828 年 6 月刊登在《普利茅斯杂志》上关于猫抓鱼这则报告，更是非同寻常。"魔鬼塞的一个炮台有只猫。它是捕捉鱼族的能手。它经常潜入海里，起来时嘴里叼着。它把鱼放在警卫室供警卫食用。现在它已经 7 岁，一直以来都是个很有用的食物供给员。据说，最早是追逐水鼠，让它学着冒险下水。众所周知，猫对水有一种天生的厌恶。它却像纽芬兰的狗一样喜欢水。它经常沿着岩石边缘游弋寻找猎物，随时准备潜入水中。

第三十五封
致戴恩斯·巴林顿阁下

塞尔伯恩，1770 年 5 月 21 日

要不是上月酷寒的天气阻碍了夏季正常迁徙，有些鸟早该露头了。灰莺、黑顶林莺、红尾鸲、翔食雀这类鸟看上去也比以往瘦弱。我清楚地记得，1739 至 1740 年度的冷春，夏候鸟数量很少。通常它们乘着东南风或是这两地之间的风而来。可在那一年，春夏两季的风都从反方向刮来。即使在这些诸多不利的情形下，还是有两只家燕（我上封信里提到的那种）早在今年 4 月 11 日便出现在霜雪中。只是，没过多久，它们又离开了。

有人似乎不喜欢斯科波利的新作，这个发现让我非常不悦。他是位优秀的博物学者，我相信以后他还会有更多伟大的发现。一部关于卡尔尼奥拉，这偏远南部地区的鸟类史肯定让人觉得新奇有趣。我很想拜读这部著作，希望有人能送我一本。斯科波利博士是那个地方的名医，专为贫苦的水银矿工看病。

您谈起您用种子喂养的一只芦雀，我感觉很是好奇。之前我提

到的芦雀，即雷命名的小芦雀（passer arundinaceus）是软嘴鸟，入冬前可能已迁徙离开。您喂养的这只环颈雀（passer torquatus）属于硬嘴鸟，终年不走，它会比之前那种叫得更勤吗？我想更详细了解这点。前者叫声急促多变，整夜不休。我怀疑前者的某些叫声使人常常把它错当成后者。彭南特先生遗漏了我们这很多种软嘴鸟。经我提醒，他将它们补录进新版的《不列颠动物志》第 16 页。

长着雄性羽毛的母鸡

关于不同的鸟及其不同的行走或飞行方式，我有一些补充。鉴于我目前考虑得还不够周全，在这有限的篇幅里，便不再赘述。①

初生的雏鸟靠羽毛难辨雌雄，正如您所说："来年春天，它们才会配对，履行做父母的职责。"羽毛颜色是许多鸟区分性别的最主要外部特征。幼崽期性差异不大。随着年龄增长，角、蓬乱的鬃毛、胡须和变粗的脖子等，将雄性很明显地从雌性中分离出来。以我们人类物种为例，胡须和强健的体魄往往是男性的特征，但这些性别多样性不会出现在早期。因此，俊俏的少男长得像一个美丽的少女，让人难以分辨[②]。

> "让他和一群姑娘待在一起，与他不熟悉的人，无论多有眼力，也会被他的头发、和姑娘没有区别的脸瞒过，看不出他和姑娘们的差别。"

> 贺拉斯《颂歌集》

---

①详见第三十四封，致托马斯·彭南特先生的信。

鸟类的飞行方式繁多：有些鸟抽动着飞行，每拍打三四次就合上翅膀，这样就会产生起伏，这在啄木鸟、林莺、鹡鸰和其他很多小体形的鸟的飞行中可以看到。有一些鸟追求平稳的飞行路线。还有一些鸟飞行姿态轻快，甚至让人察觉不到他们的动作，就像鸢、茶隼和许多鹰族。更多的鸟儿飞行时，则会张开双腿，伸展脖子。还有一些鸟儿，脖子很长，体重也较大，不得不在飞行中收缩或弯曲，以便使重心落在翅膀上，腿因此向后张开，常见的有鹭、鹳和麻鸭。其他一些鸟飞行时脖子往前伸出，腿不得不甩在身后，像鹅、鸭和其他水生鸟类。

水鸟，以及那些被称为涉禽类的鸟，以常见的方式跑步，交替地将一只脚放在另一只脚之前；但几乎所有的小鸟都蹦蹦跳跳，好像它们的腿是连在一起似的。乌鸦、椋鸟、百灵鸟和马尾辫都是普通的步行者。

肖博士说："一只强大的猎鹰飞行速度非常快。据记载，克利夫公爵的一只隼一天之内能从威斯特伐利亚飞到普鲁士。在诺福克郡，一只老鹰一个小时内能飞到 30 英里外的一只丘鹬上。"

"但是，"伦尼教授说，"根据有记载的亨利四世一只隼的飞行的实际速度和连续性相比，这些都不算什么。这只隼从枫丹白露逃离，到 24 小时后在马耳他被杀，它的飞行距离据计算不少于 1350 英里。假设这只隼一直不停歇地飞行，它的飞行速度相当于每小时 57 英里。但是，这种鸟从不在夜间飞行，按照最长的白天，或者假定白天按照 18 个小时来计算，每小时它的飞行速度是 75 英里。然而，它在 24 小时内既没有那么多时间来完成旅程，也不可能在它刚到达的那一刻又重新开始起飞。因此，我们可以由此得出这样的结论，完成这次远距离飞行，所需要的时间要少得多。"

奥杜邦先生计算出，客鸽必须以每分钟一英里的速度飞行，这种速度可以使其中任意一只鸟在不到三天的时间内游历完欧洲大陆。——作者注

②动物规律中有一个显著的生理学现象，即许多物种的雌性变老时会带有某些雄性特征。这种现象在很多动物身上都有，人类物种中也有类似现象。例如，在许多上了年纪的妇女脸上，可以看到毛发增加，这确实很像胡须，而胡须是最具男人特色的第二性特征之一。另外，众所周知，老母马峰顶增厚，近似公马的样子。

普利茅斯的巴特博士已经令人满意地证明了，雌性家禽在生命后期都倾向于拥有雄性羽毛，从而使它们像自己物种的雄性。为了阐述特点，他举例说："在普利茅斯附近的康普顿市，科勒姆先生养了一批优秀的斗鸡，雄性的毛色呈漂亮的深红色，雌性是暗褐色。他把这些鸡养了很多年。科勒姆先生让这群斗鸡中一只母鸡活得尽可能久，因为它的小鸡们在鸡圈里非常出名。然而，当这只鸡长到 15 岁时，人们发现，这只母鸡在蜕毛后，尾巴上长出一些公鸡的拱形羽毛，而另外一些旧羽毛则像以前一样笔直，颜色也是褐色。在一个蜕毛季节，它那身乌黑的羽毛渐渐地全部脱落，接着长出一层更漂亮的红色羽毛，很像它那品种中的公鸡羽毛。经过一季，它已经完成了全部蜕变。当它四处走动时，任何陌生人可能都更相信它是只公鸡，而不会是母鸡。它腿上的马刺同样也生出刺状物，头上长了鸡冠和肉垂。它叫起来声音嘶哑，和小公鸡的叫声无甚区别。然而，为了使它看起来像一只斗鸡，它的肉垂后来被切断了。羽毛发生这种变化后，它不仅不再下蛋，也没活多少时间好好享受它新近获得的华丽服装。"这只家禽现在由巴特先生收藏。这位先生还列举了他收藏的另外两只母鸡类似变羽的情况，以确定这种变化

是否存在普遍性。这两只鸡是由托特尼斯附近鲍登的一位亚当斯夫人所养，其中一只鸡15岁，另一只13岁。她说："我买的时候，这两只都是小母鸡，属于常见的家畜品种中的优良品种，这也是我饲养它们的原因。我第一次注意到它们身上的变化是在5个月后再见到它们。我问奶牛场的女仆：'这两只小公鸡是从哪里来的呢？'它们当时出现在我面前时，不仅羽毛华丽，而且还啼鸣。当得知是我原来那两只母鸡时，我吃惊可真不小。"

塔克的《达莫尼西亚鸟类学》中，有一篇关于一只家养母鸡的故事，这只母鸡把自己的羽毛变成了公鸡的羽毛。亚里士多德在《动物的历史》第36章中也提到一个出现雄性羽毛的家养母鸡。

在唐帕特里克时，朋友威廉·约翰斯通艾斯克告诉我们一个情况，当然了，这个情况与这个原因有关。根据叔叔的遗愿，他继承了一大笔财产。财产包括一群动物，其中一只老公鸡是那位老先生的宠儿。出于对逝者的尊重，他让这只公鸡一直活下去，直到自然死亡。当时，约翰斯通先生给我看那只公鸡时，它还活着。他认为那是一只非常神奇的公鸡，它每隔一小会儿就下两个小蛋，个头并不比黑鸟蛋大，蛋的形状几乎是圆形的，壳很结实。他十分肯定地说，这蛋是这只被认为是公鸡的鸡下的，当时没有别的家禽能进到他饲养的地方。我们告诉他，那无疑是一只母鸡，只不过多年长着雄性羽毛，但他依然坚信那是一只老公鸡。鸡怪、蛇怪的故事肯定就是从这种情况衍生出来的。

第三十六封
致托马斯·彭南特先生

塞尔伯恩，1770 年 8 月 1 日

我感觉法国人写的自然史普遍都过于冗长。"这繁杂的世界实在是艺术的灾难。"林奈针对昆虫讲的这话，也适用其他任何学科。

您喜欢斯科波利的新作吗？我欣赏他的昆虫学，也对这本书很是期待。

有件事我忘了在上封信里提，不过确实也没合适的地方可插入。北美洲的雄驼鹿在发情期求偶时，从湖心或河中小岛游向另一个小岛。我那位牧师朋友在圣·劳伦斯河里，见过一头被杀死在求偶途中的驼鹿。他说，那头鹿简直是个庞然大物，可惜他没测量尺寸。

上次去镇上，我的朋友——热情的巴林顿先生带我见识了很多稀奇的东西。当时您刚好写信给他说鹿角的事，他带我见识了许多奇特标本。记得在威尔顿彭布罗克勋爵家有个房间，存放了三十多对形态各异的鹿角。只是我最近没去过。

巴林顿先生展示了许多来自世界各地的鸟，有活的，也有填充的标本。仔细观察那些活鸟一段时间，我发现所有远道而来的鸟，比如远自南美洲和几内亚海岸，几乎都是交嘴雀属(loxia) 和燕雀类(fringilla) 的厚嘴鸟，而鹡鸰类(motacillae) 和鹟类(muscicapae) 的鸟，一只也没有①。原因显而易见：吃种子的厚嘴鸟很容易带上船，而以蠕虫、昆虫或其新鲜生肉替代品为食的软嘴鸟，却无法适应漫长乏味的旅程。因为食物的匮乏，少了一些最纤巧、最活泼的品种，这看似形形色色的藏品依然存在一些缺憾。

---

　　①南美洲有很多捕蝇者和莺，还有其他许多美丽奇异的物种。

第三十七封
致托马斯·彭南特先生

塞尔伯恩，1770 年 9 月 14 日

您在环颈鸫出生的峭壁再次见到它们，便断定它们整年生活在那片寒冷地带，那我们这里每年总在 9 月迁走，大约 4 月返回的环颈鸫又是从哪里来的呢？这个月四号我在它们常出没的小山就见到一些这种鸟，看来今年比往年来得更早。

一位细心的德文希尔郡先生说，它们时常光顾达达特姆尔一些地区，并在那繁殖。大约 9 月底或 10 月初离开那里，大约 3 月底再返回。

另一位聪明人确定说，当地人称作"突岩鸫"的环颈鸫，在德比峰大量繁殖。它们每年 10 月、11 月离去，春季返回。这条信息有助于我研究这些新移民。

我刚收到斯科波利的新作，书的优点在于确定蒂罗尔和卡尔尼奥拉两地的很多种鸟。我认为，不论出于何种目的，专论作家的存在都是对博物学爱好者一些说法和认可的挑战。没人能独立探索所

有大自然的作品，这些专攻某一领域的专家的发现比普通作家更准确，错误更少，累积起来或许能为一部总体准确的博物志铺平道路。这并非是说斯科波利谈到鸟类生活和习性时，如我料想的那般随意或专注。尽管细致，他也提出了一些错误观点，比如他说马丁燕（hirundourbica）"从不在巢外喂雏鸟"，说他错误是基于我今年夏天的反复观察。尽管这个习性不如家燕那么常见，但家马丁燕的确会在飞行中喂养雏鸟。喂食技艺如此迅捷，如果不仔细观察，根本无法察觉。此外，他的有些结论也不大可能是真的。比如他说丘鹬"在躲避敌人时，用喙叼起雏鸟"。在没有亲眼看见的情况下，坦诚的本性禁止我对任何观点予以完全否定。我只能说，因为有那般长而笨拙的鸟喙，丘鹬在所有长羽毛的族类中，应该最不擅长此类表达亲情的壮举。

第三十八封
致戴恩斯·巴林顿阁下

刘易斯河附近的灵默镇，1770 年 10 月 8 日

得知库坎恩要送您一些牙买加鸟，我很是高兴。能看一眼来自那遥远又炎热的岛屿的燕科鸟，对我来说都是极大的喜悦。

现在我得到一本斯科波利的《自然史》，并心满意足地读完它。尽管也有些部分不尽如人意，而且他可能提出一些错误的观点，但像卡尔尼奥拉这般遥远地区的鸟类志，还是引人入胜。专注一个领域的人，比起那些竭力想获取所熟悉领域以外知识的人，更能推进自然知识的扩展。每个国家、每个省，都该有自己的专著作家。

他没有提到雷的《鸟类学》，原因可能是他所在的国家极度贫困和偏远，这位伟大自然学家的作品从未到达他的手里。我知道，您可能会怀疑这部《自然史》是否真为斯科波利所作。就我自己来说，我想我已经发现足以证实其真实性的有力证据。该作品的写作风格与他所著的《昆虫学》一致，他对各个类属的描写新颖、表现力强、技巧高超。他给出充分理由，大胆地改变了林奈分类法的一些属类。

您在斯坦斯看到这么多雨燕，却没见家燕，这或许只是巧合。因为，就我对这些鸟的长期观察，我从未发现这两种物种之间存在竞争或敌意。

雷说，像公鸡、母鸡、鹧鸪和野鸡之类的鸡亚科都属于沙土浴类。它们用土清洁自己，比如用土来清洁羽毛或是除掉身上的寄生虫。据我观察，许多用土清洁自己的鸟，从不洗澡。我曾以为洗澡的鸟从不会用土清洁，现在我发现自己错了。普通的家雀都是用沙土清洁自己的高手，它们经常在尘土飞扬的路上翻腾、打滚。它们同时也擅长水浴。云雀不也是用沙土清洁吗？

请问：穆罕默德及其信徒们的涤罪之法，难道不是出自鸟儿们的沙浴吗？我从一些可信赖的旅行者那里了解到：如果一个虔诚的穆斯林在无水的沙漠穿行，到时间，他就会脱下衣裳，用沙子或尘土小心翼翼地擦拭身体。

一个乡下人告诉我，他曾在地上一个体形较小的一种鸟的巢里发现一只欧夜鹰，这只欧夜鹰由那只小鸟喂食。我去观看这个奇特的现象，结果发现，那是一只在山雀巢里孵化出来的小布谷。相对那个小巢来说，它长得已经太大，显然：

鸟巢已容不下它展开的翅膀

——贺拉斯（《书信集》，1.20）

我在离巢几英尺的地方逗它,它凶猛又好斗,像斗鸡一样扑打着翅膀,追着我的手指。它的那个傻妈叼着肉在不远处盘旋,表示出最深切的关怀。

鹦鹉嘴交喙鸟

7月,有几只布谷掠过一片大池塘。我发现它们以蜻蜓(libellulae)为食。它们或伏在草丛中,或在空中捕食。不管林奈怎么说,我还是无法相信它们属于食肉类鸟[1]。

这个地方有一些在塞尔伯恩几乎没有听说过的鸟。今年夏天,这所房子周围的松树林,出现了一大群交喙鸟(loxiae curvirostrae)[2]。

据说，在纽黑文附近的刘易斯河的河口处常有白喉河乌出没③。而据我所知，科尼什的红嘴山鸦全都沿着苏塞克斯郡海岸的白垩崖筑巢。

我一路沿着从奇切斯特到刘易斯河的苏塞克斯冈，隔一小会儿，就能看见一小群环颈鸫，看到此景我真是无比欣喜，因为这是我最新发现的一种候鸟。不管它们来自哪里，感觉都好像停驻在海岸，只等寒天过去后，再渡过海峡。它们可能要到来年4月才会返回到我们这里来，而在隆冬时节，完全看不到它们的踪影。值得注意的是，它们十分温顺，遇见持枪的人类，似乎也意识不到危险。在布赖特埃姆斯通附近宽阔的丘陵地带，常能见到大鸫。您一定也十分熟悉苏塞克斯冈。刘易斯河附近的风景和道路最迷人。

我沿着海岸骑行时，一直密切留意着小路和森林，希望能在这个时候发现一些挤往海边准备离开的短翅夏候鸟。奇怪的是，我没发现有红尾鸲、灰莺、黑顶林莺、秃冠鹟鹟和翔食雀之类的鸟。我通常在每年这个时节来到这里，记得几年前也是同样的情况。目前，岸边最常见的鸟类有黑喉石、草原石、鸲、赤胸朱顶雀、鹨和穗鹛。在温和、寂静又干燥的季节里，家燕和家马丁燕久久滞留不走。

我现在去拜访的这家人有个小院子，里面有只陆龟，已经养了30年。11月中旬，这只龟会隐到地下，来年4月中旬左右再出来。春天，它刚露头时食量很少。到了盛夏，胃口变得很大。随着夏日慢慢结束，食欲又再次下降。秋天最后六周，几乎不吃东西。它爱吃分泌乳白色汁液的植物。莴苣、蒲公英和苦苣菜都是它的最爱。

邻近的一个村里，据说还养着一只百岁陆龟，又一例这样一只可怜的爬行动物竟然如此高寿的事例④。

---

①布谷主食昆虫和毛虫，尤其是光滑而粗糙的鳞翅目类虫，比如蝴蝶和蛾子。奥杜邦说，美国的黄喙布谷会抢走体形小一些的鸟的卵，这种鸟在任何场合都会吮吸卵，而黑喙布谷则以水果、淡水贝壳鱼、水生幼虫和幼小的青蛙为食。

②目前确定有三种交喙鸟偶尔造访英国，即美洲交喙鸟（curvirostra Americana）、白翅交喙鸟（curvirostra leucoptera）和鹦鹉嘴交喙鸟（c. pytiopsiitacus），最后一种鸟的样本在苏格兰射杀，保存在巴特的威廉·渣甸先生的小展示厅。1821 年秋天，有一大群交喙鸟在一片冷杉林中觅食。有个人说："在观察了一会儿后，我拿枪射到 15 只，其中只有两只羽毛丰满，其余胸部和背部几乎都是光秃秃的。从那以后，他发现这些鸟常常每天两次出现在这个地方。雄性的羽毛颜色变化很大，有些是深红色的，有的更像是黄色，特别是尾部复羽、胸部和背部还带有黄色斑点。美国五叶松是它们的最爱，事实上，我也几乎没在其他树上看到过它们。哨兵就不一样，它经常把岗哨设在云杉树顶上，云杉树正好在这些鸟出没地方的树林中最高。它们的音符或叫声很像鸡的啁啾声。尽管在冬天的大部分时间里，鸟群在逐渐减少，它们还是不断光顾那里。当剩下的鸟儿都离开以后，还有一对留在那里待了很久，在 1822 年 2 月和 3 月初经常看见这对鸟。"塞尔比先生提到的那一年它们的数量的确很多，遍及整个王国。

③现代鸟类学家称之为白喉河鸟，贝希斯坦称其为 cinclus aquaticus。怀特似乎不熟悉这个有趣物种的音乐能力。河鸟在初春就开始吐出它浓郁、独特、多变的音调，是通常栖息在遥远地方最早开始鸣唱的鸟。蒙塔古说："这种鸟是春天一二月份开始唱歌的少数几种鸟之一。在 2月 11 日寒冷的霜冻天，当早晨的温度已经达到 26 华氏度时，我们听到这种鸟儿不停地鸣叫，有力而优雅。调子起伏变化很大，它本身特有的声调中夹杂着一些森林云雀的管音。当它们唱歌时，天气晴好，但阴凉处依旧结着冻。太阳已早早越过子午线，被周围高耸的山丘遮住了。河鸟会吞食数量相当大的鱼卵，尤其是大马哈鱼的。"

河乌潜水技能非常娴熟，它能在水下游相当长的距离，常常在离消失的地方好长一段距离才露出头。"我们在这个陡峭的河岸上发现一个鸟巢，面向小河，巢上覆盖着苔藓。"蒙塔古上校说，"这巢充分利用周围环境搭建，除非看见嘴里叼着鱼的那只老鸟飞进去，否则人们很难发现这巢的存在。巢里的幼鸟身上几乎长满羽毛，但还不会飞。当鸟巢被侵扰时，它们扑棱出巢，掉进水里。让我们惊讶的是，它们在水中立刻消失。但是，过了一会儿，它们在河下游某个地方冒出了头。费了好大劲，才从五只中抓到两只，因为人一靠近，它们立刻潜入水中。"

④在兰白宫的图书馆里有一只乌龟的龟壳。乌龟是 1623 年被带到这里，它一直活到 1730 年，后来不慎暴露在恶劣的天气之下死去。另一只是 1628 年被带到富勒姆圣公会殿里，1758 年死去。彼得伯勒的一只龟据知已有 220 岁的高龄！

冬眠时，动物会发生生命暂时停滞或生命暂停的现象。这时，它们体温降低，血液循环减慢，呼吸不频繁，有时甚至完全停止。胃和消化器官的活动也受到抑制。肌肉和神经的刺激反应能力和敏感性大大降低。热和空气是使它们从如死般昏睡中醒来的唯一力量。以蟾蜍、蜥蜴和帽蝙蝠为例，人们常常在坚硬的岩石或是树心中发现它们还活着。这种麻痹可以经受岁月的流逝，而不会让生命终止。默里先生在他的《自然史研究报告》中说："在艾尔郡的奥金克鲁维煤矿，有人在煤层下面的铁矿石中发现一只安眠的蟾蜍。"这个事实支持"维尔纳假设论"，而让"赫顿地球最初形成理论"难以令人信服。

第三十九封
致托马斯·彭南特先生

塞尔伯恩，1770 年 10 月 29 日

我查阅过林奈和布里森等人的作品，却一无所获。我开始怀疑我兄弟的那只冬燕（hirundo hyberna）应该是斯科波利发现的新品种——马丁燕（hirundo rupestris）。他的描述与马丁燕完全吻合："上半身灰色，下半身浅白色。尾羽内侧边缘有椭圆形白斑。脚黑色，无毛。鸟喙黑色，翮羽和尾羽颜色比背羽深。鸟尾参差不齐，非剪刀状。"他还说这种鸟跟家马丁燕一般大小。林奈对沙燕的描述也与之相符。这种说法与之前的说法多少有点出入，突然感觉他在凭记忆比较这两种鸟。我做过对比，这两种鸟外形、大小、颜色等完全不同。您即将拿到标本，非常乐意听听您的看法。

不管在我兄弟发现之前是否已有著录，但他应该是最早发现这种鸟在直布罗陀海峡和巴巴里温暖、隐蔽的海岸过冬的人。

斯科波利作品的特点是层次清晰，分属明确，表达力强，本质上很像林奈。

靠记忆比较动物是科学上的大忌，斯科波利在这个特别之处很想谨慎，但却流于错误。他对自己家乡鸟类的习性实际上并没有人们所认为的那么全面，但是正如你刚刚看到的一样，他的拉丁语易懂、简洁、表达力强，比克雷默好很多。[1]

---

[1]见他的作品《耳熟能详》。——作者注

欧石鸱

第四十封
致托马斯·彭南特先生

塞尔伯恩，1770 年 11 月 26 日

很高兴看到从直布罗陀海峡带回的鸟类标本中，有一些英国本土的短翼夏候鸟，我们一直在探究这些鸟离开的规律。如果在安达卢西亚找到的鸟往返迁徙巴巴里，那就容易推断出，那些飞来此地的鸟应该会返回大陆，在欧洲温暖的地区过冬。可以肯定的是，很多飞往直布罗陀海峡的软嘴鸟只在春秋两季出现，夏季繁殖期则成双结对飞往北方，年末才拖家带口往南返回。直布罗陀巨岩百鸟齐聚，是观鸟的好去处。这些鸟从这里出发，飞往欧洲或非洲。春、秋两季能在欧洲边缘地区见到这种小巧的短翼夏候鸟，这是迁徙最可信的证据。

斯科波利似乎不知道他在蒂罗尔找到的梅尔巴燕（hirundo melba）就是直布罗陀大雨燕。他说的阿尔皮纳燕（hirundoalpina）不就是之前用其他名称提过的同一种鸟吗？他说，雨燕（Omnia prioris）"这种鸟与之前提到的鸟很相似，只是胸前白羽范围更大"。我

并不认为这是一种新品种。有人说梅尔巴燕"在阿尔比斯山峰筑巢",确有此事。(参见《自然年鉴》)

苏塞克斯郡那位朋友虽然不是博物学者,却观察细心、判断力强。我曾请他观察欧石鸻,他发给我如下信息:"翻看《自然学家日志》4月份相关记载,我发现首次提到欧石鸻的时间都是17、18日。依我看,已是很晚。它们在这里度过春夏,秋初聚集起来,准备离开。我觉得它们应该是候鸟,飞往南边像西班牙这种干燥的山地国家,那里牧场很多。因为人们夏天在这避暑时,都选择待在这种地方。这只是大胆猜测,因为我遇到过的人,谁也不曾在英格兰的冬天见过这种鸟。它们应该不喜欢离水太近,而在牧羊谷吃随处的蚯蚓。它们在满是灰色燧石的休耕地里产卵,覆盖着苔藓的石头颜色类似雏鸟,可供隐匿躲藏。这种鸟不筑巢,把卵产在光裸的地上,一次不过两枚。雏鸟破壳后很快跑开,这点有据可查。母鸟不喂雏鸟,进食时把它们领到有食的地方,时间多半在夜里。"这便是朋友说的话。

这种鸟的某些习性很像大鸨,外观、身形、爪子的构造,也与大鸨几分相似[1]。

很久之前,我请求在安达卢西亚的一位亲戚寻找这种鸟。现在他才写来信,说9月3日才第一次在市场上见到一只死去的欧石鸻。

欧石鸻飞行时向后伸直双腿,像鹭一样。

①大鸨是英国最大的鸟，但我们担心这种鸟在这个国家如果不能说是完全灭绝，也应该是濒于灭绝。几年前，在诺维奇疗养院的一个花园里，有人养了一对雌雄大鸨。雄鸟看上去威严雄壮。它非常勇敢，什么也不怕，甚至敢抓住任何一个穿着大衣走近它身边的人。相反，雌鸟则害羞腼腆。然而，当这只雄鸟发现一只小鹰，即使那只小鹰还飞在高天上，它都会蜷缩在地上，表现出极度的恐惧感，这点很不寻常。1804年，一只上好的鸨被射杀后，被带到普利茅斯市场，在那里它被一个出版商以一先令的价格买了去，人们还不了解它的价值，当时在伦敦市场估计能卖到三到四英镑。这种罕见的流浪鸟不仅迷了路，也迷糊了，因为在第二张饭桌上，它也被拒绝了，原因在于胸肌的颜色和胸部其他部分肉的颜色不同。这在黑琴鸡类鸟类中也并非罕见。第二天傍晚，一些乡下绅士来到客栈，他们听说这件事后，要求把这只高贵的鸟端上来让他们在就餐时冷食。

第四十一封
致戴恩斯·巴林顿阁下

塞尔伯恩，1770 年 12 月 20 日

我误认为是黄雀(aberdavine) 的鸟其实是芦雀(passeres torquati)。

的确，许多本国境内的徙鸟还须进一步了解。冬季出现在这里的苍头燕雀群中几乎没有雄鸟[1]。即使雌雄比例相当，说它们都产自同一地区，似乎让人难以相信。因此，我们得出这样的结论：苍头燕雀(fringil laecaelebe) 一定出于有益的目的，才雌雄分开迁徙。那么这种鸟的交配被寒冬打断也就不足为奇。很多动物，尤其是雄鹿和雌鹿，会为延续种类分成雌雄不同的群体。关于苍头燕雀，参见《瑞典动物群落》第 85 页和《自然体系》第 318 页。每年冬季，都能看见一大群一大群雌雀，其中没有雄雀。

你对英国鸣禽和飞鸟周期性迁徙的解释有一定道理，因为食物是这些野生禽类行为和进化的一个伟大的调节器。除此之外，就只有一种力量能与之抗衡，那便是爱欲。但是，我对您提出的一个观点不完全赞同。您认为"进食之后，它们再分成五六只的小群体，

尽可能在这个区域找到最好的伙食，无意再去新的土地翻寻"。在这里，如若你的意思是，从完成小麦播种到大麦和燕麦收获季节，聚集就已经结束，那我们这里的情况并非如此。当农夫忙着耕犁，云雀和苍头燕雀的数量丝毫不比隆冬少，尤其是朱顶雀的数量。

　　丘鹬和田鸫春天离开我们，无疑是跨越大海，返回更适宜产卵的地方去②。丘鹬离开前会先配对，雌鸟怀着卵离去。之前我在游猎时常看到这点。我们的确偶尔听说在这个岛上的某一个地方发现丘鹬，或是小丘鹬的巢③。不过，人们总是把这事作为谈资也实在少见。至于红翼鸫和田鸫，我从没听说哪位游猎者或者自然学者在这些王国的某一处发现过它们的巢或雏鸟④。这个事情让我重视的特别之处在于，夏冬两季显然有同样的食物维持乌鸫和画眉这些同属鸟生存，它们便选择整个夏季都留在这里。不过，一些种类的鸟的去留并非仅由食物决定。田鸫和红翼鸫消失的早迟，都跟温暖气候到来的早晚有关。我清楚地记得，在1739年到1740年那个可怕的冬季之后，寒冷的东北风一直刮到四五月。这些鸟类中剩下一些没有像往常一样离开，一直逗留到6月初。

　　上述提到的鸟儿在哪里筑巢的最权威说法来自动物区系研究者们的证据，这些研究者曾撰写过一些地方的博物志。林奈在《瑞典动物志》里说过，田鸫"多在最高树上筑巢"，而红翼鸫"在普通灌木或树篱筑巢。每次产六枚青绿色的卵，卵上黑斑各不相同"。我们由此可以肯定，田鸫和红翼鸫都在瑞典繁殖。斯科波利在《自然史》中说丘鹬"春分时分，怀卵抵达此地——即我的家乡蒂罗尔"。

他又补充道:"它在亚平宁山潮湿的森林里筑巢,每次产三到五枚卵。"克雷默认为丘鹬不是在澳大利亚繁殖。不过,他还说"这是种在北方地区繁殖的夏候鸟,一近冬季便往南迁徙。它们在10月月圆之际,结队飞过奥地利。来年3月中旬月圆时候,交配后再返回北方"。这段引文有删减,全文参见《反驳论证》第351页。关于丘鹬繁殖地的证据很少,但这一引文似乎足以证明丘鹬确实是候鸟。

另,近来多雨,拉特兰郡降雨量已经达到7.5英寸,是该地区30年来最大降雨量。该郡一年的平均降雨量为20.5英寸。⑤

---

①我们已经在之前的一条注释中指出,在冬天,苍头燕雀并不总是分成雄雀和雌雀两群。那些经常见到的我们以为的苍头燕雀的雌雀,难道不是前一个夏天的那些小鸟吗?那些羽毛还没有完全长成的雄鸟,不就和雌鸟难以区分开吗?

②田鸫10月造访我们,4月初再次离开。在这个国家,它们主要食山楂、其他浆果、蠕虫和昆虫。克纳普说:"尽管田鸫很合群,但我们每年还会在一些高高的篱笆或是安静的小牧场里发现离群的三两只,它们在那里和黑鸟和画眉待在一起。"

丘鹬成群地来到大不列颠,它们有一些会在10月出现,但是直到11月和12月才会大量涌现。它们通常利用夜间活动,很少在日落之前看到它们到来。

它们到达的时间在很大程度上取决于盛行的风,因为逆向风总是阻挡着它们,况且凭借它们自己的能力,也确实无法与北大洋的狂风暴雨做斗争。它们大部分在2月底或3月初离开这个国家,出发前总是成群成队。当它们退到海边,如果风平浪静,就会立刻启程。但如果情况相反,它们常常在附近的树林和灌木丛里待上一段时间。这些鸟对大气变化有着超强的观察技能,一阵顺风吹来,它们立即就会抓住机会。有时游猎者在一天中会看见成百上千只丘鹬,第二天在同一地方却一只也不见。

在康沃尔郡的兰德塞德，每个渔民和农民都能以空气的温度辨别出丘鹬到达海岸的时间，即使说不准是哪一天，也知道是哪一周。它们成群结队地在同一时间抵达岸边。由于经过长途飞行，它们抵达后样子疲惫，那样子一看就很容易推断出，狗会轻易扑倒或抓到它们。短暂的休息很快让它们重振精神，以继续接下来的内陆路线。但即使有了这样的能力补充，它们仍是容易到手的猎物，这对住在附近的人们也是一种不小的福利。

华纳先生告诉我们，"在特鲁罗，有人告知我们一件事，作为丘鹬抵达的准确时间的证明。那时，有一位绅士为了一个特定的宴席，派人到兰德森德去取几只丘鹬。兰德森德的人写信告诉他，现在丘鹬一只都没有出现，但是如果天气继续像当时那样晴朗下去，在他写信后的第三天，就会出现很多丘鹬。天气后来确实没有变化，到访者如期而至，这位先生收到了他要的数量。"

候鸟通常会回到它们原来出没的地方，这点确信无疑。比威克叙述的下面这件事经由巴特的约翰·特里维廉先生的权威确定了其真实性。"1797年冬天，"他说，"在多塞特郡沃特康比的爱斯克，E. M. 普莱德尔先生的猎场看守人给他带来了一只没有受伤的活丘鹬。这是他在捕兔子的网套里逮到的。普莱德尔先生把他的名字刻在一根薄铜管上，然后把它套在丘鹬的腿上，再把它放飞。第二年12月，普莱德尔先生在初次捕住它的同一片树林里再次射中这只鸟，腿上套着那个铜环。"我们在窗子角落搭的巢里捕到一只燕子，我们给它的一条腿缠上丝线后，把它放飞。第二年，窗子同一角落被一对燕子占领。我们抓住了它们，发现其中一个腿上缠着线，是我们在前一年缠上去的。

③1828年4月15日有人在贝德福德郡谢菲尔德附近的奇克山德林地里发现一个丘鹬窝，里面有四个卵。这些卵的大小与矮脚鸡的卵差不多大小，呈蓝白色，上面有不规则的褐色斑点。

④纳普先生说："我面前有一只鸟卵，我相信这是田鹬的卵，这只卵是从鸟巢里取的，有些像1824年发现的歌鸫建的巢。"布洛克先生在赫布里底群岛的哈里斯岛发现了一个红翼鸫巢。詹宁斯先生说，一位很可信的朋友告诉他，这个国家的红翼鸫在春天离开前偶尔鸣唱。

⑤同其他地区一样，苏格兰因其地理位置，降雨量有所变化。格拉斯哥有31英寸；达姆弗里斯有36英寸；达尔基斯有25英寸；年平均降雨量在30到31英寸之间，即有28立方英尺的水量。临近延伸海岸线的那些国家的雨水通常比内陆雨水多。印度的一些地区，年降水量在103英寸到112英寸之间，但该国家年平均降雨量为85英寸。

第四十二封
致戴恩斯·巴林顿阁下

安多弗附近的法伊菲尔德，1771 年 2 月 12 日

我知道您一直怀疑迁徙一说，本国各地那些已被证实的说法似乎也证实了您的怀疑。至少有很多燕科鸟冬天并没有离去，而是像昆虫和蝙蝠一样蛰伏，以沉睡方式度过最不舒服的月份，直至回归的太阳和好天气将它们唤醒。

不过，我认为，我们不应该就此否认迁徙的普遍存在，因为它肯定存在于某些地方。正如我在安达卢西亚的兄弟已经充分告知我的那样，他直接目睹了这些鸟儿的种种行为，以及在春秋季节数周的迁徙。这期间，大量燕属鸟儿根据天气变化从北往南[①]，或者从南往北跨越斯特雷特海峡。这些大规模迁徙的鸟不仅有燕科鸟（hirundines），还有食蜂鸟[②]、戴胜鸟[③]（oro pendolos）、金鸫等鸟[④]。这里许多软嘴夏候鸟也迁徙。也有许多鸟从不离开，比如各类隼和鸢。老贝隆在 200 年前有段奇妙的记载，称他亲眼看见一大群隼和鸢在春季飞越色雷斯人的博斯普鲁斯海峡，从亚洲飞往欧洲。除了上面提到的鸟之外，他还提到，雕和秃鹫的加入扩大了整个迁徙队伍⑤。

酷热天到来前，停留在非洲的鸟无疑会迁往较温和的地方，特别是食肉鸟，热乎乎的肉类食物让它们的血更热，更难以忍受闷热的天气。可是，我禁不住会想，鸢和隼以及诸如此类凶猛的鸟向来无视英格兰乃至瑞典和整个北欧的酷寒，为什么它们也会不安于安达卢西亚的冬季，而向南迁徙呢？

戴胜鸟

我认为，不要因为大海的广袤和逆风等因素过度强调鸟类迁徙中的困难和危险。细想一下，一只鸟从英格兰迁往赤道，不会从一出发就一直暴露在浩渺的海面上。为跨越海面，它会先飞往多弗尔海峡渡海，再飞越直布罗陀海峡渡海。我很自信地提出这个显而易见的看法。我兄弟发现在他那里的鸟，尤其是燕科类鸟，在飞跃地中海时很懂如何取巧，而不愿意忍受辛苦。在抵达直布罗陀后，它们并不是

> ……以楔形队列出发
>
> 展翅齐飞，高高地掠过
>
> 大海和陆地，
>
> 为减轻飞行的劳累……
>
> ——弥尔顿

它们会分散成几群，每群六七只，紧贴着陆地和海面低飞，以它们能找到的最窄的通道，飞往对面的大陆。它们常常往西南方斜穿过海湾，抵达对面的丹吉尔。似乎，这便是那最狭窄之处。⑥

前面的通信中，我们已经讨论过明亮的月夜，丘鹬是否有可能从斯堪的纳维亚半岛飞跃北海。速度慢一些的鸟也能飞跃大海的，对此，我会举例说明。尽管有件事已经过去多年，却是千真万确的。1708年到1709年那个寒冬，一群在特罗顿教区苏塞克斯郡狩猎的人猎到了一只鸭子，它戴着银项圈⑦，上面印着丹麦国王的纹章。当时，特罗顿的教区牧师常对我的一个近亲说起这事。我记得

那个项圈最后归了那位牧师。

眼下，我不认识有谁住在海边，否则可以留心观察一下丘鹬最早出现在哪个月夜。如果我住在海边，那不久之后，我便能亲自告诉您这些情况。以前狩猎时，我常常看见丘鹬因过于迟钝和困乏，刚被猎狗或枪声惊飞，就一头栽落下来。我不敢说这种奇怪的懒怠，是由长途跋涉引起的⑧。

经常有人告诉我，夜莺不仅从未到过诺森伯兰和苏格兰，也不会去德文希尔郡和康沃尔郡。不去这两个郡的原因不能归咎于那里不够暖和。这些鸟穿过最狭窄的通道从大陆而来，却并不深入到达西部，原因在于西部不够温暖这一缺点，多半是臆测⑨。

请把您对云雀是否用沙土清洁的观察结果告知我。我觉得它们应该会这么做。可果真如此，它们也会水浴吗？

我 10 月的最后一封信里，提到了为布谷抚育后代的那种笨鸟，即雷称的草地云雀（alauda pratensis）⑩。

您来信嘱咐我给秋季会到访的顿斯特尔先生捉一只环颈鸫。可惜来信太晚。明年 4 月，环颈鸫再回到此地时，我会尽力为他捉一只。很高兴您和那位绅士都看到我送去的安达卢西亚鸟，希望没有让您失望。罗伊斯顿鸦（或称冠鸦）也是种冬候鸟，差不多和丘鹬同一时间出现。它们与田鸫和红翼鸫一样，没有明显的理由让它们迁徙。冬季，它们过得跟同属鸟差不多，或许夏季也是如此⑪。是不是特南在小时候弄错了？会不会他找到的不是田鸫巢，而是槲鸫巢？

欧鸽（雷称之为 clumba oenas）或者林鸽，是我们这出现最晚的一种冬候鸟，11 月底才能看见。大约 20 年前，塞尔伯恩附近有许多这种鸟，早晚都能看见它们站成长长的一列，队伍长达一英里，甚至更长。随着山毛榉林被大肆砍伐，它们的数量骤减。斑尾林鸽（雷称之为 palumbus）终年都在这里，夏季产卵数次⑫。

收到您 10 月最后一封信前，我刚在日记里写道：今年秋天树木绿得反常。这一反常的绿一直持续到 11 月，也许是迟到的春天和凉爽潮湿的夏季所致。不过，更可能是金龟子和树甲虫啃光了多处树木的叶子，导致这些树在仲夏时节再次发芽，因此今年这么晚了都还没有落叶。

正在我这儿做客的朋友精通音律，他用一支律管确定在音乐会的音调标准后，就能测出他家附近所有猫头鹰的叫声都是降 B 大调。明年春天，他还会继续测试夜莺的叫声。

---

①燕子的迁徙并不局限于英国，它们在各种气候下似乎都会受一般规律的影响。现已充分证实，燕子甚至会从欧洲最南部地区，比如那不勒斯王国、西西里王国、莫里亚王国，迁徙到非洲和亚洲。瑞伊·威尔逊先生在他的埃及旅行中肯定了这些迁移。他说，他在这些鸟类庞大的躯干上找到了证据，证明这些鸟确实在冬季来临前的 11 月，从欧洲向埃及的方向行进。

威尔逊告诉我们，美国的燕子也会迁徙，"它们在 4 月底或 5 月初到达宾夕法尼亚州。夏天，它们飞散到全国各地，那里空烟囱的高度足以方便它们安家"。在其他任何情况下，都不可能看到它们像现在这样和我们待在一起。这种情况自然会引发疑问：欧洲人到达这个国家之前，这些鸟在哪里筑巢？那时候没有这样的地方提供给它们住宿。我觉得，在我们西部森林的偏远地区，它们继续建造家园的地方应该也属于类似情形，尽管那里几乎找不到这种展示欧洲文明进程的建筑，但在某些情况下，它们选择的树洞与现在它们选择的环境最为相似。

最早移居肯塔基州的一个移民告诉我，他砍倒了一棵大空心山毛榉树，里面有四五十个烟囱燕窝，由于树被伐倒，也或许因为天气的原因，大部分巢都落在空洞的底部，但是，紧挨着树的一边仍然有很多碎片，根据这些脆片他能数出具体有多少个巢。他说，这些燕子在那里已经待了很多年。

理查德森博士说："在人烟稀少的地区，人类的居所很少，或是居所相距很远，家燕便栖息在洞穴里，多是石灰岩的洞穴；它经常出入所有货运港的外屋。1825年秋，当富兰克林堡在大熊湖沿岸建成时，我们在一座被遗弃了十多年房子的废墟中发现了许多巢穴。"那个地方处于北半球，它们大约在5月15日到达，8月初离开。理查德森博士注意到燕子出现在北纬67.5度的好望堡，那是美国最北端。

②作者所称的食蜂鸟是指欧洲的食蜂者，林奈称之为meropa apiaster。它是本属在欧洲唯一的品种。这种鸟在法国、意大利、德国和瑞典的南部并不罕见，在俄罗斯南部边界处的唐和沃尔加接壤的省份很常见。它们属于群居鸟和迁徙鸟。在秋天，它会离开夏季的居所，前往更南方的地方。在英国，人们经常抓到这种鸟，但是直到1794年7月，当诺福克郡的马特萨尔射杀了一只时，它才引起人们注意。同年6月，人们看到一群食蜂鸟，大约20只。在接下来的10月，又有一小群，数量要少得多，十有八九和之前看到的是同一群鸟。这一小群鸟从之前看到它们的地方飞过。这种鸟以所有带翅膀的昆虫为食，也会像燕子一样在飞翔中进食。

威廉·贾丁爵士在《爱丁堡自然与地理科学杂志》上发表的一篇关于"马德拉之鸟"的论文中提到，常见的雨燕一年四季都待在马德拉岛。卡鲁瑟斯先生基于观察也提出这一观点。尽管他本人有着可敬的权威，我们仍倾向于猜测他的结论一定是从一些单独的例子中形成的。因为我们坚信，所有种类的雨燕和家燕都严格地在全球范围内迁徙。经观察，这些鸟类甚至在非洲的烈日下，美洲昼夜平分、气候温和的地区，以及温度始终如一的热带气候中迁徙。如果马德拉的这种常见的雨燕，不同于那些在世界其他地区都遵循同一条法则的同类物种，那无疑是一种明显的背道而驰。

③我们注意到第十一封信中提到英国偶尔会出现戴胜。这种漂亮的鸟长12英寸，宽19英

寸。喙长约两英寸，黑色，纤细，有些弯曲；眼睛淡褐色；舌头很短，呈三角形；头顶有一个冠，由一排浅橙色的羽毛组成，顶端呈黑色，最大约两英寸长；颈部为淡淡的红褐色，胸部和腹部为白色，背部、肩胛骨和翅膀为相间的黑白宽条纹；翅膀较小的复羽为浅棕色；尾部为白色，尾巴由 10 根羽毛组成，每根羽毛都有白色印记，合拢时，呈新月形，喇叭口朝下；腿短，呈黑色。除了在某些兴奋的时候，冠通常耷拉在脖子上。

贝克斯汀告诉我们，在德国，整个夏天戴胜都在草地上嬉戏。8 月，它们在平原组成家庭；9 月离开那个地区，4 月再回来。——作者注

④作者提到的金鸫是金黄鹂，林奈称之为 oriolus galbula。它偶尔造访。这个非常优雅的物种大约有黑鸟那么大；雄性呈明亮的金黄色，黑色的翅膀上布满黄色斑点；尾羽中间的两根羽毛为黑色，其余为黄色。雄鸟为黑色的地方，雌鸟呈茶绿色；胸部有黑点。在爱丁堡附近的彭特兰丘陵附近，有一只雌鸟和一只雄鸟被人射杀，标本现在收藏在大学博物馆。在法国和德国，这种鸟有很多：它们在 8 月份聚集迁徙到亚洲较温暖的地区，5 月份再返回。

⑤秃鹰和雕的各个物种占据的地理范围极为广阔，例如，金雕在英国、欧洲大陆以及美国都有繁殖。的确，其中一些有游荡的习惯，经常长途跋涉。但是我们也不能由此确定这些种属的鸟属于迁徙的鸟类。这些鸟偶尔会从一个国家飞往另一个国家，但是，这些飞行并没有周期性规律，也并非受到大气变化的影响，而是由一些未知原因引起。

⑥休达是直布罗陀海峡最窄的部分。

⑦我读过一些关于天鹅的奇闻异事。

⑧显然，这肯定是由于长途旅行后的疲劳，正如我们在第四十一封信中的注释里提到的一样。

⑨据悉，这种鸟所能到达的英国最北方是在约克郡的唐克斯特一带。奇怪的是，在德文郡和康沃尔郡从来没有见过夜莺。这的确是一种非常奇怪的现象，因为无论从温和的气候还是地面上的多样性来讲，这两个郡似乎都是特意为鸟儿打造的理想居所。对所有动植物设定的界限，是大自然规律中最奇特的安排之一。

⑩见第三十八封，致巴林顿先生的信。——作者注

⑪冠鸦，或称红嘴山鸦，（谭明克称之为 pyrrhocorax graculus）不属徙鸟。苏格兰这种众所

周知的鸟，在英国一年四季都能见到。然而，在其他国家，它应该是要迁徙的。我们被告知，有人在 9 月和 10 月份尼罗河泛滥时见到过它们。这是一个分布极其广阔的物种，也是阿尔卑斯山、西伯利亚和波斯的居民。蒙塔古上校就有一只，它会静静地站几个小时享受抚摸；如果受到冒犯，它会用嘴和爪子来抵御伤害。

⑫人们极大地混淆了欧鸽和岩鸽。它们的发展和特性被奇怪地搞混了。有些人把它们看作同一种鸟，而另一些人则把它们看作同一物种的不同变种。

正如怀特所认为的，尽管欧鸽仅局限于该郡的某些地区，但它不是徙鸟。它在斯塔福德郡和米德兰郡的一些地区很常见，但在英国北部却从未被发现过。欧洲南部有大量欧鸽。它也会出现在非洲，但不会繁衍到热带的南部地区。而德国和法国的欧鸽则要迁徙。

第四十三封
致托马斯·彭南特先生

塞尔伯恩，1771 年 3 月 20 日

夏末，我们身边有一种非常恼人的虫子，在白垩地里最多。它钻进人的皮肤里，特别是女人和儿童，刺起一个个小包，奇痒难忍。被我们称为"秋蚌"的这种虫子非常小，肉眼几乎看不见。它的身体呈鲜艳的猩红色，属于螨科粉色属。在四季豆和所有豆科植物上都能见到它们，但一般也只在炎热的夏天肆虐横行。有人肯定地告诉我，白垩岗的养兔人就深受其扰。有时，那里的虫子乌压压一大片拥在网上，以至于把那边的网都染成红色。有些受过叮咬的人还会发烧。

这些地方还有一种身体长长，发亮的小虫子让主妇们简直头疼不已。它会从烟囱钻进屋里，把卵产在晾晒的腌肉上。这些卵会孵出蛆，蛆藏在腌制的猪后腿和猪最好部位的肉里，把肉啃得只剩骨头，造成极大的浪费。我怀疑，这种飞虫就是林奈所说的腐蝇（musca putris）中的一种。夏季，这种虫子在农家厨房的熏肉架、壁

炉架周围和天花板上很常见。

有种昆虫会破坏田里的芜菁和很多其他作物，甚至常常毁掉整片田，但对这种昆虫还需要进一步深究。这里的乡下人把它们叫作芜菁虫或是黑海豚。据我所知，它其实是一种鞘翅目昆虫（coleoptera），即叶甲属（chrysomela oleracea）跳跃亚目（saltatoria）后腿长毛的粗厚钩虫属（femoribus posficis crassissimis）。炎热的夏天，这种虫子数量简直多得惊人。每当人们走过田间或是菜园，就能听见它们在芜菁叶和甘蓝叶上跳来跳去的声音，噼里啪啦就像雨点落在上面的声音。

这里还有一种所有的耕童都很熟悉的狂蝇属（oestrus）昆虫，因为被林奈忽略，之前的作家因此也没有提过。它就是老毛菲特称的弯尾虫（curvicauda），也就是德勒姆在《自然神学》第 250 页提到的那种虫。德勒姆说这种虫值得注意，它在飞行过程中能灵巧地将卵产在马的一根腿毛或是腹侧的毛上。但是，他接着说这种狂蝇属昆虫是他之后提到的星尾蛆的父母，这个观点是错误的。因为在他之后的一些昆虫学家们发现，这种特别的星尾蛆应该衍生在避役蝇（musca chamaeleon）卵中。参见杰弗里的著作第 17 卷的第四图。

要是能有一本书能介绍这种对田地、园子和居室造成危害的害虫的全部知识，并提出消灭这些害虫的办法，那么这书一定会被公众举荐为实用且重要的著作。这类灭虫方法散见各地，有待归纳整理成册。一旦完成这项工作，虫害肯定很快会大大减轻。了解这些昆虫的特点、规律和繁殖，简而言之即了解它们的生活状况，是指导我们找到防虫防害措施不可或缺的一步。

依我的观点，昆虫学中，通常最能描绘林奈分类法中昆虫区别的方法，莫过于精美的插图；我确定，要是人们看到比单纯的文字描述更为形象的图片，一定会对那些区别有足够的认识，这样一来，研究昆虫的人肯定会更多。

孔雀

第四十四封
致托马斯·彭南特先生

塞尔伯恩，1771 年

　　碰巧有机会观赏邻居的孔雀，我禁不住观察起来。我发现这群华丽鸟儿漂亮的展屏绝非来自尾部。长羽毛没有长在尾臀部，而是在背部。尾臀处有一丛约六英寸长的硬短棕羽才是真正的尾巴，开屏时支撑又长又重的屏羽。以前看孔雀开屏，感觉孔雀好像只剩下头和脖子。如果长羽毛长在臀部，就不会出现这种情况。看看昂首阔步的雄火鸡，或许你就会明白①。孔雀急剧抖动肌肉，便可将长羽变为武器，就像剑客手中的长剑。接着，它们便将身子一扭，急匆匆去追赶雌孔雀。

　　有件事我得告诉您，最近我得了块从牛胃里取出的、不同寻常的结石团，通常这类结石团都是扁的，这个却浑圆，如一个大酸橙般大小。

①母孔雀像家禽和母野鸡一样，有时会长出雄性的羽毛。泰特夫人有一只心爱的母孔雀，8岁时产下几只小雀。11岁时褪毛后，这位女士和她的家人惊讶地发现，她长出异性特有的羽毛，看上去像一只色彩斑斓的公孔雀。在这个过程中，第一次长出公鸡一样的尾巴。第二年，她又换了羽毛，长出了类似羽毛；第三年依然如此，然后有了类似于公鸡的尖刺。换过羽毛后，这只母孔雀再也没有繁育过。

第四十五封
致戴恩斯·巴林顿阁下

塞尔伯恩，1771 年 8 月 1 日

从下面的叙述可以看出猫头鹰和布谷是否保持同一种调子。一个朋友说，他那里的绝大多数猫头鹰叫声都是降 B 大调，只有一只比 A 大调将近低了半个音。他试音的律管是根半克朗的普通律管，像琴师用来调大键琴的律管，这根音律管使用的是常见伦敦音高。

我的一个邻居据说耳朵很灵。他说村里的猫头鹰叫声有四种不同的调：降 G 大调、升 F 大调、降 B 大调和降 A 大调。他听见过两只鸟对叫，一只的音为降 A 大调，另一只为降 B 大调。请问：这些不同的调子来自不同的种类，或者是同一种的不同个体？经测试，这人发现我们这唯一的一种布谷，叫声也因个体不同有差异。在塞尔伯恩林地附近，几乎都是 D 大调。两音齐鸣，一种为 D 大调，另一种为升 d 小调，听起来很不和谐。后来，他还听到过升 d 小调的叫声，在沃尔默林场附近听到过 C 大调。至于夜莺，他说变调太快，无法确定究竟是什么调。如果关在笼子或是房间，或许能更容易辨认一些。这人还设法确认雨燕和其他几种小鸟的声调，但都没法纳入确定的音高标准中。

我常说，红翼鸫之类的鸟是最早耐不住寒的一类。它们从斯堪的纳维亚半岛迁徙到这里。高脚类（ordo of grallae）的鸟也不耐寒，冬季还没到，便早早结队离开北欧[①]。"鸡科鸟仿佛早就计划好似的，结队飞走，一只也没留下。南方夏季的焦虫少，它们无法在那里生活。它们不待在极寒之地，也是这个原因。"这段话出自瑞典人埃克马克。您正在研究迁徙，那便可以读一读他刊登在《问学之乐》（Amoenitates Academicae）第 4 卷第 565 页上的那篇文章。

鸟的迁徙可能因地域而有所不同，在一个国家迁徙的鸟，在另一个国家或许并非如此。不过，鸡科（grallae）鸟一到冬季，必然得离开北欧地区，否则便会饿死。它们的食物主要来源于湿地或是沼泽。很高兴得知您向林奈询问丘鹬的有关知识。他应该很熟悉他那一区系的动物，一定会对它们的习性做出详细解释[②]。

如您观察，动物区系研究者们无法容忍毫无特色的描述，也无法容忍仅仅给出几个同义词。原因显而易见，那样在室内便可完成。调查动物的生活习性是件麻烦得多，也困难得多的事。只有具备好奇和行动力，且常驻乡下的人才能胜任。

我觉得，国外分类学家在描述具体区别时模糊不清。这些区别通常由一两个特征组成，其余描述则是空泛的词语。我们国家杰出的雷先生是唯一一个精确的描述者，他使用的每个单词和术语都精确传达出所要表达的意思。这让那些追随者和模仿者们望尘莫及，即使他们拥有新发现和现代信息方面的优势。

距离我的游猎经历已历时多年，我无法记清那时丘鹬究竟什么时候懒怠，又在什么时候警觉。当我跟一位朋友提到这事，他说据他观察，风雪天它们最是无精打采。果真如此，它们拙于飞翔应该是源于对食物的渴望，如同山羊在有暴风雨的潮湿夜晚渴望咀嚼青草一样。

---

①1799年严冬，一大群一大群的红翅鸟借道英格兰西部迁徙，那里突然下起了雪，那个地区雪积得异常厚，切断了这些可怜鸟儿的食物供应。身体因为缺少食物而变得虚弱，它们无法飞跃海洋，前往气候更适宜的地方，成千上万的红翼鸫，包括田鸫都饿死了。

②旧大陆从北到南的所有地方都能见到丘鹬。据说它整年都待在一些地方，只在繁殖季节才会从平原转到山区。据观察，迄今为止所有丘鹬只有两三个相同的习性：它们在繁殖季节从北向南部分迁徙。

丘鹬是偶尔在英国繁殖的少数冬季鸟之一。除了我们在第106页提到的情况外，6月产的卵，孵出的幼鸟在8月已经死亡。1795年，黑斯廷斯的维特尔牧师在苏塞克斯附近的一个树林里找到了一个窝，里面有四个蛋。1802年，福尔詹姆先生在唐卡斯特克附近的布罗德斯沃思森林里采集到一只羽翼半丰的丘鹬样本；1805年，斯科普附近的舒科克斯的树林里孵出四只丘鹬。最后这个巢里铺有苔藓、卷曲的干叶子。1828年5月19日，纽涅顿附近的安斯利郡，约翰·切伍德先生的管家詹姆士·史密斯，在那个街区的霍尔公园的林子里射杀了两只丘鹬；第二天，史密斯在同一地点射杀了一只老鸟。据说幼鸟上桌后肉很柴很干，口感不好，而老鸟的肉鲜美可口。1829年5月初，在考文垂附近的雷顿林地，W.戴克先生的看林人约翰·威格森，发现了一只丘鹬，它正卧在四枚卵上。然而，不知什么原因，巢最后被遗弃，一些卵也被捣坏。在破损的那些卵中，有一枚的幼鸟几乎就快要孵化出来。由此证明，成鸟肯定在4月初便开始忙着筑巢，这比许多离开英国前往北部气候的同类鸟时间要早；这也强有力地证明了丘鹬的确在出发前已经成双配对。1828年8月8日，爱尔兰唐郡的佛罗里达地域，有一只丘鹬被射杀，这只丘鹬肯定整个夏天都待在那里。

第四十六封
致托马斯·彭南特先生

1771 年 9 月

夏天我只见到两只大蝙蝠，因素来喜欢高空觅食，我称它们为高飞蝙蝠(vespertilio altivolan)。我捉到其中一只公的，因为它们相伴而飞，便想当然地认为另外那只肯定是母的。一两天后，我捉住另一只，失望地发现它竟也是公的。这种至少在这个地区罕见的情况引起我的怀疑。它们究竟是不是我们常见的品种，或许不像羊和其他一些四足动物一样是一公多母搭配。要彻底弄清这点，还须就性别方面进一步观察更多种类。目前，我能肯定的是，这两只公蝙蝠性具很大，简直堪比公猪。

蝙翼展开间距为 14.5 英寸，鼻梢到尾部 4.5 英寸长。头很大，两叶鼻孔，肩部宽阔雄健，身体浑圆结实。体毛呈亮栗色，无比柔软顺滑。胃里满是食物，浸泡得已分辨不出东西的质地。肝、肾、心很大，肠子覆满油脂。每整只都有一盎司又一打兰重。耳朵内窝构造奇特，我很难彻底了解，只能依赖同样具有好奇心的解剖学家。最后提一下，这种动物的气味极其腐臭刺鼻。[2]

---

①杰西先生说："蝙蝠似乎是群居动物。最近在里士满公园一幢老房子的屋顶下发现大量蝙蝠。带给我的两种，形状差不多，只是一种大得多。后者符合作者对高飞蝙蝠 Vespertilio altivolans 的描述。从一只翅膀尖到另一只翅膀尖，长度接近 15 英寸。较大的蝙蝠与较小的蝙蝠数量相当。在毗邻里奇蒙德公园康比伍德的一幢老房子里也发现有蝙蝠。后来，在公园一棵腐树上发现其中 10 只。这是否定蝙蝠迁徙一说的有力证据。杰西先生把一些蝙蝠送给伦敦动物学会。

一名受雇修理沃尔西红衣主教大厅汉普顿宫的工人，在天花板的椽子末端发现一具蝙蝠骨架。据估算，它活着的时候几乎和鸽子一样大。蝙蝠具有一种我们还不甚了解的能力，那就是在黑暗中躲避物体。斯帕兰沙尼在房间中间挂了一些布，上面有不同距离的洞，大得足以让蝙蝠飞过去。他剥夺可怜动物们的光明，也尽可能地阻碍它们的听觉。这些动物一被放出来，眼睛就像能看见一样，会飞快地穿过洞。

关于蝙蝠冬眠，以下事实很是稀奇。1821 年 11 月初，在海宁湖附近属于塞尔扣克郡普林格尔先生的树林里，一位工人在劈轨道木料时，在一个野生樱桃大树中间，发现一只活蝙蝠，为明亮的猩红色。它一从埋葬地被放开，就展开翅膀逃走了。树上有个大凹洞，刚好能容下这只动物。洞周围一切完好、坚实，没有任何缝隙可让空气进去。1826 年 12 月，一个在凯尔索尔以同样方式工作的人遇到类似现象，在恐惧的驱使下，他放走了蝙蝠，声称它不是"这个世界的生灵"。

第四十七封
致托马斯·彭南特先生

塞尔伯恩，1771 年

7月12日，一只欧夜鹰（caprimulgus）围着一棵爬满金龟子（scarabaei solstitiales）的橡树打转，这正是我观察它们如何运动的好机会。它翅膀的力量让人惊讶，各种升腾、回转，比家燕更胜一筹。更让我感兴趣的是，我清楚地看见它不止一次在飞行中伸出短腿，一低头，就把什么东西送进嘴里。如果它用脚抓住猎物的某一部位，就像我现在有充分理由认为它一定会这样做，我便不会再对它的中脚趾为何奇怪地长着锯齿状爪子感到好奇[1]。

家燕和马丁燕，我指它们中的大多数，比往年更早地飞离我们。9月22日那天，它们聚在邻居家胡桃树上，看样子似乎昨晚就在那里过夜。黎明雾气蒙蒙，燕子们振翅群飞，在薄雾中拍打着翅膀，发出急促的声音，隔很远都能听见。从那之后，除了几只落单的燕子，就再没见过任何群燕。

有些雨燕会停留到8月22日，实属罕见。它们通常在8月的第一周就早已离开②。

9月24日，我田里出现三四只环颈鸻，它们在这个季度第一次出现。这些访客对春秋迁徙可真是守时。

---

①过去几年，欧夜鹰锯齿形爪子的功能在自然学家中引起很大争议。威尔逊在描述卡罗莱纳夜鹰时，大致解释了这个问题。"它们的嘴，"他说，"能惊人地升张，以便更紧地抓住猎物。嘴的长毛或髭，像栅栏一样保护着中间的东西。大热天，欧夜鹰大多时间会静卧，身上爬满蛆虫，尤其是头部。中爪的边缘呈梳子状，它们通常用中爪来使自己摆脱这些害虫，至少将它们置于囚禁状态下。"

②详见第九十七封，给戴恩斯·巴林顿阁下的信。从《自然史》杂志了解到，1830年9月27日，人们在钦平诺顿超市看到雨燕。

第四十八封
致戴恩斯·巴林顿阁下

塞尔伯恩，1772 年 2 月 8 日

冬日骑行外出，看见各种飞鸟浩大成群，我总会忍不住对这些景象赞叹不已，希望自己能解释这一季节的特有现象。支配这些野生鸟类进化的两大动力是爱欲和饥饿。前者刺激动物繁衍，后者促使它们保护个体。究竟哪一种因素起主导作用，还有待考证。在一年之中，爱欲这种温柔的激情有时还没有释放，发情期的雄性鸟儿间的强烈的嫉妒心，使它们很难忍受待在同一片树篱或者田野。依我看，鸟儿此时啼鸣或者亢奋，大多是为了竞争和攀比。春天，鸟儿在田野上分散分布的原因，我想应该是出于这种嫉妒。

现在再讲讲食物。这些动物出于本能寻找必需的食物，也许有人认为，这些鸟不应该在食物最匮乏的时期聚在一起找食。然而，它们之间的这种联系主要发生在恶劣的天气里，随着天气进一步恶化，鸟儿越聚越多。这一行为的动机无疑是出于某种私利和自卫，难道这不是由于它们在严酷季节里的无助引起的？就像人在大灾难来临的时候聚在一起，尽管他们也不知道为什么这样做，或许聚在一起会驱走一些寒冷。鸟群可以让个体觉得更安全一些，不受猛禽的蹂躏和其他危险。

同族鸟的聚集让我赞叹不已，当看到关系不协调的鸟儿也在如此严苛的自然条件下聚集在一起时，我会更感惊讶①。我们对一群寒鸦时常加入一队秃鼻乌鸦不足为奇，但如果总有一群椋鸟像卫星般环绕在它们周围，就会感到十分奇怪②。

难道因为相比它的随从，秃鼻乌鸦的嗅觉更灵敏，能帮它们找到更多的食物？解剖学家们说，秃鼻乌鸦的两大神经从两眼间延伸到上颌骨，和其他圆嘴鸟相比，它们的喙感觉更细微，能在看不见的时候翻寻食物。那些鸟或许出于利益动机才加入它们，像灰狗随时等待主人的号令，狮子随胡狼的猎吠而动一样。麦鸡和椋鸟有时也结伴飞行③。

---

①相比看见椋鸟和秃鼻乌鸦相伴，短耳猫头鹰飞在丘鹬群里会让人更加奇怪。彭南特提到，在希腊布谷和斑鸠一同迁徙。——作者注

②《自然学家杂志》的作者谈到秃鼻乌鸦能迅速探寻到哪些地方有幼虫。谈到这种迅速性，他说："我经常看到它们落在一片均匀的、没有任何标记，或者看上去有些腐烂的青翠草地，迅速啄食地面。它们对地面的目标观察一番后发现，大蕉、秋天的小蒲公英和其他植物从地里拔出来四处散开，这些植物的根已被幼虫吃掉，地上留下一小堆叶子。当秃鼻乌鸦在飞行中探测到地底下有幼虫，它们便落到地面把它吃掉。它们先拖出隐匿虫子的植物，然后把虫子从植物的洞里拽出来。

《自然历史》杂志的一位记者证实，秃鼻乌鸦有时是掠食性鸟类。他说："今天早上六点过，在穿过伦敦卡文迪什广场钱多斯街时，一只低飞的秃鼻乌鸦吸引了我的注意力，它飞向一些外屋的墙壁，墙面上有许多麻雀窝。它飞到其中一个洞口，使劲让自己往洞里挤。它分明试图用自己的啄达到目的，但显然没有成功，因为不久后它就从洞里退了出去。它再飞到另一个洞里，以同样的方式闯了进去，但也很快从第二个洞里退了出来，嘴里叼着一只羽翼未丰的幼鸟。带着战利品，它飞到拐角处的一个高烟囱，后面不远处跟着十一二只麻雀，它们对这个凶残的抢劫者大声喧嚷。有一只麻雀，有可能是幼鸟的父亲或者母亲，甚至追到烟囱顶，好像决心要击败这个破坏者。秃鼻乌鸦和麻雀很快消失在烟囱后面，阻止了我进一步观察。

蒙塔古上校记录了关于乌鸦的一个非常聪明的例子。他注意到海边的两只秃鼻乌鸦，在满足饥饿的呼唤后，它们忙着把小鱼移出潮流之外，放在高水位的碎石下面。

③椋鸟秋天也聚集在一起。1814年秋天，我们在爱尔兰金斯县看到一群聚集在一起飞行的椋鸟。它们数量至少有10万只，飞过高空时，天空都变暗了。它们低飞过香农河，这条河从巴纳赫附近的沼泽平原穿过。塞尔比说："在秋季和牧神季节，这些鸟儿聚集成大群，最常栖息在诺丁汉郡和林肯郡肥沃的芦苇丛中。隐退休息前，它们在空中变换着各种动作，所有动作常常都围绕同一个中心点快速旋转。这种奇特的飞行有时会持续将近半小时才停。春天来临时，它们散落到全国各地。"

第四十九封
致戴恩斯·巴林顿阁下

1772 年 3 月 9 日

去年 11 月 4 日，为探求自然知识，我和一位先生漫步在刘易斯河口附近的纽黑文海岸。我们惊奇地看到三只家燕突然从身边一掠而过。那天早上非常冷，刮着西北风。之前一段时间天气一直很好，中午很暖和。这件事，还有我反复听闻的其他事，使我越来越相信，很多燕属鸟不会离开这座小岛，而是像昆虫或蝙蝠一样躲进了洞穴，在温暖的天气露个脸后会再退回巢穴。如果我在纽黑文、锡福德、布赖特埃姆斯通，或是住在靠近苏塞克斯海岸白垩悬崖附近的任何一个镇子，只须稍微留意一下，在冬日阳光和煦的温暖午后，隔段时间我就应该能看见翻飞的家燕。晚春时节的观察也更确定了这一看法。尽管有些家燕像往常一样，在 4 月 13 日或 14 日出现，但一旦遇到严酷天气，寒冷的东北风呼啸而来，它们便立刻离开，逃匿一些时日，待天气好转再出来。

第五十封
致托马斯·彭南特先生

1772 年 4 月 12 日

去年秋天在苏塞克斯郡时，我住在刘易斯河附近的一个村子里，在那里给您写信充满乐趣。11 月 1 日，我注意到那只以前提到过的老陆龟最先开始挖地，筑它的越冬巢。巢固定在一大片獐耳细辛属的植物旁。它用前腿刨土，用后腿把土甩到背后，腿的动作慢得好笑，跟表的时针转动差不多。据说它要花一个月才能完成交配，挖掘时慢腾腾的态度和它行这壮举时的冷静沉着倒也相称。没有谁比它更为勤勉，它日夜不歇地挖，把硕大的身体往小洞穴里硬挤。不过，那个季节的午后温暖惬意，它常常被正午的热气引出来，筑巢工程不时被打断。我在那里一直待到 11 月 13 日，它竟然还没有完工。严酷的天气和霜冻的早晨应该会加快它的行动。

它的壳被货运马车碾过后依然安然无恙。在所有习性中，最让我吃惊的是，它对雨水总是表现出极度胆怯。对雨的关注就像一个穿着华丽衣裙的女士一样，雨点刚一下来，就拖着步子，忙不迭地

195

把头藏在角落里。如果留心观察，它是个绝佳的晴雨表。

如果它兴高采烈走起路来，好像垫着脚尖一样，早上又以极大的热情进食，那夜晚来临前肯定下雨。它完全是种在白昼活动的动物，天黑之后绝不走动。跟其他爬行动物一样，陆龟的胃和肺都能随心所欲地自我控制，在一年中的不同时间都可以克制着不呼吸、不进食。当它第一次苏醒时，它什么也不吃，秋天退隐前也是如此。盛夏时节狼吞虎咽地进食，吞食路上遇到的所有能吃的东西。它能认出喂养自己的人，我被这种智力折服。那位饲养了它 30 年的善良老妇人一出现，它就笨拙又敏捷地向恩人跑去；却对陌生人不理不睬。因此，不仅"牛识主人，驴认槽"，连这最卑微的爬行动物，最迟钝的物种都能认得出喂养自己的那只手，对饲养人充满感激之情！

P. S. 在我离开萨大约三天后，这只乌龟退到獐耳细辛底下的地里①。

---

①在勒德洛有这么一件事：琼斯先生的一只乌龟被放在一个开放的地方过冬。它很快遭到老鼠的攻击，老鼠吃掉了它的眼睛、舌头，甚至喉咙以下所有连同气管的部分。在被人们发现前，它的这种残废状态已经持续了大约三周时间。不同寻常的是，这种动物没有表现出一点腐烂的迹象，也觉察不到它还在动。然而，它显然还活着，否则就会发出恶臭。怀特提到的乌龟四肢极度迟缓的动作，在荷马的《献给赫尔墨斯的赞美诗》中有所描述，该诗因此被译为：用脚缓慢移动，在远离人和花草处进食。——作者注

第五十一封
致托马斯·彭南特先生

塞尔伯恩，1773 年 3 月 15 日

根据我去年秋天的记载，家马丁燕繁殖得很晚，在这些地方也待到很晚。10 月 1 日我在巢里见到雏燕，其羽毛渐丰。10 月 21 日，我们在隔壁还看见一窝雏燕跃跃欲飞，老燕敏捷地掠寻昆虫。第二天一早，这窝燕子离开自己的窝，在村里飞来飞去。从那天起，直到 11 月 3 日，我才看见一只这种燕子。那时，有二三十只家马丁燕一整天都在悬挂林边和我家地上翻飞。这些出巢不过 12 天的弱小鸟儿，难道真的会在这样的晚秋，举家迁徙飞到北回归线的那一边吗？或许像更北边一位自然学家所说，更可能的情况是，下一个教堂、废墟、白垩崖，或者是沙岸、湖泊、池塘，应该成为它们的越冬巢，为它们提供快速和显而易见的退隐地①？

现在我们每周都盼着迁徙的环颈鸫早日归来。有可靠消息说，1770 年圣诞节在本县南边的贝雷林场，有人见过环颈鸫。由此可能得出结论：如果它们最初来自本岛北部，而非欧洲北部，它们也只

在国内迁徙，不会飞往欧洲大陆以南。不管它们来自何方，从毫不惧怕人或枪这点看，它们对这里显然并不熟悉。航海人说，在阿森松岛和其他如此荒凉的地区，鸟对人之形态知之甚少，竟栖息在人的肩膀上。比起水手，它们更害怕一头吃草的山羊。一个住在苏塞克斯郡刘易斯河附近的年轻人向我保证说：大约7年前，一到秋天那个镇子到处都是环颈鸫。他曾在一下午就猎杀了16只。最后他又补充说：从那以后，每年秋天都能看见几只。在那次成功狩猎前他倒从未见过。秋天，我自己也曾在苏塞克斯郡见过这种鸟。从奇切斯特到刘易斯的沿途丘陵地带，但凡有灌木丛，便能看见成堆的环颈鸫，特别是在1770年的秋天。

---

①雨燕的幼鸟在离开巢穴前，几乎都要在空中侦探一番。有一次，我们被派往诺森伯兰海岸的圣岛指挥城堡，一对麻雀把巢建在我们营房窗户上方的一个洞里。黎明时分，我们常常被喂雏鸟的声音吵醒。我们怀着好奇心，从巢里取出四只雏鸟观察。尽管它们从未离开自己的巢，但是它们羽毛已经丰满。在满足了好奇心后，我们正准备把它们放回巢中。当我们手里的那只鸟儿张开翅膀，其他鸟儿纷纷模仿。这些小鸟在父母的陪伴下，在我们窗户下的深谷里、阳光下嬉戏了两个多小时。下午回到窝里，第二天一早离开后，再也没有回来。第二天，这对父母又着手一项新的孵化事业。

第五十二封
致戴恩斯·巴林顿阁下

塞尔伯恩，1773 年 3 月 26 日

越多思考动物间的天伦之爱，我越是惊奇于它的影响。这种感情的强烈度跟它持续的短暂时间一样奇妙。因此，每只母鸡在院子里变成悍妇的程度，和它那窝小鸡的无助度成正比。为保护那些小鸡，它悍然扑向一条狗或是一头猪。可是几周后，它又无情地赶走这些孩子①。

这种感情让野生生物的激情升华，能力增加，智慧增强。一旦母鸡做了妈妈，便不再是以前温和的模样，而是竖起毛，拍打着翅膀，咕咕叫着，着了魔似的跑来跑去。为了让自己的孩子躲避灾难，母亲们会将自己置身于最危险的境地。山鹬在游猎者面前蹦来跳去，好把猎狗从它无助的孩子身边引开。筑巢期间，最柔弱的鸟也会攻击最贪婪的侵略者。村里所有的燕科鸟联合起来，一看见鹰，都会竭力对抗，不断驱逐鹰离开它们的区域②。一个擅于观察的人常说，有对渡鸦在直布罗陀的岩石上筑巢，它们绝不允许老鹰

或秃鹫靠近，否则就怒不可遏地将它们从山上赶走。即便是繁育期的蓝矶鸫也会从岩石的裂隙里窜出，赶走茶隼或者雀鹰。如果有人站在有雏鸟的巢边，母鸟绝不会因母爱而大意地暴露自己的位置，它会叼着肉，在远处等上一个小时。

如果我后面的阐述还会重复之前提到的一些逸事，我相信您会理解。

《动物学》中提到的翔食雀，即雷的 stoparola，每年都在我家墙上的葡萄藤上筑巢。有一年，这对小鸟不慎将窝搭在一根光秃秃的树枝上。或许当时那地方还处在阴凉处，它们丝毫没有意识到随之而来的麻烦。雏鸟羽翼半丰，炎热的天气便来临。墙面反射的热让巢酷热难当，如果没有在亲情驱使下的那些权宜之计，酷热一定不可避免地毁掉幼鸟。整个炎夏，父母们都在鸟巢上盘旋，它们张大嘴巴喘着气，张开翅膀，为孩子们屏蔽掉身上难忍的热量。

一只在我田里筑巢的鹟鹩就显示出鸟类这种明显的智慧。我和一位朋友看到它时，它卧在巢里。尽管它带着几分警惕看着我们，我们还是小心翼翼，尽量不去打扰。过了几天，当我们再从那条路经过时，我们迫切想知道那窝小鸟现在的情况。直到我无意中提起一大捆长长的绿苔，才发现下面的鸟巢。那捆绿苔随意堆在鸟巢的上方，好像为了躲避任何无礼闯入者的目光。

我还有个能体现动物智慧和本能的例子。有一天，助手们拉开温床的衬里施新肥。突然，从温床的侧边窜出来一只动物，敏捷得出奇。我们费了好大劲才把它抓住，我们辨认出这是一只大的白腹田鼠，当时还有三四只又秃又瞎的小老鼠用嘴和爪子紧紧地抓着她的奶头。令人惊奇的是，母亲杂乱无章和快速的运动并没有使孩子们离开她的怀抱，特别是这些幼崽如此之小，身体光溜溜，眼睛还看不见③。

这些温情依恋的例子对于细致观察自然的人来说或许每天都能发现。暴怒之情与之相对，当主人随意对待它们或将它们移到另一个地方时，这种天伦之情将会被极度扭曲，牲畜母亲会吞食自己的幼崽。猪或是性情更温和的狗和猫，有时也会犯下这种荒唐可怕的罪行④。偶尔听闻被遗弃的母亲杀死自己的孩子，我也不再怎么惊讶。当理性扭曲，恶念释放，任何暴行都有可能发生。可是，为何这些牲畜的母爱通常始终如一地稳定，有时却会过度扭曲呢？这个问题，只能留待哲学家们来解决。

---

①为保护自己的孩子们，母鸡会攻击任何动物。人们知道，当母鸡孵出的一群小鸭子跳进水里时，母鸡以为是自己的孩子，会为了救它们牺牲自己，而跳进水里。

另一个体现羽族强烈感情的奇特事例与杰西先生有关，"我家附近有一位绅士，"他说，"安排他的一辆马车装满各种篮子和箱子和他一同前往沃特宁。他的行程耽搁了一段时间，他让马车停放在院里的棚子里，原封不动地装好，直到时间方便时再把它送走。停在棚子里时，一对知更鸟在车里的稻草中筑了巢，而且在被送走前孵化出它们的幼鸟。其中一只老鸟，马车动时，它不仅没有被吓跑，还不时离开巢穴，到最近的篱笆那边给幼鸟觅食；就这样，它交替给它们提供温暖和营养，一直到了沃辛。马车夫也注意到了这只鸟传递的感情，他小心翼翼地卸货，不打扰知更鸟的巢，我的读者一定会很高兴地听到，知更鸟和它的幼鸟安全地回到了它们出发的地方沃尔顿·希思。货车行驶和返回的距离不少于100英里。"

②关于这种情况有一个奇怪的事例——辛普森先生提到，他住在北美威尔顿时，一天早上，他听到一对貂在他住所附近从一棵树飞到另一棵树，动静很大。它们几次试图钻进固定在房子上的一个箱子里，这里曾是它们的孵化地。但是它们总是带着极大的恐惧再次从箱子里飞出来，同时重复着它们平常大声的叫声。好奇心驱使绅士观看它们的举动。不一会儿，一只小鹡鸰从箱子里出来，栖息在箱子旁的一棵树上，它的尖叫声似乎使对手们惊讶不已。过了一会儿，它飞走了，那对貂趁机回到箱子里，但也只是短暂停留，因为它们那小小的对手又回来了，它们急促地撤退。一整天都是如此，但到第二天早上，鹡鸰离开箱子后，那对貂立刻回来，占领它们的官邸，打碎自己的巢，非常勤奋和巧妙地重新开始工作，不久就把门挡住了。鹡鸰回来了，但现在再也不能进去了。她勇敢地尝试对巢发起攻击，但都失败了。那对貂甚至绝食两天，坚持不懈地勇敢捍卫着入口。鹡鸰发起很多次攻击都失败了，最终放弃了，这样，那对貂便占据了它们的住所。

③蝙蝠飞行时带着贴着它们乳头的幼崽。

④有一些牲畜的物种，但也只有几个，偶尔会在幼崽出生后立即毁灭它们，这是自然法则中的反常现象。通常还有另一种，就是吞噬他们的后代。后者通常发生在家畜之中，在这种情况下饥饿显然不会是个中原因。它更可能归为本能关怀的一些暂时的错乱，这种错乱偶尔也许出于痛苦的疼痛，这种错乱和每一种生物保护其幼崽的体质和存在交织在一起。

第五十三封
致戴恩斯·巴林顿阁下

塞尔伯恩，1773 年 7 月 8 日

最近，有几个年轻人到沃尔默林场边上的一个池塘里去捕猎小禽，也就是小野鸭。他们抓到很多只，还有一些很小但羽毛已丰满的活野鸟，我仔细一看，原来是水鸭。直到那时，我才知道英格兰南部也有水鸭繁殖，这一发现让我感到非常高兴。因为这是自然史上的又一次重大发现[①]。

从我记事起，常有一对白猫头鹰来这座教堂的屋檐下筑巢。我仔细观察了这对白猫头鹰持续整个夏天的繁育期的生活习性。下面的见解也许不会让人难以接受。日落前大约一小时，田鼠开始活动时，它俩便动身寻找猎物。它们搜遍草地的树篱和小围场，捕捉它们唯一的口粮。这个地区地势不平，站在高处，我们能看见它们像伺机而动的猎狗，不时俯冲进草里或是玉米地。我用表测量这些鸟停留的时间，有整整一个小时。我还发现，每隔 15 分钟，其中一只便会返巢一次。我不禁想，当涉及自身和后代的安危时，每个动物都能这般灵敏②。此外，它们返巢带着猎物时的灵巧，我想这里不能不提一下。它们用爪子擒获猎物，再用爪子把猎物带到巢穴。可要攀到屋瓦下，一定得用到爪子。它们往往会先停在屋顶上方，把田鼠从爪下换到嘴上叼着。爪子便腾出来扣住墙板，爬上到屋檐。

虽然我不太确定，不过白猫头鹰似乎不会啸叫③。在我看来，似乎只有林中的猫头鹰才会喈喈怪叫。这对白猫头鹰确实也会发出巨大的呼噜声或是嘶嘶声，带着有恐吓意图的威慑力带。据我所知，白猫头鹰发出呼噜声时整个村子的人都被惊动了，以为教堂院落满是妖精和鬼怪④。白猫头鹰飞行时也常发出恐怖的尖叫，这种厉声尖叫让普通人想起鸣角鸮，他们迷信地以为这种鸟会停在将死之人的窗前。我发现，每种猫头鹰的翅膀都相当柔软易弯。或许只有这样的翅膀，飞行中才不会有很多阻力和冲击，这样它们才能悄无声息地掠过夜空，捉住敏捷而警醒的猎物。

谈到猫头鹰，正好提一下威尔茨一位绅士讲给我的事情。当他们掘起一棵百年来都是猫头鹰府邸的无冠空心椈树时，发现底部有一大堆东西，初看不知是何物。经过一番检查，他发现原来是这儿的数代居民多年来吐出的球状鼠骨，其中或许还有鸟类和蝙蝠的骨头。和鹰类似，猫头鹰也会吐出骨头、毛皮和羽毛。他说，他估计这堆东西有数蒲式耳之多。

棕色猫头鹰啸叫时，喉咙会涨得像鸡蛋那么大。我知道一只这种属类的猫头鹰整整一年没有喝水。也许所有食肉鸟都是如此⑤。

猫头鹰飞行时，腿向后伸展，以平衡又大又重的脑袋。大多数夜里出没的鸟，眼睛和耳朵都很大，也得有个大脑袋承载才是。为了尽可能聚集每一道光，我想大眼睛是必然之物，而大凹耳朵则要捕捉最细微的声响。

　　燕科鸟是最温和、无害、最可爱、最合群且最有用的一类鸟。它们不会碰我们园里的果子。除了一种鸟，其他燕科鸟都喜欢到我们的房子里来。它们的迁徙、歌声以及极度的灵敏都让我们快乐。它们让我们通风时免受蚊子和讨厌的昆虫之扰。南太平洋瓜亚基尔[⑥]附近一些地区荒无人烟，天空中满是毒蚊，海岸让人难以忍受。那里难道一种燕科鸟都没有吗？这倒值得探讨。这个地方的任何人，只要一想起夏日夕阳光束中的无数蚊虫，他们都会很快承认：要是没有这些友好燕群，周围蚊虫不知道会多到什么地步。[⑦]

　　很多鸟身上都寄生着不同的跳蚤，似乎只有燕科鸟被每种燕子身上都有的双翅昆虫困扰[⑧]。时于燕子们来说，这种个头极大的虫子带来的苦恼和伤害也极大。这种长着锥形翅的昆虫，学名叫燕虱蝇（hippoboscaehirundinis），每个燕巢里都有很多。它们借燕子抱窝时的体温孵化，在燕子翅膀下爬来爬去。

　　其中一种叫马虱蝇，因为它总是像螃蟹一样横行，也被称作横行虻，英国南部的养马人对它很熟悉。它们爬在马尾下和腹股沟附近，刚从北方来的马常因此而痒得几欲疯狂，我们这的马却浑然不觉。

　　好奇的雷奥米尔发现了这种昆虫的卵，或是蛹，个头跟昆虫自身差不多大，他在自己怀中孵化它们。只要花工夫检查任何燕类的老巢，任何人都能找到这种昆虫又黑又亮的蛹。鉴于篇幅有限，细节便不赘述。有位令人钦佩的昆虫学家著有一部名为《昆虫志》的书，读者可参阅该书的第四卷，第十一图。

---

①黑赛姆博士说，现已知水鸭是在卡莱尔附近的苔藓里繁殖后代。

②蒙塔古上校评论说，鹪鹩每隔两分钟给它的后代带回食物。燕子通常每隔一秒钟或三分钟给幼崽喂食。

③威廉·贾丁爵士说白色猫头鹰确实啸叫，他在这种猫头鹰啸叫时射杀了它们。伦敦一本杂志的一位通讯员说："在阿滕伯勒教堂筑巢的猫头鹰坐在炮塔上，在这个教区，凄声啸叫。"一只白色老猫头鹰过去常常光临一个鸽房，鸽房离我写这封信的地方不到两百码。傍晚时分，它坐在山顶上发出凄惨的叫声。

④理查德森博士在谈到弗吉尼亚大角鸮让人惊愕的神秘叫声，刻画了下面一幅生动的画面。他说："它几乎出现在美国的每一个地区。夜间，它从森林阴暗隐蔽的深处发出响亮而有力的呐喊，带着一种空洞而阴森的声调，与人类的声音有些相似，常常给旅行者敲响警钟。据我所知，还有这么一件事。在一次冬季旅行中，一群为哈德逊湾公司服务的苏格兰高地人在夜幕降临后，来到一丛茂密的树木中扎营。这些有几百年树龄的树木，黑色的顶端和高耸的茎干使原本极易激起迷信的景象变得庄严起来。这时刚好又发现了一座陵墓，这种陵墓安置在这个僻静的地方，具有印第安人经常表现出来的自然风味，于是迷信的色彩更加浓烈。我们的旅行者吃过晚饭整理火炉后，正准备休息，这时角鸮缓慢而凄凉的鸣声惊人地进入耳朵。他们当时谁也不知道这是一种什么声音，于是立刻断定，一定是死者的灵魂在呻吟。他们以为是无意中用建造坟墓的木头生了一堆火，打扰了死者的安息，于是死者发出如此不寻常的声音。他们度过了一个沉闷的恐惧之夜，随着黎明的到来，他们匆匆地离开了那个不祥之地。"奥杜邦形容的这只猫头鹰的

叫声非常可怕。他说："它突然落在蕨类植物桩或枯死的树桩上，抖动整理着羽毛，发出可怕的尖叫，周围的树林回响着它凄凉的声音。开始，你以为听到了狗的叫声。之后，杂乱的音符交混在一起，以至于听上去可能误认为是被谋杀者最后的咕噜声，徒劳地试图寻求帮助。"

⑤在没有食物或水的情况下，掠食鸟类拥有存活很长一段时间的能力。在它们体内，消化似乎以很缓慢的方式进行着。这点与大多数其他鸟类的消化功能差别很大，小一些的物种一般消化速度很快。进食后的秃鹰会保持同一个姿势，耐心地等待消化完成，饥饿的刺激被恢复。如果饱餐后受到剧烈的干扰，它们几乎不能飞行，直到吐出胃里的东西。

⑥见《乌略亚游记》。——作者注

⑦对燕子部落的肆意破坏不仅是一种极不人道的行为，而且是非常失策的，实施这种破坏的人不是头脑有缺陷，就是心理有问题。《自然主义者杂志》的作者如此感慨地表达了自己对这个话题的看法："游猎者与燕子赛跑测试自己的技能，他们'越过泛着涟漪的小水池''毫发无伤地在花丛中滑行'，一旦成功，他们便让一窝窝的幼崽饥饿而死，这些小生灵实在可怜！没有任何伤害或是策划的罪行归咎于这些鸟儿；它们使我们的住所免于无数昆虫的侵袭；它们无须质疑的信念和与人之间的亲密感使它们值得被人们保护，而不是遭受惩罚。当父母被杀害时，它们的后代雏鸟们经历的苦痛应该激发人性，人们的行为该有所克制。我恳请年轻的游猎者们考虑下这些最有益的动物。通过消灭天空中无数的昆虫，它们为我们做出积极的善行，值得我们尊重，我们应该保护它们免受人们的伤害。没有它们的友好援助，我们所居住的环境就不会这样适合人类居住。它们以昆虫为食，如果没有它们，昆虫就会像另一个埃及瘟疫蜂拥而至折磨我们。一只鸟在短时间内能消灭了大量的苍蝇，没有实际亲身体验的人很难相信这一点。有一次，当一只雨燕被射杀时，我也在场，我也不妨承认真相，我自己，当时那个粗心的年轻人就是那个事件的肇事者。我在悔悟中承认自己的过失，发誓以后再也不犯同样的罪。那是在繁殖季节，幼鸟孵化出来时，众所周知，母鸟常到乡下做短途旅行，那里离繁殖地相当远，方便收集苍蝇，带给家里的孩子们。当我捡起那绝望而瘸脚的猎物时，我看到一些苍蝇，有一些残肢，另一些几乎没有受伤，它们从鸟的嘴里爬出来；这些苍蝇填满了鸟的喉咙和嗉囊，最后吐出来的数目令人难以置信。我敢肯定，当我谨慎地叙述时，单独这一只雨燕刚捕捉到的那一大群苍蝇，数量如此之多，可以轻易装满一个普通汤匙！因此，当一只小鸟被剥夺了它们的一

个哺乳期的父母，这是一种最肆无忌惮的残忍行为。"

⑧这种昆虫被奥尔弗称作 craterina Hirundines，它本能地将卵产在被燕族庇护得很好和温暖的巢穴里，热量是它生存所必需的。当这种昆虫的幼虫孵出时，它们会吸吮燕子的血。这对燕子来说简直是种折磨。马蹄甲（hippobosca equina）是一种吸马血的昆虫，在英格兰以林蝇的名字而闻名：它与上述的那类昆虫属于相同科属。

第五十四封
致托马斯·彭南特先生

塞尔伯恩，1773 年 11 月 9 日

您想听一下我的观察结果，我就冒昧谈一下。下面提到的内容，您可以根据自己的正误判断选择在重版的《不列颠动物志》收纳或摒弃。

距这儿六英里处，有片佛林斯罕大湖。大约一年前，有人在那儿击落一只鱼鹰①。当时，它正坐在耕犁上，啃吃一条鱼。鱼鹰会一个猛子扎进水里，出其不意地捕获猎物。

去年冬天，有人在提斯特德猎园击落一只大个头的烟灰色屠夫鸟，在塞尔伯恩也有人射到一只罕见的红背屠夫鸟。

乌鸦终年成双相伴。

康沃尔红嘴山鸦遍布比奇角和苏塞克斯海岸所有峭壁，在那里聚集、繁殖。

常见的野鸽，或称欧鸽，是英格兰南部的候鸟，很少在 11 月末前出现。它们通常是最晚出现的冬候鸟。山毛榉林地未遭到大面

积破坏前，清晨找食的欧鸽有无数只，队列足有一英里长。它们早春时节离开，只是又在哪里繁殖？

汉普郡和苏塞克斯郡的人称槲鸫为"风暴鸡"，春天每逢暴风雨，它们就早早啼叫。歌声似乎随着新年的到来一同开始，巢多建在果林里。

一位先生确定说，他在达特穆尔高地捕了几巢环颈鸫，这些巢筑在河的两岸。

鹨在枝头甜美放歌，空中玩耍嬉戏时也会高歌。降落时更是如此，落在地上也在唱。

在我看来，亚当森②贫乏的证据，不足以说明欧洲的家燕会在冬季从这里迁往塞内加尔。他的话根本不像鸟类学家说的，或许他只是恰好在那个国家看见家燕。据我所知，奥哈拉总督的房檐下就有鸟儿建的巢。假如他了解欧洲家燕，为什么不提这个物种呢？

家燕在飞行中落入水中洗澡。这个物种通常比雨燕早来一周左右；大约比雨燕早退去十到二十天。

1772 年 10 月 23 日，巢内还能见到家马丁燕③的雏鸟。

雨燕④出现的时间是 4 月 24 日或者 26 日，比家马丁燕晚十到二十天。

草原石和黑喉石终年都在我们身边。

有些麦鹟⑤会来跟我们一起过冬。

各种鹡鸰⑥也一同来。

食大麻籽的红腹灰雀常常全身变黑。

冬季很多雌苍头燕雀，几乎没有雄的。

您说雄沙锥鸟在繁殖季节叫声听起来像羊的叫声，我说像鼓声或者嗡嗡声更贴切些，估计我们想形容的都一样。它们振翅飞翔发出如笛鸣般响亮的叫声。这种像羊叫或是嗡嗡声的声音到底是腹部，还是翅膀振动发出的声音，我无法确定。不过，我知道这种鸟每发出这种声音，都会使劲扇动着翅膀下降。

麦鸡产完卵后，会很快聚集起来，一同离开沼泽和湿地，赶往丘陵和牧羊岗。

两年前的春天，有人在距离有片大湖的奥尔斯福德几英里远的小径上发现一只海雀。这只雀尽管没有受伤，却扑棱着飞不起来。养了一段时间，还是没能活过来。

去年 7 月初，我在沃尔默林场看见有人捉到几只小水鸭和小野鸭。

书上记载雨燕"饮露水"，应该改成"在飞行中饮水"。所有燕科鸟都像维吉尔笔下的蜜蜂一样，轻掠过塘面或河面时，在飞行中啜水。这一物种因为这一饮水习惯而显得尤为特别。

很高兴提到莎草莺，它几乎整夜啼鸣。叫声急促却也不难听。它能模仿麻雀、家燕和云雀等好几种鸟叫[7]。遇到静谧的夜晚，往莎草莺栖身的灌木丛扔块石头或土块，你立刻就能听到它的歌声。有时它会打个盹，但只要一醒过来，就立刻接着唱。

这里要提一下，第五十五封、五十七封、五十九封和六十一封信《哲学事务》发表过；但是，由于更详细的观察提供了若干更正和补充。但愿这些信的重版不会冒犯到您，特别是如果没有这些章节，整部书就会极不完整。它们初次发表时，对于很多没有机会一读的读者来说，应该也是新的知识。

————————

①威尔逊完美地描述了鱼鹰寻找猎物的行为。"离开巢穴后，它通常径直飞往大海，在海面上以简单的曲线滑行。有时在空中绕着一个轴旋转，腿向后伸直，翅膀几乎不动，仿佛不费吹灰之力。身体的长度和曲线以及弯曲的翅膀，使它有别于其他鹰。它优雅地在不同高度滑行，从100到150英尺，再到200英尺，有时甚至仅几米高。它始终平静地观察着下面深处的水面。突然，似乎看到一个特别的目标，它如同固定在空中一样，扑闪着翅膀，寻找最佳袭击路线。它之前已经冷静地观察了一番这目标。然而，它很快放弃了这个目标，或者更确切地说，它看到的那条鱼已经消失。它便再像之前一样在空中滑行。忽然，注意力再次被吸引，它以极快的速度下降，还没接触到水面，就朝着另一个方向冲去，好像因为又一个受害者从它爪下脱逃而感觉羞愧。它在离水面很近的地方滑行，再以Z字形下降，脚还没浸在水里，就抓住了一条鱼。飞了一小段距离，可能是自己掉了，也或许是屈服于秃鹰（falco leucocephcdtts）不得不丢下。他再以简单的螺旋状盘旋上升，飞至更高处，在那里它以这种物种特有的无拘无束的威严滑翔。忽然，像一股奔腾而下的急流，它猛地从这惊人的高度冲下来，落入水中，发出很大的撞击声，听上去简直就像枪发出的声响。过了一会儿，它浮出水面，爪子里是挣扎的猎物，它总是先抓住鱼的头部。在离水面几英尺高的地方，他像水猎犬一样摇摆着身子，沉重而费力地往陆地飞去。"

劳埃德先生提到，在瑞典，鹰有时会攻击个头很大的梭子鱼。有时，它的爪子抓得很紧，以至于被梭子鱼超强的重力带到水下淹死了。Mullenbog博士说，他自己也曾看到一条巨大的梭子鱼，躺在一片被河水淹过又退去的地面。鱼的背部插着鹰爪，上面固定着一只鹰，都已经死去。

这位自然学家还讲述了一只老鹰和一只梭子鱼之间的争斗。这位先生是在威内斯堡附近的哥达河上看到的这一幕。当时鹰第一次抓住梭子鱼，它往空中飞了一小段距离，但是重量和鱼的挣扎很快迫使它下落，最后鹰和鱼都掉进水里不见了。

然而，不一会儿，鹰又重现在水面上，它发出最刺耳的叫声，显然竭尽全力想要把爪子挣脱，但却是徒劳。经过一段激烈的挣扎，它最终还是被淹死了。

蒙塔古告诉我们，在斯莱普顿雷，有人看见一只鱼鹰弯身从水面上叼走了一只半成年的鸭子。在搏斗中，鸭子从鹰的爪子上掉了下来，还没等到落到水面就又被鹰抓了去。

②《英国动物志》第 242 页第 2 节。

③同上，第 244 页。

④同上，第 245 页。

⑤麦鹟是迁徙动物，是有少数留了下来。蒙塔古提到了这一事实。斯威特先生说："11 月17 日，我在海德公园的砾石坑附近观察到一对，它们非常活跃，在昆虫身后飞来飞去，像仲夏一样活跃。"它们通常在 9 月迁移。

⑥英国有三种鹡鸰：斑驳、灰色和黄色。在英国南部，一整年都能看到这种斑驳鹡鸰。但在北方，它会迁徙，10 月中旬左右向南退去，3 月初左右返回北方。灰色鹡鸰在英国南部地区，被称为赤道移民，但也是英国北部地区夏季的常客，4 月到达，9 月底或 10 月初离开。黄色鹡鸰，林奈称之为 vwtacilla fiava，也是迁徙动物，大约 3 月底出现，9 月离开英国，寻找温暖的过冬居所。

⑦《劳登杂志》的一位记者说："莎草莺有各种各样的音符，既包括云雀和燕子，也能听出家雀的声音。我听过它接连不断地模仿燕子、毛腿燕、绿翅雀、苍头燕雀、小朱顶雀、红背红尾鸲、柳鹪鹩、草原石鹍、斑驳鹡鸰和春鹡鸰的叫声，中间夹杂着自己的音符。然而它的模仿仅限于这些鸟预警的音符。音调和频率简直是一模一样。无论哪种调子，都夹杂着小朱顶雀的哀号、马丁燕的尖叫，也混有苍头燕雀的诅咒声和自己玩世不恭的啾鸣声，最训练有素的耳朵也听不出差异。沉默了一小会儿后，它常从库尔库尔麻雀的叫声开始。库尔库尔麻雀的叫声在各方面都被模仿得惟妙惟肖。它在兰开夏郡被称为"嘲鸫"，它完全配得上这个名字。它嘲笑着其他鸟类的痛苦，是个真正的嘲讽者。它通过精确地模仿嘲笑它们，而这嘲笑最终变成了自己的滑稽可笑。

第五十五封
致戴恩斯·巴林顿阁下

塞尔伯恩，1773 年 11 月 20 日

遵照您的吩咐，我在这里给您讲一讲家马丁燕或称圣马丁鸟。如果我有关这只熟知的家养小鸟的专论有幸得到您的认可，我可能很快把调查范围扩大到探究英国其他的燕科鸟，比如家燕、雨燕和崖沙燕。

4 月 16 日出现了几只家燕，它们通常比家马丁燕晚来几天。燕科鸟通常不急着结巢，而是四处嬉闹玩耍一段时间。如果它们的确经历迁徙，这样做不是要消除旅行疲劳，便是要让被严寒麻痹已久的血液重新恢复它的健康和活力。大约 5 月中旬，如果天气很好，家马丁燕便会认真地考虑为它的家人建造一幢楼宇。巢的外壳取材于随处可得的泥土或土壤，再加上碎麦秸调和加工，以变得坚韧持久。这种鸟常把巢结在下面没有任何突出物支撑的垂直墙角，所以需要尽最大的努力使第一层地基固定牢，这样才能安全地承载上层建筑。这时，它用爪子牢牢地抓着，尾巴有力地贴着墙，当作支点

半撑住身体。这样，它便能稳稳地把各种材料贴到墙面或是石面上。尽管这时工程又湿又软，应该也不会被自身重量坠垮。这位有远见的建筑师足够谨慎和耐心，它不会急着赶工，一般只在早上筑巢，其余时间觅食、玩耍，让巢有充分时间变干和牢固，每天似乎筑半英寸就已经足够。或许最早也是受到这些小鸟的启示，细心的工匠筑土墙时，一次只筑几层，然后停工，以免工程头重脚轻，被自己的重量压塌。用这种方法，十到十二天就能筑成一个坚固、紧凑、温暖的半球形巢，顶部还开着小孔，工程完全达到预期建造目的。巢的外壳刚完工，家雀便想占为己有，赶走主人，再按自己的方式填巢，这简直最常见不过了[①]。

大自然的安排自有用意，花费如此大的工夫建起的家也大有用处。家马丁燕在同一个巢里繁殖生活好几年，这个安居之所能让它们躲避天气的伤害。巢的外壳或者外皮很是粗糙，表面布满疙瘩。我查看过巢的内部，也没有被精细地打磨平整，但里面铺着的细小稻草、青草和羽毛，有时会是一层与羊毛交织的苔藓，让巢柔软温暖，适合孵卵。在这个巢里，它们交配、生产，这些常常在筑巢期间发生。雌燕一次产三至五枚白色的卵。

一开始，刚出壳的小鸟赤裸无助，粪便由温柔而勤勉的父母运出巢外。如果没有这样充满慈爱的清洁工作，鸟巢很快会被腐蚀，雏鸟很快会在这又深又空的巢里被自己的粪便熏死。四足动物采取同样的清洁措施，尤其是猫和狗，母亲会舔除幼崽身上的粪便。不过，鸟类似乎还有一个特别的方法，雏鸟的粪被一种坚硬的胶状物包裹住，更容易在运走时不被弄脏或沾上。大自然千方百计也要干净利落，雏燕们自然也会遵循这一法则。不久，它们便把尾巴从巢的缝隙处伸出巢外排泄。雏燕或小燕长到一定程度或者完全长成，就不愿待在巢里，整日将头探出巢外。母燕攀在巢边，从早到晚地给它们喂食。有段时间，雏燕靠父母在空中喂食。这一壮举通过一种几乎难以察觉的敏捷技巧完成，人们必须非常密切地注视他们的动作才能感知。一旦小燕可以快速移动，雌燕便立刻将心思转移到孵化第二窝小燕上。第一次飞行，小燕就会被父母甩掉和拒绝。小燕们聚在一起，在晴朗的清晨和夜晚，盘桓在塔和尖塔周围、教堂和民宅屋顶上。这些聚会通常在 8 月的第一周开始，我们可以得出结论：到那时，第一批飞翔基本结束。这个物种的幼鸟不会一同离开它们的居所，一般早熟的鸟会早几天出窝。它们在楼阁的屋檐前面嬉戏，让人以为一窝有好几只老燕。它们选择筑巢地点时往往随意无常，着手修建很多大厦，没完工就又放弃。但若它们一旦在某个隐蔽之处筑好巢，就会持续用上好几季。选择旧巢的燕子比筑新巢的燕子早十天或是两个星期繁殖。这些辛勤的工匠们在凌晨四点前便开始劳作，在固定材料时，它们飞快地晃动脑袋，用下巴抹平。酷热天，它们飞行时蘸水清洗，只是频率没有家燕高。据观察，家马丁燕的巢往往朝东北或西北向，这样就不会因太阳暴晒而崩裂毁坏。人们也记得这样的情况，在一处炎热封闭的客栈院子，家马丁燕在靠南的墙上大量繁殖。

总的来说，鸟儿对环境的选择都很明智。可在这附近，每年夏天都能看到强有力的反证。比如总有几只家马丁燕在一处裸露区或是一座没有屋檐的房子的窗角筑巢②。这些角落太浅，又朝着东南方或是西南方，一有暴雨，巢立刻会被冲走。可这些鸟仍然在一个接一个的夏天里徒劳无益地劳作着，既不改变方向，也不更换地方。当巢被冲走一半，看着它们忙着衔泥，"修补残破欲坠的家"③的样子真是可怜。本能竟是如此不平衡的一种能力，有时高于理性，有时又远远不及。家马丁燕常去城镇，特别是那些近旁有湖泊和水流的地方。它们甚至喜欢伦敦的空气。我见过它们不仅在伯勒筑巢，也在斯特兰德街和舰队街上建巢。不过，从它们脏兮兮的外表看，羽毛显然沾染了那里的煤烟。在四种燕科鸟中，家马丁燕最不灵敏，翅膀和尾巴短，不能像家燕那样急转弯，快速翻转和斜飞也不如家燕敏捷。因此，它们只以平缓轻松的方式飞在半空中，很少攀到高处，也从不会快速掠过地面或水面。它们不会为了食物远行，只喜欢遮蔽的地方，比如湖边、蓊郁的树林或空谷，大风天更是如此。燕科鸟中，它们繁育时间最晚。1772 年 10 月 21 日，还有未离巢的小家马丁燕。事实上，米迦勒节前，这种情形都屡见不鲜。

夏日渐尽，随着第二窝小燕不断出巢，群飞队伍每天不断壮大。最后，无数燕子在泰晤士河周围的村庄里飞来飞去。当它们飞往栖息的河心小岛时，天空都被遮蔽得暗淡下来。大约 10 月初，它们成群结队离开这里。不过，近几年，自 11 月 3 日至 6 日，这里还能看见大量的家马丁燕，它们本该早在至少两周前离开。由此看来，它们是最晚离开的一种鸟。每年返回的鸟，都远不及离开的多。除非是因短命而无法回到自己的出生地，否则一定是在某处遭难了④。

跟其他同科鸟不同，家马丁燕从腿到脚趾都覆盖着一层细软绒毛。它们不是鸣禽，但会在巢里含蓄地柔声叽喳轻叫。繁殖季节，它们大受跳蚤困扰。

---

①见第 34 封信注释。

②1831 年 4 月 14 日，一位住在法国布洛伊的先生对毛腿燕的建筑发表了以下奇特的评论：一对毛腿燕开始在他的一个窗户的深角落里筑巢。这扇窗户由法国制造，在每次开窗时，窗框和窗子本身都向内移动。这些鸟儿把巢筑得离角落那么近，甚至都连在窗框上。每次开窗，巢也被带走。但它们每天早晨都重新开始筑巢，而且坚定不移地选在同一个地点，没什么力量能让它们停止这种徒劳无用的努力，一直到在窗户的角落里订了张纸。这样一来，它们只好搬到了隔壁窗户。在那里，它们在移动窗框碰不到的地方，以绝妙的智慧开始重建它们的巢。令人惊奇的是，动物在习惯范围外的如此表现，强有力地证明了它们的思想和技能。

同一年，东卢港的克莱门特·杰克逊先生在法尔茅斯附近的一个洞穴里发现许多毛腿燕在那里筑巢，洞穴顶部都被挤满。但是，更引人注意的是，这些鸟儿在洞穴上部定居时，一对茶隼已经建好它们的住所，就在洞口凸出的岩架下哺育它们的后代。任何一方似乎都不被另一方邻居困扰。

③维吉尔的《农事诗》。——作者注

④上帝是一切事物的主人，他的方式常人难以理解。他以无限的智慧，如此恰当地调节动物生命的长短，绝无多余。不然，地球上现在早已密集地布满人类，一片空地都难以找到，甚至连比人类多产的任何一种动物都覆盖不了地表，大气层会充斥着大量昆虫，强大的海洋也无法承载它的住户。事实上，所有事物不同而有序，我们能看到这些不同设计的和谐共处，以及对不同个体的明智调节，这种调节与这些个体以现有形式存在的终端相符。

第五十六封
致戴恩斯·巴林顿阁下

刘易斯河附近的灵默镇，1773 年 12 月 9 日

　　我刚要动身去这个地方，就收到您最后一封来信，这对我真是一种眷顾，很高兴得知我的专著得到您的认可。我的结论都是多年观察的结果，我相信总体上是正确的，这并不是假称它们毫无纰漏，也不是说一个更擅于观察的人不能添加更多内容，这个主题取之不尽、用之不竭。

　　如果您认为我的信还值得贵协会关注的话，请尽管拿给他们看。但愿他们能看中这些信，这些观察原本就是本着谦卑的态度，试图促进对自然史、动物的生活和习性进行的更细致的研究。也许，以后我还会继续考察家燕，之后范围再扩大到英国其他燕科鸟。

　　如今我已经在苏塞克斯山冈走过三十多年，但我还是年复一年地以全新的赞叹之情去考察那一座座伟岸的山脉。每次从中穿越，我都能发现全新的美。这片称为南冈的山脉大约有 60 英里长，从

奇切斯特向东一直延伸到东伯恩，确切讲，这山脉紧紧围绕着刘易斯河一带。走过时，一边是高原或原野的胜景，另一边是广阔的丘陵和大海。雷先生以前常拜访山脚下的一户人家。他非常喜欢刘易斯河附近的普兰顿平原的胜景，还欣喜地在《上帝在造物中的智慧》一书里提到这里的海岬。在他看来，这里的景色可以与他在欧洲看到最美的风景相媲美。

就我个人而言，比起外表粗糙、破碎、突兀、形状各异的石头，白垩质山丘的形状更加可爱有趣。

或许我这个观点很奇特，让您感到有些不快，但每当我注视着这些山脉时，我都感到它们在柔和地扩张，有如生长的力量，还有那平滑如真菌般的山脉以及山脊上的沟壑，规整的山谷和坡地都蕴藏着一股植物性的扩张和膨胀。也或者是这些石灰质物质偶然受潮发酵，被某种可塑力量拔起，膨大到现在的形状，宽阔的背脊隆起直入云霄，把荒野上那些活力不足的黏土远远抛在下面。

参照我家周围那些小山的测量数据，我估计这些小山平均高出荒野大约 500 英尺。

说起绵羊，有件事十分奇特：从西边一直到阿杜尔河的绵羊都有角，面容光滑，腿也白皙。一旦向东跨过这条河，登上比丁山，所有的绵羊立刻都没了角，或者说成了人们所说的"秃羊"。脸变成黑色，额头有一小撮白毛，腿也长了斑点。拉班在河这边放牧，他女婿雅各那些身上有斑点的羊在另一边吃草。从布拉姆伯山谷和比丁山谷往东，再顺着南冈往西，一路上都能在羊群中找到这种多样性。当你和牧羊人谈论这个话题，他们会说，自古以来就是如此。如果你问这两种不同品种的羊能否对换，他们还会嘲笑你的幼稚。然而，我在奇切斯特郡附近的一位聪明朋友决定做一下这个试验。今年秋天，冒着被嘲笑的危险，他在西边有角的母羊群中，放入一群腿最短、毛最好的黑脸无角公羊①。

之前我几乎从未在一年中这样晚的季节去过这些山谷，所以我决心在南部海岸附近尽可能地仔细观察短翅的夏候鸟。我们对燕科鸟的撤离做了大量观察，但没有充分研究为何冬季从来看不见它们的身影。说真的，后者的消失比前者更奇怪，也更难解释。（这话权当我俩私下交谈，不足对外人道。）只要愿意，这些燕科鸟肯定有能力迁徙。然而，它们经常处在冬眠状态。红尾鸲、夜莺、灰莺和黑顶林莺等鸟极不适合长途飞行，可就我所知，从未发现它们冬眠。年复一年，那些好奇而敏锐的人每天都能看见其他种类的鸟在这里过冬，可上面的那些鸟却总是能躲过好奇者的目光。尽管我已经仔细观察，却没有发现一只夏候鸟，更奇怪的是，竟没有一只穗鹏，秋天原本有很多穗鹏，至少多得能让牧羊人贴补家用。就我所知，整个冬季，英国南部很多地方也能见到不少。最聪明的牧羊人告诉我，3月有一些穗鹏出现在山冈上，之后便退到养兔场和采石场繁殖。冈上的一块休耕地里，不时犁出一窝小鸟，很是稀奇。收割麦子时，能见到大量穗鹏。它们被人们抓住，成批送到布赖特埃姆斯通和滕布里奇去卖。它们常出现在上流社会的餐桌上，供优雅的人们享用。它们在米迦勒节前后离开，次年3月才再出现。尽管这种鸟一到时候便会大量栖息在刘易斯河周围的南冈，但在这些山冈最东端的伊斯特布恩，数量要更多。有一点值得注意：虽然人们在盛产期捉住过成百上千只穗鹏，但却从没人见过它们结群。能看见三四只穗鹏聚在一起，便已是稀罕。因此，它们一定不停息地飞走，新来的鸟不断再飞来。似乎从未有人跨过霍顿桥将穗鹏带到阿伦河西边②。

我没有忘记特别留意环颈鸫的新迁徙，这个季节我费了很多心思观察它们是否会继续停留在山冈上。我以前在10月份从奇切斯特到刘易斯河，路上只要有灌木丛和遮蔽处，就有这种鸟。现在，除了几只云雀、几只草原石、一些秃鼻乌鸦和少数几只鸢，我一只也没见着。

每年约仲夏时节，这座房子附近的松林中就会出现一群交喙鸟，只是它们从不做长时间的逗留③。

上一封信里我提到的那只老陆龟，现在还在这个花园里奋力挖洞。11月20日前后它钻到地下，30日出来了一天。现在，在朝南的那面墙的墙脚下，它正躺在松软舒适的地上，把自己舒舒服服地裹在泥浆里。

这所屋子周围有个秃鼻乌鸦的巢，天气温和时，居民们大部分时间都待在巢树上，看起来很是悠闲。整个冬天，这些秃鼻乌鸦只顺道来这巢树，傍晚时离开，栖息在树林深处。黎明时分，它们总会又来光顾它们的巢树④，在前方不远处，还有像"先驱"一样的寒鸦为它开路⑤。

①普通的羊有 10 种或 12 种不同品种，它们会交叉繁殖。威尔士的山区和苏格兰的高地首选体形小、带角的黑脸品种，这种羊的肉很美味。还有四个特别品种：巴巴里的长胡子羊，分布在亚洲北部山脉和陡峭地方的盘羊，加拿大的美洲盘羊，科西嘉和撒丁岛的盘羊。关于颜色，骚塞在《来自西班牙的信》中说，半岛上的羊几乎全是黑色。威尔士的杰拉尔德告诉我们，在他那个时代，爱尔兰人通常穿黑色服饰，用无须染色的羊毛制成。上世纪在改良爱尔兰品种方面已经做了很多努力，但在很多地区，黑羊还是很多。苏格兰一种特有的布料叫荷登格雷，是用天然羊毛织成；在整个家庭牧区，主妇们仍会在羊群中保留一只黑羊羔，因为这样羊毛就能自然地染上色。这种羊毛经常被纺成线，给家人制成袜子，无需任何人工染色剂。黑毛色在黑脸羊群中很常见，偶尔也出现在雪佛兰品种中。

②怀特先生说在霍顿桥以西没有穗鹀，这是错的，人们经常把穗鹀带到他提到的那个地点以西很多英里外。

③在这个王国这种鸟很少见：它的故乡在莱茵河畔宽阔的松树林。克纳普先生知道它在英国繁殖的一个事例，他说："交喙鸟偶尔会来我们附近的果园，聚成一小群吃苹果的种子，而且看来很少有人注意到它的把戏。它用精巧的下颌骨夹碎苹果，得到果核。"

④人们很难把秃鼻乌鸦从它们繁殖的树上驱走。最近，人们在爱丁堡马里伯爵的领地目睹了两件非同寻常的事。这些地方最近被改造成宽阔的街道和广场。在安斯利宫的尽头保留下的几棵树上，秃鼻乌鸦还待在上面；在两边都是房屋的圣伯纳德寺的新月标志上，还有秃鼻乌鸦在孵窝。

杰西先生以下几句让人好奇的话，说明这种鸟对它习惯栖息地的依恋以及这个属类的既定习惯。"过去 4 年里，汉普顿—科特公园大道上大约有 750 个鸠巢，每窝有 3 只小鸟和一对老鸟，总共有 3750 只。特别的是，没有巢会建在这些鸟既定的树列之外。1832 年春天，有一对秃鼻乌鸦把巢建在外面，当巢快完工时，至少有 50 只乌鸦过来，几分钟之内就把它拆毁了。"

与其他鸟类不同的是，当一个兄弟被杀死或射伤时，它们表现出极大的同情心。在受伤的同伴身边盘旋，发出痛苦的呼喊，竭尽全力帮助它。如果它能够扑扇起来，它们用自己的声音激励它，并向前移动一点，试图以自己为榜样刺激同伴跟随着向前。

⑤寒鸦是一种非常聪慧的鸟，容易驯养，与人很亲密。我们在法夫有一对这种鸟，它们在我们周围乱窜，甚至飞到周围村庄，但从不会迷路。它们睡在房子后窗的一个盒子里。进入房子后，甚至接受别人的随意戏耍。它们用啄很灵巧地接住扔来的细线。它们跟随我家人走过花园和灌木丛的所有小路，当家人休息时，它们停在靠近座位的一棵树上，叽叽喳喳喳叫，其中一只清晰地发出"韦卡"（苏格兰一个省份的名字）和"过来"等几个词的声音。它们惯于偷窃，把能抓住的东西都带到盒子里去。此外，它们还非常调皮：园丁工作时它们也一同加入，等园丁一走到园子的另一边，它们就把他种的所有东西连根拔起，不管是小白菜还是韭菜。它们特别喜欢翻书页或是把书脊的整个线扯下来。

第五十七封
致戴恩斯·巴林顿阁下

塞尔伯恩，1774 年 1 月 29 日

家燕，又称烟囱燕，绝对是英国所有燕科鸟中最早的访客。据我多年的观察，它们通常 4 月 13 日左右出现①。偶尔也会有一只失群的来得更早。当我还是个小男孩时，在一次大斋期前一天的星期二，天气温暖晴朗，我仔细观察了一只家燕整整一天。这天一般不会晚于 3 月中旬，通常在 2 月初。

值得一提的是，人们最先在湖边和磨坊水塘边见到这些家燕。还有一点很特别，如果这些早来者碰到霜雪天，像 1770 年和 1771 这两个料峭的春天一样，它们会立刻退去一段时间。更确切地说，这种情况应该叫作躲藏而不是迁徙。比起返回高纬度的地方待上一两周，它们更可能退回身边的越冬巢②。

家燕尽管又叫烟囱燕，但它们绝不会完全在烟囱里，而是常常在谷仓和外屋的椽上筑巢。从维吉尔时代起，便是如此：

叽叽喳喳的燕子

将巢筑在橡木前

　　——维吉尔《农事诗》

　　在瑞典，家燕在谷仓筑巢，所以又称谷仓燕。在欧洲较暖和的地区，除了英国人建造的房子，其他都没有烟囱。在这些国家，家燕把巢筑在门廊、大门口、过道、走廊或开放式大厅里[①]。

　　到处都能看到受鸟儿青睐的稀奇古怪的地方。有只家燕把巢筑在一口老井的竖梯上，以前人们一直取那口井里面的白垩做肥料。不过这种燕科鸟通常还是在烟囱里繁殖，它们喜欢在那些时常烧火的烟囱处盘旋，无疑是为了取暖。因此它不愿把巢搭在最靠近明火处，而是选择毗连厨房烟囱的地方，不管不顾一直冒着的浓烟。每次看到，我都不免惊讶。

　　大约5月中旬，这种小鸟会下到烟囱口往下五六英尺甚至更深处，开始筑巢；巢的外壳和家马丁燕的一样，用泥或土混杂着让巢更结实耐用的短麦秆筑成。不过这两种巢还是有区别。家马丁燕的巢近似半圆形，但家燕的巢顶部敞开，像半个深盘。巢里铺着细草叶和它们在空中衔到的飘浮的羽毛。

　　这种灵巧的鸟整日在如此狭窄的通道里，安然无恙地飞上飞下，这技能让人惊叹。家燕在烟囱口盘旋时，翅膀拍打在狭窄的空气上，发出隆隆声，犹如响雷。母燕把巢安得如此低，如此不便，是为了保护自己的孩子不受猛禽，特别是免于猫头鹰的伤害。这种说法也并非不可能。猫头鹰有时落进烟囱，可能就为了抓这些小鸟④。

家燕每次产4至6枚白色带红斑的卵。通常在6月最后一个星期或7月第一个星期孵出第一窝幼鸟。幼鸟逐步学会生活的过程很有趣。首先，它们得费劲地钻出烟囱，有时还不时掉进下面的房间。在烟囱顶喂了一两天食后，它们便被领到光秃秃的枯树上，坐成一排接受父母的悉心照料。它们这时或许还只能称为栖鸟，再过一两天，就是飞鸟，但仍然不会自己找食。于是，母燕捕捉飞虫时，它们就在附近嬉戏。等母燕捉满一嘴虫，她会发出信号。接着，母燕和已经长大的幼燕便振翅飞向对方，在空中以某个角度相遇。其间，雏燕一直发出表达感激和满足的短促低鸣。不常见到这种技艺的人，一定也不太关注大自然的奇迹。

一送走第一批孩子，雌燕便立即转向孵化第二窝小鸟。飞出窝的小家燕很快便加入了第一批小家马丁燕的队伍，和它们一起聚在阳光明媚的屋顶、塔尖和树梢。这种燕科鸟的第二窝幼鸟会在8月中旬至8月底之间孵出。

整个夏日，家燕都是不辞辛苦和慈爱的典范。为了供养家庭，它们从早到晚极速掠过地面，有时会忽然来个急转身或是快速旋转。林荫大道、树篱下的长路、牧场、牛吃草的草坪，特别在有树的地方，都有见到它们欢快的身影，因为这些地方昆虫很多。每捉到昆虫，嘴都发出啪的一声脆响，就像表壳合上的声音，只是嘴部动作很快，肉眼看不见。

家燕，或许是雄家燕，是家马丁燕和其他小鸟的哨兵，一有掠食者靠近，它们便会发出警示。比如，一旦有鹰出现，家燕就会尖锐地长鸣，召唤周围其他家燕和家马丁燕。它们一哄而上，用身体猛击敌人后背后，立刻直冲云霄，完美地保证了自身安全。这种攻击会一直持续到把敌人赶出村子为止。猫爬上屋顶或靠近鸟巢时，这种鸟也会发出警报⑤。所有燕科鸟都会边飞边喝水，掠过水面时一啜即可。不过通常只有家燕会在飞行中洗澡，多次扎进池塘。天气非常热的时候，家马丁燕和崖沙燕才会偶尔在水中蘸一蘸羽毛洗一洗。

家燕叫声甜美。在温和晴朗的日子，无论栖息还是飞行，它们都会啼鸣。栖在枝头或烟囱上时，犹如奏响一场音乐会。家燕属于勇敢的飞鸟，即便大风天，也会去远处的丘陵和公地。别的鸟却似乎不大喜欢这么做。它们甚至还常去有海港的城镇，在海面上做短途旅行。

在宽阔的丘陵地上骑行的人，前后都会有一小队家燕随行，它们左闪右躲地啄食被马蹄踏起的昆虫，一跟就是数英里。通常，大风天就没有这种好事，它们只能自己寻找潜藏的猎物。

这种鸟多以小鞘翅目昆虫为食，也吃蚋蚊和苍蝇。它们还常常落在刨开土的地面或是小路上吃些小石子，帮助磨碎和消化食物。它们通常10月初离开，出发前数周，每只鸟都会舍弃房屋和烟囱，到树林里休整。直到11月的第一个星期，还能看见一些散落者。

伦敦近旁新开辟的街道上，也能看见几对家燕徘徊不去的身影。不过，它们像家马丁燕一样，不会飞进路两旁拥挤的城市⑥。

不论雄雌，家燕尾巴的长度，以及叉子形状，都和其他同科燕不同。它们无疑是燕科中最敏捷的一类。求偶时节，雄燕追逐雌燕的速度比平常快很多，肉眼几乎难以看清。

详述过家燕生活细节和天赋的精明之后，我想补充的是，家燕有时也不那么聪明。下面两件逸事，博取阁下一乐。

整整两年，都有只家燕在一把修剪花园的剪刀上筑巢。那把剪刀卡在外屋的墙板上，每次使用剪刀，就不得不弄破它的巢。还有更奇怪的事，一只死去的猫头鹰悬在一座谷仓的橡木上，身体已经变干，一只家燕就在这只猫头鹰的翅膀和身体里筑巢。鸟巢建在猫头鹰的翅膀上，巢里还有鸟儿的卵，这鹰堪称是大不列颠那些私人博物馆里最稀罕的藏品。藏品的主人都为这个样子感觉惊诧，他拿出一个大贝壳，也可以说是海螺壳，交给取下猫头鹰的那个人，让他挂在原来吊着猫头鹰的地方。那个人照办了，第二年，很可能就是之前那对家燕在大贝壳上筑起巢，还产了卵⑦。

那只猫头鹰和大贝壳固然奇怪，但在艺术自然博物馆的绝妙收藏中，还算不上稀奇⑧。

动物的本能就是如此，是种难以辨别情形的有限能力，对那些没有即刻与自保相关，或者没有立即涉及繁殖或对同族支持的情况，它们会视而不见。

①下面关于燕子美妙生动的描写来自已故的汉弗莱·戴维爵士笔下："我喜欢这片生动的风景！燕子是我最喜欢的一种鸟，作为夜莺的对手，它能愉悦我的听觉。它是一年中让人愉悦时节的先知，最美季节的前兆；它在最美丽的大自然中享受生活；它没见过冬天，秋天便离开英格兰绿草地，去往意大利的桃金娘林和橘树林，还有非洲的棕榈树。它总有追逐的目标，成功往往唾手可得。因为它的存在，夜晚那气息奄奄的蜉蝣也免于被缓慢的死亡折磨，在享受生命的快乐中离去。它是昆虫始终如一的终结者，人类的朋友。它应和鹳和朱鹭一样被视为神鸟。这种让它选择在确定的季节，教它何时何地行动的本能，应该是神圣的源头给予。他是自然的神谕，说着易懂却让人敬畏的语言。

②燕子的迁徙最早引起人们的注意，显然是源于耶利米先知所注意到的方式。也是从那次迁徙中，西塞罗得到了如下明喻："燕子在夏天与我们同在，冬天消失，这虚假的朋友在大好的阳光下陪伴我们，在痛苦的冬天，它们弃我们而去。"在非洲，古人通常把这种鸟称为越冬鸟。燕子是希腊人的最爱，特别是在罗德。在希腊一个属于男孩子最受欢迎的节日里，男孩子带着燕子，唱着一首歌，歌词是这样的：

它来了！它来了！那喜爱明媚时光，晴朗季节的

燕子来了！休息它的黑貂翅膀，雪的胸脯。

歌词保存在迈尔修斯作品中。这些年轻的托钵僧（像伊顿公学的学者）过去常从本性善良的同胞们中获得捐助。

值得注意的是，燕子在正常时间之前意外出现，大多数国家对此都有相似的谚语。法国：Une hirondelle ne～fait pas le printemps；德国：Etna Sheval bemacht keinen Fruhling；荷兰：Eeu swalaw maah geen。这些谚语字面意思都是"一燕不成夏"。有个众所周知的故事，有一块固定在燕腿上的薄铜板上刻着："天哪，燕子，冬天你去了哪儿？"等这只鸟来年春天回来，铜板上回答说："去了希腊的安东尼。你为什么问？"

③理查德森博士讲述了一个关于在房子里筑巢的崖燕的怪事。"1825 年的 6 月 25 日，"他说，"北美的切皮万堡第一次出现很多崖燕，它们把巢建在屋檐下。这栋房屋的屋檐比向外延伸

的阳台高了约6英尺，屋里常有人居住。这样一来，入巢时它们有时不得不掠过旅客的头顶，甚至还暴露给孩子们，孩子们追逐着这些对他们来说很是新奇的燕子。即使这样，它们依旧宁愿住在民居，也不愿去高耸的库房屋檐。之后的同一季节，它们回到同一地点，带来更多燕子。契帕瓦堡已存在多年，相距很远的贸易站在这个国家也存在了一个半世纪，据我所知，这是这种燕子将自己置于人类保护之下的首例，广阔的范围延伸到五大湖区北面。究竟是什么原因，使得这个物种和其他燕族对人类的自信心被唤醒？据推测，这些鸟经常出现在沙漠国家，因此还不了解来自人类的骚扰，它们无所畏惧地接近人类，或者至少比那些生活在人口稠密地区的鸟类更大胆。在那里，它们每天都要遭受巨大破坏者的攻击。但是，虽然这可能是一些鸟的真实情况，但这不是普遍情况。相反，偏远国家的小鸟，鸟儿从来不是被追逐的对象，甚至几乎引不起猎人的注意，它们害羞、退缩、怀疑，习性与麻雀的胆大和亲近形成强烈对比。在欧洲，麻雀被极度无聊的小孩子迫害而死。有些物种在美国冬季居留期间就足够勇敢，在北部地区却表现得极为胆怯，在那里，它们整个时间都在孵化后代。同样，欧洲的红胸鹦鹉，冬天与人很亲密，繁殖季节却小心翼翼地将自己隔离起来。然而，问题又来了：究竟是怎样的特殊性使得一群鸟以最特别的方式来隐藏巢，而另一群鸟则将后代置于它所选择的最暴露的环境中？

莱西斯内阁德维特·克林顿州长记述了这只黄燕子，它和前一种几乎是一个品种，在西部各州房屋的墙上筑巢，之后每一年都在向东推进。

④燕子对它们曾找到的安全地有很强的依恋，有时甚至会在奇怪的情况下筑巢。在法国的布鲁斯，有一个烟囱，壁炉用砖砌成，上面有一个可移动的防吸烟铁帽，这成了一个安全的筑巢场所；毫无疑问，鸟儿也发现了这个好地方。燕子在通风口或是在顶部时，扇动着翅膀，发出很大的轰鸣声。过去两年，即1830年和1831年，它们常常在那里筑巢；起大风的时候，有5分钟或是更长时间，它们都无法进到里面，不断的风力阻止它们进入通风住所。习惯的力量一定极强，才能使得鸟类选择如此不便的孵化环境。然而，毫无疑问，安全感克服了众多顾虑。

⑤我们都知道，家燕是一种非常勇敢的鸟，敢于攻击比自己高大的动物，而比它大的鸟儿却不敢面对。1830年，一位绅士走过林恩·瑞吉斯附近一条幽静的村巷时，一只白鼬（mustela erminea）从他前面几步远的篱笆跳到人行道上。一只恰好从这里飞过的燕子立刻发现了这只动物，它无畏地扑向白鼬，迫使它退回到自己的藏身之处。然而，过了一分钟，那只白鼬又钻了

出来，这时燕子在空中又飞了一圈，又迫使它退走。这样重复了四次，最后，鼬消失不见。

有人看见一只家燕曾攻击猫，和上面描述的一样。《娄登杂志》的一位作者说："我父亲让家燕在外屋建巢。家猫经常在外屋晒太阳，家燕用快速扫出一条弧线的方式飞过猫的头顶，表达对它的嫌恶，最低处差点触着地，飞舞时还发出尖叫。猫似乎被这种执拗，还有它自己想要成功捕住燕子的企图激怒，它在它们经过的时候，以最顽强的活力和敏捷的姿态扑向空中的它们。但是我从来没见过它抓到过任何一只。"另一位记者提到了另外一只相比较成功的猫。他说："这事情最初似乎觉得不可能发生，然而当我们看到老母猫的狡猾和奇迹般的迅捷，我们便完全相信事实的真实性。在1832年5月初，昆虫因为天气寒冷飞得很低，家燕为了捕获猎物不得不掠过地面。这情况被狡诈的猫所利用。它躺在阳光照耀的草地上，四肢伸开，看上去似乎已经死去。苍蝇在它周围聚集，像它们找到任何像我托比叔叔病得那么严重的动物时通常所做的一样，让重病的动物忍受它们的瘙痒和嗡嗡声。头脑简单的燕子，只想可以好好美食一顿，它们从空旷的天空向苍蝇俯冲下来。当猫觉察到它的猎物触手可及，便像闪电般跳了起来，用爪子打翻了那只可怜的完全不假思索的燕子。即使最好的射手射中飞翔中的燕子都很困难，但猫有的是耐心、狡诈、速度，只等燕子进入它的区域，在确保成功万无一失时出击，最终获得嘉奖。"

⑥1819年，我们注意到在伦敦市中心布鲁姆斯伯里的海德街，在一堆烟囱的顶部有一只烟囱燕子的巢。

⑦《卡尔恩游记》中提到下面一件趣事："一对燕子在一位女士的马厩里筑巢，雌燕在巢里产下卵，准备开始孵卵。几天后，人们看到雌鸟坐在卵上，雄鸟在巢里飞来飞去，有时还卧在钉子上，人们听到它发出哀伤的音符，声音里透露着不安。有人上前检查后发现原来雌燕已经死在巢里，便把她的尸体扔掉。雄燕坐在卵上，可是，过了两个小时后，他也许觉得这事实在太麻烦，就出去了。下午回来的时候带着另一只雌燕，新来的雌燕又卧在巢里，开始孵小燕，小燕子孵出来后，喂食给它们，直到它们能自己找食吃。"这件事似乎显示出智慧比本能更高一筹。

⑧艾什顿爵士博物馆。——作者注

第五十八封
致戴恩斯·巴林顿阁下

塞尔伯恩，1774 年 2 月 14 日

收到您 8 日的来信，真高兴您依旧以惯有的坦率阅读我的家燕史。得知您不赞同信中的某些观点，这点我丝毫没有任何不快。

至于英文，很难说清维吉尔到底指哪种燕科鸟。古人对不同种属间的差别不像现在的自然学家这般关注。不过汇集所有信息，同时根据那两节诗猜测，足以让我确认他看见的是家燕。

首先，"咕咕"这个绰号挺适合家燕这种非常棒的鸣禽，通常家马丁燕几乎一声不吭，即便叫，声音也低得几乎听不见。此外，如果诗中的 tignum 一词指橡木，不是横梁，那我认为，诗人暗指的一定是家燕，而非家马丁燕。因为前者常在橡木前的屋顶筑巢，而后者，根据我的观察，在屋外的屋檐或檐口筑巢①。

再说那个比喻，虽然不用太在意，但"黑"这个修饰词也表明这是有着漆黑的背和翅膀的家燕。家马丁燕的尾部为乳白色，背和翅膀为蓝色，整个腹部洁白如雪。朱图尔纳②送了辆战车给她的兄

233

弟，以逃避埃涅阿斯的穷追不舍。她用笨拙的家马丁燕（说它笨拙，当然是相比其他燕科鸟而言）比喻战车不太合适。"啾啾"这个动词，暗示的似乎也是饶舌的鸟。

那年秋冬雨水很多，泉水暴涨，达到自 1764 年以来的最高点，很是惊人。平地泉，即我们说的"拉万特河"，在苏塞克斯郡、汉普郡和威尔特希尔地区暴涨。农人们说，通常拉万特河涨水时，谷物会很贵。这是因为，地里水太满，丘陵和高地上会涌出地泉，淹没谷物。这一点早在过去的十年或是十一年间得到验证。生活在那时的人们，从记事起，就没见过平地泉暴涨到这种程度。现代农业虽已取得很大的进步，但谷物仍比以往匮乏。我相信，一两个世纪前如果出现这样的雨季，定会引起饥荒。只等待上帝赐予好时节，除此之外，我们不能指望太多，因此小册子、报纸上的报道以及对这些信函的讨论都成了扇动和误导人们的东西。

去年，这一带、拉特兰郡以及别处的小麦收成非常糟。近来天气变化无常，不是严霜就是暴雨，地里小麦长势很差，萝卜也烂得快。

---

①就繁殖地而言，我们已经看到美国的毛腿燕和崖燕已经改变了它们的习性。正如我们在第 55 封信的注释中提到的那样，前者在洞穴中繁殖；正如我们在第 57 封信的注释中所提到的那样，后者离弃沙漠中的悬崖峭壁，落脚在人类住所，因此作者的论述中没有论据能支持他想要表达的观点。

②朱图尔纳是古罗马女性神祇之一。——作者注

第五十九封
致戴恩斯·巴林顿阁下

塞尔伯恩，1774 年 2 月 26 日

崖沙燕，又称灰沙燕，是英国的燕科鸟中个头最小的鸟。据我们所知，它也是所有燕科鸟中最小的。不过，布里森说有种细燕（Hirundo esculenta）比它更小[①]。

几乎不可能详细准确地记录这种鸟的生活环境和特性，这点让人遗憾。崖沙燕属于野鸟，至少在这里属于这种。它从不去城里，而是终日流连在有大片湖水的石楠地和公地。但像家燕和家马丁燕这类燕子，却出奇地温顺和容易驯服，似乎只有在人类的庇护下，它们才能感觉到安全似的[②]。

在本教区的沙坑里和沃尔默猎场的湖岸能看到几群崖沙燕，村里绝对看不到，即使是散落在荒野里的那些茅舍，它们也不会去。我只记得一例这种鸟飞进人类建筑的事。在本郡主教所住的沃尔瑟姆镇上，威克姆家马厩后墙上脚手架的洞眼里，有很多崖沙燕筑巢繁殖。这面墙在一片僻静而偏僻的围场，面朝美丽的大湖。这种鸟

似乎非常喜欢大片水域，但凡聚集地总有辽阔的水塘或河流。它们尤其喜欢聚集在泰晤士河岸伦敦桥下的一些地方。

同一种属的鸟，尽管上帝赋予它们如此不同的营造技巧，但都非常适合各自的生活方式，观察起来很是有趣。家燕和家马丁燕的最大本领，是建起结实安全的黏土壳作为雏鸟的摇篮。崖沙燕擅于在沙子和土地上钻出一个规整的圆洞，这洞足有两英尺深，沿水平方向弯曲延伸。洞穴深处粗陋却足够安全的窝里，胡乱堆着细小的干草和羽毛，羽毛通常是鹅毛。

只要有毅力，任何事都能成功。一开始，任何人都不相信这弱小的鸟能毫发无伤地用它那软软的鸟喙和爪子刨开坚硬砂坝③。我见过一对这样的鸟，即便看上去很柔弱，也飞快完成挖掘工作。被太阳晒褪色的松软陈沙和落在岸上的新沙颜色不同，从新沙的数量能算出当日的工作量。

这些小艺术家们花多长时间才能建好洞穴，我就不得而知，原因如上。不过，任何一位自然学家如果见到这样的情况，都值得好好观察记录一番。夏末时节，我常能发现一些还未完工便被抛弃的鸟洞，那些深浅不一的洞是它们今年刚开的工，难道要在来年春天继续施工？这种估计不大合乎情理，因为这般单纯的鸟不太可能有如此远见，也不太可能思考得这般周详。鸟洞之所以没有完工的原因，要么是遇到坚硬的土层，只能另寻他处，重新开工会比较容易；要么就是土太松、土质太差，容易崩塌有被活埋的危险，只能前功尽弃。

有件事值得注意，过几年崖沙燕会抛弃旧居，另挖新洞。或许是旧居住得太久，变得又脏又臭，也可能里面的跳蚤已经多到无法容忍。这种燕科鸟尤其讨厌跳蚤，我们曾在洞口见过密密麻麻的跳蚤和床跳蚤④，简直就像蜂巢上的蜜蜂。

下面这事不可不提，人们或许以为这种洞穴会被用作鸟儿的越冬巢，其实不然，在冬天人们小心挖掘河岸，发现除了空巢一无所获。

崖沙燕到来的时间几乎和家燕相同，两者都产四至六枚白卵。不过，这种燕子属于隐身燕，筑巢、产卵和哺育后代都在黑暗中进行，很难确定繁育的确切时间。出巢的时间也很难确定，似乎和家燕同期，又或者比家燕略早。和同科燕一样，崖沙燕大多以蚋蚊和小昆虫为食，有时也会吃和它们身体几乎一样长的蜻蜓。6月最后一周，像栖于树上的其他鸟一样，我们看见一排崖沙燕栖在附近一个大池塘的横杆上。它们都太小太弱，很容易被人抓住。不过，我们还无法确定这种鸟的雌鸟是否也会像家燕和家马丁燕一样，在空中喂幼燕，我们也不知道它们会不会驱逐和攻击食肉鸟。

要是碰巧在树篱和围场附近产卵，它们的繁殖基地会被家雀占据，这种凶猛的鸟也是家马丁燕的死敌。

这种燕科鸟不仅不是鸣禽，而且往往一声不吭。只在有人靠近它们的巢时，才发出微弱而刺耳的叫声。它们好像不大合群，在秋天我们从未见过它们与其他同科鸟聚在一起。它们无疑也像家马丁燕和家燕一样，产卵两次，于米迦勒节前后离开。

尽管在某些特定地区，它们比较常见，但总的来说，至少在英国南部，它们属于最珍稀的物种之一。凡有城镇和大村庄的地方，都有大量家马丁燕；有教堂、高楼或尖塔的地方就有大量雨燕，在小村庄或农舍顶上的单筒式烟囱，也常常能看见。崖沙燕则东一只、西一只，在陡峭的沙丘或某些河岸上出现，过着离群索居的生活①。

这种鸟飞行方式很特别，跟蝴蝶一般，奇怪地抽动着身体上下波动着飞翔。所有燕科鸟的飞行方式不是取决于它们捕食的昆虫，就是受这些昆虫影响。因此，每种燕子究竟以哪种昆虫为食就很值得探寻。

尽管有了以上调查，但在伦敦郊区，我还是在圣·乔治领地里的脏水塘，以及白教堂附近见到少量崖沙燕飞来飞去。问题是，附近没有河岸，也没有峭岸，它们在哪儿筑巢？也许是在某些老建筑或新近废弃的放置建筑脚手架的洞里。和家马丁燕与家燕一样，它们在飞行中也会时不时啜一口水，或用水洗一下身子。

崖沙燕比同科燕更小，颜色不同也不一样，它的毛色呈鼠灰色。威洛比说，西班牙巴伦西亚附近，它们常被捉住在市场上出售，供人们吃肉。或许因为一飞一顿的样子，农人们称它们为山蝴蝶。

---

①这种细燕的燕窝可食用，是印度筵席上的奢侈品之一。尼科巴群岛的细燕把巢建在岩石

的裂缝和洞穴中，多数朝南。常常在朝南的洞穴里发现最好、最白的燕窝。有时，采摘人一次采收到的燕窝有50磅重的。它们很小，形状很像家燕在窗台上建的巢。如果品质完美，一斤能卖到72美分，有的甚至卖到175美分。在中国也能卖到很好的价钱。它们由一种类似琥珀的物质组成，这种物质很可能是尼科巴雪松的树胶，这些树在所有的岛屿都生长茂盛。从12月到来年5月，树上开满花，结的果实有点像雪松或菠萝，更像是包裹着浓浆的大浆果，从果子里流出树胶或是树脂状液体。雌燕筑了一个整洁的大巢，用来产卵孵卵，雄燕则努力在它的配偶边固定另一个更小、更笨拙的巢，因为它们不仅要在巢里孵化后代，也要休息。如果巢被抢走，它们会立即着手修建其他的巢。它们非常活跃，一天内便能完成足以支撑它们体重的工程，尽管一般大约需要三周才能完成一个巢。吹东北向的信风时，它们依旧活跃，轻快地飞来飞去；一旦风从西南方向吹来，它们就卧躺在巢里，处于麻痹状态，只是通过身体一种微微的颤抖传达依旧活着的生气。如果巢在这个季节被抢走，可怜的鸟儿必会死去。

②如果真像怀特先生所说，崖沙燕乐于独处，那么它们和我们听说或看到的所有的崖沙燕都不一样。在许多情况下，这些洞穴彼此非常接近，以至于其中一个洞的入口常常与另一个洞的入口很接近。罗尼教授告诉我们，他注意到它们相距不到三英寸，这些洞穴布满整个河岸。我们在莱斯利附近的法夫，一条叫作洛斯涅小溪边冻得坚固的沙岸上见过，数量很多，彼此相距不超过15英寸。

③这喙很硬很锋利，适合挖啄，正因为喙很短，反倒大大增加了啄的强度。

④我们的作者错误地认为这些昆虫是常见的那种跳蚤，其实是燕子跳蚤（斯蒂芬斯称之为pulex hirundinis），以寄生的地方命名。

⑤伦尼教授说："我们几乎不能相信他指的是同一物种，或者至少这么说是基于他观察到的例子。这种鸟尽管我们并不熟悉，但更明显是群居鸟，因为它不仅群居，而且能在30只到50只的群体中捕食昆虫，正如布冯实事求是的说法，它还能自由地与其他燕子结交。"拉·威能，蒙塔古和威尔逊都赞同这一观点。威尔逊说："在所有的燕子中，它似乎是最合群的一种，有时生活在着有三四百个个体的大社区里。"他补充道，"社区中的几个洞通常彼此相距几英寸，这些洞穴沿着悬崖前缘在不同岩层延伸，有时长达800码。很多洞穴分布在河岸，在俄亥俄州和肯塔基州河沿岸的几个地方，它们聚集成很大的群体。"尽管根据这些自然学家的言论，崖沙燕

在很多人们经常光顾的地方被发现，这或许是真的，但我们却不认为有任何证据证明作者试图阐述的观点不准确。我们在第 57 封信中，在理查德森博士权威说法中已经指出，这种鸟的同族之一的崖燕在短短几年里已经完全改变了习性；沙马丁燕也可能是这种情况。在怀特先生时代，这种鸟在这个国家的数量可能比现在少得多。就我们自己一直的观察看，我们发现这个物种生活在遥远偏僻且相当隐秘的环境。

第六十封
致托马斯·彭南特先生

塞尔伯恩，1774 年 9 月 2 日

在收到您信之前，我赶在雏燕出巢前，对家燕的雌雄尾巴做了一番观察和对比，免得搞混。那时家燕总是一对对忙着筑巢。雌雄不难区分，就连烟囱上那些单燕都很容易看出来。据我观察，雄燕和雌燕尾巴上都有长羽毛，呈叉子状，只是雄燕的更长一些。

当雏鸟第一次出巢，老夜莺叫声哀怨尖厉，听起来很是无助。它们跟在篱笆边走过的人身后，尖叫或发出咔咔的声音，咔咔声听上去像是在威胁或是挑衅①。

蝗雀盛夏整夜啼鸣。

天鹅出生后第二年变白，第三年繁育。

鼬鼠捕食鼹鼠，有时会被鼹鼠夹逮住②。

雀鹰有时在老鸦巢里产卵，红隼产在教堂和废墟里。

伊利岛至少应该有两种鳝鱼。有时在鳝鱼体内发现的细丝，可能就是它们的幼子。鳝鱼的繁殖方式隐秘而不为人知③。

241

白尾鹞将卵产在地上，似乎从不在树上结巢。

红尾鸲往水平方向摇动尾巴，像摇尾乞怜的狗。鹡鸰尾巴摇起来，一上一下，好像疲惫的马。

繁殖期，林岩鹨急切地摆动着翅膀。一到结霜的清晨，它们就会尖声哀鸣。

很多仲夏时节沉默下去的鸟，画眉、乌鸫、森林云雀和鹪鹩，9月会重展歌喉。因此，在春夏秋三季，8月往往最寂静。群鸟在秋天重振歌喉是受到和春天相仿的天气影响吗？

林奈按地理位置排列植物，棕榈生长在热带、草长在温带、苔藓和地衣长在极圈内。无疑，动物也可以按这样的方式分属。

春天，家雀在屋檐下筑巢。天气转热，它们会外出避暑，把巢迁到李子树和苹果树上。它们的巢有时搭在秃鼻乌鸦巢里，有时在鸦巢下的树杈间④。

一个邻居堆草垛时，发现自己的狗吃掉了抓到的红老鼠，把普通老鼠丢在一旁。而他的猫却只爱普通老鼠，不吃红老鼠。

知更鸟春、夏、秋三季啼鸣，常被人们称为"秋天的歌者"。前两季百鸟齐鸣，它们的歌声被淹没，前天才清晰可辨。秋季高歌的知更鸟似乎都是当年出生的小雄鸟，虽然受到人们的偏见，实际上在夏季也没少破坏园里的蔬果⑤。

2月初，有一种山雀开始发出两种古怪的音调，像拉锯的声音，那是沼泽山雀，会用三种欢快的音调同时歌唱⑥。

除了霜寒天，鹪鹩整个冬天都会鸣叫。

今年，汉普郡和德文希尔郡的家马丁燕来得非常晚。那么，它们究竟是隐去还是迁移呢？

大多数鸟儿饮水时，间或啄一下水面，鸽子却像四足动物一样，一饮就是很久。

我在前一封信中说，冠鸦不在达特穆尔高地繁殖，我想我错了。

蕨草金龟子（scarabaeus solstitialis）7月起四处乱飞，月底销声匿迹。这段时间，欧夜鹰常以圣甲虫为食。这种甲虫多在白垩丘陵和一些沙区，黏土区往往看不到。

雷丁镇黑熊小旅馆的花园里有条小溪，或称沟渠，从马棚下面流向路对面的田地。水中翻腾着很多鲤鱼，来往游人常扔给它们面包，并以此为乐。天气一转寒，它们立刻隐到马棚下面，来年春天才会再露脸。它们在冬眠吗？如果不是，那靠什么为食呢①？

白喉林莺的叫声不断重复着，尖厉刺耳，边叫边奇怪地扇动翅膀。这鸟似乎生性好斗，歌唱时竖起冠毛，露出一副对抗而蔑视的模样。在繁殖期，它们羞怯又狂野，避开居民区，在荒凉偏僻的小径和公地出没，即使在多灌木和丛林的苏塞克斯冈的最高处也看不到它们。到了七八月，它们把雏鸟带进菜园和果园，大肆破坏那里的蔬果。

黑顶林莺通常叫声圆润、甜美、深沉、响亮和野性。声音散乱且时断时续。然而，一旦安静地落在某处，它们认真鸣唱时，从内心深处发出甜美的旋律，柔美和缓富于变化，除去夜莺，比我们这儿任何一只莺都要出色。

黑顶林莺通常在果园和花园出没。鸣叫时，喉咙膨胀得很大。

红尾鸲是优秀的歌者，叫声有点像灰莺，有些还能发出比同类更多的音符。雄鸟常平静地落在村里一棵树的树梢，从早唱到晚。这种鸟不喜欢孤独，喜欢有人的地方，常在果园和屋子周围筑巢。在这里，它常高高栖在五朔节花柱的叶片上。

在这所有的夏鸟中，最沉默最熟悉的，也最晚露头的是翔食雀。它们在墙上的葡萄藤或多花蔷薇丛里筑巢，

它们也在墙洞甚至人们整天进出的门柱上，横梁或是盘子两端筑巢。这只鸟一点儿也不鸣叫，只有当它认为它的幼鸟遭到猫的威胁或者受其他侵扰的时候，它才会发出低沉的号叫声：它每年只产一次卵，早早地隐退⑥。

仅塞尔本教区的鸟类种类已经是瑞典所有种类的一半以上：前者有120多种，后者仅221种。补充一下，在这里已经发现了大不列颠已知的一半的鸟类⑥。

回看我这长信古怪专横，非常生硬。但当我想起你要求的严谨和事实，还是希望你能原谅我在讲述包含的信息时带有的说教方式。

_____

①人们普遍认为，迁徙的鸣禽，无论老幼，繁殖季后都会回到故乡。从这种可信的情况看，任何一种鸟如果超过正常孵化期，会在随后的季节返回出生地。以爱国主义著称的巴特的约

翰·辛克莱爵士对此深信不疑，他委托考文特花园已故的迪克森先生以每枚一先令的价格为他购买尽可能多的夜莺卵。购得后，用羊毛仔细地包裹好，邮递给约翰爵士。约翰爵士雇了几个人寻找几只知更鸟的巢穴，将卵放入，悉心照料让它们安全孵化。知更鸟的卵被取走，取而代之的是夜莺的卵，这些卵最终都孵化出幼鸟，由养父母抚养。过了一段时间，这些歌唱家羽毛丰满，在它们孵化处飞来飞去。在通常9月的迁徙期，它们消失了，再没有回到出生地，夜莺通常在7月1日变得安静。

②一个敏锐的观察者设置的一个常见的弹簧捕鼹鼠夹，夹住了一只鼹鼠。他从地上抓起鼠夹挂在一边，鼹鼠还悬在里面。他在附近工作的地方碰巧能看到鼠夹。他看见一只鼬鼠正试图把鼹鼠从鼠夹的铁丝中弄出来。鼬鼠跑上构成弹簧的卡子，扑倒在被俘者身上。它抓住鼹鼠，扭动着，吊在上面，想把鼹鼠从鼠夹里弄出来，但是没有达到目的。经过这些徒劳无益的努力，它筋疲力尽，只好放开攀着的东西，跌倒在地上。休息了一会儿，它又爬上去，加倍热情地继续努力。工作着的那人看到鼬鼠试了将近十几次，就把鼹鼠从夹子里拿了出来，扔给了它，当作对鼬鼠坚持不懈的奖励；但是，鼬鼠一见那人立刻逃走了，再也没回来。

③大多数情况下，这个问题的不确定性通常会以某种程度融入寓言故事。在苏格兰，小学生们普遍认为，留在水中的马毛会在短时间内变成幼鳗，他们通过实验证实这一让他们觉得满意的事实。他们来到一条小溪，把马毛扎在底部的泥里，这么做一是因为他们认为这个新生动物要从地下汲取一些营养，二来防止在观察过程中被水冲走。他们可能是在第二天回到现场，这群崇拜者围拢过来，其中一个孩子用手指摸了摸马毛，毛已经润湿，变得柔韧，在潺潺的溪流中呈现出一种颤抖的动作，当然这些无疑都归因于想象。马毛被放开顺流而下，而顽童哲学家们也便离开了，他们完全相信种植和饲养鳗鱼鱼床的可能性。

④切尔西庄园地已故的奥布莱恩夫人特别喜欢鸟，她便笼养了很多只。其中她最喜欢的是一只金丝雀，只是它时常大声鸣叫使得夫人不得不把它放在窗子外面，屋前的一排树之间。一个早晨早餐时间，一只麻雀绕着笼子飞了几次，降落在笼子顶上，对着金丝雀啁啾；最后，双方似乎开始交谈。它停留了几分钟，飞走了，但不久又回来，嘴把叼着一条虫子。它把虫甩进笼子，就又飞走了。日复一日都给予同样的照顾，直至它们变得熟络，以至于金丝雀最终会啄食它慷慨的朋友供给它的食物。麻雀的这个特点很快传到邻居那里，他们常常是这只鸟仁慈行

245

为的旁观者。他们中的一些人，为了弄清它好心眷顾的范围，便把自己的鸟儿也放在窗外。它的确会照顾所有放在外面的鸟，但它最先、停留时间最长的却总是它的老相识——奥布莱恩太太的金丝雀。

尽管这只麻雀对它的长羽同类表现出性格中非常友好的一面，但对于人类来说，它却过于害羞，它一留意周围有人，立刻就飞走了，人们只能在远处观看。这些造访一直持续到冬天开始，之后它撤去，再也没出现。

⑤它们还吃常春藤、金银花和欧卫矛浆果或纺锤树的浆果。

大约在1832年1月底，天气寒冷，红袍在这里频繁出没；随着气温变暖，它们完全消失。大约六周后，尽管霜冻变得相当严重，它们再也没回来过。

⑥这是大山雀（林奈称之为 parus major）发出的声音。

⑦这些鱼非常狡猾，也被称作"河狐"。它们常常跳过捉它们的网，有时会浸在泥里，这样就不容易被逮到。

在池塘里，鲤鱼变得非常驯服，任凭人们处置。约翰·霍金斯爵士的一位牧师朋友告诉他，在安特卫普附近的圣伯纳德修道院，鲤鱼一听到喂食人的口哨，就会游到水池边。

鲤鱼寿命很长，剑桥大学伊曼纽尔学院的花园里有一条鲤鱼，据说它在那里已经生活了七十多年。格斯纳提到一条活到100岁高龄的非凡鲤鱼。我们都知道，把鱼放在网里和湿苔藓一起头朝外挂在地窖里，能存活两周。之后，人们便常常将它们投入水中，喂食面包和牛奶。这样它们不仅会长肥，肉也比刚从池塘里捞出来时更加美味。

⑧束鸟（林奈的 muscicapa grisola）在苏格兰非常罕见。它们的巢结构整齐，铺着绿苔藓，夹杂着榛子絮，内部衬有稻草和羊毛。

⑨瑞典221种，大不列颠252种。现有368种，包括偶尔的来访者。

雨燕

第六十一封
致戴恩斯·巴林顿阁下

塞尔伯恩，1774 年 9 月 28 日

雨燕，也称黑马丁鸟，是英国个头最大，无疑也是来得最晚的燕科鸟。我记得只有一次，在 4 月最后一周前看见这种鸟。遇到春寒、晚霜，它们直到 5 月初才会出现。通常都是结伴而来。

和崖沙燕一样，雨燕也是拙劣的建筑师，它们的巢用干草和羽毛随意铺就，没有外壳。据我观察，从未见过它们收集或搬运材料。我怀疑，它们有时会霸占家雀的巢，因为两者的巢几乎一模一样，正如家雀也会霸占它的巢一样。我清晰地记得，两种鸟曾在家雀洞口吵闹不休。被入侵者弄得张皇失措的家雀奋起反抗。但也有个擅于观察的人曾保证说，在安达卢西亚，雨燕会收集羽毛筑巢，他自己就曾击落过嘴里衔着羽毛的雨燕。

和崖沙燕一样，雨燕也在黑暗中筑巢。它们的巢大多在城堡、高楼和尖塔的裂缝，或是在教堂屋顶与墙壁的交接处。比起巢在更明显地方的鸟，这种鸟观察起来不那么容易。但据我尽力观察，它

们大约在 5 月中开始筑巢。从取出的卵看，会孵到 6 月 9 日。通常，它们都在高楼、教堂和尖塔出没和繁殖。这个村庄有几对雨燕也常常到最低最破的茅舍的屋顶教导雏鸟。这种鸟在屋外繁殖的例子我记得只有一个。在本郡的奥迪厄姆镇，我们看见很多对雨燕在墙缝间出入，围着绝壁翻飞啼鸣。

我花了很大力气观察这些有趣的鸟，结论也是多年仔细观察的结果。关于它们与其他鸟的不同之处，倘若我说我或许能提供一些新颖独特的见解，还望您能相信。我想说的一个事实是：雨燕在空中交配。如果有哪位优秀的观察者对这一见解感到吃惊，只要亲眼来看一下，定会心悦诚服。诸如昆虫一类的其他生物，空中交配很常见，许多昆虫都是如此。雨燕几乎一直在飞，绝少落在地上、枝头或屋顶。如果不在空中交配，那真是没有多少交好的机会。要观察这种鸟，最好选择 5 月一个晴朗的清晨。那时，它们会高高在天际徜徉，人们不时能看见一只雨燕落到另一只背上，再伴随一声尖锐而响亮的啼鸣，它们会双双下落数英寸。在我看来，这便是雨燕在开始交配。

雨燕进食、喝水、收集筑巢的材料甚至繁殖似乎都在空中完成，比起其他种类的鸟，它们飞在空中的时间最长。除了睡觉和孵卵，它们事事都在飞行中完成。

雨燕每次只产两枚乳白色的卵。卵长，两头稍尖，与其他一次产四至六枚卵的燕科鸟有很大不同①。雨燕最灵敏，起得很早，歇得极晚。盛夏时节，它们一天至少飞 16 个小时。白天最长时，它们到晚上差一刻9点才安歇，是白天活动的鸟里归巢最晚的。返巢前，燕群齐聚高空尖叫着，急掠而过。不过，它们遇到闷热的雷雨天才最活跃。那时，它们振作精神，极度敏捷。在炎热的早晨，它们几只聚成一小堆，迅疾地围着尖塔和教堂飞，变飞边叫，非常活跃。细致的观察者们说，这是雄鸟对着栖落的雌鸟唱情歌。这话不无道理，它们只在靠近墙壁和屋檐时，才会高歌。而那里的雨燕，也会低低几声啼鸣，带着几分自满②。

孵了一天卵，雌鸟往往在黄昏时冲出巢，舒展恢复疲惫的四肢，捕几分钟的食，再回巢中继续孵卵③。当抚育雏鸟的雨燕被残忍肆意打落时，嘴里还有一小团虫子。捉到这些虫子，它们会含在舌下。通常，它们取食地点远高于其他鸟，因为高空中有许多蚋蚊和昆虫。雨燕能飞很远：它们被赋予一双强有力的翅膀，展翅运动对它们并不费力。雨燕的翅膀比大多数鸟都长，力量似乎也与翅膀的长度成正比。当它们在飞行中不叫，滑行的时候，它们会抬起翅膀收到后背。

夏天有些时候，我常看见雨燕几小时都低飞在池塘和小溪上。我很好奇，究竟是要捕捉什么东西，才让它们降落到如此低的地方。经过一番周折，我发现，原来它们在捕食刚出蛹的彩盖虫（phryganeae）、蜉蝣（ephemerae）和蜻蜓科昆虫（libellulae）。原来低处提供如此丰盛美味的大餐，难怪它们会冲了下来。

大约7月中或7月底时，雨燕便会带雏鸟出巢。不过，据我观察，雏鸟们从不栖落，也不会在空中接受母亲喂食。所以，相对其他燕科鸟而言，雨燕雏鸟出巢的情况，人们是知之甚少的。

去年6月30日，掀开一座房子的屋檐时，我看见了很多成双成对的雨燕，并在每个鸟巢里都找到了两只光秃秃的雏鸟。7月8日，我又故伎重施，却发现它们几乎没什么进展，仍旧光秃秃的，一副无助的样子。由此我们可以得出这样一个结论：这种几乎一年到头都在飞的鸟，7月底之前是出不了巢的。家燕和家马丁燕子女众多，每两三分钟就得喂一次雏鸟，而雨燕只有两个孩子，比它们清闲多了。所以，它们也不会一连数小时地照看鸟巢。

它们有时也会追赶和攻击来犯的鹰，但程度不及家燕凶猛④。雨天，它们也毫不在意，仍旧整日都在外面捕食。由此，我们或许可以确定两件事：一、即便在雨天，高空中也有很多昆虫。二、这些鸟的羽毛一定很光滑，且不易弄湿⑤。它们不喜欢大风天，尤其是下着雨的大风天。那样的日子里，它们便会藏起来，很少出现。说起雨燕的颜色，有件事似乎值得引起我们的注意。春天，它们初到之时，除了下巴是白色，通身都是漆黑油亮的。但整日飞在阳光下，久而久之，到了离开之时，它们便颇有些风霜之态，毛色都泛白了。然而，来年春天再回来时，它们又光亮如初了。若真如有些人的猜测，它们是追着阳光去了低纬度地区，只为能享受永久的夏日，那它们回来时，毛色为什么没有被晒败呢？有没有可能，它们在飞走的那一季里换毛了呢？因为据我们所知，繁殖季节一过，所有其他的鸟很快都会换毛⑥。

雨燕有很多特别之处。与同科的鸟相比，不仅雏鸟的数量有差别，产卵的次数也不一样。一个夏天，雨燕只产一次卵，而英国所有别的燕科鸟都会产两次卵。毫无疑问，雨燕只能产一次卵，因为雏鸟出巢没几天，它们便离开了。不久之后，其他同科鸟的第二窝小鸟也会出巢。由此，我们可以得出这样一个结论：一个夏季，雨燕只产一次卵，且数量只有两枚。而其他燕科鸟产两次卵，每次四至六枚。所以，平均下来，后者数量的增加，是前者的五倍。

不过，雨燕最特别的地方，是走得早。大部分雨燕 8 月 10 日便会离开，有时，出发的日子还会早上几天。掉队的雨燕也会在 20日撤离，而其他的同科鸟，则会一直待到 10 月初才走，很多会待满 10 月，少数还会待到 11 月初。这段时间往往是一年中最好的季节，如此早地撤离，当真匪夷所思。然而，更奇怪的是，更南边的安达卢西亚大部分地区，雨燕离开得更早，这绝对不会是天气太热的原因。有人猜也许是因为食物短缺。它们定期离开我们，是因为食物短缺、要换毛或如此快节奏地过了一季之后，想要休息，还是什么别的原因呢？这便是博物志中阻碍我们研究，又让人猜都没法猜的事。

这些燕科鸟从不会栖落枝头或屋顶，也不会跟同科鸟聚在一起。它们不怕枪，守护起自己的巢来，更是无所畏惧。但它们俯身钻到屋檐下时，常常被棍棒击落。雨燕最烦恼的，是一种名叫 hipposcaehirundinis（燕虱蝇）的害虫。为了摆脱那些讨厌的家伙，它们常常边飞边扭动身子，又是抓，又是挠的。

雨燕不是鸣禽，只会发出单调而刺耳的尖叫声。但有些人却并不讨厌这声音，反而愉快地想：它们一开始唱歌，夏天最好的日子就到了。

除非遭遇变故，否则雨燕绝不落地。因为腿短翅膀长，一旦落了地，它们几乎就起不来了。它们也不会走，只能爬。不过，它们的爪子很有力气，能轻松地攀在墙上。虽然身体扁平，但它们却可以钻过非常狭窄的缝隙，要是肚子过不去，它们便会翻转身子，倒着侧身而过。

雨燕脚的构造也很奇特，和英国别的燕科鸟都不一样。事实上，除 hirundo melba 梅尔巴燕（即直布罗陀的白腹大雨燕）之外，它跟其他所有已知的鸟类都不一样。它的脚四趾一律向前，非常适合抓握。此外，最后一根脚趾（即后趾）仅有一根骨头，其余的三趾各有两根骨头。这种构造既特别，又少见，不过却非常适合它们的脚。雨燕的鼻孔和上颚的构造也有些特别，引得一位眼光敏锐的自然学家说：雨燕或许真能自成一属。

在伦敦，一群雨燕常常光顾伦敦塔，并在桥下的河面上嬉戏、捕食。还有些则在领地附近伯勒镇的那些教堂徘徊不去，却不敢像家马丁燕那样飞到拥挤的闹市去。

瑞士人给这种燕子取了一个非常贴切的名字——环飞燕（ring swala），它们总是一圈又一圈地绕着自己筑的巢飞。

雨燕主要吃鞘翅目昆虫或翅膀上有硬壳的小甲虫，也吃较软的昆虫。它们也会像家燕一样用沙砾磨碎食物，可它们从不落地，真不知道那些沙砾是从哪儿来的。有时，雏燕实在忍受不了巢里的虱蝇（hippoboscae），会扑出鸟巢，掉到地上。村里那几间寒碜的茅舍常能看见雨燕。虽然不合常理，但它们仍旧年复一年地出现在同一片屋檐下。这真是一个"旧鸟归故巢"的好例证。要钻进如此低矮的屋檐，它们必须得飞得很低。所以，有时等在一边的猫，便能捉住这些低飞的雨燕。1775 年 7 月 15 日，我又掀开了一片屋檐，观察雨燕的巢，雌燕坐在巢里。不过，正在孵卵的雌燕母爱太过强烈，它以为遇到了危险，但却毫不在意自身的安危，一动不动地卧在那儿，任由我们捉住。我们拿出羽翼未丰的雏鸟，放在了草坪上。它们跌跌撞撞，无助得像新生儿。细看它们光溜溜的身子，才发现它们有个大得出奇的肚子。此外，它们的头也太重，脖子根本承受不住。真难想象两周之后，这些没用的小东西就能冲向天际，快若流星地掠过辽阔的大地和海洋。造物的力量果真神奇，这般弱小的鸟在如此短的时间便能完全成熟，人类和大型四足动物的成长过程，却那样缓慢冗长！

---

①最伟大的鸟类学家 Temminck 说，燕子（Temminck 称之为 cypselus murarius）产四枚卵。

②燕子的飞行速度非同寻常；下面奇特的情况记录在 1831 年 11 月的《娄登自然历史杂志》上："几个月前，我前往黑斯廷斯，在清晨一次散步中，停下来观看一群燕子绕着一座俯瞰小镇的古堡遗址飞来飞去。当我这样自娱自乐，欣赏异常迅速的飞行速度时，令我无限惊讶的事发生了：其中一只直接飞到了城堡墙上。我如此惊讶，以至于起初我认为自己看错了。鸟儿掉落的地方不难靠近，我爬了上去，发现鸟儿在地上飞来飞去。我把它捡起来，几分钟后它死在我

手里。很难为这个奇怪的现象找到缘由。"

③蒙塔古说，一到晚上，雌鸟和雄鸟都卧在巢上。

④燕子是一种精力旺盛的鸟，它们彼此之间非常好斗，有时会一直战斗到双方倒地，互相紧握彼此的爪子。

⑤圣阿尔班画廊的亨斯洛先生搜到以下有趣证据，证明鸟儿会给羽毛抹油，最近一些著名的自然学家对此产生争议。"去年夏天，"他说，"我亲手养了一只 turtledove，除了晚上，它一直在我房间里飞来飞去，直到上月底。"当我把它放在手上时，它便开始整理自己的羽毛（特别是在大约 4 个月脱毛时）。这时，人们会很奇怪地看到它把喙贴在腺体上，或者刚好在尾巴上用喙一拧，就弄到一些我不知道是什么的东西。收回喙时，它总伸着脖子，用最奇怪的方式扭动着头，眼睛闭着，嘴巴一张一闭，好像在咀嚼什么让它感觉疼痛的东西。我一直认为那是为了把获得的食物在嘴里打散、扩展开布满嘴巴。这个过程大约持续了 12 秒钟，然后它立即迅速又随意地将喙上的油涂到羽毛的三四个部位，头和脖子比较容易，在距离很近的部位，比如头和脖子上摩擦。谁没见过一只鸟，特别是一只鸭子，在洗澡时，把头和脖子在背上或是连接翅膀的臂膀上摩擦？我至少在旁边几分钟内看过至少十次。但是，坦白说，尽管我能清楚地看到它捏住乳头，可是永远也察觉不到它到底从腺体获取什么东西把它涂抹在羽毛上。

⑥这些鸟刚刚到达这个国家后，它们刚经历了春季褪毛。在新羽毛重新长出之前，鸟的颜色大不相同；出发前，它们无疑就处于这种颜色，因为它们还没有经历过秋天褪毛。

第六十二封
致戴恩斯·巴林顿阁下

塞尔伯恩，1774 年 9 月

借助一所农舍的直筒烟囱，今年夏天我得以在余暇时从容地观察家燕如何在烟筒里飞上飞下。它们竟能在烟囱深处来去自如。不过，目睹这些技艺的喜悦总会被担忧打断，唯恐自己的眼睛也会遭遇与托比特一样的下场。

也许，听一听今年春天不同种类的燕子什么时候抵达这个国家三个最偏远的郡，你会觉得有趣。我们这里最早看见燕子是在 4 月 4 日，雨燕在 4 月 24 日。崖沙燕在 4 月 12 日，家马丁燕在 4 月 30 日。在德文希尔郡南部的南泽勒，家燕到 4 月 25 日才出现，5 月 1 日会出现大批雨燕，家马丁燕等到 5 月中旬才见到。在兰开夏郡的布莱克本，4 月 28 日见到雨燕，4 月 29 日见到家燕，家马丁燕出现在 5 月 1 日。在这些偏远地区，这些不同的日期是否能作为它们迁徙或是不迁徙的证据呢？

威希尔附近有个农夫，用两队驴耕地。一队干到中午，另一队下午才歇息。干完活，这些驴会像羊一样，晚上被关进栏里。冬天，它们被圈养在庭院里喂养，排出大量粪便。

林奈说："布谷鸟一叫，鹰便与其他鸟休战。"可在我看来，在那段时间，很多小鸟还是会被食肉鸟捉走杀掉，这从路上和树篱下的那些羽毛就能看出。

孵卵期的槲鸫凶猛好斗，它会暴怒地把任何靠近它巢穴的鸟驱逐到远处。韦尔奇一家管它叫作"灌木林之主"。它绝不允许喜鹊、松鸦或者乌鸫前往它常出入的花园。有段时间，它是新种下豆荚的好守卫。总的说来，它在保护家园方面是非常成功的。不过，我有次在自家花园里看见几只喜鹊正在闯入一个槲鸫巢，雌鸟拼尽全力保卫它们的府邸，坚决为"灶火和家园"战斗到底，可终究还是喜鹊占了上风，它们把巢撕成碎片，生吞了里面的雏鸟[①]。

在孵卵季节，最具野性的鸟也会变得比较温顺。斑鸠会来我的田里繁殖，尽管它们平时也常造访这里[②]。秋冬两季最是胆怯、最具野性的槲鸫，也在我花园里筑了巢，而且靠近一条人们经常散步的小路。

今年，我的篱壁果树收成很好。可是，往年这时早就结满果实的葡萄，现在却比以往任何时候都要落后。这还不是最糟糕的事。不适宜的气候和同样阴冷的夏至，损害了土地上生长着的人们日常必需的果蔬，麦子也枯萎褪了色。不过，啤酒花的收成倒是让人充满期待。

耳聋的频繁发作让我很是苦恼，这多半剥夺了我成为合格自然学家的资格。一旦发病，我便失去了所有令人愉悦的观察力和从乡村声音中捕捉细微暗示的能力。鸟鸣阵阵的 5 月对我来说和寂静无声的 8 月没什么两样。感谢上帝，我的视觉还很敏锐，只是其他感官有时让自己觉得无能为力。

　　智慧被关在这一重门外。

　　　　　　　　　　　　　——弥尔顿《失乐园》，第三卷

---

　　①没有哪种食物会遭到这种食肉掠食者的鄙视。小羔羊、家禽、蛋、鱼、腐肉、昆虫和水果都被囊入它贪婪的胃口。喜鹊是所有幼鸟的大敌，在许多地方对雏鸟和禽类的卵大肆踩躏。在英国和爱尔兰的各个地方，地方法庭悬赏猎杀它。松鸦是另一种美丽的鸟。喜鹊则跟它的同族一样，会对较小的鸟以及它们的卵造成极大的破坏。

　　②我们住在法夫的时候，有一对环鸽在靠近花园小径的一棵落叶松树上孵卵，离家不超过25 码。尽管这条小径白天总是有很多行人，它们还是在那孵了窝。这些小鸽子把巢建在距离其他树不远的一棵树上。第二年夏天，这些老鸟又回来了，我待在那里的每个季节，都看到它们在那里繁殖，它们的后代也是如此，可以看到靠近房子的花园里有三个巢，四周没有任何围墙或篱笆。

第六十三封
致托马斯·彭南特先生

塞尔伯恩，1774 年 9 月

探究那些在死寂的冬日仍陪伴着我们的软喙鸟，是件有趣的事。鸟儿没有避开酷寒的冬天，愚钝应该不是唯一原因。因为像啄木鸟一样健壮的歪脖鸟要迁徙，而娇弱的小金冠鹪鹩，这鸟类中弱小的一类，却勇敢面对这里的酷寒严霜。它们总在田野和树林里翻飞，不会像大多数冬鸟那样，在恶劣的天气里聚集起来躲进屋子或是村庄。这也应该是它们经常死掉的原因，物种数量几乎比我们知道的其他所有鸟都要少①。

冬天陪伴我们的那些软喙鸟无疑靠虫蛹为食。在恶劣的天气，所有鹡鸰都聚集在靠近泉源的浅溪，涉水捡食彩盖虫等昆虫的蛹。那里一年四季不结冰。

林岩鹨经常在寒天光顾下水槽和排水沟，捡食里面的面包屑和其他垃圾。温和的天气里，它们会捕捉毛虫。正如任何人都能看到的，每个月都有毛虫涌动。在任何温暖的冬日夜晚，只须举着蜡烛去草地里转一圈就能看见。冬日里，知更鸟和鹪鹩常出没于房屋、马厩和谷仓，啄食藏在那里躲避寒冷的蜘蛛和飞虫②。不过，软喙鸟在冬季的主食还是多不胜数的鳞翅目（lepidoptera ordo）昆虫的蛹。它们粘在树枝和树干上，园子和房屋的栅栏和墙上，岩石或垃圾的缝隙里，甚至地上都能找到。

每种山雀冬天都和我们在一起，它们就是我说的"中喙鸟"，鸟喙介于硬喙和软喙之间，所以林奈的分类也介于燕雀属（fringilla）与鹡鸰属（motacilla）之间。只有娇小的长尾山雀③一直在树林和田野里逗留，从不会退到房屋或村庄里避寒。绰号"尼姑鸟"的蓝山雀、煤山雀、黑头大山雀和沼泽山雀有时会退到屋舍，特别是在恶劣的天气。大山雀也常被这种天气逼进屋。在厚厚的积雪天，我看见这种鸟倒挂在屋檐下，往外抽出稻草，再把隐藏在里面的飞虫拉出来。倒挂的样子让我觉得很有趣和钦佩。不过这种鸟数量如此之多，以至于常把茅草屋顶翻得乱七八糟，看上去破破烂烂。④

什么都吃的蓝山雀也常光顾房舍，它们也是常见的吞噬者。除了昆虫，它们还喜欢吃肉，经常扑在粪堆上捡吃骨头。它们尤其喜好板油，经常萦绕在肉店。小时候，我用涂了板油的老鼠夹在一个早晨就捉到了 20 只蓝山雀。此外，它们也会啄食地上的苹果或者向日葵的葵花子。在极其恶劣的天气里，蓝山雀、沼泽山雀和大山雀都会从干草堆的一边拉出大麦和燕麦秆。

很难弄清穗鹏和草原石䳭靠什么过冬，因为它们冬季都待在野石楠地和养兔场，特别是在多采石场的野石楠地。鳞翅目昆虫的蛹多半就是它们赖以生存的食物，为它们提供荒野中的盛宴。

---

　　①这种鸟栖息在英国，从陆地到设得兰群岛。还有爱尔兰和马恩岛。它有时迁徙。

　　②知更鸟和鹪鹩在冬天都会进入村镇，吃面包屑和其他谷粉食物。我们见过这些鸟在暴风雪天，甚至霜冻天与家禽一起觅食，这时它们变得非常温顺。

　　③我们从未听说这种美丽的小鸟在暴风雪中靠近人类栖息地，虽然它的同种鸟在冬天像知更鸟一样亲近人类，以面包或其谷粉为食。1824 年那个寒冷的春天，许多不同种类的山雀来到我们农场，在积雪时在离家很近的地方与家禽混合在一起吃食。我们不止一次看到一只蓝山雀像个小英雄一样与一只母鸡争抢同一份食的进食权。在《娄登杂志》上，一位记者说，这个物种会摧毁蜜蜂，"它在蜂巢入口处用喙敲击，等蜜蜂出来时吃掉它们"。我被告知一整窝蜂都是这样被迅速摧毁的。

　　④法夫州莱斯利附近的盖文·英格利斯先生告诉我们，他看见麻雀使用同样的方法在他的一个草垛顶上啄食，当它们发现单枪匹马的努力是徒劳时，便聚集力量来达到它们的目的。它们几个挂在一根稻草上，把稻草拔了出来。

第六十四封
致托马斯·彭南特先生

塞尔伯恩，1775 年 3 月 9 日

如果某位未来的动物区系研究者家境富裕，我希望他能将足迹延伸到爱尔兰王国。那是一片新天地，自然学家知之甚少的国度[①]。那里的山脉几乎还没有被充分探索，如果可能，此行一定不能缺少植物学家的陪伴。岛的南部各郡气候温和，应该生长着英国境内罕见的植物[②]。热爱思考的人会从艺术和农业的现代化进程中得出许多合理的观察结果，因为我们听说之前，该国对这两个领域的资助已经进行了很久。野蛮土著民的迷信风俗、偏见以及粗鄙的生活方式，都能让这位研究者开始许多有意的反思。他也要带上一位高技能的画师，当途中经过贵族城堡和宅邸、风景如画的大湖、大瀑布以及巍峨俊秀的群山时，如果能用绘画生动展示这些鲜为人知、引人遐想的美景，这些作品定能广为流传。

因为没有见过现代版的苏格兰地图，所以我无法妄言那些图是否准确、翔实。不过，那些老地图倒是有很多错误。

我见过的苏格兰地图最明显的缺陷是没有用颜色线准确标注苏格兰高地的范围③。通向多山和浪漫山村的大道也没有明确标注。韦德将军开辟的、极具罗马特色的军事宽阔道路，也值得特别标注。我的老地图——莫尔地图标出威廉堡，却忽略了其他古老要塞。因此，这一系列要塞应该好好呈现，不应被忽略。

　　通往考里亚里奇那条有名的弯路一定不能被忽略。莫尔标出了汉密尔顿、拉姆兰里格以及一些类似大府邸。但毫无疑问，新图应该将发生过重大事件的地点和城堡，因藏有名画而闻名的府邸都标注出来。稀奇古怪的宅园也不可遗漏。格拉斯哥附近的埃格林顿伯爵的府邸也值得标注出来。这位贵族的松树种植园面积大而广阔。

---

　　①在这些王国新近描述的本土物种中，有在爱尔兰发现的鹧鸪，萨宾称之为 scolopar Sabini。现在它已被确认为该国本土物种。

　　②在库内马拉，爱尔兰戈尔韦的一个荒野地区，都柏林的麦凯先生在乌里斯贝克山脚下的一条小溪边的斜坡上发现了地中海石南科灌木，这种石南长在沼泽地里，约有半英里长。这里还发现了青姬木。植物学家只知道这两种植物是欧洲南部的本土物种，之前在英国和爱尔兰都没有。布里迪斯先生在科克附近发现了蛇头鸢尾。库内马拉所有的小湖泊中的大量鳞毛蕨，稀有的荫蔽虎耳草（sarifraga umbrosa）都是众所周知的伦敦骄傲，也被认为是那里的原生物种。本·布尔伯和贝尔法斯特附近的罗莎·希伯尼卡上发现了野杨梅（arenaria ciliata），或叫雪莓树，很大程度装扮了基拉尼的美丽。在那里也发现了优雅的大花针茅（pinguicula grandiflora），别处都没见过。

　　③苏格兰高地和北不列颠称为低地的部分被一片高耸的花岗岩山脉分隔开来，这是格兰宾

山脉，是这个王国不同地区之间唯一的分界线。这一系列山脉的结构引人注目，大方向规则而连续，形成高耸和浪漫的山峰的自然分界线。它自阿伯丁郡的伯顿河北部开始，以对角线的形式横贯整个王国，在邓巴顿郡的阿德莫尔之外的西南部终止。这个屏障呈现出醒目、坚硬、陡峭的样子。最南边线的许多地方由角砾岩组成。在该国中部，靠着山脉是石板岩床，范围很大，含有很多石板岩层。有一块经过精细抛光的大理石，它的主要颜色有蓝色、绿色和棕色，夹杂着纯白色的条纹。最近在格伦特尔特幽谷建了一个极具价值的绿色大理石的采石场。在福廷格尔、斯特拉菲兰和格伦利昂地区发现了大量的铅和银矿。在整个山脉上，分散着许多红色和蓝色花岗岩，其中有石榴石、紫水晶、海蓝宝石、水晶和各种非常漂亮的小卵石。这系山脉中有许多海拔相当高的山峰，如本落蒙德、希哈利翁和贝纳勒斯峰。从这些山峰看去是广阔、原始、壮观的风景：

在一片群山之中，

那无遮挡的眼睛可以远航。

在这里，你会看到宽阔肥沃的山谷，在伟岸的悬崖那崎岖、险峻的峭壁上修有堡垒，堡垒顶上的金雕惬意地摇摆着，没有打扰幽静地方的安眠，只听到雷鸟的音符。可能你还能注意到那只沿着悬崖底部偷偷摸摸、慢腾腾前行的白野兔。

第六十五封
致戴恩斯·巴林顿阁下

塞尔伯恩，1775 年 6 月 8 日

1741 年 9 月 21 日在人家里做客时，我想去田里转转，天还没亮便起了床。走进围场，我看见残茬和苜蓿上都铺着一层厚厚的蜘蛛网。网上缀着沉甸甸的露珠，一眼看去，仿佛整片田野都被两三张拉起的大网罩住。狗试图追赶猎物，却被蛛网迷了眼。它们无法动弹，只好趴下，用前爪奋力扒拉脸上的麻烦。兴致被打断，我边琢磨这怪事，边往回走。

天渐渐亮了，阳光变得明亮又温暖，无风无云、沉静安宁，又是一个只有秋天才能碰上的好日子。这天气与法国南部的天气比起来，毫不逊色。

九点左右，发生了件怪事，高空下起"蛛网"雨，密密麻麻，接连下了一整天。这些蛛网不像薄丝线，呈絮状或片状在空中飞散。有的甚至有一英寸宽，五六英寸长。它们落得很快，显然比空气重很多。

不论往哪个方向，都能看见不断飘落的网片。向阳的一面，蛛网更是闪闪发亮，灿若星辰。

不知道这场奇异的"蛛网"雨到底下了多久。不过，我们知道，它一直飘到布拉德利、塞尔伯恩和奥尔斯福德。三个地方形成三角形，最短两地间的距离有八英里长。

塞尔伯恩有一位因正直和睿智让我们极为尊敬的绅士，目睹了这一奇景。他觉得，只要爬上家后面那座他常在清晨骑马的小山，人应该就能站在这场雨的上方。他以为那片雨就如蓟絮一样，是从上方公地吹来的。然而，当他策马奔上山丘的最高处，站在高出田地 300 英尺的地方时，他惊奇地发现，这些蛛网仍和之前一样，高高飘在头顶。它们在阳光的照射下闪闪发亮，即使最缺乏好奇心的人，也会被深深吸引。

这样的奇景仅出现了这一次。那天，雪片般的蛛网在树上、篱笆上积了厚厚一层，勤快些的话，没准能拾满一篮。

以前，人们对这些蛛丝一样的东西有些怪异迷信的说法，现在我想人人应该都知道，这是小蜘蛛们的杰作。秋季晴好时，田里便出现很多小蜘蛛。它们从尾部射出蛛网，并借此获得浮力，变得比空气还轻。只是为什么这些没有翅膀的昆虫在那天群集而出，网又突然变得那么重，以致打破空气的托举，往下急坠？这些我无法弄清。我猜想，薄丝一喷出来，就裹上升腾的露水，蜘蛛和蛛网就都被轻扬的蒸汽带到空中，蒸汽在高空凝结成云。如果小蜘蛛们在空中继续吐丝加厚蛛网，网的重量一旦超过空气，必然会下落。利斯特博士说它们的确有这本事，可参见他致雷先生的信。

晴天，主要在秋日，我便能看见那些小蜘蛛喷出的蛛网，飘向空中。如果你捉在手中，它们会从你指间飞走。去年夏天，我正在客厅读书，一只小蜘蛛落到我书上。它一直跑到页眉上，接着猛地喷出一张网，从那里腾身而去。最不解的是，没有空气的震动，它的动作为何还如此迅速？我肯定，自己绝对没有呼气帮它。这些小爬虫似乎不借助翅膀，便能产生某种动力，让自己的移动速度比空气还快①。

---

①蛛丝长期被诗人和自然主义者所关注。现在已知有几种不同种类的蜘蛛，特别是飞天蛛。默里先生非常关注这些昆虫。他说，它们有能力把线伸出相当长的距离，通过这种方式，它们能把自己从地面输送到大气中的任何海拔高度，或者从一个物体的顶点输送到另一个顶点。他认为，它们的网线带电，受到这种微妙因素的影响，拥有一定浮力，这个没有底罩的空中航行器连同它的制造者一同被提升到空中更高区域。大多数蜘蛛爬过不平坦的表面时，会留下一根线，当作缆绳或挂绳，以免它们掉下来或将它们从高处吹走。就这样，几乎整个地面都被这些奇异动物的网状物覆盖。除了地蛛，其他流浪者也有助这些尽管看着纤细，实际却很耐用的累积。这种组织总是不断增加，只要跟着犁一小会儿就能看出来。刚犁完一垄，新出的霉菌同样被无数丝线交织在一起，在阳光下闪闪发光，只能用默里先生提出的理论解释：在晴朗的天气里，空中充满了亚拉尼亚航空公司的离散的网。蜘蛛经常出现在线的末端，四肢伸展，总像鸟一样保持平衡，在风中飘浮。然而，同一位绅士说，他在一个封闭的房间看到伸出的丝线，那里并没有气流把它们直接输送，这是个有趣的现象。

默里先生认为无论正负电，都是蛛网运动的积极因素。布莱克沃尔先生反对这种观点，他断言，没有风的帮助，蛛网无法被推进。空气中的飘浮物被空气的作用从地面上抬起，在无云的太阳下闪着光。

第六十六封
致戴恩斯·巴林顿阁下

塞尔伯恩，1775 年 8 月 15 日

众所周知，异性相吸，这些无灵智动物间的交往也很神奇。喜好群聚的鸟冬季聚在一起，便是显著例子。

很多马有伴时安静温顺，却一分钟也不愿独自待在田里。最坚固的围栏也拦不住它们。邻居有匹马，不仅不能独自待在外面，在陌生的马厩也待不住。一旦发现处境不对，就会狂躁不安，用前蹄拼命扑打马槽和饲草架。为了追随同伴，它曾踏过粪槽，从马厩的窗户跳了出去。其他时候，却出奇的安静温顺。公牛和奶牛如果没有伴，牧场的草再好，也长不了膘。羊就更不用提，它们向来都是成群结队①。

这种习性似乎并不仅限于同一种动物。据知，一头从小跟一群奶牛长大的鹿，到现在都活着。每天，这头鹿会随奶牛们下地，之后又跟着回到院子。家狗早就习惯了它的存在，也不会特别留意。然而，要是有陌生的狗经过，就会发生一场追逐。这时，主人往往

会笑眯眯地看着自己心爱的宠物把追逐者们引过篱笆、大门或阶梯，一直领到母牛群里。母牛们则会竖起吓人的角，凶猛地哞哞叫着，将入侵者远远赶出牧场。

即便体形和种类悬殊，有时也不会妨碍动物们建立友谊。一个睿智且善观察的人说，年轻时他曾养过一匹马，还养着一只孤零零的母鸡。两种毫不相同的动物，在这座孤寂的果园共度大量时光。除了彼此，它们见不到任何别的动物。两只孤独的动物渐渐对彼此的关注日渐加深。那只家禽常常满足地叫着，靠近那只四足动物，温柔地蹭它的腿。而马也会满足地低头看着它，十分小心地挪动步子，生怕踩到小伴侣。在同一个地方待久了，它们似乎都成了孤寂生活中彼此的慰藉。所以，弥尔顿借亚当之口说的这话，看来多半是错的：

> 鸟与兽、鱼与鸟，
>
> 正如公牛与猿猴，
>
> 都是无法和平共处的。
>
> ——《失乐园》第八卷

---

①在德国炮兵旅里，有两匹汉诺威马在整个半岛战争中互相合作拔出同一把枪。其中一只在一次交火中死亡，幸存者后来像以往一样被捉住。当食物送到它身边，它却不肯吃，不停地转过头去寻找同伴，有时发出一声嘶叫声呼唤同伴。人们给它各种照顾，也采取了所有能想到

268

的方式迫使它吃东西，但都没有奏效。其他马把它团团围住，它也不理不睬。整个举止表明它非常悲伤，自从同伴倒下，它再没吃过一点东西，最终便饿死了。

凯姆斯勋爵讲述说，有一只金丝雀在向孵卵的同伴歌唱时落下来死去。雌雀离开巢，发现雄雀已死，便拒绝所有食物，死在它的身边。

英国巴特布的查尔斯·霍尔斯先生有一只猎犬给一只小猫喂奶，展示出最深的依恋。雷尼教授说："安托万先生讲述了一件趣闻：一位牧师在花园里养了一只田凫，这只田凫主要靠昆虫为生，但是随着冬天的临近，这种食物消失，这便迫使这只可怜的鸟接近那所房子，而在以前它一直和房子保持一定的距离。一个仆人听见它微弱的叫声似乎在乞求施舍，便开了后厨的门。起初它并不敢冒险，但是随着寒冷的加剧，它每天都变得更为亲近和胆大，直到最后真正进了厨房，尽管厨房早被一只狗和一只猫占据。渐渐地，它和这些动物有了进一步了解。它经常在黄昏时进来，在壁炉的角落里安顿下来，晚上它依偎在它们身边过夜。但是，春天一回暖，它会喜欢栖息在花园，而接下来的冬天，它就又回到了壁炉的角落。它现在不再怕它那两个老朋友——狗和猫，而是把它们当作下属一样，僭取了这块它曾经通过卑微的乞求才获得的地方。这只有趣的宠物后来被吞下去的一块骨头噎死了。"

埃尼斯的 C. A. 布鲁先生谈到了鹅的以下奇特表现："一只在农夫的厨房里孵了两周卵的老鹅，突然看上去病得很重。她很快离开巢，冲到外屋，那里有一只去年出生的小鹅，她把小鹅带进厨房。小鹅立即爬进了老鹅的巢，卧在卵上，最终孵出小鹅，把它们养大。那只小鹅一进老鹅的巢，老鹅就卧在巢边，不久就死去。这只小鹅以前从来没有养成进厨房的习惯，所以很难解释这个事实，除非老鹅用某种方式表达出她的焦虑，而另一方完全理解了这种焦虑。"

第六十七封
致戴恩斯·巴林顿阁下

塞尔伯恩，1775 年 10 月 2 日

英国南部和西部大批出没的吉卜赛人，主要有两批或是两群。每年，他们都绕着自己的线路走两三圈。其中一个部落给自己取了个十分神圣的名字——"斯坦利"。关于这个部落，我没什么要说。不过，另一个部落的名字就颇具特色。他们的语言很难懂，就我理解，似乎是说：我们部落名字叫 Curleople。现在看来，该词词尾显然来自希腊语。麦泽雷和最重要的历史学家们一致认为，那些流浪者肯定是两三个世纪以前迁离埃及和东方国家①，随后才慢慢遍布欧洲的。或许这个名字其实来自列万特，只是在迁徙途中被稍微误读了呢？若是能遇到该部落的智者，出于好奇，倒可以问问他们黑话中是否还保留希腊语词汇。在"手""脚""头""水"和"土"等词中，还能看到希腊语词根。那他们的黑话和已有讹传的方言中，或许便真能找到这类词根。

至于这帮不寻常的人，即吉卜赛人，有件事是非常值得一提

的。尤其是，他们这群人还来自比较温暖的地区。当别的乞丐都住在谷仓、马厩和牛棚里时，这些强壮的流浪者们却能不惧冬日的严寒，经年累月都待在室外。对此，他们似乎还颇为自豪。去年9月依旧多雨。在那暴雨不断的日子，一位年轻的吉卜赛姑娘睡在我们的一块啤酒花地里。几根榛木条弯成弧状，两头插进地里，上面搭块毯子，她便睡在了下面冰冷的土地上。即便是对一头奶牛来说，这样的条件也太过苛刻了。可园子里有个很大的啤酒花棚，如果她看重遮风避雨的地方，可能早就去那里面歇息了。

这些流浪者们似乎不仅限于欧洲。因为贝尔先生在从北京归来的途中，在鞑靼地区遇到了一帮吉卜赛人。他们正竭力穿越那些沙漠，要去中国碰碰运气。

法语中，吉卜赛人被称为"波西米亚人"，而意大利语和现代希腊语中，他们则被称为"津加里人"。

---

①吉卜赛人在15世纪初第一次引起人们的注意，之后几年，他们就已遍布欧洲大陆。他们最早被提到是在1414和1417年，当他们在德国被观察到的时候。1418年，他们在瑞士被发现；1422年，在意大利被发现；1427年，他们在巴黎附近被发现，大约同一时间在西班牙被发现。在英国，直到一段时间后才知道他们。他们在历史上的一个显著特点是，他们继续着同样不稳定的生活方式，严格地与所有其他人保持距离。不管他们叫什么名字，同一族的不同部落所表现出来的性格特征和举止不可能比欧洲不同国家的吉卜赛人之间表现出的有更大的相似之处。匈牙利、西班牙的吉塔诺人、特兰西瓦尼亚的齐格纳人、意大利的辛格里人、法国的波希米亚人、英国的吉卜赛人和苏格兰的丁克勒人都是一样的，不管是身体特征还是生存方式。

他们的特点和肤色标志着他们的东方血统。格雷尔曼认为他们是印第安人中最低级的，把印第安人的语言和他们所掌握的约400个单词进行比较，便可以证明他们之间有民族联系。除此之外，语言的建构也存在一些惊人的巧合。他把他们的出现归因于1408-1409年提穆尔－贝格所进行的那场毁灭性的残酷战争，假定他们是逃离祖国的逃犯，他们穿过波斯沙漠，沿着波斯湾，穿过阿拉伯彼特利亚，越过苏伊士海峡，进入埃及。从那时起，带着埃及人的名字进入欧洲。埃及人在英国被迫害成吉卜赛人。

这个观点似乎早被接受，但很快又被遗忘。我们发现《默拉托里》第十九卷中的圣哲罗姆说，1432年8月7日那天，两百多个吉卜赛人在前往罗马途中来到他的家乡，在那里停留两天，中间有一些人说他们来自印度。1952年，芒斯特同其中一个吉卜赛人交谈后，确定这个部落的确来自那个国家。

"修道院院长"杜布瓦说，在半岛的每一个国家，都会发现很多这样的家庭：他们的祖先在困难或饥荒时不得不从祖国移居国外，在陌生人中建立自己的家园。但他们在历史上最显著的特点是，他们一代代保存着自己的语言以及民族特性。由此可以看出，即使许多家庭在特定地区生活了四五百年，却仍然没有接受他们入住部落的风俗、习惯或语言。

除了这些证据，为说明吉卜赛人起源于印度，我们着手寻找到一个似乎比其他理由都更有说服力的证据，即从英国吉卜赛人、西班牙和匈牙利锡加尼人收集的词汇表。

第六十八封
致戴恩斯·巴林顿阁下

塞尔伯恩，1775 年 11 月 1 日

此时，涂满树脂的木块……

熊熊燃烧的火焰，让门柱积满烟尘，漆黑一片。

——维吉尔《牧歌》

您从不忽视任何有用的事物，那我来跟您谈下一件家居小物——替代蜡烛的灯芯草。除了在这儿，其他许多地方也很常见。不过也有例外。我仔细琢磨这件事，观点虽然有一定准确性，但正确与否，则请您判断。

照明用的灯芯草应该属于灯芯草科（juncus conglomeratus）。这种草常见于潮湿的牧场、河边或树篱下①。盛夏时节，灯芯草长势最好，可在秋天采来照亮。年迈的庄稼汉、妇女和小孩完成采集和前期工作。草一割下来，立刻浸入水里，否则一旦脱水萎缩，皮就剥不掉。剥掉灯芯草的皮或外壳，留下光滑规则的细草芯，这对初

次尝试的人很难。不过跟其他任何技艺一样，即便是孩子很快也能得心应手。我们见过一位瞎眼老妇人，剥起草芯又好又快，几乎每根都规规整整的。去皮后的灯芯草得摊在草地上漂白，沾几夜露水，再在太阳下晒干。

将这些灯芯草浸入滚烫的油脂需要一定技巧。这倒也能熟能生巧。汉普希尔有个勤劳的庄稼汉，他精明的老婆总是省下熏肉锅里的浮渣来浸草。如果油脂盐分太多，便把那些浮渣放到锅里热一下，盐分便自动沉底。不常养猪的地方（比如海边），可以用差一点的动物油脂代替，这种油脂要便宜很多。一般的油脂一磅或许需要四便士。浸一磅灯芯草，需要六磅油脂。一磅灯芯草卖一先令。那么，一磅浸好的、随时可用的灯芯草，需要三先令。如果有人养蜂，往油脂里掺一些蜂蜡，能让灯芯草燃得更久更干净。羊板油也能有相同的效果。

一根完整的灯芯草长 2.45 英寸。经测量，它能燃烧 57 分钟。更长一些的，可燃 1 小时 15 分钟。

灯芯草的光清晰明亮，涂了一层动物脂油的值班手提灯，发出昏暗的光。用弥尔顿的话说，它是"黑暗中才可见"。这种灯需要两根灯芯才能保持亮度。浸过油的灯芯草，一根就足以照明。不用两根是为了延缓燃烧速度，让光亮更久些。

一磅干灯芯草大概有 1600 多根。每根若可燃半个小时，一个穷人用三先令便可买到 33 个昼夜约 800 小时的光明。按这种算法，每根未浸油的灯芯草，仅花费 1/4 先令的 1/33，浸过油的则需 1/4 先令的 1/11。这样，一个贫苦家庭只须花费 1/4 先令，便可享用 5

个半小时的光亮。一位经验丰富的老主妇说：一磅半灯芯草，他们家可以点上一整年。劳作的人日出而作，日落而息，在漫长的白日，他们不会点灯。

白天短的早晨和夜里，小农夫们的牛棚和厨房灯芯草用得多，可很穷的人往往最不会精打细算，所以才总是穷。他们每晚都花半便士买蜡烛。屋里通着风，不到两个小时，蜡烛便燃完了。因此，他们用能买到 11 个小时光亮的钱只买到两个小时光亮。

谈到乡下的持家之道，定要谈谈我们在别处见不着的一种物什。这是当地一种常见的家庭用具，一种精巧的扫帚。它是我们这儿的护林人用一种看林人叫作"巨盘木"，又名"少女的金发"的一种植物的茎做的。这种植物，本地沼泽地里有很多②。去掉覆着的苔藓，剥掉外皮，美丽又闪亮的栗色便露了出来。它柔软有弹性，很适合掸床、窗帘、地毯和各种挂件上的灰尘。如果镇上的制刷工知道这种扫帚，或许还会发现新用途③。

———————————

①在苏格兰北部的许多地方，人们以前用灯芯草代替棉花做灯芯，在珀斯郡和邻近的县里，用玉米做灯芯，它们比棉花耐用得多。以前，泽特兰地区把一个古芋（拉马克称其为 fusus antiquus）用一根绳子水平吊起来当作灯，外壳的管道用接灯芯的腔。在同一地区不同地方，农民闲暇时和牧童都用随意拧成的草绳拴牛。如果拧得很紧，绳子相当耐用，我们看到北方经常使用这种绳子。

②这些扫帚在苏格兰南部很常见。爱尔兰的农民们用这种大垫子铺床。

③在阿什顿·利弗爵士的博物馆里可以看到这种类型的扫帚。

第六十九封
致戴恩斯·巴林顿阁下

塞尔伯恩，1775 年 12 月 12 日

二十多年前，我们村有个傻小子。我清楚记得，他从小就对蜜蜂痴迷。他吃蜜蜂、玩蜜蜂，满脑子想的只有蜜蜂。痴傻之人总是只专注一件事，这个孩子把自己仅有的才智都投注在蜜蜂上。冬天，他在爸爸的房间守着炉火打盹，很少离开壁炉角，简直像冬眠一般。一到夏天，他变得十分机警，顶着大太阳，在田野和河岸，搜寻他的猎物。蜜蜂、熊蜂和黄蜂都是他的目标，一旦被他发现，往往很难逃脱。他伸出手就抓，毫不在意蜂上的刺。蜜蜂体内有蜜囊。一捉到，他立刻会拔掉它们的武器，张口便吮吸它们的身子。有时，他会把这些小俘虏塞满衬衣下的胸膛，有时也用瓶子装。这小子像只食蜂鸟——黄喉蜂虎，对养蜂人来说，无疑为一大祸害。他会溜进养蜂场，坐在凳子上，用手指敲击蜂房，抓住钻出来的每一只蜜蜂。弄翻蜂房找蜂蜜的事也没少干，而且乐此不疲。遇到酿蜂蜜酒的地方，他便绕着酒桶不停地转悠，哀求别人给他喝一口。

他管那些酒叫"蜜蜂酒"。他会一边跑，一边鼓动双唇，嗡嗡地学蜜蜂叫。这孩子很瘦小，气色也不好，苍白憔悴，跟死人一样。他的灵巧只表现在他最喜欢的这件事上，别的事一窍不通。要是他再能干点，并一直专注这事，也许还真有可能比现代那些养蜂人的技艺好。那样的话，我们或许就可以这样形容他：

……当你

这颗最主要的星发散出吉祥的光芒，

维尔德曼就将……

长成高个少年，离开这里，去远方的村子。可我知道，他还没成年就早早夭折。

第七十封
致戴恩斯·巴林顿阁下

塞尔伯恩，1776 年 1 月 8 日

最难的事该是摆脱迷信和偏见。这两样随着母亲的乳汁而来，一旦吸入，便落地深根，迅速疯长，在我们体内打下最深的烙印，从此与我们纠缠不休，再难分开，即便最理智的人都不能摆脱。因此那些贩夫走卒终其一生都难以解脱。他们从未接受过开明教育，没有足够的能力应付此事。

在讲述本地区迷信之前，这样的一番开场白似乎很有必要。至少在这样一个懵懂年代，列举出那些迷信之事，我们不会有夸大之嫌。

赫特福德郡特林城的人应该记得，不久前的 1751 年，他们在离首都 20 英里远的地方，捉住了两名体弱的老太婆。两人都已经老得疯癫，身体也极其羸弱。人们怀疑她俩施巫术，为辨真假，便将她们抛入饮马池溺死了。

靠近村子中部的农场里，至今还有一排无冠梣树。从树身侧面的接缝和长长的疤痕上可以清楚地看出：它们以前被切开过。当年这些树还年幼柔韧，人们割开树干，在切口处放入楔子，然后把患脱肠症的孩子剥光衣服，推入这些切开的树缝。人们相信，这种办法可以治好这个可怜孩子的病。手术一结束，树的创口立刻用肥土仔细敷好①。如果这个被熟练切开的创口像往常一样长好，那孩子也会痊愈。如果没有长拢，人们便认为手术失败。不久前，为了扩建花园，我砍倒两三棵梣树，其中一棵树身上就有没长拢的创口。

我们村里还有一些人，据说在他们幼时就是被这种迷信仪式治好了病。这种做法应该是从祖先撒克逊人那里传下来的。在改信基督教前，那些祖先常常施行此术。②

大约二十年前，教堂附近的普勒斯特广场南端，有一棵奇形怪状的老梣树。这棵树空心无冠，长期被人们奉为"駒齁梣"。起这个名，是因为若把这棵树的枝干轻敷于家畜四肢，它身上駒齁造成的伤痕，便能立刻消痛。人们认为，駒齁毒性很大，凡是它爬过的地方，不论是马、牛还是羊，都会感到剧痛难忍，甚至还会残废。要应付这种随时都可能发生的事故，我们深谋远虑的祖先们，总是駒齁梣不离手。因为它一旦被用于治疗，药效便永远都不会消失。制作駒齁梣时，先用钻子在树身上钻一个深洞，把一只可怜的活駒齁塞进去，然后堵上洞口。当然，还得念几句如今早已遗忘的古怪咒语。这种献祭的仪式早已不被接纳，于是这流传多年的风俗走到了尽头。在该领地或附近村落里，也早不见这种树。

至于普勒斯特广场这棵，已故的牧师将其连根拔起，焚烧殆尽。当时，身为主管的他丝毫不顾旁人的哀求，执意如此。旁人希望他看在这棵树神奇的力量和疗效上，将它留下，最终被他拒绝。

———————————

①在英国盛行的迷信中，树木一直占据着一个显眼的位置。这个王国几乎没有一个郡，甚至没有一个教区没有女巫的荆棘，或者没有这样不祥名字的树。在苏格兰的农民中，山灰，即罗望树，被认为是抵御巫术的一种解毒剂，人们通常把它的一根树枝放在口袋里，但是要绝对有效，这树枝还必须伴有下面这副对联。这对句子必须写在纸上，裹在树枝上，用红丝线系紧。

用罗望树和红线，

让女巫放慢脚步。

琥珀珠子应该也能起到同样的作用。如果用红丝线把上面的话系在琥珀珠子上，那么这种兰玛珠就代替了罗望树枝头。在连接处，琥珀珠容易磨损脱落，总是用红线穿起来。

印度人也有类似的迷信说法，就像希伯主教讲述过这样一件事。"我路过一棵有叶子的羞草树，离路不远，样子很像山灰，有一阵子我被它们的样子蒙蔽，还问它是否会结出果实？别人回答说，不结。但那是一棵非常高贵的树，因为它的优良特性，这树被称为'帝王树'。它整夜睡觉，白天醒来而且非常活跃，如果有人触碰它的叶子，它就会缩回叶子。"

然而，戴在头巾上或悬挂在床上的小树枝，是抵御一切法术、邪恶的眼睛的完美保障，即使最可怕的巫师也无法接近它的阴影。他们说，有一棵树因它的魔力而非常出名，这树能杀死植物，看一眼便能吸干它们的树汁，爱沙马州的洛里尼特就专心地注意到这棵树。

"但是，"老人带着胜利的神气对我说，"看样子，它不会伤害这棵树，这一点我毋庸置疑。"我很好笑也很惊讶地发现，这种迷信在英格兰和苏格兰与梧桐树的迷信很相似。在这个例子中，哪个国家是效仿者？或者这些相同概念的共同点又是什么？

②这些迷信活动究竟是什么时候悄然兴起，已经很难追查。然而，这些迷信思想无疑早在基督教的光芒照耀人类之前就已经盛行。它们存在于所有的国家，人们知识越浅薄，它对人类心智的影响越大。我们发现，即使到现在，处于社会最高阶层的人仍被这些思想所缠绕。如果

早上我们刚走出家门，看到一只喜鹊从面前穿过，就会被认为是不祥之兆。如果在春天，垂钓者看到一只喜鹊，便预示着今天的收获很糟糕；但是如果看到两只，就是好兆头。通过观察才最可能确立事实的真相，在寒冷的天气里，谨慎的喜鹊一次只能有一只离开它们的巢，一只出去寻找食物，另一只得留下卧在卵上保持卵的温度。因此，只有在温和的天气下才能看到两只在一起，也只有在这样的天气，鱼才会出来寻食。喜鹊一直被认为是一种不祥的鸟，下面的古老歌谣告诉人们一次看到的喜鹊的数量预示着什么：

一只悲伤，两只欢乐，

三只婚礼，四只死亡。

人们也从来不用鸽子的羽毛填充被子或是枕头，因为据说使用它们会延长临终前的逗留事件。原因在于"鸟没有胆"。

当北极光大量出现且非常明亮时，据说是一些重大可怕事件的前兆。正如《纽卡斯尔纪事报》所记载的，1830年秋天，这种现象在韦尔代尔的居民中引起很大的恐慌。他们误以为他们看见一个骑着白马的人影，手拿一把红剑，在天空穿梭，它预示着现在这个多事的时代——"战争和关于战争的谣言"。大部分水手不会在海上吹口哨，因为他们说，口哨会扬起风。然而，如果在风平浪静的情况下，他们希望来些微风，他们就常常踏着不耐烦的步伐，吹着口哨。

昆虫也在所有国家的迷信思想中占有重要地位。下面这段有趣的话来自《英国丹尼之旅》："如果在庆祝结婚宴会的房子里养了蜜蜂，人们总是小心翼翼地把蜂箱装扮成红色，常常用几块鲜红的或颜色鲜艳的布盖在上面。"

第七十一封
致戴恩斯·巴林顿阁下

塞尔伯恩，1776 年 2 月 7 日

在大雾天，特别是在高处，树是完美的蒸馏器。没有留意过这种事的人难以想象，一棵树在一夜之间到底能通过冷凝蒸汽蒸馏出多少水。那些水滴顺着树的粗枝细枝滴落，在地面上积起水。1775年 10 月的一个大雾天，牛顿巷一棵枝繁叶茂的橡树水滴得极快，车道上很快便积起很多小水坑，车辙里也淌着水，尽管平日里地面满是灰尘[①]。

如果我没有弄错的话，我国西印度群岛的一些小岛上没有泉水和河流，人们只能依靠一些高大的树木滴水获得生活所需的水。这些树木耸立在大山的怀抱中，树冠终年被云雾笼罩，从中散发出宜人的、源源不断的湿润。因此，单靠冷凝作用就使这些地区变得非常宜居[②]。

有叶树的接触面大大超过无叶树的接触面，从理论上讲，凝结的水汽也更多。但有叶树本身也吸收水汽和湿气，因此，很难说究竟哪种树滴出的水更多。树干上缠满常春藤的落叶乔木树，似乎蒸馏出的水量最大。常春藤叶子光滑厚实，温度低，能极快地凝结水汽。常绿植物几乎不吸收水汽。这些事实可能会提示一些聪明人，当他们希望小池塘的水永不枯竭时，究竟应该在池塘周围种植哪种树木。或者让他们知道相比其他树，种植哪种树最有利。

树大量出汗，大幅度冷凝，蒸发如此之多，以至于树林里总是很潮湿。无疑，树木对池塘和溪流功不可没。

树木是湖泊与河流伟大的促进者的说法在北美已是众所周知的事实。一旦树林被挖掘和砍伐，那里所有水体的水量都会大幅度减少。很多一个世纪前还水量丰沛的溪流，现在却带不动一座普通的水磨。我们这里大多数林地、森林和围场到处都是池塘和沼泽，无疑也是上述原因。

对于爱思考的人，没有什么现象比白垩山顶上的小池塘更奇怪了。即便在夏天最干旱的时候，这些小池塘中也有很多从来不会干涸。这个白垩山多岩石和砾石土，常有泉水从高地和山侧喷涌而出。但是熟悉白垩山的人都知道，他们只在山谷和山下见过泉水，从没有在土壤中见到过。掘井人曾反复确定说：因为水在白垩地层这样的岩层中，都会在同一水平面上。

如今，我们这一地区有许多那样的小圆池塘，最特别的一个位于高出我家 300 英尺的牧羊高地。虽然中间深度不超过 3 英尺，直径不过 30 英尺，水量或许也只有两三百大桶，只能供给三四百头羊和至少 20 头大型牲畜的饮水，却从未枯竭。事实上，这口池塘上方长有两株适中的山毛榉，无疑不时补充供水。我们也见过一些小池塘，周围没有树木，尽管风吹日晒，畜群不断前来饮水，但它们仍保持适当水量，即便在最湿润的季节，也不会因注入泉水而溢流。我在1775年5月的一篇日记里写道："现在，山谷里的小池塘，甚至很大的池塘都已快干涸了，而山顶上的小池塘几乎没受什么影响。"这种差异能仅靠蒸发解释吗？如果是这样的话，谷底的水不是应该更多吗？或者更确切说，难道是高处池塘有一些还未被发现的补给，一到晚上，它们就会自动补充白天消耗掉的水量？否则，仅是牲畜，便已将它们消耗殆尽。在这里，有必要更深入细致地探寻一下原因。黑尔斯博士在《静态植物学》(Vegetable Statics) 一书中通过试验，得出这样的结论："地表越潮湿，夜间落下的露水便越多；落在水面的露水量是落在潮湿地面的两倍。"由此，我们可以看到，水因为本身凉爽，夜间能通过冷凝吸收大量水分。而满载着雾霭，甚至大量露水的空气，便能成为相当客观且永不枯竭的水源。牧羊人或者渔夫，这些常在早晚出门的人知道夜里的高地上的雾气有多浓。即便在夏天最热的时候，也是如此。他们知道，不知有多少东西的表面，都被游弋的水汽浸湿，尽管人们感觉不到水汽的下落。

---

①我们在法夫的房子建在高地南麓的一块绿岩上，可以俯瞰美丽的莱文河。房子比莱文河高约200英尺，两者距离500英尺。我们注意到，鞋子和各种皮革，即使在阁楼的壁橱里，都

会很快发霉。这只可能是由树木产生的湿气引起的，因为房子周围是密密麻麻的树林。

②金丝雀岛的西面，除了海滩之外，几乎没有任何小溪或泉水。然而，为了给这个岛提供一个喷泉，大自然赐予这个岛一种树木，而这种树木是世界其他地区所没有的。它大小适中，常青的叶子直长。山顶的周围，永远围绕着一朵小云，它把树叶浸湿，使它们源源不断地在地上蒸馏出一股清澈的泉水。这些树木，如常年泉，真的是居民们的度假胜地。这里为他们和牛羊提供充足的水源。

这棵树的树干周长约9英尺，顶部的枝条离地面不超过30英尺，所有枝条周长共120英尺，枝条又粗又长，叶子约3英尺9英寸，垂到地面。它的果实形状像橡树，但味道像松苹果的果仁，叶子像月桂，弯弯的，又长又宽。

树木需要大量供水器官。这是用汗水散发出来的。在黑尔对植物吸水量进行的实验中，发现一棵重达71磅的梨树在6小时内吸收15磅的水，直径1英寸、高5至6英尺的树枝在12小时内吸收了15至30盎司。当这些叶子被剥去时，它们在12小时只吸了一盎司的水。

白桦树（betula alba）因为能从其身上提取葡萄酒而闻名，据说这酒具有抗坏血病、去梗阻和利尿的药物特性。树取浆的方式如下：大约在3月初，在伸展性良好的树枝上切了一个几乎和树髓一样深的斜切口，将一块小石头或碎片插入其中，然后在这个小切口挂上一个瓶子收集流出的树液，树液清澈、水润、甜美，但却保留了树的味道和气味。一棵树一天能供应两三加仑的液体。同时，它从流浆中没有受到明显的伤害，从流浆中可以看出，在其他时候，树的大部分水分都通过叶子散发出去。而且，它多半靠另外一种方式对流失水分进行补充。

第七十二封
致戴恩斯·巴林顿阁下

塞尔伯恩，1776 年 4 月 3 日

　　法国解剖学家埃里桑先生似乎想使人们相信，他找到了布谷不自己孵卵的原因。他认为是体内各部分的构造使它们不能孵卵。这位先生说，布谷的嗉囊不像鸡亚科和鸽属的鸟那样在脖子下方的胸骨前面，而是在胸骨的后面、肠子的上方，这样腹部便有了一个很大的突起。

　　受这结论的驱使，我们捉来一只布谷，剖开胸骨，露出肠子，发现嗉囊的位置果真是在上面。胃又圆又大，饱胀得像个针线盒，塞满食物。仔细查看，我们在里面发现各种昆虫，其中有小圣甲虫、蜘蛛和蜻蜓。我们见过布谷在飞行中抓的蜻蜓应该刚刚脱离虫蛹。大杂烩里还能看见蛆虫和许多果子，不是醋栗、茶藨子、蔓越橘的，就是一些别的水果果子。显然，这些鸟儿以昆虫和水果为食。有一些毫无根据的传言说布谷也是食肉鸟，但胃里却找不到骨头或是羽毛[①]。

这种鸟的胸骨似乎特别短，在胸骨和肛门之间是嗉囊，在嗉囊后面，肚肠挨着脊骨。

正如这位解剖学家所说，嗉囊耷拉到肚肠下面，孵卵过程中肯定很不舒服，尤其在饱胀时。那些会孵卵的鸟，体内构造是否真的不同呢？这有待进一步检测。我打算有机会去捉一只欧夜鹰或夜鹰来好好研究一番。如果体内构造相同，那就不足以对布谷不孵卵的原因匆忙下定论。

不久，我们便获得一只欧夜鹰。根据它的习性和饮食，我们怀疑它的体内构造应该跟布谷相似。我们的怀疑也并非没有根据。解剖后发现，嗉囊果然在胸骨之后，紧贴着内脏，即在内脏与外皮之间。嗉囊大而笨重，里面塞满很大的蛾类昆虫（phalaenae）、几种衣蛾和它们的卵。这些卵一定是在吞咽过程中，从昆虫肚子里挤出来的。

现在看来，这种众所周知要孵化的鸟，体内构造与布谷相似。埃里桑先生说布谷不孵卵是因为肠子几乎要垂到地上的说法，似乎难以成立。为何只有布谷有此怪癖，原因依旧不为我们所知。

我们发现环尾鹰的体内构造也跟布谷相似。我记得雨燕也是如此。或许，很多不食谷类的鸟都是如此。

---

①威廉·贾丁爵士说，布谷在北方沼泽地经常吃大毛毛虫，它们的胃会被短毛覆盖，这也许会让人们误认为它们是捕食性鸟类。但是，威廉爵士难道没有把胃的纤维结构误认为是这些毛发吗？它在美国的同类鸟——黄嘴布谷和黑嘴布谷，抢夺鸟蛋，后者以淡水贝壳鱼为食。

第七十三封
致戴恩斯·巴林顿阁下

塞尔伯恩，1776 年 4 月 29 日

1775 年 8 月 4 日，我们惊讶地发现一条蝰蛇躺在草地上晒太阳，它看起来又笨重又臃肿。把它剖开后，我们发现它肚里挤满 15 条小蛇。最短的一条足有七英寸，大约跟蚯蚓差不多大。这些小蛇生来就带有毒蛇本性，刚脱离母蛇肚子，它们便表现出极大的警惕。它们扭来扭去，被棍子一碰，立刻竖起身子，张开大嘴，露出明显的威吓和挑衅的神情。不过，它们还没有毒牙，即便用镜子查找，我们也没找到。

对于喜欢思考的人来说，没有什么比小动物的本能更神奇的了。即便天生的武器还未长成或是还未形成，小动物们也知道它们在哪儿，也知道如何正确使用它们自卫①。在鸡距还没有长出来前，小公鸡遇到敌人时知道用脚踢；小牛或小羊还没长出角时，知道用头去顶；同样，这些小蝰蛇还没长出毒牙，就想张口咬人。不过，那条母蛇的毒牙的确非常惊人，但我们把它们抬起来（毒牙不用的

时候是倒着的），已经用剪刀尖剪短了。

　　至于这些小蛇之前在外面，母蛇感觉到危险才将其吞进嘴里躲避的说法不太可能是真的，因为果真如此的话，我们应该在母蛇脖子里找到它们，而不是肚子里。

———————————

①在邓弗里斯郡德拉姆兰里格的一条沟里，从一具老蝰蛇的尸体中取出六只蝰蛇，其中一只长着两个头，取出来后它们还存活了三天。现放置在桑希尔附近的托马斯·格里森先生的博物馆里展出。

第七十四封
致戴恩斯·巴林顿阁下

阉割会产生奇怪的影响：被阉割的人、兽、鸟变得柔弱，酷似雌性。因此，太监的手臂、大腿和小腿光滑细嫩；臀部宽大、下巴无须，嗓音尖细。阉割过的雄鹿与雌鹿一样，头部无角。阉羊的角非常小，跟母羊一样。阉牛大角弯曲，声音低沉嘶哑，很像母牛。而公牛角短而直，小声咕噜时候声音低沉，高声哞叫时尖锐嘹亮。阉鸡的鸡冠和腮很小，看起来像小母鸡一样苍白无力；走起路来也没了大摇大摆的气势，而是徘徊踟蹰，宛如母鸡。阉猪的长牙像母猪一样小①。

显然，一旦摘除雄性器官，被视为雄性标志的部位便停止生长。不过，利斯勒先生在有关畜牧业的书中，思想更为独具特色和深远。他说，有时，这些标志的丧失能对动物的能力产生奇怪的影响。他曾有头凶猛又好色的公猪。为防伤人，他命人拔掉猪的长牙。这头兽一受到这种伤害，很快失去了力量。他现在对那些母猪熟视无睹，而在以前它见了它们总是异常兴奋，任何围栏都拦不住它。

①阉割的动物通常无精打采，尽管马的很多实例显示并不总是这样。以下事实是一个强有力的证据。在爱尔兰，一位贵族的马冲向一个人，它紧紧咬住那人的胳膊。任何迫使它离开的努力都无济于事，人们无奈只好开枪射杀它。这种凶残行为唯一的解释应该是它之前被这个人阉割，这动物一直没忘这件事。

第七十五封
致戴恩斯·巴林顿阁下

猪究竟能活多久鲜有人知，原因显而易见，让这种喧闹的动物自然死亡既无利可图，也很麻烦。我的一个邻居是个有钱人，虽然无意格物，却养了头杂交矮脚猪，这猪肥长浑圆，肚子拖到地上，就这样一直活到 17 岁。在这期间，它显出老态：牙齿腐烂，生育能力下降。

在这十几年里，这头母猪每年产两窝崽，一窝约 10 头，有次甚至超过 20 头。因为小猪的数量几乎是奶头的两倍多，很多小猪都饿死了。因为活得比较久，这头母猪非常聪明狡猾。当它一找到和公猪打交道的机会，它常常会自己拱开隔着的门，独自跑到很远的一个养着一头公猪的农场。目的达成后，它就原路返回。大约从 15 岁那年起，产崽量降到一窝只有四五头。当她膘肥时，猪栏里的这些小猪肉都质好细嫩，皮也出奇地薄。保守计算，它已生了 300 多头小猪，作为母亲算是多产。这么大的四足动物能有这般生育力，这情况简直惊人！1775 年春天它被屠宰①。

①猪是一种非常多产的动物，如果人们喂养恰当，就会很赚钱。以下是德罗赫达近 9 个月的母猪饲养情况。

1813 年 7 月，一窝 11 只，卖了 7 只，每只卖 30 先令。10 英镑 10 先令。

1814 年 7 月，一窝 11 只，卖了 9 只，每只卖 40 先令。18 英镑。

5 月，第一窝 3 只，市场上卖了 31 英镑。

4 月，母猪卖出 20 英镑 5 先令 5 便士。

共计 79 英镑 15 先令 5 便士。

饲养母猪的价值约为 20 英镑。1797 年莱斯特郡托斯·里奇代尔先生养的一头母猪，20 窝共产了 350 头猪；四年前，12 窝产了 250 头。1829 年 8 月 22 日，珀斯医院街的屠夫乔治·贝利养了一头母猪，一窝产了 29 头猪，数量惊人。苏班人认为，一对猪繁殖 12 代，产生的数量将和欧洲的人数相同。

第七十六封
致戴恩斯·巴林顿阁下

塞尔伯恩，1776 年 5 月 9 日

母老虎定哺育过你。
——维吉尔《埃涅阿斯纪》第四卷

我们在前一封信已经说过，因为孤寂，许多极其不同的动物也有可能出于社交的属性而彼此依恋，下面再讲述由另外一种不同的动机引发的奇怪的喜爱。

别人给朋友送了一只可怜的小野兔。仆人们用勺子给它喂奶。这时，他家的猫刚好产子，幼崽被带走埋了。兔子很快失踪了。人们以为它多半像多数弃儿一样，被狗或猫吃掉了。然而，大约两周后，傍晚时分，主人正坐在自家花园，他看见他的猫翘着尾巴朝他跑来。它一路跑，一路满足地低叫，那声音跟对猫崽发出的叫声一模一样。身后还有什么一蹦一跳地跟着，居然是先前那只兔子。猫用自己的奶和伟大的母爱，喂养了那只兔子。

食草动物竟由食肉动物哺育，真是神奇！[①]

像猫一样残忍凶猛的猫科动物（林奈称之为 murium leo）竟然面对天然猎物表现出这般柔情，究竟是什么原因真的很难说[②]。

这种奇怪的情感或许源于患失感，一种因痛失猫仔被唤醒的温柔母爱，也源于一种饱胀着奶水的奶头被吸吮的满足感。因此，出于天性，它会非常乐意哺育这个弃儿，将它视如己出。

严肃的历史学家和诗人们认为，这种奇怪的现象中，无助的幼崽被失去孩子的母兽收养，这种方法不是坏事。不过，一只可怜的小野兔由残忍嗜杀的母猫哺育，这事的离奇程度，估计能赶上从小便由母狼抚育的罗慕路斯和瑞摩斯了。

> …viridi foetam Mavortis in antro
>
> Procubuisse lupam：geminos huic ubera circum
>
> Ludere pendentes pueros，et lambere matrem
>
> Impavidos：illam tereti cervice reflexam
>
> Mulcere alternos，et corpora fingere lingua.
>
> （……盾上雕着的那只母狼，产仔后卧在战神玛尔斯的洞窟里，一对孪生男婴围绕着它的乳头嬉戏，吸吮着狼乳母的奶汁，毫无惧意，母狼转动她光滑的颈，轮流抚弄他们，用舌头舔他们的身体。
>
> ——维吉尔《埃涅阿斯纪》（第八卷）

①动物们所形成的不协调的依附关系中，也许没有比以下更显著的事例了。埃克塞特的克罗斯先生很多年以来在一只笼子里养了一条眼镜蛇（cobra de capello）和一只金丝雀，看上去它们感情深厚，彼此相依为命。这事例证明了自然界最强大的法则会因环境不同而改变。

②1822 年 5 月，在汤顿有人养了一只猫，这猫失去了幼崽，她便把母爱转向关在毗邻院子里的两只小鸭子。她每天领着它们出去吃食，而且似乎很高兴地看着它们吃食，再和它们一起回到平日的窝。她向它们展示出她本该给予自己那丢失的孩子的深深依恋。

下面这一非同寻常的事件更显示出猫善良的情感。一天清晨，本地一位农民——约翰·安德森的孙女，一个年轻的女子，在去安南的路上在邻居小树林的巢穴里捡到两只漂亮的云雀，便带回了家。不久之后，女孩发现一只云雀从笼子里飞出去了。在寻找时，她发现一只在一两天前死了幼崽的猫把那只云雀带到她通常喂养孩子的地方，并且想尽一切办法让它存活下来。当云雀试图逃走时，猫仍然把它扣留，并对它的安全感极度焦虑。女孩抓住了那只鸟，把它放在笼子里，挂在猫够不着的地方。几天后，又有几只鸟被带到屋子里来，其中一只又被顽强的猫偷走了，它竭尽所能地用各种可爱的行为让这只小鸟试着接受来自她的营养。这两只鸟都没有受到动物的伤害。

第七十七封
致戴恩斯·巴林顿阁下

塞尔伯恩，1777 年 5 月 20 日

常遭洪水侵蚀的土壤很贫瘠，或许原因就在于虫子都被淹死了。最卑微的昆虫和爬虫的作用都不小，能对自然造成极大影响。因为小，它们往往会被忽视。但它们的数量和繁殖力造成的影响是惊人的①。比如在自然的链条上，蚯蚓只是微不足道的一环，但如果没有这一环，便会造成可悲的缺口。先不论几乎半数的鸟和一些四足动物都以它为食，就其本身而言，它们似乎也是植物生长的一大助力。少了蚯蚓钻孔、打洞和松土，雨水便不能充分渗透，在植物生长过程中，根须便也不能充分吸收养料了。没有它们拖来稻草秆、树叶和树枝，并洒下无数被人们称为"蚯蚓屎"，即状若小土包的上好肥料，那谷物和青草便都不能长势喜人了。雨水将泥土冲走后，很可能就是蚯蚓提供了新的土壤。它们喜欢斜坡，或许也是因为那里不怕水淹吧。园丁和农夫厌恶蚯蚓，前者或许是觉得它们让院中小径不雅观，增加了他们的工作量；而后者估计是以为蚯蚓会

吃掉他们的嫩玉米。但如果没有蚯蚓，这些人很快便会发现：土地变冷、变硬了。没有松土的催化剂，沃土就会成为荒原。此外，我们也应该为蚯蚓平反：其实，它们根本不会伤害嫩玉米、植物或花朵，真正的害虫是那些为数众多的、处于幼虫期的鞘翅目科（比如圣甲虫）和大蚊属（比如长腿儿）昆虫，以及无数被忽视的无壳小蜗牛。这些小蜗牛也叫鼻涕虫，常常在不知不觉间，便对田地和花园造成极大的伤害[②]。

对于那些对蚯蚓感兴趣，并有志从事相关研究的人来说，上面这些话或许能起到抛砖引玉的作用吧。

一篇关于蚯蚓的好论文，既趣味盎然，又能增长见识，还能在博物志上开辟一个广阔的新天地。春天，蚯蚓活动最频繁，但它们不会冬眠。遇到温暖的冬日，它们都会出来活动。只要端着蜡烛到草地上寻找一番，就能证实这点。蚯蚓是雌雄同体的，性欲强，很多产。

---

①诺顿农场的农夫扬说，今年春天，在一块田地里，他有四英亩小麦完全被蜗牛所毁，蜗牛成群结队地爬到玉米叶片上，快速跳来跳去地吞噬。

②蚯蚓长期以来被认为是胎生动物，但莱昂·杜富尔似乎已经确定它为卵生动物。其卵形状特别，细长形，尖尖的两端各有一束带条纹的膜状物质。这种卵看上去外形更像蛹或茧。但里面的浆证明它们是真正的卵。这些蠕虫孵化时非常敏捷，受到干扰时，有时会为了安全而退缩在刚离开的壳内，或者本能地钻进泥土中。

Reaumur 估算，尽管这种数据很难想象出，寄居在地球怀抱里的蠕虫数量超过了人类收获的各种谷物总量。

《泰晤士报》1828 年 7 月刊登了一篇关于爱国者汉普登尸体在汉普登教堂被挖出的故事，其中包含了一些关于腐败蠕虫的奇怪现象。汉普登于 1643 年 6 月被埋葬。《泰晤士报》上写道："在某些地方，头骨完全裸露，我们在上面发现了许多蛆和小红虫，它们极为敏捷地进食。而在另一些地方，皮肤几乎保存完整。"这是唯一一个显示生命迹象的地方，仿佛大脑里包含着一个导致自身毁灭的重要原理；否则，在将近两个世纪过去之后，我们怎么解释为什么有生物在智力的宝座上捕食呢？嘿，这在别的地方不能找到——比如身体的其他部位？

第七十八封
致戴恩斯·巴林顿阁下

塞尔伯恩，1777 年 11 月 22 日

您一定记得去年 3 月 26 日和 27 日天气异常炎热，人人抱怨不休。人们习惯缓慢转暖，这样的天气让他们烦躁不安。

突如其来的如夏天般的炎热也带来许多夏日的景致。那两天，阴凉处的温度都升到 66 华氏度，许多昆虫苏醒后爬了出来。附近聚集起蜜蜂，就连苏塞克斯冈刘易斯河边的那只老陆龟也醒过来，从寝室里爬出来。与我现在最重要的话题是，很多地方，尤其是萨里的科巴姆，出现了很多看着很是机警的家燕①。

短暂的温暖之后是严酷恶劣的天气，冰霜不断，冷风刺骨。昆虫躲了起来，陆龟又钻进地里。再见到燕子已是 4 月 10 日，春寒减弱，天气回暖。

就我过去多年的日记看，家马丁燕大约 10 月初隐退。一个疏于观察的人多半断定：它们已经做了最后的告别。但我日记中有记载，11 月第一周还能看见大量家马丁燕。它们常在 11 月 4 日现身，

但也只在那一天现身。那天，它们闲时四处嬉戏翻飞，平静地捕食，仿佛根本没有什么让精神不安的事，一点儿也不像要迁徙的样子。月初也是这样。似乎在 10 月 7 日家已全部退去的马丁燕，在 11 月 4 日还出现 20 多只，不过也只出现在那天上午。它们在田里和悬挂林飞来飞去，捕食聚在阴凉处的昆虫。前一天下雨还伴着狂风，11 月 4 日便转为柔和温暖，天阴沉沉的，刮西南风，气温 58.5 华氏度，这个温度在这个季节极少见。这地方还有件事也该提一下，温度一旦超过 50 华氏度，不论秋冬，蝙蝠都会飞出来。

汇集所有的这些情况来看，遇到反常的温暖气候，冬眠的昆虫、爬虫和四足动物显然会从沉睡中醒来。因此，没有比低温更能促进这死一般的冬眠。具体说，这两种燕科鸟的全部或至少大部分不会离开英国，而是进入蛰伏状态。这种推测是合理的。那种说家马丁燕离开一个月后又从南方归来，只为在 11 月的某个早晨露个面；或是家马丁燕 3 月离开非洲的主要原因，是为享受那些短暂的夏日，这些说法才是极其荒谬的。

---

①我们仍然无法解释燕子似乎已经离去为何又再出现，但同时，我们并不倾向相信它们在冬天普遍迟钝这一理由。我们必须在这个问题上找到有力证据。

我已故的好朋友、博学的自然学家道格·卡迈克尔船长提到了一个关于燕子的奇怪事实。在非洲最南端以及世界其他地方的燕子应该是徙鸟。它们 9 月返回好望角，三四月再次退离。一对鹦鹉（hirundo capensis）用支撑屋檐的木板把烧瓶形的巢固定在墙角。鸟从巢上唯一的孔进出。幼鸟离开后巢也便坠落。次年 2 月，这些鸟儿在同一个地方筑巢，但此时卡迈克尔上尉说，筑巢过程中，这种改进很难用单纯的本能来形容：它在两侧各开一个开口，燕子总是进入一个，然后从另一个出来。这种设计的一个优点是，居住者避免了在巢中翻转的麻烦，从而避免了内部出现任何紊乱的风险。但最主要的目的似乎是，帮助它们逃脱蛇的袭击，蛇或窝藏在茅草屋顶，或爬上墙，不时吞噬母亲和她的孩子们。

第七十九封
致戴恩斯·巴林顿阁下

塞尔伯恩，1778 年 1 月 8 日

几年前，在这个村有个可怜的穷人，一出生就患了麻风病。据我们了解，这是一种奇特的病，只有手掌和脚底发病。这种鳞状疹每年在春秋季爆发两次。揭去痂后的皮肉过于细嫩，手脚都无法正常发挥作用，以至于这个可怜人有一半时间都拄着拐杖无法工作，整日懒洋洋的无所事事。他总是瘦削憔悴而苍白。在这种可悲的生活中，他拖拽成了一个痛苦的存在，对于他自己和必须供养他的教区来说，都是一个负担。他活到三十多岁，才被死解脱。

善良的妇女们习惯将孩子出生时的缺陷归于上代人的嗜好。她们说他母亲特别爱吃牡蛎，怎么吃都吃不够。他手脚上那些黑硬的皮屑就是牡蛎的壳。我们认识他的父母，两人都没有麻风病，尤其是他父亲还活到很大岁数。

在各个年代，麻风病都曾对人类造成可怕的破坏。远古时代，以色列人就深受其害，这点从利未人法典中多次颁布的禁令可以看出。联邦后期，人们对这可恶混乱疾病的仇恨并未消减，正如在《新约》的很多章节所看到的一样。

几个世纪前，这种可怕的骚乱遍布欧洲。从为应对这场灾难所制作的大量设施看，我们的先辈也未能幸免。林肯主教区有一所专门收治女麻风病人的医院。德拉姆附近也有一所贵族医院。伦敦和索思沃克有三所，我们的大镇和城市内外周边应该还有更多这样的医院。此外，一些君主及富裕慈悲的人也将大笔财产遗赠给这些被无边的绝望和痛苦折磨的可怜人。

因此，仁慈而爱思索的人一想到该疫病已经基本根除，如今很难见到麻风病时，他一定感到惊奇和欣慰。此外，如果他继续往下想，自然会探寻其中原因。这可喜的变化产生并持续应该缘于现在在这些王国，食用的咸肉非常少，他们开始吃鱼。贴身的衣物也变成亚麻布。人们还得益于充足的好面包、大量水果、根茎菜、豆类和绿色蔬菜①。三四个世纪前，那时还没有围场、草场、芜菁地、胡萝卜地或干草场，所有夏季长膘又没被宰杀供冬季食用的牲畜，都会在米迦勒节后不久被放出去自己过冬。这样一来，冬春两季没有鲜肉可吃。因此，爱德华二世在位时，最年迈的斯潘塞一家的食物储藏室腌肉成堆②，甚至可以吃到春天晚些时候的 5 月 3 日。狂暴的贵族们正是靠着这些储藏堆，供养了一大群无所事事的侍从，整日为非歹。不过，现在农业已臻完善，以至于我们在冬天也会宰杀最好和最肥的肉。现在人们都有钱买鲜肉，再没人不得不吃腌肉，除非是他想吃。

毋庸置疑，这种病因其中一个原因应该是人们一年四季食用太多的咸鱼糟肉，四旬斋也不例外。现在，连穷人们几乎都不碰腌制品。

之前，人们一直贴身穿着又臭又脏的羊毛衬衣或内衣。差不多近代才换成亚麻制品，这已证实是防治皮肤病的好方法。在这期间，较穷的威尔士地区依旧流行羊毛制品，人们依旧忍受着散发出的臭气。

如今，南部各阶层的人们都能吃到大量优质小麦面包，这对净化人体的血液和调和胃液很有益处。这种面包已经取代了过去用大麦或豆子做的那种很难吃的面包。直到今天，山区居民仍然容易生疥疮或害其他皮肤病，原因也是物资匮乏和食物。

谈到园里的果蔬，任何善于观察的中年人，回想一下，都能意识到如今蔬菜消耗量大大增加。城里的菜摊让很多人过上了舒适的生活，园丁们也因此发了财。每个体面的劳动者都有自己的菜园，一半用于供给，一半用于消遣。普通的农夫给母鹿喂食黄豆、豌豆和绿色蔬菜，和腌肉同食。少数没这么做的人会受到鄙视，落下贪婪吝啬的名声，说他们完全不顾依靠他们的人。20 年来，有了额外补贴，土豆在这个地区很是流行。穷人们如今都很重视土豆，但在之前一个时期，他们则连尝都不敢尝。

撒克逊先祖们肯定种过卷心菜，因为他们把 2 月称为萌芽月③。那以后很长一段时间，很少有人从事园艺栽培。一直与意大利有书信往来且生活悠闲的教士们，最早在大小修道院内④开辟菜园，种植果树，而且技艺已臻完美。而贵族们只关心战争或狩猎，对其他爱好漠不关心。

直到绅士们开始从事园艺研究，园艺栽培知识才得以飞速发展。科巴姆勋爵、伊拉勋爵和比肯斯菲尔德的沃勒先生，这些贵族是首批提倡高雅装饰科学的人，他们还注意到厨房角落和果墙管理⑤。

杰出的雷先生在《欧洲之旅》里有一段让我们感到惊讶的评论，证实了上述说法。他在生命后期发现，"意大利人用几种草药做色拉，而英国人现在还没有这么做沙拉，即使有，也是近期的事。芹菜（selleri）不过就是一种甜野芹菜，刚抽嫩芽的时候，他们切掉一点根头，就着油和辣椒生吃"。他还补充说："远离海的人多用沸水煮过的欧洲莒菜，做成生菜沙拉味道似乎比莴苣本身更好。"现在看，他的这趟旅程应该是在 1663 年，时间距离现在不久。

---

①过去，许多皮肤病，尤其是脓疱疹被误认为是麻风病，与另一种不同疾病——坏血病混淆。日常饮食中不食用腌制食品，多食用蔬菜、糖和稀释饮料，导致这些疾病如今很少发生。

②即 600 块腌肉，80 块牛肉，600 块羊肉。——作者注

③撒克逊人根据相似的原因命名他们的月份，3 月被称为暴风月；5 月，三奶月，因为那个月每天给奶牛挤三次奶；6 月被称为斋戒月或除草月；9 月称为大麦月。

④在修道院里，知识的灯尽管模糊不清，但仍在继续燃烧。他们认为，商人是为了国家利益而出现，写作的艺术是由僧侣培养；而他们是机械、园艺和建筑方面的唯一精通者。

⑤从作者的时代起，英国的园艺事业便已经取得了很大进步。在博学的 J. C. Loudon 先生指导下，成立了协会，建立了实验花园，颁发了最佳蔬菜生产奖，并且出版了一种专门从事园艺科学的优秀杂志。

第八十封
致戴恩斯·巴林顿阁下

塞尔伯恩，1778 年 2 月 12 日

Forte puer，comitum seductus ab agmine fido，

Dixerat，ecquis adest et，adest，responderat echo.

Hic stupet；utque aciem partes divisit in omnes；

Voce，veni，clamat magna. Vocat illa vocantem.

（这青年凑巧和猎友走散了，他便大喊："有没有人？"有回声
答道："有没有人？"他吃了一惊，向四面看，又大声喊："来呀!"
又有人答："来呀!"）

在一个地形如此多变的地区，到处是山谷和悬挂林，满是回声
便不足为奇。我们发现，一群狗的叫声、猎角的号声、协调的铃声
或是鸟儿的旋律，都能产生悦耳的回声。但我们仍然无法听到一种
多音节的清晰回声。直到有一天，在一个夏日傍晚，一位年轻的绅
士散步时与朋友走散了。呼唤同伴时，他在一个最意想不到的地方

发现了一种非常奇妙的回声。起初，他非常惊讶，也不敢相信，以为有个男孩在捉弄他。但当他用几种不同语言反复试验，发现应答者居然也通晓数种语言，他这才发现上了当。

傍晚时分，乡间嘈杂声还没停歇，这里的回声可以极为清晰可辨地重复 10 个音节。如果选择快节奏的扬抑抑格，效果更明显：

Tityre，tu patulae recubans …

（噢，提泰鲁斯，你……）

这句诗最后返回的几个记音节和最前面的音节一样清晰可辨。如果在半夜，那时空气富于弹性，又在一片寂静之中，应该还能听到一两个音节。但是那地方太远，不方便这么晚去。

我们发现，轻快的扬抑抑格回声效果最好。我们曾用缓慢、低沉、局促的扬扬格试过同样数量的音节，回声只有四至五个音节[①]：

（Monstrum horrendum，informe，ingens …）

可怕、丑陋、巨大的怪物……

所有的回声在某个地方声音最大、最清晰。这个位置总是和回声体垂直，不能太远，也不能离得太近。建筑物或光裸岩石的回声，比悬挂林或山谷更加清晰，因为在这里声音被覆盖物缠住，而且在回传中减弱。

经过各种试验，我们发现产生这种回声的物质是座石砌的啤酒花干燥瓦窑，长40英尺，檐高12英尺，位于加利街。真正的中央音响，确切地说是在通往诺尔山国王地的一条凹陷大路上方的一处峭壁边缘。这种情况，本来没有距离可选。这路却碰巧因为连绵起伏的地势获得回声。路面快速起伏，不论说话者前进还是后退，他的嘴不是高于就是低于回声物。

我们非常精确地测量了这个多音节的回声，发现得出的距离与普洛特博士制定的关于清晰发音需要的距离相差很大。在《牛津郡郡史》一书中，普洛特博士认为：至少需要120英尺才能清晰收到回声。按照这个规则，产生10个清晰音节回声的地方需要的距离应该是1200英尺，即400码。事实上，这里的距离只有258码，即每个音节75英尺[②]。因此，我们测的距离比博士给出的距离短，两者比例为5∶8。但必须说明的是，这位坦率的哲学家后来承认，回声的距离会因为时间和地点的不同而有一定的变化。

做这类试验时，应该时刻记住的一点是当天的天气和时间对回声影响极大。阴沉沉重、潮湿的空气会减弱和阻碍声音的传播。炙热的阳光让空气变得稀薄无力，失去所有的弹性。剧烈波动的风会击溃所有声音。只有寂静、清澈、多露水的夜晚，空气才最富有弹性，或许越晚，越是这样。

想象起来，回声总是这般有趣，以至于常被诗人们拟人化。在他们笔下，许多美丽的故事都源于回声。最严肃认真的人，也不必因着迷于此而羞愧，因为这很可能成为一个哲学或数学上探究的主题。

当人们想到回声时，即使不觉得有趣，也至少觉得无害或是不让人讨厌。但维吉尔却提出了一个奇怪的理论，说它们对蜜蜂有害。他列举了一些可能存在又合理的烦恼，比如一些谨慎的养蜂人都希望自己的养蜂场能远远避开回声。接着，他补充说：

（aut ubi concava pulsu Saxa sonant, vocisque offensa resultat image）

……声音击打穹石，发出聒噪的回声……

今天的哲学家们很难接受这种古怪而荒诞的主张，特别是当他们一致认为：昆虫根本没有任何听觉器官。如果有人反驳说，虽然昆虫听不见，却能感受到声音的回弹力，我认为这倒有可能。但是要说让它们讨厌，对它们有害，我就不赞成。在晴朗的夏日，我屋外有很多蜜蜂，那里的回声非常强。这个村子是另一个亚拿突，即回声之地。另外，从实验看不出蜜蜂受声音干扰有多大，我常常拿着大喇叭冲蜂房喊，声音大得一英里外的船都能听到。可是昆虫丝毫没有受到任何干扰，它们仍旧各司其职，没有任何情绪上的影响，特别是愤怒。

发现这一回声不久，尽管物体或者干燥瓦窑都还在，回声却完全消失了。这种现象也没有任何神秘之处。因为中间的地里种植成了啤酒花圃，花枝和纠缠在一起的叶子吸收了说话者的声音。等到秋天收割了忽布，我们依旧大失所望。为保护啤酒花田筑起的高大篱笆，完全阻断了声音的冲击和回弹。所以，只有这一障碍物被消除，回声才会重现。

若哪位富裕的先生觉得花园或屋外有回声是件令人愉快的事，那他仅需花点钱，或根本不需要花一分钱，就能毫不费力地造出这一效果。他只须将谷仓、马厩、狗屋或类似建筑建在一座小山的缓坡上，对面几百码处也有一面斜坡相对。斜坡之间隔着运河、湖泊或溪流，或许更易成功。一个傍晚，他和朋友们选合适的距离（centrum phonicum）坐下，便可以和这唠唠叨叨的仙女闲聊。这位仙女的骄傲和矜持，或许让其他任何女性都要甘拜下风。因为她：

> ···quae nec reticere loquenti, Nec prior ipsa loqui didicit resonabilis echo.
>
> *（有问才答的厄科，别人有话，她不会沉默，别人不开口，她也不先说。）*

---

①法国洛林附近一座被摧毁的堡垒有一种非常不寻常的回声。如果一个人唱歌，他只听到自己的声音，没有任何回音；相反，站在一定距离的人，听到的是回声，而不是声音；但接着他们听到令人惊讶的变化，有时更大，有时更柔和，一会儿更近，一会儿更远。

②了解声音的发展过程并不仅仅出于无聊的好奇心，而是在某些情况下有利于我们据此确定船或其他移动物体的距离。例如，假设一艘船发射了一支枪，当枪声在一秒钟内移动1～142英尺时，在闪光后5秒钟就听到枪声，这个数字乘以5，就等于5710英尺。同样的原理适用于有闪电和雷鸣的暴风雨中。

第八十一封
致戴恩斯·巴林顿阁下

塞尔伯恩，1778 年 5 月 13 日

雨燕这种有趣的鸟类有很多特点，我们现在可以确定的是，它们每年回来的数量一成不变，至少这是我多年观察的结果。家燕和家马丁燕散落数量如此之多，散落在村子各处，难以数清。雨燕的巢不都筑在教堂，但它们经常在那里出没，绕着教堂嬉戏翻飞，很容易辨清。我经常能见到的有八对，大约有一半住在教堂，其余栖居在最低、最简陋的茅草屋①。即便考虑意外情况，这八对每年产的幼鸟也不止八对，每年如此增加会有多少呢？每年春天，到底是什么因素确定了哪几对来拜访我们，并重新占据它们的老窝？

自从我了解鸟类学开始，我便一直认为，鸟类在地球表面分布均匀，完全是因为情感的突然逆转，这一"奇怪的情变"立刻成为羽族动物最热烈的情感。如果没有这种逆转，那鸟类最钟情的地方，就要鸟满为患，而别的荒凉地区则被遗弃。但是这些羽族的父母们似乎一直保有令人嫉妒的优势，小鸟们被迫外出寻找新的住

所。很多种鸟，雄鸟间的竞争也防止它们拥挤在一起。很难说每年回来的家燕和家马丁燕数量是否一样，原因也是如此。正如我在之前的专著中所写的那样，燕子返回和离开的数量显然不成比例。

---

①我们并不想质疑这里提到事实的准确性，但我们已经看到许多例子，在一个地方，巢的数量在三四年里增加了两倍。

第八十二封
致戴恩斯·巴林顿阁下

塞尔伯恩，1778 年 6 月 2 日

　　人们一直反对植物学的原因在于，他们认为这门学科不过是寻求归纳、记忆训练和消遣，并不能提高智力或是增进任何真正有用的知识。如果这门学科仅限于系统分类，这种指责无可厚非。渴望澄清这一诽谤的植物学家，绝不应该只满足于整理出一个名录，而应该理性地研究植物，探究植物的规律，研究有效的植物类草药功效及药力，促进它们的栽培。此外，植物学家也要能化身园丁、耕夫和农夫。当然，分类系统也绝不能摒弃。没有这种系统，自然界将变成一片无路可走的荒野。不过，分类系统应处于次要地位，并非探寻的主要目标。

　　植物本身对人类至关重要，很值得我们关注。人们许多舒适和优雅的生活都来源于它们。木材、面包、啤酒、蜂蜜、红酒、油脂、亚麻和棉花等也归功于它。植物不仅能增长人的心智、让人精神焕发，还为我们提供衣物，免受恶劣天气的影响。人类在自然真实状态下，应该以天然植物为生。在温和气候下牧草繁茂，人们以动物和田里的农产品为食。只有生活在极地的人，才会像跟他亲近的熊和狼一样，以肉果腹，饿到极限时，甚至像兽类一样，捕食自己的同类。

植物产出不仅对各国商业影响深远，而且极大地推动了航海业的发展，这从糖、茶叶、烟草、鸦片、人参、槟榔和纸等商品便可见一斑。每类气候都能孕育出其独特的产品，人们的自然需求引发商品交流。通过贸易往来，每个偏远地区都能获得其他地区的物产。不过，要是对植物不了解或是不懂栽培方法，我们只能满足于自产的蔷薇果和山楂，无法享受印度的美味水果和秘鲁良药。

植物学家不必去研究不为人知的每一类种属的不同物种间的细微差别，而应熟悉那些有用的种属。你可能会遇到一个熟知田地里每种草药，却几乎分不出小麦大麦的人，或者他也可能分不出小麦和其他某种作物的区别①。

在各种各样的植被中，似乎最易忽视牧草。不管农夫还是牧民，似乎都无法区分一年生和常年生的牧草有什么区别，耐寒或是不耐寒；水分多，有营养或是干燥无汁。②

研究牧草对北方和以畜牧业为主的国家至关重要。植物学家能改善居住地草的品质，是有贡献的社会成员。在裸露的土壤上种植一片厚厚的草皮涉及大量系统知识；他能促使"以前只有一片草地的地方现在长出了两片草地"，成为英联邦最优秀的人。

①通过一代又一代的观察和实验，我们能够通过栽培逐步把禾本科植物改良成小麦和大麦这些现如今养育着数百万同胞的珍贵植物。

②近来，不仅是自然学家，农民的注意力都集中在研究草、特定物种的爱好和不同品种的相关产出。在促进这个非常重要的农业部门发展的著作中，我们要提到柯蒂斯的《大不列颠草丛》和杰出而有价值的荷特斯·格雷米尼斯·沃伯纳斯；《青年农民杂志》中记录了许多有趣的实验。

第八十三封
致戴恩斯·巴林顿阁下

塞尔伯恩，1778 年 7 月 3 日

在一个多山丘和山谷，地貌和土壤多样的地区，难免会发现很多种植物。白垩、黏土和沙土，丘陵、沼泽和石楠地、林地以及平原都孕育着丰富的植物群。深邃的岩石小道上长满蕨类植物（felices）；牧场和潮湿的林地都长满菌类（fungi）。如果说植物学中我们似乎还缺少哪一支的话，那应该是大型水生植物，因为这里既远离河流，又处于泉源所在的山区。没有必要把在我们范围内发现的所有植物一一列举，但是一些更稀有植物以及发现地点的简短清单，应该既能让人接受，也会让人觉得有意思。

嚏根草（Helleborus foetidus），又名熊爪或塞特草，遍布整个海伊林地和科尼小悬挂林。这种大枝丫植物冬季不会枯萎，1 月前后开花。在林荫道和灌木林旁具观赏性。善良的妇女把叶子磨成粉，给被虫子咬过的孩子敷用，但药性很猛，使用时定要当心。

绿藜芦(Helleborus viridis)，生长在转向诺顿农场左手边的石子路深处，中多顿前端的树篱下。初秋时节，这植物便枯死，来年2月前后再发芽，但几乎刚一破土，便繁花盛开。

蔓生欧洲越橘（Vaccinium oxycoccos），又名"蔓越橘"，常见于宾斯塘沼泽地。

越橘（Vaccinium myrtillus），又名"黑果越橘"，常见于沃尔默猎场干燥的小丘上。

圆叶茅膏菜（Drosera rotundifolia）和长叶茅膏菜（Drosera longifolia），常见于宾斯塘沼泽地。

紫委陵菜（Comarum palustre），又称"沼泽委陵菜"，常见于宾斯塘沼泽地。

土三金丝桃（Hypericon androsaemum），又名"圣约翰草"，常见于石头凹道上。

小蔓长春花（Vinca minor），常见于塞尔伯恩悬挂林和灌木林。

黄水晶兰（Monotropa hypopithys），又称黄色单性草和鸟巢草，常见于山毛榉成荫的塞尔伯恩悬挂林的西北端，似乎寄生在根上。

落叶黄麦芽（Chlora perfoliata，Blackstonia perfoliata，Hudsoni），叶片有茎的黄草，常见于国王田的田埂上。

巴黎四叶草（Paris quadrifolia），又名真爱草或独果草，常见于丘奇利滕灌木林。

对角金斗草（Chrysosplenium oppositifolium），常见于幽暗、多石的凹路上。

秋龙胆草（Gentiana amarella），又名费尔草，常见于 Z 字形路口和悬挂林中。

石芥花(Lathraea squamaria)，常见于丘奇利滕小树林步行桥附近的榛树下和格兰奇庭院对面的干墙上。

小起绒草(Dipsacus pilosus)，常见于肖特利特和朗利特。

宅叶草(Lathyrus sylvestris)，又名狭叶或野生山杉，常见于肖特利特脚下的灌木丛，靠近小径。

天绶草(Ophrys spiralis)，常见于朗利特朝向公地南端之处。

鸟巢眉兰(Ophrys nidus avis)，常见于朗利特山毛榉树荫下的枯叶中，大多顿灌木丛和垂林里也有很多。

火烧兰(Serapias latifolia)，常见于海伊林地的山毛榉树荫下。

桂叶芫花(Daphne laureola)，常见于塞尔伯恩悬挂林和海伊林地。

欧亚瑞香(Daphne mezereum)，常见于东南角农舍上方塞尔伯恩悬挂林的灌木丛。

块菌(Lycoperdon tuber)，常见于悬挂林和海伊林地。

矮接骨木(Sambucus ebulus)，又称"墙草"，常见于普莱奥利的垃圾堆和荒废地基里。

在植物的所有习性中，没有什么比它们不同的花期更让人奇怪的了。有一些在冬季或是春天刚一露头时便开花；更多的是在春天真正到来的时候开花；还有些在仲夏，甚至秋天开花。当我们看到臭藜芦和黑藜芦在圣诞节盛开，东花藜芦1月开花，绿藜芦刚出地面就开花，我们不必觉得惊奇，因为它们都是同属的植物，彼此花期连接也在意料之中。然而，其他同源的植物花期相距甚远，我们则不得不感到惊奇。现在，我仅举番红花一例①。春番红花和秋番红花关系紧密，就连最优秀的植物学家都会将它们归于同一种属，也就是说，他们分不清花冠和内部构造的区别，认为这两种花是同一种类。然而，春番红花多在3月初开花，常常绽放在严酷的天气里，除非受严酷天气的影响才会生长缓慢。而秋番红花（藏红花）丝毫不受春夏的影响，直到大多数植物的花开始凋谢时，它们才开放。这现象不愧为造物的奇迹之一，因为常见而不被注意。然而实在不应该因为很熟悉而被忽视，因为它这种自然界中最了不起的景象真是很难被解释。

> 说吧！究竟是什么推动着那番红花
> 在皑皑白雪中火红地绽放？
> 说吧！究竟是谁将它的花期从炎炎夏日
> 拖拽到秋天那苍凉衰败的日子？
> 是四季之神！他那无穷的力量，
> 控制住太阳或是洒下的毛毛细雨：
> 它让每一朵花都对它的花语言听计从，
> 又或是无限地延长它们的花期。

---

①植物学家通常承认两种，林奈的番红花或藏红花以及春番红花。除了一般属性差异外，

两种植物的特性也不同，味道大的番红花为药用藏红花。春番红花无味。

在气候和天气特征较为相似的春天和秋天，9 月末盛开的花朵，色彩缤纷也与 5 月相媲美。

许多植物通常被认为是春天特有的，花开两季。其中，犬堇菜和香水月季是两个显著的例子；甜味的春花龙胆，或称春龙胆，通常在 10 月下旬二次绽放出蔚蓝色的花朵，在青翠草地上呈现出一种强紫色。

第八十四封
致戴恩斯·巴林顿阁下

塞尔伯恩，1778 年 8 月 7 日

（Omnibus animalibus reliquis certus et uniusmodi，et in suo cuique genere incessus est：aves solae vario meatu feruntur，et in terra，et in aere. —PLIN. Hist. Nat. lib. x. cap. 38.）

每种鸟都有其特殊的飞行方式，不论在地上，还是空中，它们都不一样。——普林尼《自然史》10.38

不论鸟在地面还是空中，在篱笆上还是手里，优秀的鸟类学家应该能根据叫声、颜色和体形分出是哪一种。虽然不能说每一种鸟都有自己特有的方式，但大多数种属，还是能让一个见多识广的观察者一眼就能准确地辨别出来。

（······Et Vera incessu patuit. ······）

从飞行方式，便知种类。

鸢和鹭在空中盘旋时，展开翅膀，一动不动。正是由于这种滑翔习惯，鸢在英国北部被称为 glede，源于撒克逊语中的 glidan 一词，意为"滑翔"。红隼（又名"茶隼"）则以特殊的方式，悬停在空中，飞快地拍打着翅膀。白尾鹞在石楠地或玉米地上低飞，不时像猎犬或是指示犬那样击打地面。猫头鹰轻快地在空中翻飞，似乎比空气还轻，感觉给它们些负重才好。渡鸦身上有种特质，能吸引那些最没有好奇心的人。它们一有余暇，便在空中用翅膀拍打对方，嬉戏争斗。它们从一处飞往另一处，常会呱的大叫一声翻转身子，感觉要落到地上似的。出现这种奇怪的姿势，是因为它们抬起一只脚抓自己时，失去重心。秃鼻乌鸦有时会嬉闹着跳跃翻滚。乌鸦和寒鸦走路时摇摆不定。啄木鸟每飞一下，翅膀便开合一次，所以总是像波浪一样起伏。所有这些鸟尾巴下垂，当它们落到枝头，便用尾巴来支撑身体。鹦鹉像其他钩状爪的鸟一样，走路笨拙，它们把喙当作第三只脚，小心翼翼地爬上爬下，看着很是滑稽可笑。鸡亚科鸟以队列行进或在走路时步态优雅，跑起来快速敏捷，飞起来却很吃力，呼啦啦地冲出一条直线。喜鹊和松鸦软弱无力的翅膀扑扇着，没法快飞。鹭身子轻，这点似乎非常不利于长途飞行。在运载大鱼之类的食物时，一对大而凹陷的翅膀就很有必要。鸽子，尤其是打击者，用翅膀拍打彼此后背，发出响亮的啪啪声。另外一种不倒翁鸽子则爱在空中翻滚①。求偶季节，有些鸟有些特别的行为：平日里强壮灵敏的斑尾林鸽，一到春天便嬉戏玩耍似的四处闲荡。雄鹬一到繁殖期，便忘记从前的飞行，像风扇一样猛扇空气。

金翅雀尤其特别，它们跌跌撞撞地飞着，一副饱受折磨的样子，像受伤垂死的翠鸟。欧夜鹰在黄昏时分掠过树梢，快若流星。椋鸟像在游泳，䴓鹨动作狂野散乱。家燕急掠过地面和水面，从那迅疾翻转的身影，一眼就能认出。雨燕打着圈疾飞，崖沙燕像蝴蝶一样飘忽不定。大多个头小些的鸟都是猛地飞起，向前飞时忽高忽低。大多数小鸟跳着走。鹡鸰和云雀则自然地交替着双腿走动。云雀歌唱时，直上直下②。森林云雀停驻在半空。鹨鸣叫时大幅度升降。灰莺在树篱顶上和灌木丛里奇怪地急冲。鸭科类的鸟总是摇摇摆摆。潜鸟和海雀走路时像被束缚，靠尾巴支撑着立直。这些鸟被林奈统称为 compedes。鹅、鹤和大多数野禽飞行时遵循一定的队形，并常常改变位置。鹬、野鸭和其他一些鸟的第二飞羽都很长，飞行中呈钩状。泽鸡和蹼鸡直立飞行，双脚下垂，几乎飞不了多远。原因很简单，翅膀太靠前，偏离了重心。海雀和潜鸟的腿则太靠后。

---

①斯温森先生认为，这种运动表达快乐或兴奋。

②黄胸大鹊莺（斯温森称之为 icteria polyglotta）的雄鸟还卧在那里，雄鸟有时几乎垂直飞入高空，到达三四十英尺的高度，双腿悬垂着下降。当它站起来时，不断地抽搐，似乎受了高度刺激。

第八十五封
致戴恩斯·巴林顿阁下

塞尔伯恩，1778 年 9 月 9 日

从鸟的举止，自然过渡到它们的音符和语言，这点我倒是有些话要说。我不能假装自己像维泽尔一样通晓鸟的语言。他可以通过复述两只猫头鹰之间的谈话，来感化一个试图以征服与掠夺为乐的苏丹。我只想说，这些羽族用各种不同的声音表达它们的各种情绪、需求和感觉，比如愤怒、恐惧、爱、恨、饥饿等。不是所有的鸟都有同样的好口才。有些鸟叫声流畅丰富，而有些只限于发少数重要的声音。尽管有些鸟很沉默，但没有哪只鸟像鱼一样，无声无息[①]。鸟类语言非常古老，跟其他古语一样，习惯省略。寥寥数语便已传词达意[②]。

鹰类的叫声尖厉刺耳，繁殖期前后声音多变，一个热衷于观察大自然的人常常对我说起这点。他长期住在直布罗陀，那里有很多鹰。我们这里的鹰叫起来很像百鸟之王。它的音符富于表达力，它们优美的嗓音听上去很像人类的声音，可以用音律管还原为一个音阶。这种调子似乎表达了雄性之间的自满和对抗。它们也会发出短促的呼叫和可怕的尖叫；它们用鼾声和嘶嘶声表示威胁。渡鸦除了大声大叫，还发出低沉而庄严的乐音，久久在林间回荡。乌鸦求偶声古怪可爱。繁殖季，秃鼻乌鸦用歌声传达内心的喜悦，却总不成声。鹦鹉类的鸟拥有多种音调，就像它们有能力模仿人声一样。鸽子咕咕的叫声深情而凄哀，常用来象征绝望的情侣。啄木鸟的叫声如开怀大笑。欧夜鹰（又称"夜鹰"）从黄昏到破晓，为情侣反复唱着小夜曲，像响板的咔嗒声。所有音调优美的燕雀类鸟，用甜美的调子和多变的旋律表达着它们的满足。前一封信提到的家燕，尖叫着预警，让同伴提防附近的鹰③。水生和群居的鸟，尤其是夜行鸟，在夜晚迁巢的时候，喧嚣而吵闹，鹤、野鹅和野鸭也是如此，无休止地喧闹以防同伴走散。

　　鸟类王国包罗万象，例子难以尽述，因此这个如此广泛的话题，最好概括一下。下面，我将只限于谈下我们院里的几种家禽，它们最为人熟知，也更容易了解。首先是孔雀，那华丽的尾巴总会引起我们的注意。但是，同大多数艳丽的鸟一样，它们的叫声听起来刺耳可怕，比猫嚎驴叫还难听。鹅的叫声有力，宛若小号。据严肃的历史学家记载，这叫声曾挽救过罗马的朱庇特神庙。公鹅嘶叫声威严，满含威胁，试图"保护它的子女"。公鸭和母鸭声音区别显著，母鸭声大，公鸭叫声粗糙嘶哑，几乎听不清楚。雄火鸡常昂首阔步，咯咯叫着用很粗鲁的方式迈向情人；攻击敌人时，它会无礼暴躁地大叫。当领着它的一群小火鸡时，母火鸡小心警惕。一旦出现食肉鸟，即便它还在高空，谨慎的母火鸡会以低低的哀鸣发出预警，并死死地盯着它。如果敌人靠近，母鸡便会急切地喊叫着报警，音量也会加倍。

院里没有哪个居民能像普通家禽那样拥有如此多姿的表达力和丰富的语言。以一只仅四五天大的小鸡为例。将它举到有苍蝇的窗前，它会立刻捉住猎物，满足地叽喳；如果将它举到一只黄蜂或蜜蜂面前，叫声立刻变得尖锐，满含抗拒和恐惧。小母鸡刚开始下蛋的时候，它的叫声有按捺不住的欢愉和轻快；在一生中所有的事情里，下蛋好像就是头等大事。母鸡一旦产下蛋，卸下这担子，便立刻冲出去欢声高叫，公鸡和其他情人们也会立刻附和地叫起来。这一骚动并不只限于一家，它从一个院子传到另一个院子，蔓延到所有能听见的人家，直到整个村子响起一片鸡鸣。母鸡一旦成了妈妈，新关系造就新的语言。它不停地在四处乱跑，激动地咯咯嗒尖叫，仿佛着了魔。鸡群的父亲词汇量也相当可观。一旦找到食物，它便招呼最钟爱的情人前来分享。如果有食肉鸟经过，它也会发出警告声，提醒家人当心。它那勇敢的个性，不论是爱情的词汇还是挑衅的措辞，都游刃有余。但它最为人知的，还是它的报晓声。因为这声音，它成了乡下人的闹钟，成了宣布晨昏变换的守夜人。诗人也曾风雅地写道：

……戴冠的雄鸡，它的叫声打破寂静时分。

某年夏天，隔壁一位绅士的小鸡被雀鹰掠去大半。那只雀鹰是从柴堆和房间后面的空隙钻进鸡舍的。眼看着自己的鸡群日渐减少，心急如焚的主人在柴垛和房屋之间巧妙地挂了一张大网。那个可鄙的偷鸡贼再冲进来时，便被缠住。仇恨让他想到了报复的手段。他剪掉那鹰的翅膀，砍掉利爪，又往它嘴里塞了个软木塞，便把它扔进了抱窝的母鸡群中。再丰富的想象力也无法刻画接下来的场景。恐惧、愤怒和仇恨激起的表达力是全新的，至少之前人们从未留意到。被激怒的主妇们用谴责、诅咒和羞辱来打击它，并最终获胜。一句话，它们毫不停歇地猛攻敌人，直到把那鹰撕成碎片。

---

①赫尔的约翰·汤姆森先生说："我在池塘里捉到的一只丁鲷鱼，将它当放在我肩上的篮子里，像青蛙一样叫了整整半个小时。"众所周知，当鲱鱼被网住，带到船上时，它会发出像老鼠一样的尖叫声。鲂鱼被钩子钩住，在放走时会发出咕噜声或呱呱声。

②J. 默里先生说："我曾在午夜听到布谷鸟的音符。这发生在几年前，我从查尔顿来到马恩岛的道格拉斯。一个月夜，当我享受地漫步时，思绪经常被一种有趣的音符打断，如果我没有弄错的话，这种'巫术时刻'极不寻常。"怀特先生说："在1830年的夏天，白天湿冷，夜晚晴朗而平静，夜晚实际上比白天更宜人，我经常晚饭后出去，10点到11点，我经常听到布谷和夜莺的叫声；但在接下来的6月4日和5日的晚上都是满月，月亮散发出神圣庄严的光芒。在夜晚的'巫术时刻'，我听到布谷和夜莺的叫声；到了9号，听到了布谷、夜莺和莎草莺在午夜过后演奏的三重唱，以及小树林里所有的原生旋律，让人听了很是舒畅。"

③赛姆对鸟儿的歌声做了以下睿智的评论："软嘴鸟的音调细腻、圆润和哀伤；硬嘴鸟儿的音调活泼、轻快。这种差异源于喉部的构造，器官的大管比小管能发出更柔和的音调。从综合角度讲，鸟儿的全部歌声包括它们能够发出的所有音符，从这个意义上说，它类似于人类的话语。"

第八十六封
致戴恩斯·巴林顿阁下

塞尔伯恩

(…monstrent.

Quid tantum Oceano properent se tingere soles

Hyberni; vel quae tardis mora noctibus obstet.)

让缪斯告诉我们……冬季的太阳走那么急，难道只是为扎入大海；究竟遇到什么阻碍让冬夜缓行？

——维吉尔《农事诗》

有空地的绅士或许能想办法使装饰为实用服务：既悦人眼，又促进科学进步。花园或菜园子的方尖碑，既是装饰品，也是日光回照器。

任何有好奇心、喜欢开阔视野的人，不费多少力气，就可以造两个日照器，一个冬季用，一个夏至用。竖起这两块碑，花费应该极少，再找两根十至十二英尺长、底部四英尺宽的木料，四周用木板围住，就能达到目的。如果可能的话，冬日用的放在客厅窗户旁边，因为在死气沉沉的季节，人们通常整天待在室内。夏至用的那个可以安放在花园或出口的任何地方。在晴朗的夏日傍晚，主人可以据此知道白天最长的时候，日光最北能照到哪里。现在，最重要的是准确地把这两块碑安好。白日最短的那天，让日光落到冬季日照器的西面。白日最长的那天，太阳的整个光轮，正好落在夏至日照器的北面①。

　　通过这个简单的办法，人们很快发现，严格说来，应该没有这种至点。因为从白日最短的那天起，每到晴朗的傍晚，主人会看见落日的光照按照既定路线逐渐移向日照器的西面。从白日最长的那天起，每天傍晚，往日照器的西面后退。每个傍晚都逐渐退一点，直到彻底退到后面为止，因此，太阳光逐渐西移。当日光靠近夏至回照器时，整个光轮最先落在日照器后面。过了一段时间，它才会在北面首次露头，每过一晚，推进一点。最后，整个光影直径都会在日照器北面停留大约三夜。不过，第二个夜晚的直径明显要比前后两夜更长。当太阳从夏至线退走，日光会越藏得越深，每夜都往后退，直到最后再次退到日光器后面为止。因此，每夜不断西移。

－－－－－－－－－－

①马克·瓦特发明了一种奇特有趣的仪器，他称之为太阳星，或太阳罗盘。经过观察气压计和磁针的日变化，可以注意到：在每台能够显示气压计和磁针轻微变化的仪器上，或多或少都可观察到类似的一系列交替变化，而且这些变化有一些前兆。这些白天的变化与以下几点都

有不同程度的关系：放置仪器的纬度，所使用的地区可能存在的太阳影响的程度，以及它们参与的程度；他还注意到，与这些运动相一致，大多数植物的花瓣和叶子白天会进行一致的扩张和收缩；不同种类的向日葵和菊花也在白天把花冠朝向太阳转了好几个小时。因此，他得出结论，可以根据目标范围内植物的这些运动规律，设立一个仪器。这个仪器由一个直径为三英寸的软木圆环构成，其中固定着 25 根完全带磁流体的针，这些针绕着圆周等距离放置，它们的北极和南极互相交替向外。这个圆圈用一根半圆形的铜线固定在一根五英寸长、四分之一英寸宽的轻木条上，其两端穿过软木圈相反的两侧，而木条则固定在钢丝的中心。在杆的中心固定着一个玛瑙杯，整个杆子像罗盘针一样在细小的钢尖上穿行，木杆的末端被一个重量如针的小物体平衡。当把紫色天鹅绒的圆盘放在针上时，它几乎一整天都在旋转，总是从东向西南移动，和太阳的运动轨迹相符。在圆圈周围举着一根点燃的蜡烛，它朝着烛光移动 40 到 50 度。如果把一块由透明琥珀形成的凸透镜固定在一圈软木塞中，在玻璃罩下由一根细毛或细丝悬挂，如果光线没被挡住，它也会被太阳的照射光阻挡。也许，人们并不普遍知道，植物的导电性能比水的导电性能大 300 万倍。

第八十七封
致戴恩斯·巴林顿阁下

塞尔伯恩

(…Mugire videbis

Sub pedibus terram，et descendere montibus ornos.)

你将经受脚下的地动，山上的桦树滚落下来。

——维吉尔《埃涅阿斯纪》

当我还是个孩子时，读到贝克的《编年史》里关于小山会走，大山会出行的描述，我常常感觉惊讶，但也暗自赞同。约翰·菲利普斯在《苹果酒》一书中，提到人们对这一类故事的深信不疑，常常带着一种细微而古怪的幽默文风，这一般是《灿烂的先令》一书的作者所特有的。

我不建议，也不斥责马利山①这个选择：

找不到比这里更好的苹果，

但信任这片不诚实的土地却很危险。

谁知道这座山会不会再抛下这地出行，

把你的好林好木移进邻居的领地，

惹出律法都难断清的怪事！

但是当我再一想，我开始怀疑，尽管我们的山可能从来没走得那么远，但是从遥远的时代起，很多山角就开始滑落塌陷，剩下光裸而陡峭的悬崖。诺尔山和惠瑟姆山应该就是如此。哈特利园林和沃德勒哈姆之间的山脉更是这样。那里的地面已经滑入隆起的山丘或是沟壑，处在一种难以用任何其他理由解释的离奇混乱中。不久前一件怪事证实了我们的猜测。尽管这事没发生在本教区范围内，但也在塞尔伯恩方圆百里之内。这种独特性也该在这部自然史作品中占一席之地。

1774年1月和2月，雪大量融化，雨水充沛。因此，在2月末时，地泉（又称"拉万特河"）涌现，快要接近令人难忘的1764年冬季的高度。3月初也是如此。就在那个月8日到9日夜间，霍克利一大片悬挂林从原地撕裂倒塌，留下光裸的毛石悬崖，犹如白垩矿场的峭壁。那个巨大的碎片似乎在被水侵蚀和破坏下，垂直塌落后被吞噬。山顶的田里原来立有一扇木门，随着门柱下沉了30或40英尺，但依旧直直地立着，依旧开合正常，像之前那样精确。在经历了同样可怕的下沉后，几棵橡树还稳稳地挺立在一片植被当中。这片庞大悬挂林的一大部分坠入下面的裂口，从山脚的斜坡看依旧是裸露的平原。如果再往前落一点，就要被废墟淹没。离这片悬垂的矮树林约100码的路边有个小屋，再往下200百码，路的另一边有个农舍，农舍里住着工人和他的家人，旁边有间新盖的结实的谷仓。小屋里住着一位老太太，她儿子和儿媳妇。在那个风雨交加的漆黑的夜里，这些人注意到厨房的砖石地面开始隆起撕裂，墙似乎要被推开，屋顶也开裂。不过，他们一致认为不是地震，因为都没感觉到地面有震动，只听到狂风不停地在林中发出最猛烈的呼啸。这几个可怜的居民不敢睡觉，在极度的惊恐和困惑中，无时无刻不在担心，怕房子倒塌自己被埋在废墟里。直到白昼来临，他们才有空去查看夜里遭到的破坏。他们发现房子下面开了一条很深的裂缝，仿佛要把屋子撕成两半。谷仓的一端也遭遇相同的问题。农舍旁的池塘奇怪地调了个转，水深的一头变浅，浅的一头变深。许多高大的橡树从原本高处垂直下落，有些倒下，有些被推到，有些倒在旁边。一扇门连同篱笆前移了整整六英尺，人们不得不再辟新路。悬崖脚下是一片牧场。这片地缓缓倾斜半英里，中间散布着一些小山丘。这些小山丘也向四面八方裂开来，有一些伸向那一大片悬挂林。第一片牧场上，深深的裂缝穿过道路和屋下，形成暗沟，道路在一段时间内无法通行。裂缝还通向路那边的一块耕地，耕地被撕裂成一片混乱。第二片更柔软，水分更多的牧场只是向前突出，草皮上没有多少裂缝，草皮呈长脊状隆起，类似坟墓，与突出方向形成直角。在围栏的底部，泥土和草皮隆起数英尺，阻挡它们继续向前移动，终于结束了这场可怕的骚动[2]。

悬崖的垂直高度一般为23码。从下方的田地往上看，塌落的那部分山体长度为181码。有一部分隐入矮树林，延伸了70多码。因此，塌陷的这部分山体总长251码。约有50英亩土地遭受了剧烈震动，两间房舍完全倒塌，新谷仓的一头已是废墟，屋墙的每块石头都出现了裂缝，一片悬挂的矮树林变成了光秃秃的沙岩。一些草地和耕地也被裂缝弄得支离破碎，一段时间内不能下犁，也无法放牧。村民们付出了极大的辛劳和资金来平整地面，填满裂隙。

————————————

①马利山位于赫里福德以东约六英里，卢格和怀伊的交汇处。1595年，它在以可怕的方式咆哮和摇晃了三天之后，在周日傍晚大约6点钟开始运动，并持续移动了8个小时，在这段时间里，它从最初的位置移动了200英尺，抬高了12英寻。从它最初开始移动的地方，有一条长400英尺，宽320英尺的鸿沟。在行进路线上，倾覆了一座小教堂，一些树木和房屋。

②在世界各地，这种山体滑坡的记录有很多；实际上，它们几乎每天都或多或少在发生。我们的作者所记录的与其他人的相比微不足道。我们可以具体描述一下在1806瑞士发生的拉斯菲山的山体坠落。索绪尔这样记述当时的场景："尽管在三周前，这里是瑞士最富饶的山谷之一，看上去绿油油的一片，到处都是小村庄，到处都是安乐的农民。现在，这些村子中有三个村落永远从地球上消失了，几百个农民被活埋，布洛韦茨山谷现在一片凄凉的景象。"9月2日刚接近傍晚，鲁斯山脉巨大山体坍塌，沉淀到山谷里。在四分钟内，它彻底掩盖了三个村庄以及另外两个村庄的一部分。含有泥土和石头的洪流比熔岩更加湍急，它的力量极为可怕，彻底不可抗拒。坠落的山体带走树木、岩石、房屋，还有面前的一切，这股可怕的聚集力量向四面八方蔓延，迷人的乡村被完全掩埋，面积多过三平方英里。地球的力量是如此之大，以至于它不仅覆盖了山谷的空地，还把对面山坡提升到相当高的高度。

有一部分落下的泥石块滚进洛沃茨湖，湖水涨高了五分之一。湖中的两个岛屿和塞弗尔村一度全被洪水淹没。在这场可怕的灾难中，434人丧生，177头牛马、103只山羊、87块草场被毁，60块草场受损，93座房屋彻底被摧毁，8所房子被损坏无法居住；166座奶牛场、谷仓等被毁，19处受损。

第八十八封

致戴恩斯·巴林顿阁下

塞尔伯恩

······树林里回荡着······

这座村子的后面紧挨着一片牧场，牧场上点缀着无数又名"短石田"的荆豆花。面向午后斜阳的方向是片多岩石的干土地，有许多野生的又名"田蟋蟀"的黑蟋蟀。这种蟋蟀这里有很多，别处绝对见不到。

博物学者不可能对这欢快的叫声置若罔闻。因此我常下田去考察它们的持家之道，研究它们的生活习性。可它们太过小心谨慎，每次都难以见到。一觉察到人的脚步声，它们立刻停止歌唱，飞快地躲回洞里，直到确认危险过去才再出来。

起初，我们试图用铁锹挖，不是遇到大石头没法抵达洞底，就是在破土时，不小心挤死了这可怜的小虫，因此总不成功。从一个受伤的蟋蟀体内，我们看到很多卵。这些卵呈黄色，又长又窄，外面还有一层十分坚硬的皮。这个意外发现让我们学会分辨公母。公蟋蟀又黑又亮，肩膀上有条金色的纹路。母蟋蟀颜色稍暗，肚子却大得多。它尾巴上拖着一根长剑般的武器，或许就是将卵产入缝隙或某个安全之地的工具。

粗暴的手段无济于事，稍微温柔一些反倒常常有效。这一点眼下便是明证。舍弃铁锹这种太过野蛮粗暴的工具，用一根柔韧的青草轻轻探入洞中，却可以蜿蜒到洞底，很快就能引出里面的居民。在不伤害它们的情况下，探究者便能满足自己的好奇心①。尽管这些昆虫有一双长腿，如蚱蜢一般擅于跳跃，但被赶出洞后，却懒洋洋地趴在地上，一动也不动。尽管有一对古怪的翅膀，不到紧要关头，它们似乎也绝不动用。公蟋蟀应该只在竞争时才锐声尖叫，这点跟许多在繁殖季节才会高声欢叫的动物一样。它由翅膀摩擦发声。它们喜爱独居，公母从来都分开居住。当然，它们也会交配。这时，或许在夜里才用上翅膀。公蟋蟀一碰头就是一场恶斗。我放进干燥石墙缝隙里的那几只蟋蟀，便是如此。它们能在那安家，我本应高兴。虽然离开故土似乎让它们沮丧，但第一个占据墙缝的，却张开锯齿状的尖牙，全力抵制后来的入侵者。它们的颚很有力，牙齿像龙虾的大螯。尽管没有蝼蛄那样用于挖土的前爪，但凭借这个大螯，它们挖出的洞又圆又规整。把它们拿在手里时，我总纳闷，为何配备如此可怕的武器，它们却从不自卫。长在洞口的草，不论什么品种，它们都照吃不误。它们还在洞口附近造一个小平台，堆放自己的粪便。白天，它们似乎仅在家门附近两三英寸的范围内活动。5月中旬到7月中旬，它们都坐在洞口，鸣叫上一整天。天热时，更是精力旺盛得能引起群山回响。寂静的黑夜里，欢叫声传得很远。初春时，叫声微弱内敛得多，越到夏天声音越大，之后又会渐渐减弱。

让人感到愉悦的声音并不总是甜美动听。刺耳的声音也不总是惹人不快。我们迷恋或讨厌某种声音，更多是因为这种声音带来的联想。因此，蟋蟀的叫声虽然尖锐刺耳，落入某些人耳中却极为动听，还会让他们想起乡间夏日里生气勃勃的欢乐景象。

3月10日左右，蟋蟀们便开始出现在洞口。那时，在它们亲自开凿的形状优雅的洞穴前，我见过还处于幼虫阶段的它们。翅膀若隐若现，整个身体都包在一层变为成虫后必会脱掉的皮里②。据此，我猜测，并非所有老蟋蟀都能撑过冬季。8月，洞开始消失，再也见不到它们的踪影，直至来年春天。

几年前的夏天，我设法在花园一片斜斜的草坪上钻几眼深洞，建起一个小小的"殖民地"。新居民在这里住了一段时间，又吃又唱。不久之后，我在清晨听见声音越来越远。它们正启动翅膀离开这里，努力返回自己的家。

把这种蟋蟀放进纸盒，挂在阳光下，再喂以沾了水的植物，它们便会茁壮成长，欢快地大声鸣叫，惹得屋里的人不胜其烦。如果喂食不沾水的植物，它们会被养死。

———————

①在法国，孩子们经常在田野里抓蟋蟀玩耍。他们把这种昆虫喜欢吃的一只蚂蚁身上拴着根头发丝，放入洞里，他们让这小动物钻到洞底，再把它拉出来，蟋蟀总是跟在蚂蚁后面，就这样被捉住了。普林尼告诉我们另一种可以捉住这种昆虫的简单方法：把一根细长的棍子插进洞底，蟋蟀立即会抓住棍子想弄清楚入侵原因，就这样一下子就被抓住。这种动物如此简单，所以也就有了一个谚语，"比蟋蟀更傻"。

②我们经过观察发现，它们在 4 月褪去这些皮，一直堆放在洞口。——作者注

第八十九封
致戴恩斯·巴林顿阁下

塞尔伯恩

远离所有欢乐之地

只剩露台边的蟋蟀

　　别的昆虫得去田野、树林和水塘边寻找，可家蟋蟀①却住进人家里，不管你是否乐意，它们都会闯入你的视线。这种昆虫喜欢新建的房子，像蜘蛛一样偏爱潮湿的墙面。柔软的灰泥易使它们在砖缝和石缝中挖洞、开穴，打通一个又一个房间。它们尤其钟情于厨房和面包师终年温暖的烤炉。

　　居住在外的脆弱虫子要么享受短暂的夏日，要么用沉睡消磨寒冷难熬的月份。而这些犹如住在热带的家蟋蟀却总是愉快和活跃的。对它们来说，暖暖的圣诞节炉火边就像三伏天。尽管白天也常能听见家蟋蟀的叫声，但晚上才是它们的正常活动时间。一到黄昏，唧唧声便越响亮，小如跳蚤，大如成虫的蟋蟀们都开始活动。人们应该能想到，从它们居住的炎热环境看，这种昆虫是常口渴的一类，嗜好液体。因此，能经常看到它们淹死在盛着水、牛奶和肉汤的盘子里。但凡潮湿的东西，它们都喜欢。因此，挂在炉边的湿羊毛袜和围裙，常常被它们咬出洞。它们是家庭主妇的晴雨表，能预报什么时候下雨。有时，主妇们还认为它们能预知吉凶；能预知近亲的即将离世，或是远行爱人的归期。作为女人们独自在家一直的陪伴，它们自然成了迷信的对象。蟋蟀们不仅口容易渴，还非常贪食。它们会吃掉锅里的渣滓、酵母、盐、面包屑以及厨房里的残渣垃圾。夏日里，我们能看见它们在黄昏飞出窗户，落到邻居家的屋顶。这灵巧的壮举，足以说明它们为何突然离开经常出没的居所，光顾之前从没去过的房子。值得注意的是，许多种类的昆虫绝不用翅膀，如果它们有心改变自己的居所，在新的地方落脚，这点让人惊奇。在空中，它们像啄木鸟一样总是以波浪形或是曲线移动，翅膀一开一合，一会儿高，一会儿低。

当家蟋蟀数量增长到一定程度，就像我这阵子正在写作的房子一样，它们就会成为让人讨厌的害虫。它们会扑向蜡烛，冲到人们脸上。或许该往它们栖身的裂缝里灌点火药，便能炸毁老窝，摧毁它们。这时候，那些蟋蟀成灾的家庭就跟遭受青蛙灾疫的法老一样，"进他们的卧室，上他们的床，入他们的炉灶，跳他们的面缸"。②它们发出刺耳的叫声是由于翅膀轻巧刮擦发出来的。猫会捕捉壁炉边的蟋蟀，像对老鼠一样，先玩弄一番，再吃掉。或许，可以像灭黄蜂一样灭掉它们。取一只小瓶，灌上半瓶啤酒或是任何液体，然后将瓶子放在它们常出没的地方。因为总是想喝水，它们便会爬进去，直到把瓶子塞满。

---

①这些动物非常好斗，互相之间拼命战斗。我们经常捕住蟋蟀，把它们放进一个用纸盖住顶的玻璃瓶里，见证了它们的战斗。不止一次，我们知道它们会吃掉对方。我们把三只放进一个瓶子，再放入一些面包。第二天查看的时候，发现两只已经被全部吃掉了，只剩下三个腿和触角。幸存者非常活跃。作为对它恶行的惩罚，我们处决了这个食族者，并将尸体放进橱柜。拉特里利告诉我们，这只蟋蟀只吃昆虫，当然在有蟋蟀的房子也能茁壮成长。我们一直以为它们靠面包生活，直到我们发现它们互相吞食。

②威廉·贾丁爵士说，在邓弗里斯郡，房子里有蟋蟀被认为是幸运的，但如果它们从长期居住的房子里消失了，就会被看成是给家庭带来某种灾难的预兆。

第九十封
致戴恩斯·巴林顿阁下

塞尔伯恩

　　不仅异科动物，就连同科动物，生活方式也迥然不同。这些特性十足的差异不会比它们喜好的差异繁多。田蟋蟀喜欢阳光下的干土埂，家蟋蟀青睐厨房里的热灶台或烤炉。蝼蛄（即"gryllus gryllotalpa"）常在潮湿的草地、池塘和小溪边出没，在松软潮湿的泥土里完成所有活动。它们凭借一对擅长挖土的前足，在地下跟鼹鼠一样挖土打洞、隆起道道土埂，只是很少弄出小土堆①。

　　运河边的园子里多蝼蛄，这类客人，园丁们可不待见。它们在地下打洞时会拱起土埂，让园中小径看起来很不雅观。倘若它们去了菜地，那甘蓝、小豆荚和花朵的苗床就全都遭殃。植物的根茎更是受损严重。可是把这些蝼蚁挖出来，它们又显得迟缓无助。它们白天不用翅膀，晚上钻出来却飞得老远。清晨，我在一些不该看见它们的地方，发现过几只"迷路者"。4月中旬左右，如果天气晴好，它们在日暮时分便会开始低声鸣叫。虽然音调听上去沉闷刺耳，它们却怡然自乐，经久不歇。叫声除了略微低沉一些，听上去跟欧夜鹰没什么两样。

它们大约5月初产卵，我有次曾亲眼目睹。5月6日我去拜访一户人家时，园丁正用镰刀在运河边除草。园丁一刀下去，便带起一大片草皮，展现出一幅奇妙的家庭内部图：

（ingentem lato dedit ore fenestram：Apparet domus intus, et atr …）

皮鲁斯砍出一个大缺口，露出了王宫内部，那里有长方的四合院，和远处的普里阿莫斯内室……

很多洞穴都会经蜿蜒曲折的走廊，通向一个光滑圆润、状似鼻烟盒的房间。这个隐秘的育婴室里有近百枚黄棕色、外覆坚硬表皮的卵。不过，因为新近才产下，还是一团黏质物，没有幼虫。这些卵排得不深，受阳光的影响，正好处在一个新堆的土丘下，这个土丘跟蚂蚁堆成的没什么两样。

跟之前提到的动物一样，蝼蛄的飞行也是一起一伏，行如水波。在我国不同地方，人们的称呼也有所不同，有叫"沼泽蟋蟀"，也有叫"颤鸣虫"和"日暮虫"。总之，名字都十分贴切生动。

解剖学家们的记录让我们震撼，他们检查过这种昆虫内脏。他们说，这种昆虫胃的构造、位置和数量足以证明它们和前面两种蟋蟀一样需要反刍，如同许多四足动物那样。

①拉特雷尔称之为欧洲巨蝼蚁（gryllotalpa vulgaris）；它的胳膊和前脚的结构独特，力量很大，很适合这种操作。胳膊上面有一组非常适合挖掘的肌肉，在运动中给予动力。胸部由坚硬而厚的角质物质组成，里面由坚韧软骨组成的双层框架加固，前缘的肩胛骨牢固地连接在一起。这种结构似乎是为了防止在挖掘中胸部受到手臂强健肌肉碰撞的伤害。手臂结实有力，宽度很大，与身材大小成正比；脚的形状像两只宽大的手，有四个宽大的、锋利的爪子，稍微向外倾斜，像鼹鼠的手，在掘进时，以便向两边扔泥土。

第九十一封
致戴恩斯·巴林顿阁下

塞尔伯恩，1779 年 5 月 7 日

四十多年来，我一直专心钻研该地区的鸟类，却仍未能将这门学科钻研透彻。好奇心不灭，新鲜事也少不了。

上月最后一周，佛林斯罕水塘边击落了五只相当罕见的鸟。这个大水塘是温切斯特主教的，位于沃尔默猎场和萨里郡法纳姆镇之间。这些鸟异常罕见，还没有英文名，博物学者们称它们为黑翅长脚鹬（himantopus）①和黑翅长脚鹬（charadrius himantopus）。守塘人说，这种鸟三对一群，可他满足了好奇心之后，便放过第六只。我要了其中一只做标本，乍一看，鸟腿出奇的长。有人还会以为谁接过它的胫，用来骗人。它们的腿颇具漫画风，我们应该容忍画师的想象力，这种比例的绘画在中国或日本的屏风上很常见。这种鸟属鹬科，"长腿鹬"这名字或许更合适。布里森取的名字非常贴切：高跷鹬。我的标本被掏空充上胡椒粉，仅重 4.25 盎司，大腿光裸部分 3.5 英寸长，小腿 4.5 英寸长。我们可以断定：在已知鸟类中，这

347

种鸟体重与身长比例最大。火烈鸟的腿也很长，但就比例来说，仍旧不及黑翅长脚鹬。一只雄火烈鸟平均体重为 4 磅，大腿与小腿的长度多为 20 英寸。4 磅为 4.25 盎司的 15 倍，假如 4.25 盎司对应的腿长为 8 英寸，4 磅的鸟，腿长应为 120 英寸，即 10 英尺多。如此惊人的比例，真是闻所未闻，见所未见。这个比例用在体形更大的鸟身上，那腿的长度还会增加。仔细观察高跷鹬怎么走路，如此纤弱的大腿肌肉如何带动那么长的腿，一定很有趣。人们能想到的，最多是不善走路。但更令人吃惊的是，它们居然没有后趾。失去这一有力的支撑，它们肯定步伐不稳，应左摇右晃，难以保持重心。

"黑翅长脚鹬"这个老名字出自普利尼的作品。作家通过一个拙劣的隐喻，暗指这鸟腿纤细柔韧，犹如割下的一缕皮带。从威洛比和雷对国内外鸟类的研究可以看出，他们从未见过这种鸟。彭南特先生在英国未曾见过，却常在巴黎的珍稀鸟类陈列柜里看见。哈塞尔奎斯特说，这种鸟在秋天会往埃及迁徙。一位最准确细致的观察者说，他曾在安达卢西亚的河岸上见过这种鸟。

据我国作家记录，这种鸟在英国只出现过两次。所有记录都显示，这些长腿鹬科鸟似乎属于南欧，极少光临英伦三岛。向北如此长途跋涉，它们迷了路、失了群，或是出于不知道的理由。说这些鸟来自大陆应该是比较合理的推断。外形如此特殊的鸟如果在这个王国繁衍生息，一定不会无人知晓，更不会从古到今都没有任何记述。[②]

①这种是贝威克和其他作家所称的长腿珩科鸟。

②这种鸟分布广泛，在埃及、里海沿岸、独立鞑靼地区的南部沙漠、东印度群岛的泰德·马德拉斯很常见。

第九十二封
致戴恩斯·巴林顿阁下

塞尔伯恩，1780 年 4 月 21 日

我时常提起的那只苏塞克斯陆龟现在已经属于我了。去年 3 月，我从它越冬的居所将其挖出来时，它已经清醒，愤慨地嘶嘶叫着。我把它放入装有泥土的盒子，再乘邮差车坐了 80 英里。它被一路的吱扭声和颠簸彻底吵醒，我把它放进花坛时，它两次爬到花园边上。到了寒冷的晚上，它又把自己埋进松软的泥土，继续隐匿。

它现在就在我眼前，我有机会好好观察它的生活方式和习性。我发现，准备出来时，它总会先在头附近的地上开个通气孔。我想，这是为了更自由呼吸，恢复更多活力。这种生物不仅在 11 月中旬至 4 月中旬潜入地下，夏天大部分时间也在大睡。在最长的白天，它下午 4 点便入睡，第二天很晚才醒。此外，但凡阴雨天，它会潜退，潮湿天也不活动。①

这种奇怪的方式，人一想起来就觉得纳闷，上帝慷慨地赋予它时日，但这爬虫似乎并不珍惜，活着的三分之二的时日都在忧悒的

恍惚中度过，一年数月，都在最深的睡眠中过得无知无觉，生命似乎就这样被浪费了。

写这封信时，正值温暖潮湿的下午，气温有 50 华氏度，许多带壳蜗牛都爬了出来。就在这时，那只乌龟托起顶，从地下探出头来。第二天早上，它好像死而复生般爬了出来，四处溜达到下午四点。两个"背房者"（希腊语对蜗牛和龟的称呼）有如此相似的感受，这个奇妙的巧合看着可真是有趣。②

在这个晚到的寒冷春天，我只看到一只家燕。这种与天气相符的现象让我越来越确信，它们会冬眠。

---

①布莱特博士提到陆地龟在匈牙利被当作食物。他说："晚上，我被带去看用来养护陆龟的花园，很让人好奇。陆龟是湖上以及塞拉河里最常见的物种。同样，匈牙利各地有数量众多的陆龟，特别是赛思格雷斯和泰斯河的沼泽地。它们是餐桌上的美味佳肴，被捉来并储存起来。凯斯特海伊有一块约一英亩的地，沟渠和池塘相交，动物们在这里惬意地寻食。在一个角落里有一个空间，与周围其他地方用两英尺高的木板隔开，形成了一个蜗牛圈。在这里，以及在德国，它被当作食物。木板的上边缘每隔半英寸用钉子钉成间隔一英寸高。我确信，这些动物从不可能从上面逃脱。这种蜗牛在维也纳市场需求很大，时常有一袋袋的蜗牛在市场上出售，与装豆荚、扁豆、芸豆和块菌的袋子放在一起。白玉蜗牛现在是英国陆地蜗牛中的一种。它是我们这儿最大的陆壳动物，在英格兰南部的一些郡数量非常众多，由奢华的罗马人在英国居住期间引进。"

②冬天，蜗牛在墙洞、地上或大石头下都处在蛰伏状态。如果天气暖和，特别是潮湿或雨天，它们有时会在冬天出现。这些动物有很强的生存能力，长时间没有食物也能存活。据知，在没有供给任何营养的情况下，它们能在抽屉或盒子里存活两到三年。

第九十三封
致戴恩斯·巴林顿阁下

1780 年夏，在靠近塞尔伯恩悬垂林中部的一棵细高山毛榉上，一对蜂鹰（雷称之为 buteo opivorus 或 sive vespivorus）用树枝和枯干的山毛榉叶筑了个大浅巢。6 月中旬时，一个胆大的男孩爬上这棵树，尽管站在树上高得让人眩晕的地方，他还是取下巢中唯一的一枚鸟蛋。这枚蛋已经孵了一段时间，里面有个小鸟的胎基。跟普通秃鹰蛋相比，这枚更小些，也没那么圆。两端各有一个小红点，被一个大血圈包围着。

被射杀的雌鸟完全符合雷先生的描述：黑色蜡膜，腿短粗，长尾巴。飞行时，很容易把它们和普通秃鹰分开。虽长得像鹰，但它们头小、翅膀没有那般尖，尾巴较长。这只标本的爪子里还有几条青蛙腿和许多没壳的灰蜗牛。它的虹膜是漂亮的亮黄色。

同年夏天 7 月 10 日左右，在同一片悬挂林，一对雀鹰在一棵矮山毛榉上的老鸦巢里孵窝。① 雏鸟数量很多，它们渐渐长大，变得凶猛和富于挑衅，这让村里所有翼下有小鸡或小鸭的母禽恐慌。一个男孩爬上树，发现这些雏鹰已经羽翼丰满，它们从他手下逃脱了。但他发现巢倒很规整：储藏室堆满食物，他从里面扯出一只小乌鸫、一只松鸦和一只家马丁燕。三只鸟的毛都被拔光了，有些还被吞去一半。②好几天，人们看见那对老雀鹰在新出巢的家燕和家马丁燕中大肆掠夺。这些燕儿还未成熟，无力控制翅膀用来抵御这些前来挑衅的外敌。

---

①兰尼教授说："虽然我知道这种鸟经常占据被乌鸦或喜鹊遗弃的巢，且不做任何额外修补。但我还知道它们也在陡峭岩石的洞穴中繁殖，比如在艾郡靠近莫克林的霍福德以及拉纳克的科特兰·克莱哥斯。"

雀鹰是一种胆大、凶猛的鸟，经常在人频繁出没的地方筑巢。几年前，在拉纳克郡的道格拉斯城堡，我们去拜访道格拉斯勋爵时，发现离东门不远的那条路附近有一个巢。我们很想要这种鸟，于是勋爵命令狩猎人射杀它们，但他只杀死了一只雌鸟。

②谈到这种鸟的残酷性情，蒙塔古说："我们经常观察到，越凶猛的鹰，一抓住猎物，就先吃掉头；而秃鹰，则不加区分地吞噬猎物。我们曾经从秃鹰那儿夺来几只山鹑和其他鸟儿，有一只一半胸和大腿都被吃掉了，而那只鸟还活着。"

第九十四封
致戴恩斯·巴林顿阁下

塞尔伯恩，1780 年 11 月 30 日

能让我与您再次通信的任何事件，都让我愉快。

说到雷称之为欧鸽（oenas 或 vinago）的野生斑尾林鸽，把它当作普通家鸽的始祖鸟毫无道理，这点我同您的想法一样。提出这一观点的人估计被另一个称呼误导，这个称呼把欧鸽称为野鸽。

欧鸽在冬天的习性和夏季大不相同，没有哪个物种似乎比它更难驯服成家鸽。我们极少看见栖落枝头或在林间出没的家鸽。但凡欧鸽待在这里，11 月到来年大约 2 月这段时间里，它始终都和斑鸠（palumbus torquatus）一同过着野生生活。它们常常光顾小灌木林和小树林，以橡树果实为食。它们还喜欢栖在最高的山毛榉上。如果能知道欧鸽的筑巢方式，我的疑问立刻就能解决。假如它们像斑鸠一样把巢筑在树上，那便和我的猜测一样。

您说，去年春天您收到寄自苏塞克斯郡的一只欧鸽。您还被告知这种鸟常在该地繁殖。但为何寄件人不能确定它筑巢的地点呢?

是筑在岩石、悬崖上，还是树上呢？如果他不是机敏的鸟类学家，我会怀疑这信息的真实性，因为我们这里的人总把欧鸽和斑鸠混淆①。

您认为家鸽的祖先是小蓝野鸽，从我个人角度并基于很多理由，我很乐意认同这点。首先，野生欧鸽明显比普通家鸽大，这就违反了通常的驯化规则，即后代会越来越大。再者，欧鸽两个翅膀上的飞羽有两块明显黑点，这种如此鲜明的特征，进化时不会完全消失，在后代身上应该很常见。但胜过100个论证的还是您在讲述卡那封郡罗杰·莫斯廷爵士的家鸽时举的例子：即使面对丰盛的食物以及细心照料，欧鸽任何时候也不会被诱惑住进家鸽的棚。但是，一旦开始繁殖，它们就会退往奥姆斯海德要塞，将卵安全地置于难以靠近的山洞和悬崖上。

Naturam expellas furca, tamen usque recurret.

（一柄干草叉，即可赶跑自然。但她会卷土重来的。——贺拉斯《书信诗》）

我曾请教一位猎人。这位如今已经78岁的老人告诉我，五六十年前，山毛榉林比现在大得多，斑尾林鸽数量很是惊人。他常常一天内能射到20只。有一次，他击落七八只飞过头顶的斑尾林鸽，还顺带击落一只长野鸟。他补充说，那群斑尾林鸽里常常混着几只小蓝鸽，他管它们叫"岩客"。这点我倒是头一次听说。这些数不胜数的候鸟以山毛榉坚果和橡子为食，还特别爱在碎茬中拣吃大麦。但近年来，随着萝卜大量种植，这种蔬菜已成为它们在恶劣天气里的主要食物供给。它们在萝卜根上啄出的小洞，极大地损害了作物。这些食物让它们的肉腐臭。以前它们被当作美味佳肴，现在人们拒绝食用。斑尾林鸽在田里啄食作物时被射杀，特别是在大雪天。有些在傍晚栖息时被埋伏在树林和灌木丛中的人们捕杀[2]。这就是这种奇妙的国内徙鸟的主要情况。它们在 11 月底来这里，在早春离去。去年冬天，在塞尔伯恩高地林大约有 100 只斑尾林鸽。但在从前，数量还要多得多。那时，不仅我们这很多，它们还遍布四周所有地区。每天早晚，它们像秃鼻乌鸦一样排成一队，有一英里长，从空中飞过。当上千只聚在一起，如果它们在夜里从栖息的树上忽然被惊扰，

> 它们就会骤然腾空，
>
> 远远闻之，声音犹如惊雷……

此外，我还要提件相关的事情。有一段时间，一个住在附近的亲戚，每拣到一只斑尾林鸽蛋，便会放进他鸽棚的一对抱窝的家鸽身下。他希望这样就能联盟，不仅壮大鸽群，也让斑尾林鸽教他的家鸽自己到树林里找橡果。计划看似合理，却总有些事阻碍了成功。尽管那些卵通常大都孵出来了，有些还长到半大，却没有一只活到成年。我亲眼在这些窝中见过这些小弃儿，每只都是一副奇怪而凶

残的天性，似乎根本难以容忍别人看着，总是威胁着用喙猛咬住别人。简而言之，它们总是死掉，或许是缺少营养的缘故。不过，主人依然认为它们凶狠野蛮的举止吓坏了养母，所以被饿死了。

维吉尔曾用比喻的方式，描述过一只鸽子盘旋在岩洞周围的熟悉情景。我忍不住引用一下这段诗。约翰·德莱顿用我们的语言十分传神地表达了这段话。所以，我实在没理由不把译文抄录如下：

维吉尔《埃涅阿斯纪》卷五，德莱顿英译：

Qualis spelunca subitò commota columba,

Cui domus, et dulces latebroso in pumice nidi,

Fertur in arva volans, plausúmque exterrita pennis

Dat tecto ingentem：mox aëre lapsa quieto

Radit iter liquidum, celeres neque commovet alas.

鸽子被她岩石的居所抛弃，

她惊慌失措，扑打着翅膀，

岩洞叮当作响，她飞出洞外，

离开那空洞的关怀，升腾起划破天空；

起初只是扑闪着，

最后竟一跃而起飞得更稳，

鸽子展开翅膀，冲向高处。

①英国除了斑鸠，还有三种野鸽，斑尾林鸽 columba palumbus 和欧鸽 columba aenas 以及原鸽 columba lima。后两者非常相近，但一个非常明显独特的标志是，欧鸽比原鸽大，原鸽身后为白色，而欧鸽是灰色的。现在人们普遍认为，岩石鸽是我们所有家鸽的祖先。有一种情况让这一观点很有说服力，那就是我们从来没有发现家鸽在树上建巢。当它们还未被驯化时，总是寻找旧的废墟或岩石筑巢。斑尾林鸽比其他两种大得多。

②一些老猎手说，这些鸟群中的一大部分常常在圣诞节霜冻结束后退去。

第九十五封
致戴恩斯·巴林顿阁下

塞尔伯恩，1781 年 9 月 3 日

我相当用心和满足地读完您的《杂论集》，诚挚地感谢您在书中称我为"博物学者"，但愿自己不负此名。

在以前的一些信中，对于家马丁燕冬季不会远离这个村子，我曾表示过怀疑。因此，我决定在小山的东南端进行调查——我觉得它们会在那里蛰伏以度过难熬的冬天。不过，进行这个实验最好的时机应该是春天，直到 4 月 11 日，都还没看到家马丁燕。那天，我雇了一些人在灌木和洞穴搜寻，这些是它们可能出现的地点。他们很尽力，却毫无收获。不过，搜寻过程中发生了一件很不寻常的事：工人们正忙碌着，几个人看到今年第一只家马丁燕飞进村里，进了巢。在那儿待了没多久，就又飞过屋舍。之后几天再没见到一只。直到 4 月 16 日，我才见到一对。总之，它们今年来得相当迟。①

---

①这些早到的鸟类可能在刮着顺风的时候，乘风急急忙忙地来到这里。

雨燕

第九十六封
致戴恩斯·巴林顿阁下

塞尔伯恩，1781 年 9 月 9 日

我最近遇见有关燕子的一个情况，这个情况对于我对燕科鸟的整个观察来说是个例外。今年 8 月 1 日左右，雨燕按常规隐退了，只剩下了一对。两三天后，这对燕子减成一只。这只顽强的燕子久久不愿离去，让我怀疑这一定是出于某种强烈的动机，那便是对幼鸟的依恋。于是我开始观察，直到 8 月 24 日，我才终于发现，它在教堂屋檐下照看羽翼已丰的两只雏燕，雏燕正从缝隙里伸出白白的下颌。这样一直持续到 27 日，雏燕看上去一天比一天机敏，似乎不久之后就能展翅飞翔了。可自那天之后，它们忽然不见了。我也看不见它们像每一窝雏燕都要经历的那样，绕着教堂学飞。31 日，我开始搜索屋檐，只在巢里找到羽翼未丰，已经死去发臭的雏燕。第二个巢筑在它们尸体上，两个巢里满是燕虱蝇黑亮的壳。

关于这件不同寻常的事，以下结论显而易见：首先，尽管雨燕不乐意滞留到 8 月初之后，但却不可否认，它们会待更长时间。其次，这件不寻常的事件起因是第一窝燕夭折。它证实了我之前的结论，即雨燕每年通常只繁殖一窝。否则，上面发生的这事就既谈不上新奇，也非罕见了。

又及：晚至9月3日，在拉特兰的林登城有人看见一只雨燕。

球菌

第九十七封
致戴恩斯·巴林顿阁下

听闻您询问过几种昆虫，这里我便讲一种从没料到会在这个王国发现的一种昆虫。我时常发现，家里墙上的葡萄藤，其中有一段一到秋天就蒙上一层像灰尘一样的黑色的东西。这东西苍蝇特别爱吃。受到影响的枝叶长势不好，果实也难以成熟。于是我拿放大镜去观察，如我开始料想的那样，上面找不到任何有生命的动物。但当我更仔细地观察大枝背后，吃惊地发现在上面覆盖着一层粗糙的壳，四周淌出像棉花的物质，围住中间一大片卵。这奇怪又罕见的东西让我想起之前读过林奈写的关于胭脂虫属（coccus vitis viniferae）的一段描述。他说，这种昆虫产在南欧，寄生在许多藤蔓上，是种极其可怕又讨厌的害虫。我一想到有关这种昆虫的相关描述，便立刻发现葡萄藤上有一大群。它们似乎根本没有受到前一年寒冬的影响。

那时，我还根本没有意识到它们跟英国有什么关系，我依然认为它们应该是来自直布罗陀。因为我时常收到很多装植物和鸟类的盒子和包装，有一些是从那里寄来的。另外就是，那株受感染的葡萄藤很快爬到书房的窗子上，我常把标本放在那里①。事实上，我已经很多年没有收到寄自那里的东西。但我们知道，昆虫总以意想不到的方式从一个国家转移到另一个国家，而且用很强的力量维持它们的存在，直至找到适合繁殖生长的地方。我因此没法不怀疑，我家的这些球菌应该来自安达卢西亚。然而，正直促使我承认，莱特富特先生有次写信给我，说他在多塞特郡的韦茅斯一株葡萄藤上见过这种昆虫。这里要提一下，韦茅斯是座海港小镇，球菌（coccus）很有可能随船转到那里。

我的许多读者或许从未听过这种奇怪而罕见的昆虫，我将在这里摘录《直布罗陀自然史》的一段相关描述。该书的作者是可敬的兰开夏郡布莱克本教区已故的约翰·怀特牧师，书还未出版。

"1770 年，我房子东边一株多年来一直果实累累的葡萄藤，忽然间，所有的枝干都覆盖着很多一大块一大块看上去像蜘蛛网或原棉的白色纤维物。那东西黏性很大，所有东西一碰上它，便被牢牢粘住。它还能抽出长丝。起初，我怀疑这是蜘蛛的作品，但却找不到一只蜘蛛。上面除了能看到许多粗糙的褐色椭圆形壳，什么也没有。那壳看上去根本不像昆虫，反倒像葡萄藤的一小块干皮。当这些害虫附着在上面时，藤上已结满葡萄，然而，果实现在已经受这肮脏累赘的损害。这些虫爬满大部分藤蔓，待了整整一个夏天。我常常一把把将它们扯下来，但黏性实在太强，无法彻底清除。葡萄无法自然熟透，变得寡淡无味。后来查阅 M. 德·雷米尔先生的著作，我发现对这种情况有完整的描述和解释。我见到的那些粗糙外壳，原来正是雌球菌（cocus）。壳外流出的那层棉花状物质，用来覆盖和保护它的虫卵。"

我再适当补充下：雌球菌（cocci）静止不动，一旦安定下来，便极少更换地方，雄虫则有翅膀。我所见到的那片蚂蚁和苍蝇都爱吃的黑灰，肯定是雌虫的粪便。尽管我们这里最严酷的冬天也无法杀死这些虫子，但在园丁的照料下，经过一两个夏天，我的葡萄藤彻底摆脱了这种脏东西。

上面提过，昆虫以难以预料的方式，从一个国家进入另一个国家。这里，我要提下 1785 年 8 月 1 日，也就是不久前，我在塞尔伯恩村观察到的小蚜虫的移居情况。

那天天气很热，大约下午三点钟下起"蚜虫雨"，村民们都惊呆了[②]。路上的行人满身都是虫子，树篱和花园里也是，它们降落到植物上，让植物变成黑色。我种的那些一年生植物也被染了色。六天后，洋葱地的茎秆上还有虫子。这些大军无疑正在迁徙，更换营地。就我们所知，那天一整天都刮着东风，它们应该来自肯特郡或苏塞克斯郡的大片啤酒花地。同一时间，在法纳姆附近，从法纳姆山谷到奥尔顿人们一路都能看见一大团一大团的蚜虫[③]。

---

①在英国的温室和暖房里发现的滋生球菌的大多数种类，都是随着外来植物进入这个国家的。它们是一种多产的昆虫，现在在这个国家非常普遍。雌虫固执、顽强地黏附在植物的枝条上。其中一些已经完全丧失昆虫的形态：它们身体肿胀，皮肤展开，变得光滑。它们非常像在

植物上发现的一些液汁或排泄物，以至于不熟悉的人们会那么以为。经过变化，腹部只是一种壳，覆盖住卵或者说卵藏在壳的下面。另一些还保持昆虫形态，直到产卵后死去。它们腹部长有一种绒毛状物质，形成巢状，把卵产在里面。

　　雄性有翅膀，是小而活跃的昆虫，与雌性大不相同。它们和用于制作著名的胭脂红色染料的胭脂虫或是美国胭脂虫属于同一种属。

　　②这些棘手的虫子有好几种，最高大的树和最弱小的植物都容易受到这些虫子的攻击。虫子的数量多得难以估计。它们喜欢新鲜的嫩芽，常常钻到叶子里面造成很大的破坏。有些虫子会不加选择地以各种植物为食，另一些虫子则关注破坏某种植物。玫瑰树上的蚌虫经常把这些可爱的花朵毁坏掉。雌虫一次受孕可繁殖九代，完全背离了自然界的一般规律。

　　③几种昆虫移居的不同方式，请参阅德勒姆的物理神学。

第九十八封
致戴恩斯·巴林顿阁下

如果碰巧到养有金鱼或银鱼①的人家里做客，我总会很高兴。这为我提供了一个观察它们行为和喜好的好机会，而这些在自然状态下人们很难了解到。不久前，我在一个朋友家住了两周。他家就有这样一个大鱼缸，我密切关注着，抓住每一次机会观察在那方狭小天地里发生的事。在这里，我第一次观察到鱼死的方式。这生物一旦生病，头就越沉越低，变成倒立姿势。它越来越衰弱，失去平衡，尾巴上翻，最终浮在水面，肚皮朝上。鱼死后呈现那副模样，原因显而易见。当肚子上的鳍无法支撑身体平衡，较重的、有肌肉的后背受自身重力下沉，带动较轻的肚皮上翻，因为鱼腹内含有起漂浮作用的鱼鳔成了空腔。有些人喜欢养金鱼和银鱼，是认为不用给它们喂食。的确如此，水里即使没有看得见的食物，它们也能存活很长一段时间，这时因为它们从经常更换的清水中获取食物。它们必然从微生物和其他营养物中获取养分，尽管看上去没吃什么，但吃的东西常常会排泄出来。它们喜欢干燥无味的食物的说法也很容易被驳倒。如果你扔给它们一把面包屑，它们会飞快吞掉，更不用说是贪食。然而，面包要控制着给，否则一旦变馊，便会污染水。它们也吃一种俗称"鸭肉"的浮萍和小鱼苗。

它们要想前进一下，只须微微伸一下胸鳍。这种鱼以及其他所有鱼要以不可思议的速度快速游动，都需要强壮、肌肉发达的尾巴。据说鱼眼不能移动，而这些鱼显然可以根据情况需要，让眼珠在眼窝里前后转动。即使把燃烧的蜡烛举到鱼的头顶，它们也不为所动。可是，如果用手猛击鱼缸地下的支撑物，它们就会被吓得仓皇逃窜，特别是在它们一动不动，或许正在睡觉时。鱼没有眼睑，眼睛总是睁开，很难辨别出它们到底什么时候睡着或者醒着。

没有比观察一玻璃缸这种鱼更有趣的了。玻璃和水的双重折射让鱼在各色变幻中游动。如这两种媒介由一个凸凹形状的浴缸配合，它们的身影会被放得更大、扭曲得更厉害。如在我们的客厅引入这样一种元素和其他住户，不用说，一定会营造出一种让人愉快的氛围。

尽管金鱼和银鱼原产地为中国和日本，但它们已很适应这里的气候，在池塘和鱼池生长繁殖得很快。林奈把这类鱼称为"金鲤"（cyprinus auratus），归于鲤属（cyprinus）。

有些人用十分新颖的方式展示这种鱼。他们的玻璃缸中间有个与壁隔开的中空部分。通常，他们会在这里放上一只鸟。于是，你就能看见一只仿佛在水中央蹦跳的红额金翅雀或赤胸朱顶雀。周围是游来游去的鱼儿。简单的展示方式已很宜人，但这种复杂的方式反倒显得十分古怪和生硬。这种做法应该排斥，因为他——

（Qui variare cupit rem prodigialiter unam.）

在经不起穿凿的地方而大肆穿凿。

———————————

①金鱼和银鱼为同一种类，林奈称之为鲤鱼（cyprinus auralus）。刚产出的幼鱼全身为黑色，后来变成白色，再变成金色；银鱼的颜色最早出现在尾巴周围，再向上延伸。最小的鱼最漂亮，呈橙红色，看起来像撒了金粉；有一些是银白色，还有些白色带红色斑点。当它们养在池塘时，它们常常要学会一听到铃响就浮到水面上吃食。据说是在 1691 年第一次引进到英国。

第九十九封
致戴恩斯·巴林顿阁下

1781 年 10 月 10 日

我之前观察过，多数家马丁燕会在 10 月的第一周退去，我相信，也有一些出壳较晚的雏燕会逗留到那个月中旬。有时，大概每隔两三年，也能在 11 月第一周看到一群家马丁燕，但也仅是一天。

1780 年 10 月，天气和暖无风，我们发现最后一群家马丁燕，大约有 150 只。我决心留心观察这些晚去的鸟儿，看是否能找到它们的栖息地及隐退的确切时间。这些晚走的燕子一整天都待在悬挂林和我房子之间的隐蔽区，悠闲轻盈地滑翔，捕食为避风躲到这里的昆虫，它们很喜欢这种方式。为了发现它们的栖息地，在它们归巢之前，我都小心地等在附近。最后，我惊喜地发现，一连几个下午，刚过五点一刻，它们便像箭一样急掠向东南方，一头扎进山脚下农舍上方矮矮的灌木丛里。①那地方在各方面都很适合当作过冬的居所。斜顶像屋顶一样防水。覆盖着常被绵羊啃食而长不高却又异常浓密的山毛榉灌木丛，交错纵横连最小的西班牙猎犬也钻不进来。此外，灌木丛的叶子冬天不落，地上和枝头的叶子形成最完美的遮蔽。我一直观察到 10 月 13 日和 14 日。我发现，它们总在傍晚同一时间一同归巢。这两天后，它们不再统一出现。我不时能见到一只离群的。10 月 22 日早上，我看到村子上空飞过两只家马丁燕，便结束了这一季的观察。

从以上这些情况看，这些滞留如此晚的家马丁燕，冬季极可能不会离岛。如果它们如我所愿出现在秋天的 11 月，我想在助手的帮助下，一定能解决所有疑问。然而，尽管 11 月 3 日如我所盼，天气晴好，却一只家马丁燕都没来。我只能放弃探求。

我还要补充一点：这片占地数英亩的灌木丛并非我的产业，否则仔细翻找下，兴许能找到一些晚孵出的雏燕，或隐匿在该地所有的家马丁燕。由此也许能发现，它们不会退到温暖的地方过冬，在距村子 300 码的地方从未离开。

---

①作者非常希望确立这样的观点，即有些燕子和它们的同族在冬天并没有离开，而是和我们一起过冬。除了我们提出的关于燕子部落迁徙的大量证据外，我们将引用著名的美国鸟类学家奥杜邦对崖燕的有趣观察。出于极力想解决有关燕子迁徙这个一直有争议性的问题，我便抓住一切机会观察它们的习性，在它们到来和隐退时仔细记录，包括体现它们特点的每一个细节。经过几年不断的观察和反思，我注意到，在所有迁徙鸟类中，那些离我们最远的鸟类比那些只退居到美国境内的鸟类更早离开；根据同样的推理，留下来的鸟类更早在春天来临时返回。这些情况在冬天，我往西南进行过程中被证实了。我发现许多莺和画眉羽毛丰满、高声歌唱。也有人评论说，威尔逊口中的绿喉草燕（hirundo viridis）比其他任何燕子在新奥尔良城都待得晚。

11 月期间有大量冰川出现，我记下了从当月 3 日开始的气温日记，直到水鹨鹉到来。以下摘自我的日记，由于在乡下居住多年，我有极佳的机会游览据说在短暂的霜冻期间这些燕子会游览的湖泊，因此，我能自信地介绍它们："11 月 11 日天冷，白霜重。一整天燕子很多。询问居民这是否不寻常，所有法国人和西班牙人都表示肯定。从这日到 22 日，平均温度 65 华氏度，天气通常为毛毛雾。燕子在城市上空嬉戏，数以千计。

"11 月 25 日　早晨温度 30 华氏度。新奥尔良冰厚四分之一英寸。燕子在城后柏树沼泽的避风处。一群群燕子，数以千计。一次射死 14 只，全都浑圆，羽毛丰满。市场上很多这种柔嫩多汁、美味的鸟。每天都看到燕子，但有人说，越来越大、越来越多的风把它们从海上吹来。

"12 月 20 日　天气持续一样。雾和蒙蒙细雨。平均温度升高到 63 华氏度。

"1 月 14 日　温度 42 华氏度。天气持续一样。我的小可爱总在眼前晃。

"1 月 28 日　温度 40 华氏度。我已经不断看见绿喉草燕（hirundo viridis），紫草马丁燕也开始出现，我便中止观察。"

整个冬天，很多燕子都隐居在房子周围的洞穴里，但更多的去了湖泊，在干燥的杨梅树枝间过夜，杨梅树是法国殖民者起的名字。日落时分，它们开始互相呼唤，成群聚在一起。不久，天气转好无风，它们开始像云一样向湖泊或密西西比河口移动。它们飞行前的空中演习真是美景。它们起初看起来像在侦察这个地方，尔后突然陷入一片混乱，以惊人的速度螺旋下落，像条鳟鱼。在离杨梅几英尺之后，它们分散在各个方向，形成几个矩形。然而，它们的叽叽喳喳和翅膀扇动的声音整晚都能听到。天一亮，它们就起飞，低低地飞过湖面，几乎触到水面。一段时间后，再又飞起来，逐渐朝不同的方向分散寻找食物。它们有很多被这些地方的猎人打死了，猎人用轻桨把它们打翻，以推动独木舟前行。

第一百封
致戴恩斯·巴林顿阁下

自然史的作者不能太频繁地提及本能。这种有限却神奇的能力，在某些情形下，会增加动物理性之上的兽性，也让其他动物远远低于这种本能。哲学家们将本能定义为一种神秘的影响力，在它的驱使下，无论在任何情况下，每个物种都能自发地以相同的轨迹或者同一方式探求，无须指引或是举例。如果缺乏教导，理性往往多变，探寻的方法似乎很多，但在本能影响下最终只有一种。如今，这个准则不再普遍适用，很多情况表明，本能也会随着环境和条件的不同而多变。

据说，每一种鸟都有其特有的筑巢方式，就连小学童也能立刻辨别出面前的鸟巢种类。田野、林间和荒原里的鸟巢都是如此。但在伦敦周围的村庄，几乎看不见苔藓、蛛丝或是棉花，苍头燕雀的巢也因此不太雅致，也不像偏远乡下的那些巢，漂亮地装饰着地衣。鹪鹩不得不用麦秆和干草筑巢，这让这个小建筑师的建筑物自然也不那么浑圆紧密。家马丁燕的巢通常情况下为半球状，但在筑巢时遇到椽、托梁或檐口时，巢便会顺应障碍物修建，因此形状显得极不规则，成了扁平状、椭圆形或变得扁长。

以下事例中，本能始终如一。松鼠、田鼠和一种叫五十雀（sitta europcea）的鸟多以榛子为食，然而打开榛子的方式却各不相同。松鼠会先锉掉榛子的小端，再用长长的门牙将其嗑成两半，跟人用刀撬开榛子的动作一样。田鼠用牙在榛子表面凿出一个洞，规整得简直像是用打孔器打出来的。只是洞眼很小，人们不免纳闷它怎样掏出里面的仁。五十雀用喙凿出一排不规则的小孔。不过，这位小艺术家没有能固定榛子的前爪，它便像灵巧的工匠一样，将榛子固定在树缝或是石缝里，再站上去，钻凿坚硬的榛壳。得知某处有五十雀出没，我们便在五十雀出没的地方，往门缝里塞上榛子，这些榛子很快会被它们掏空。五十雀钻凿时发出很大敲击声，老远都能听见。[①]

如果您对音乐既懂理论，又有实践，或许能最好解释下，为什么音乐会已经结束，但是当人们想起时，旋律依然会奇怪地影响一些人。下面这段话或许能更好地表达我的意思：

> "相比人声和乐器，他更喜欢鸟儿的鸣唱，这并不是说前者不能给他带来乐趣，而是因为人声传递的音乐在脑海中留下某种持续的激动，那些起伏、音调和变化，主音与和音在幻想中传递和回响，扰乱了注意力和睡眠。而鸟儿的鸣叫则不会带来这般困扰，无法模仿的声音不会扰乱心神。"

——伽桑迪《佩雷斯克传》[②]

这段与我遇到的情况十分契合的话如此打动我，它美妙地描述了我经常感受却不能很好表达的感受。当我听到优美的音乐，一些乐章便会日夜在我脑中盘旋，特别是睡梦初醒时久久不散，这带给我的困扰多过欢愉。这些优雅的旋律始终拨弄着我的想象力，不可抗拒地时常浮现在我的脑海里，甚至在思考较为严肃的事时。③

---

①正如伦尼教授公正地说过，本能并非绝对可靠，因为有很多受本能误导的事例。例如，阿诺德博士在苏门答腊发现了一种奇妙的植物——大花草，据说闻起来像腐牛肉。他看到一群苍蝇聚集在它周围，他猜它们是想把卵置在花上，显然，它们以为那是一块腐肉。

昆虫把大花草误认为腐肉并非个案，我们国家也有类似情况。普通的肉蝇（呕吐性蝇蛆）常把卵产在腐烂的阴茎和蘑菇上，显然它们误以为这是真正的肉。

蚯蚓本能地害怕鼹鼠，每当地面晃动，不管是人弄的还是动物，它都会钻到地表。男孩子们想抓住这些可怜的动物，便会利用它这种对敌人的天然恐惧。孩子们把铁锹或木桩沉入地下，来回移动，惊恐的蚯蚓就会爬到地表。安德森博士在他的《见闻》中提到，麦鸡（tringa vanellus）意识到蚯蚓的这种本能恐惧，当食物稀缺时，它用脚轻拍地面，让蚯蚓误以为鼹鼠正在接近，便爬到地面，一下子就被狡猾的鸟吞没。

布谷飞行的方式很像鹰，于是经常被小鸟驱逐，以为这也是一种凶残的破坏者。

林奈提到在托尔内亚有一片草地或是沼泽地，那里盛产毒董铁杉木（cictuta virosa），牛吃了后会中毒；每年有 50 到 100 头牛死于这一原因。

②因为这段引人入胜的经文只有古典学者才能理解，所以我们给这些人之外的人提供了翻译。

③阿尔费里也感受到类似冲动，他把自己一生中听音乐的感受描述成一种非常强烈的感觉。对此，他谈到了 12 岁时观看的第一部歌剧："这首变化多端、迷人的音乐深深地浸入我的灵魂，

让人惊讶地影响了我的想象力：它激起了我内心最隐秘的地方，至于之后几周我一直被最深沉的忧郁保卫，当然也并非完全没有乐趣。我对学习感到厌倦、厌烦。与此同时，最狂野和怪诞的想法占据了我的心智，似乎要让我用最热情的诗句来描绘它们。这是音乐第一次对我产生如此强烈的影响。之后我再没有类似经历，而它便一直铭刻在记忆中。当我回忆起我在几次狂欢节期间参加的盛大歌剧表演时候激起的情感，并把它们和我现在经历的那些表演中的情感相比较，我就完全明白了：确信没有什么能像音乐一样强烈地影响我的思想，尤其是女低音。没有比它更能激起不同感觉的东西了。我大部分的悲剧情节不是在听音乐时构思出来，就是在之后几个小时内形成。"在随后的一段文章中，他说："我最大的乐趣是参加歌剧表演，尽管欢快活泼的音乐给人留下深刻而忧郁的印象。这时，我喜欢独自沿着波蒂奇海岸游荡，脑海里有 1000 个阴郁和哀伤的想法在游走。"

思想的联想，音乐的唤醒，对敏感的心灵也有强大的影响。《伦敦杂志》下面的引文非常清楚地说明了这一点："据我所知，在巴黎，有一个爱尔兰爱国者的遗孀听到《流亡的艾琳》时，沉浸其中，眼泪涌上她的心头。可让人吃惊且又奇妙的是，她对音乐没有鉴赏力，甚至没有音乐这种爱好。"

第一百〇一封
致戴恩斯·巴林顿阁下

一只新来的罕见小鸟经常光顾我的菜园。我有充分的理由相信，这是一种在王国一些地方常见的小啄鸟。之前我曾收到过来自直布罗陀海峡的几只这种死鸟标本。这种鸟酷似白喉林莺，只是胸部和肚子更白，或者说更像是银白色。此外，它像鹪鹩一样好动活跃，在枝头蹦跳，四处寻食。它还会爬上冠花贝母的茎，把头埋进花盅里，吸吮每片花瓣上蜜的汁液。有时，它像林岩鹨一样在草地上找食，在小片草地和修剪过的小道上蹦蹦跳跳。

一个聪明且善观察的邻居说，在 5 月初的一天，晚上大约 7 点 50 分，他发现一大群家燕栖在詹姆斯·奈特水塘上方的一株柳树上，他估计其数量不下 30 只。鸟儿的唧啾引起他的注意。它们头朝一个方向，立成一排，定定地栖在一根树枝上，压得树枝都能碰到水面。他一直注视着它们，直到天色渐暗，完全看不见为止。春秋两季不断听到类似情况，这使我们极为怀疑，家燕非常恋水的特性应该和捕食无关。在冬天非常寒冷的月份，它们即使不潜入水中，也应该会藏身在池塘边或是小河岸。

沃尔默猎场有位守林人，把在林场边射杀的一只正在吞食斑尾林鸽的游隼送给了我。这种游隼又名野隼，属于鹰类名种，南方各郡很少见。1767年冬，人们曾在相邻的法林登教区射杀过这样一只游隼，我送给了威尔士北部的彭南特先生①。自那以后直到现在，我才再次见到这种鸟。上面提到的那只游隼射杀时没被损坏，标本保存完好。它的两翼展开后间距42英寸，喙到尾长21英寸，重2.5磅。这种鹰体格强健，从外形看，天生就是掠夺者。它的胸部饱满、多肌肉。大腿粗长结实；小腿极短却很完美；脚上带有强大、尖利的长爪；眼睑和喙上的蜡膜呈黄色，眼虹膜为灰色；黑色钩状厚喙，上颚两端各有一个锯齿状的凸起；相对大个头，尾巴较短，即便合起双翼，也无法盖住尾梢。它体形庞大秀美，应该是只雌鹰，可惜我不能解剖这个标本。猛禽通常都比较清瘦，可它却是例外。它的嗉囊里有很多大颗麦粒，应该来自被射杀时正吞食的那只斑尾林鸽，因为猛禽不吃谷物。但是，它们吞食起猎物来却迅疾凶猛，骨头、羽毛以及所有东西，都不加分辨地纳入腹中。②这种游隼的繁殖地据知在威尔士北部或苏格兰群山，这只很可能是被那里近来的严酷天气和大雪驱赶到这里的。

---

　　①见致托马斯·彭南特先生的第十、十一封信。——作者注

　　②猛禽连同猎物肉一同吞下骨骼和羽毛，往往有助消化。

第一百〇二封
致戴恩斯·巴林顿阁下

我的一位近邻在东印度公司任职。这位年轻的绅士从广州带回两条中国品种犬,一公一母。这种犬是一种当地人养来吃肉的肉犬,有中等个头的西班牙猎犬那么大,毛色浅黄,背上的毛粗糙直立,一双尖耳朵挺立着,头尖尖的,外表看上去很像狐狸。这种犬后腿出奇地直,关节处和大腿后面也没有打弯,因此一跑起来步态笨拙。它们跑动时,尾巴像猎狗一样高高弯在背上,露出尾巴两侧两片秃毛区。这应该不是事故所致,而是这种狗独有的特征。它们的小眼睛乌黑透亮,眼神锐利。嘴唇一色,舌头为青色。母狗的后腿各有一只悬蹄,公狗没有。一把它们带到田里,母狗立刻显示出好猎的天性,她一直吐着舌头,闻到一群山鸡的气味便紧追不放,直到将它们找到。来自南美洲的狗哑声不叫①,但这两条却吠个不停,声音短促粗粝,如同狐狸的声音。这狗举止粗暴野蛮,如同它们的祖先一样。它们并未被驯化,只不过被圈养起来用大米和其他谷粉喂大,便把这些当作餐粮。它俩一断奶就被带上了船,没能从父母那儿学到什么,但来到英国却不喜欢吃肉。在太平洋岛屿上,狗都是吃蔬菜长大的，不会吃那些周游世界的游人喂的肉。

我们知道，在自然状态下，狗的耳朵又尖又挺，像狐狸的一样。那些人们认为优雅的垂耳，是选育和培植的结果。在《伊斯布兰特从俄国到中国游记》这幅铜版画中，在奥比河边为鞑靼人拉雪橇的狗的耳朵尖尖的，跟那两条广州来的狗一样。卡姆沙特戴尔人也训练这种尖耳尖鼻的狗拉雪橇，这情景在为《库克船长最后的环球航行》制作的一幅精美的铜版画上可以见到。

谈到狗，我们不妨再补充下：所有喜爱狩猎的人都知道，虽然西班牙猎狗出于本能，愉悦和敏捷地追逐山鹑和野鸡，但真把这些猎物喂给它们吃，它们几乎不碰那些骨头。我养的杂种狗尽管也很擅长这类捕猎，它们也是如此。但当我们把那些山鹑丢给这两只来自中国的狗，它们会很贪婪地吞食掉，还把盘子舔得干干净净。

只有习惯了气味，猎狗才会冲向丘鹬。只有接受过狩猎训练，才会猛烈地狂追猎物。但是它们不碰猎物的骨头，即便饿了，也会厌恶地避开。[2]

狗不爱吃自己无意猎捕的鸟的骨头，这不足为奇。但它们为什么排斥或者不喜欢吃自己追捕的猎物，原因就很难解释。狩猎的最终目的不就是为吃掉捕获的猎物吗？此外，狗也不吃有些腐烂的水禽和任何野禽的骨头。它们更不会碰那些以下水和垃圾为食、皮肉腐臭的鸟的尸体。这种厌恶可能真的源于恰巧的本能，因为吃掉那些腐肉的本该就是秃鹫[3]、鸢、渡鸦和乌鸦狗等生物，它们算是狗的同餐之友[4]。它们似乎才是大自然任命的清道夫，负责将地球表面上所有尸体般的腐物清除干净。

---

①富兰克林上尉从北极地区带回来的那些狗是种哑狗，据知在它们的故乡从来不吠；在这儿出生的一只幼崽，已经学会了模仿他的同伴。

②据说，猎狗常常在第一次被带入田野时就知道如何捕猎，捕获的猎物与一只训练有素且状态稳定的老狗成绩持平。

③哈塞尔奎斯特在《利文特之旅》中提到，大开罗的狗和秃鹫保持着一种友好的交往，以至于在同一个地方抚育它们的幼崽。

④狗的中文发音，欧洲人听起来就像是"吉奥古"。

第一百〇三封
致戴恩斯·巴林顿阁下

埋在沃尔默猎场沼泽地的木化石还没被挖尽，挖泥炭人还不时能碰到一两根。最近我就见到一根，它被橡木架区的工人送到村里的木匠那里。这是小橡树的一截端头，约五英尺长，直径约五英寸。很明显，这截木料是用斧头从地下砍来的，很重，黑的像是紫檀。我问木匠为什么买这截木料，他说，这是买给他在法纳姆做细木工匠的兄弟。他兄弟会把木料嵌在一些更白的木头里，用来做柜子。

那些常在春夏两季天黑之后出门的人，时常会听到一种鸟儿在夜间飞过，重复着短促的叫声。这种鸟我也注意过，直到最近才辨认出来。现在，我可以非常肯定地说那是欧石鸻。每晚天黑之后，一些欧石鸻从山上的高地和诺思菲尔德，飞往南边的多顿。那里溪流和草地多，它们能找到大量食物。夜飞的鸟无疑都很吵闹，它们不断重复的叫声成为聚拢到一起的信号或口令，让彼此在黑暗中不会走散。

秋天的晚上，秃鼻乌鸦的行径离奇而有趣。每近黄昏，它们便结束一天的觅食，排成长队往回飞。数千只秃鼻乌鸦聚在塞尔伯恩冈，它们在空中盘旋，嬉闹着向下猛扎。同时它们呱呱地大声叫着。叫声经过一段距离变得越来越弱，越来越含混不清，等传到下方的村庄时，听起来就像是喧嚣声或是责备声，或者说更像是愉悦的低语，引人遐想。那声音听起来也像空谷中在林间回荡的犬吠；疾风掠过高树、浪涛拍打礁石的声音。随着最后一丝天光，这筵席也结束了。它们退到提斯泰德和罗普利的山毛榉林深处过夜。我们记得有个小姑娘，她常常在入睡前说，那些秃鼻乌鸦其实是在祷告，这话带有真正的自然神学精神。那时她还那么小，根本不可能知道上帝曾经确实在《圣经》里说过这样的话："他喂养呼唤他的乌鸦。"①

---

①乌鸦无疑有它们自己的语言，整个群类都懂这种语言。一只负责站岗放哨的鸟使用一种特殊的音符，用来警告它的同伴有危险在靠近。一听到这个声音，它们就都飞起来，往与危险相反的方向飞去。

第一百〇四封
致戴恩斯·巴林顿阁下

在阅读赫胥姆博士在普利茅斯所著的《论气候》时，我发现，其新奇而准确的评论涵盖的内容包罗万象，其中包括 1727 年到 1748 年的天气情况。尽管德文郡经常下雨，但降雨量不大，有些年份还非常小。1731 年的降雨量仅为 17.266 英寸，1741 年为 20.354 英寸，1743 年只有 20.908 英寸。靠海的地方多流云，空气潮湿，这些流云不会深入内陆，因此尽管雨量不大，海边却显得比较潮湿。在普利茅斯最潮湿的年份，赫胥姆博士测量到的降雨量也仅为 36 英寸。1734 年测量到的降雨量为 37.114 英寸。这个数值不及我在塞尔伯恩短期测量结果的一半。赫克萨姆博士说，频繁的小雨让空气变得潮湿；大雨压下蒸汽，反而会让空气更干燥①。他观察到有些天体在空气潮湿时比干燥时更透明。对此他评论说，在干旱季节，天空昏暗迷茫的原因在于缺少让光线穿透的湿气，从而降低大气的能见度。但在雨季，他没有发现空气有类似现象。

一个住在山冈的朋友曾把三门回旋炮搬到我这里，炮口对着悬挂林，以为会有很不错的回声，但试验结果并没有应和他的期待。

于是，他把这三门炮移到悬挂林中的空地。炮声冲过莱斯村和鸡冠林时，声音洪亮。不过，还是在赫米蒂奇，回声和余音听起来更为悦耳。莱斯村满是轰鸣声，仿佛要把所有山毛榉连根拔起。转向左边，声音在鸡冠林池塘上方的山谷回荡。稍停歇会，碰撞声似乎又再次响起，蔓延到哈特利悬挂林四周，最后渐渐消散在沃德勒罕的灌木丛中和小树林里。据说这里以前是亚拿突，即应答或是回声之地，非常适合做这种实验。应该再补充一句：当回音停下又响起，如同音乐停顿又奏响，给听者带来惊喜，激起美妙的遐想。

上面提到的那位绅士家住牛顿瓦朗斯，他刚刚在客厅安装了一支气压计。最早我们在塞尔伯恩小心翼翼地往管里装了两次水银，直到水银柱高度与我的气压计完全相同。回到牛顿后他又装了两次。那里海拔高，水银柱的高度会比这里低 310 度/英寸。如果气压更低，水银柱高度应该也会更低。在牛顿，气压计的水银柱读数在 27 度。暴雨天，水银柱往往会降到 28 度以下。我们原认为他在牛顿的房子比我家高 200 英尺。但如果"海拔每增 100 英尺，水银柱下降 1 度/10 英寸"的规则成立，那气压计在牛顿的读数比塞尔伯恩低 3 度/10 英寸的情况便可证实：牛顿那栋房子的海拔，实际上应该比我此时写信的这个家高 300 英尺，而非 200 英尺。

我再补充下，塞尔伯恩的气压计读数比南兰贝思的低 3 度/10 英寸。据此，我们应该有理由断定：前者的海拔应该比后者高 300 英尺。从这里流出的小溪经韦布里奇注入泰晤士河，再流往伦敦。因此，塞尔伯恩到南兰贝思的地势一定越来越低。考虑小溪的蜿蜓，两地距离应该不低于 100 英里。②

---

①斯宾塞先生谈到这个话题时说："相比英格兰和欧洲北部许多地方，在夏季意大利的空气干燥得多，这点众所周知。但我不知道即使在冬天的雨季，这种差别同样显著。用一个性能良好的湿度计，以及从没有生火的房间里窗户内水汽的凝结，我一直发现到这样差别非常大。无论在英格兰还是在我居住了三年的布鲁塞尔，不管白天下雨或是天晴，晚上凝结的水都会滴到地板上。每当有霜降，无论在英国还是布鲁塞尔，窗户内部都凝结有厚厚的冰壳。而在佛罗伦萨，在类似的情况下，我也仅在萨尼斯山脉中部朝北的房间里的窗子中间发现一次这样的轻微凝结。在许多证明冬天空气更干燥的证据中，有一种证据足够充分：在每条街的角落，葡萄以不到两便士一磅的价格出售到 3 月底，虽然采摘了整整 4 个月，但完全没有霉味。"

②现在用于测定大气压力以及高于另一地或者是海平面高度的最佳仪器，是爱丁堡王子街58 岁的阿迪先生发明制造的气压计，他称之为弯管流体压力计。我们大力推荐这种非常简单的仪器，它仅需通过减法和乘法的简单运算即可获得高度，因而使用普通气压计获取高度，气压表必不可少。

第一百〇五封
致戴恩斯·巴林顿阁下

一个地区的气候无疑是其自然史的一部分，出于这个理由，我便无须为以下四封信致歉。这些信件将会谈到大霜冻的特别之处和几个异常炎热的夏天，在我的观察中，这些都与众不同。

1768 年 1 月的霜寒期，虽然持续时间很短，却是我们多年来遇到最严重的一次，对常青植物造成极大危害。研究这酷寒形成的原因以及损害成因应该有用，会被喜好种植和装饰的人们欣然接受，或许还能因此成为一个永不失效的作品。

去年最后两三天下了场大雪，雪均匀厚厚地铺着，把极为卑微的植被包裹得十分严实。新年的第一天到第五天，又接连不断地下起了雪。之后，天空放晴，正午太阳的热量大大影响了这些庇护所。

如此一来，我那常青树上的雪天天融化，夜晚结霜。荚蒾、香料月桂、普通月桂过了三四天，看起来就像被火烧过一样。邻居家同样的植物种在高寒地方，上面的雪从未融化，植物也没有受伤。^①

我由此推断，对植物最致命的伤害并非严寒，而是反复的融化和冰冻。这时，每位种植园主都快速行动起来，他们用一些应对紧急情况的方法，借此免除可能在几天内失去劳动成果和希望破灭的痛苦。如果种植园面积很小，他们就用垫子、布、豌豆茎、稻草、芦苇做覆盖物。如果灌木丛很广，他们便让工人们带着草耙和叉子四处走动，小心地将雪从树枝上移除。露出树叶的地方会比残雪融化后再次冻结的地方更容易移除积雪。

这初听起来可能像个悖论，但是，更为柔嫩的树木和灌木确实不应该种植在炎热的地方。除了上面提到的原因，这类植物在春天发芽更早，秋天更晚停止生长，因此更易受迟去或者早到的霜冻伤害。出于同样的原因，来自西伯利亚的植物也难以忍受我们这里的气候：春天刚到，它们就开始发芽，这样往往经受不住三四月的寒夜。

福瑟吉尔博士和其他人在种植来自北美那些更娇嫩的灌木时也面临同样的问题。他们把这些灌木种在北墙下，东边或许也应该垒起一堵墙，以抵挡那个方向来的刺骨寒风。

这种观察结果用在动物的生活上，也无不妥。敏锐的养蜂人已经发现，冬天蜂巢不应该暴露在暖阳下。因为这种不合时宜的温暖会让居民们过早地从睡梦中醒来。蜜蜂如果过早活动，天气一旦转冷，它们就会遇到诸多麻烦。

在这短暂而寒冷的霜冻期，马染上流行性瘟疫，很多马的气道受损，还有很多丧命。人们经常感冒和咳嗽。有几晚，床底都结了冰。肉冻得硬邦邦的，完全不能用铁叉刺穿，只好存放在地窖里②。

几只红翼鸫和画眉被冻死。大山雀继续以最巧妙的方式从茅草屋檐和谷仓屋檐纵向抽拉出稻草。前文已经解释过这样做的目的。③

1月3日，在没有生火的密闭客厅，本杰明·马丁的温度计在夜里降到20华氏度。4日降到18华氏度，7日降到17.5华氏度。主人在相同的环境里从来没有遇到过如此寒冷的情况。对于无法测量室外温度这点，他非常遗憾。当时是吹北风和东北风。到了8日，一直沉默的公鸡开始放声啼鸣，乌鸦也开始呱呱叫，预示着天气转暖。鼹鼠也开始出来活动，冰雪即将消融。我们由此得出结论，地下开始融化常常源于升腾起来的温暖蒸汽；否则地下的动物们如何得知温暖在靠近的早期暗示？此外，我们经常观察到冷气似乎从上往下降④。当温度计悬挂在寒冷的夜晚，飘来的云层会立即将水银柱升高十度；天空放晴，水银柱则会回到原来的量度。

上面所说的，或许可以得到这样的结论：尽管霜冻以某种规律发展到最严重的程度，但解冻却与此不同，它往往进行得十分迅速，就像生病的男人经常突然痊愈一样⑤。

值得称颂的葡萄牙月桂和美国杜松在大灾难中始终如一。因此，人类应该学会用这些能承受意外霜寒的树木来装饰自己的园子。这样就不必为遭受损失而懊恼。尽管这种情况或许十年才发生一次，但一旦发生就很难再恢复。

之后回看，冬青树受到很大损伤，柏树毁了一半，野草莓树在生死之间徘徊了一阵子，但终究没能挺过来；地上香料月桂、荚蒾和月桂都已死去。原本生于炎热环境的野冬青大大受创，叶子也完全脱落了。⑥

到了 1 月 14 日，雪完全消融，除了阳光充足的地方，蔓菁也没受损。麦子看起来很是娇嫩，园里的植物也都被保护得很好，因为雪是最好的被子，幼小的植物被包裹起来。要不是因为这友好的雪，北方地区的蔬菜根本不可能存活。然而，在 4 月的瑞典，依旧被积雪覆盖的大地，要经过两个多星期，才能再被鲜花覆盖。

---

①1830 年 1 月，佛罗伦萨那年第二次也是最长的一次霜冻后，惊人地展示遮蔽护在预防，或者说是中和陆地辐射方面的效果。当周围的草地因为枯萎而显得光秃秃的，一群老橡树下面却有绿油油的一簇从地上抽出一两英寸，远处可辨。野滥缕菊、雏菊、荠菜、婆婆纳、金盏菊在整个冬天都盛开着花朵，它们的花朵在霜冻期温暖的日子里绽放。

②这样冷冻的肉保持多久都可以。在圣彼得堡，有一个冷冻肉市场。在北海的冰层中发现了一种已经灭绝的大象，它在那里一定已经被保存了很多个世纪，在被人们发现时，有部分肉还存留着，没有受到污染。

③第五十八封信。致戴恩斯·巴林顿阁下。——作者注

④这可以根据以下原理加以解释：天晴时，热辐射从地球表面更快散发，这辐射因为一片云朵而被中断。

⑤大约在 1831 年 11 月中旬，冬天降临爱丁堡，天气异常寒冷，之后又下了场雪。雪在地上积了几天，沿着街道两边积成堆。20 号晚上 6 点，我们出门时，雪还结着冰。午夜过后我们有事又要出一次门。当我们把脸伸出门外，极度温暖的空气让我们非常惊讶，感觉就像夏日午后的微风。风从南方吹来，所有的雪都消融了。融化速度如此之快，空气似乎都无法吸收这些湿气。第二天，爱丁堡所有房子墙上的雪都被蒸汽冲走。那些被粉刷得大小不一的房子湿漉漉的，看起来就像刚被清洗过一样，就在几天前，它们还很干燥。

⑥1830-1831年的冬天，由于这个王国某些地区降雪量大，霜冻严重，给常绿植物造成极大的破坏，特别是在爱尔兰。在戈尔韦郡的赫德福德，好几棵已经繁茂多年、直径近一英尺的乌桕树被连根拔起。在泰龙郡的克劳格附近，大部分的绣球花、月桂树及许多常绿植物被完全摧毁，葡萄牙月桂树也难以幸免。特别是在灌木丛中，腐烂的速度很快，几乎产生强烈的气味。

第一百〇六封
致戴恩斯·巴林顿阁下

1776 年 1 月那场非同寻常的霜冻很是奇特，简短的细节描述读者们应该不会难以接受。

最确切的叙述方法便是摘录日记中的段落，这些都是随着事情的发生不时记录下来的。但是先要说明一点，1 月的第一周异常潮湿，到处都是暴雨。由此可以推断，同时也有理由相信，地面完全饮饱水且在结冰前，很少会发生强霜冻。因此，旱秋之后少有寒冬①。

1 月 7 日，雪下了一整天，随后是霜冻、雨夹雪和雪天，这样持续到 12 号，一场大雪覆盖了人们所有的作品，这时一团巨大的雪压倒了所有人的工作，门头上、车道上也都是雪。

14 日，我有事不得不外出，心想如此恶劣的西伯利亚天气，简直平生第一次遇到。许多狭窄小道上的积雪没过了篱笆顶，雪因此形成非常浪漫或极为怪诞的形状，激发出人的无限想象力，看到的人无不感到惊奇和有趣。家禽们不敢出窝，公鸡和母鸡晃花了眼，慌了神，如果无人看护，它们很快便会死去。野兔懒懒地待在窝里，不到万不得已绝不出窝。可怜的动物们已经意识到，雪堆和小雪包会危险地出卖它们的足印，很多动物因此丧了命。

14 日起，雪越下越大，货车和马车的通行被阻断，通常的行程难以继续。西边的雪也似乎积得比南边厚，路堵得愈加厉害。巴斯那群想参加女王生日会的人尴尬地堵在路上。许多从巴斯甚至更远的马尔堡往城里去的马车，经过一阵尴尬的挣扎，在这儿被困住了。女士们心烦意乱，假如工人们愿意铲出一条通往伦敦的路，多么丰厚的报酬她们都愿意支付；但是无情的积雪实在太厚，根本无法铲动。过了 18号，人们只能滞留在极不舒服的城堡和其他旅店里。

20 日，霜雪天以来太阳第一次照耀。之前提过，这种情况十分利于植物的成长。这段时间天气不是很冷，温度一直在 29 华氏度、28 华氏度和 25 华氏度之间变化。但是到了 21 日，温度下降到 20华氏度。鸟儿们忍饥挨饿，很是可怜。被天气驯服得温顺的云雀，纷纷落在城里的街道上，地面也是光秃秃的。秃鼻乌鸦常常光顾屋旁的粪堆。乌鸦紧盯着过往的马车，贪婪地吞掉落下的东西。这会儿，野兔也进了人们的菜园，刨开积雪，吞食能找到的植物。

22 日，我借着去伦敦的机会，好好欣赏沿途狂野又怪诞的拉普兰般景象。但是，大都市本身就比乡下显得更加怪异：路上积雪覆盖，车轮或是马蹄都触碰不到路面；马车四处奔走，悄无声息。没有喧嚣的碰撞声奇怪又令人不悦，仿佛传达着一种令人不安的荒凉。

这寂静令人不安。

27 日大雪下了一整天，傍晚结起了厚霜。南兰伯斯在接下来的四个晚上，温度分别降到 11 华氏度、7 华氏度、6 华氏度和 6 华氏度。塞尔本的温度降到 7 华氏度、6 华氏度和 10 华氏度。1 月 31 日，日出之前，树上和温度计的玻璃管结了霜，水银柱也精确地落到零刻度，即比冰点低了 32 华氏度。到了早上 11 点，尽管放置在阴凉处，温度计还是上升到 16.5 华氏度。这种温度在英格兰南部极不寻常[②]。这四个夜晚，寒冷刺骨，温暖的房间和床下竟然都结了冰。白天风很大，即使是身体强壮的人也难以忍受。泰晤士河桥上和桥下也瞬间冻结，人们在冰上奔跑。街道上竟然不可思议地堆满了雪，那雪被人们踩成土灰，变成了灰色，就像海盐。落在屋顶上的雪则十分干净，积了整整有 26 天。不过那些最老的管家记得还有积得更厚的雪。从种种迹象看，我们预料到这种严酷的天气可能会持续几个星期，每夜也比前一夜更冷。

但是，在未显示明显原因的情况下，雪开始在 2 月 1 日解冻，晚上前又下了场雨。可见上面提到的结论确实有些道理。霜冻经常是一下子消失的，看不到任何逐渐变暖的迹象。2 月 2 日，雪继续融化。3 日，一群小昆虫在南兰伯斯的庭院里嬉戏欢跳，好像没有遭遇过霜冻似的。为什么小小身体里的汁液不会冻结，这让人颇感好奇。[③]

严寒似乎是局部的，或者说是在变化之中。正如记录准确的人所告知的，同一时刻，拉特兰郡的林登温度计显示 19 华氏度，兰开夏的布莱克本为 19 华氏度，曼彻斯特则分别是 21 华氏度、20 华氏度和 18 华氏度。

因此，一些未知环境奇怪地影响了所在纬度，使得这个王国的南方有时比北部更冷。

寒冬后的化雪时节，汉普希尔的小麦长势极好，芜菁也未见损伤。月桂和荚蒾虽然有受损，但也仅限于长在气温较高之地的那些。冬青几乎都完好无损，受创程度不及 1768 年 1 月的一半。月桂向阳那面的枝叶稍微有些枯萎，背阴那面完好无损。我每天为冬青摇落枝上的雪，效果看来不错。邻居种在高处、面朝北方的那片月桂篱笆依旧生机勃勃，苍翠欲滴。此外，那些葡萄牙月桂也没有受到损害。

至于鸟，画眉和乌鸫几乎都死了。因为天气和偷猎者的原因，鹧鸪都很瘦弱，来年也很少产卵。

---

①持续到 1768 年 1 月的秋天非常潮湿，尤其是在 9 月，在拉特兰郡的林登，降雨量为 6 英寸半。1739 年至 1740 年那场可怕的长霜冻是在雨季之后，那时，泉水的水位很高。

②塞尔伯恩比作者所能确定的任何地方都要冷得多，尽管当时有报道说，肯特的一个村庄温度降到零下 2 华氏度也就是低于冰点 34 度。在塞尔伯恩使用的温度计是由本杰明马丁发明的。

③在不破坏生命法则的前提下，昆虫的卵和翅膀所能承受的严寒程度令人惊讶，所能承受的高温同样如此。Spallanzani 和 John Hunter 在这些问题上做过一些奇怪的实验。斯潘兰扎尼说："严寒不会破坏昆虫的卵。"在以酷寒和对动植物造成致命影响而闻名的 1709 年，温度降到了 1 华氏度。"谁能相信，"布尔哈夫惊呼道，"今年冬天的严酷天气并没有毁坏昆虫的卵，尤其是那些在野外、裸露的土地上或暴露在树枝上的昆虫！"然而，当春天的温暖空气到来时，这些卵被孵化出来，数量和最温和的冬天一样多。从那时起，冬天变得更加严酷，在法国和其他几个欧洲国家，在 1788 年 12 月的温度大大低于 1709 年。

第一百〇七封
致戴恩斯·巴林顿阁下

1784 年 12 月的霜冻很重，我相信你们还会乐意听听这些特别之处，尤其是我保证写完这封信后再也不谈冬天的严酷。

12 月的第一周极为潮湿，气温很低。7 日下午开始降大雪，温度 28.5 华氏度。大雪持续了一整天，直到第二天大半夜才停，以至于 9 日一早人们要做繁重的工作。地面覆盖的积雪有 12 到 15 英寸厚，丝毫没有消去的迹象；车道也堆满雪，无法通行。9 日傍晚，空气急剧变化，我们很好奇地去观察温度计可能出现的变化。我们挂了两支分别由马丁和多伦做的温度计。很快我们预料的情况出现了：10 点之前，温度计降到 21 华氏度，11 点上床睡觉时，再降到 4 华氏度。10 日早上，多伦温度计的水银柱降到零下 0.5 度。马丁温度计的刻度只标到零上 4 度，此时水银柱已经完全缩进黄铜球里；天气变得最为有趣时，这支温度计反倒不起作用。10 日晚上 11 点时，尽管空气完全静止不动，多伦的温度计却降到零下 1 度。这种奇特的严酷天气使我很想知道：在牛顿这种地势很高的地区究竟会冷到什么程度。10 日一早，我们便写信给一位先生，请他把亚当斯的体温计挂到屋外，早晚留意读数。我们期待在比我家高出200英尺以上的地方出现奇妙现象。但是，10日晚上11点，温度仅降到17华氏度。第二天早上，那里是22华氏度，而这边只有10华氏度。我们对这种与意料截然相反的局部寒冷感到不安，我们把我的一支温度计送过去，想着这位先生一定在某些地方操作有误。但是，这些仪器的测量结果完全相同。因此，至少有一个晚上，牛顿比塞尔伯恩低了18度。在整个霜冻期，温度也低10度到12度①。实际上，当我们观察霜冻天的直接危害时，很容易相信这点。我所有的莱蓬、香料月桂、冬青、杨梅、柏树，甚至葡萄牙月桂树，还有我那片上好的月桂树篱，都已枯萎。想来很是可惜！在牛顿地区，同类树的叶子却没有凋落！

霜冻天一直持续到25日，早上的温度下降到10华氏度，牛顿只有21华氏度。强霜一直持续到31日，当时观察到开始的迹象。1785年1月3日大量解冻，还下起了雨。

有件新鲜事不得不提。12月10日星期五，在明媚的阳光照耀下，空气里满是冰冻的针状物，在四面八方飘浮着，就像太阳束中的原子进入黑暗的房间。起初我们以为这些雾凇是从高篱上飘落的，但很快就否定了这个想法。我们的观察点在一片开阔地。它们是由飘浮在空气中的水颗粒冻结形成的？还是升腾起来的雪花？②

感谢温度计早早提供了讯息，我们把苹果、梨、洋葱、土豆等搬进地窖和温暖的壁橱，而那些没这么做或者是忽视这些讯息的人们，不仅失去所有根菜和水果，他们的面包和奶酪也都冻坏了。

还有件事我也必须讲下，在类似西伯利亚天气的这两天里，我那客厅里的猫带有很强的静电，一个抚摸过这猫的人，即使被适当绝缘，也可能把电流传给周围一圈人。③

在这两天严酷的天气里，两个在雪地追赶野兔的人，脚冻僵了；还有两个在谷仓打谷子的人，尽管工作环境好些，手指还是被严重冻伤，几个星期后才得以恢复。为此，他们还觉得很丢面子。这事我之前忘了提。

这场霜降冻死了荆豆和大部分常春藤，许多地方的冬青叶子凋谢。旧历11月结束前，这霜就早早降临。从影响看，它造成的损害应该比1739年至1740年以来的任何一次都要严重得多。④

---

①艾勒斯利教区的布雷牧师在1830年和1831年进行过类似观察。他说："我在1830年观察到霜夜对树的影响因具体情况而有所不同，地势较低的地方破坏最为严重。这个季节，一般在5月盛行的霜冻期间，我观察到好几个这样的例子。在同样的天气下，低矮处花园里的鹅莓和葡萄遭受重创，高处花园里的那些植物却毫发无损。有许多本地植物死亡，比如荆、绵马蕨、绵毛海棠，这些植物都是低地的最爱。晚霜不仅在低温下最具破坏性，对距地表几英尺的植被造成的伤害似乎也比距地面高几码处大。我在这附近的一片主要是橡树的树林里发现了一个显著的例子。该片林子几英亩的地方，离地面七八英尺处的橡树叶子被完全折断，尽管灌木丛肯定被树枝遮蔽。然而，出乎意料的是，高出树下丛林几码的树干和树木本身的叶子暴露在大气中，没有受到影响。我观察单株橡树，有时下枝的叶子被霜冻打落，高枝的却未受到损害。"

②我们只能通过这样的假设来解释这种现象，即这些针状物是由穿过大气中较高区域的薄

层蒸汽形成的，它们不够稠密，无法形成普通雪景。我们知道雪本身是结晶的蒸汽，这些结晶的清晰度和形式将与当时寒冷的强度成正比例。在这个国家，一般性寒冷很少发生，雪通常为片状。斯科斯比上尉提到在北极地区一个高度结晶的国家经常看到雪。这个国家偶尔会出现高度结晶的雪。1830 年 2 月 4 日，剑桥出现这种降雪，当时的温度是 22 华氏度，还吹着东北偏东的风。几乎所有落下的雪都是斯科斯比船长所称的"层状星状晶体"那种美丽的星状结构。它们主要由六个点组成，从中心点放射出来，相互形成 60 度角，通常还有额外分支。在主平面上，与原基形成 60 度角在同一平面。然而，它们在排列上有很大的变化。有些很正常，有些则很古怪。其中一些是通过消除交替光线而形成的，以便形成 120 度，而不是 160 度；附加的分支仍然与原始结构形成 60 度角。这些晶体的尺寸从直径的 $\frac{1}{8}$ 到 $\frac{1}{3}$ 不等。斯科斯比说，北冰洋下落水晶数量最多的时候，温度处于 16 至 22 华氏度之间，风向为东北风，这与在剑桥大学埃德分校观察到的情况相符。

③有些动物自带通电性能，电鳐和电鳗便是众所周知的例子。在《自然史》杂志上，一位记者提到曾受到过几次来自黑带二尾舟蛾毛毛虫的电击。他在一棵杨树上发现这个虫子。他说："这虫子发出明确的刺激的症状，这尤其引起我的注意。它开始收缩身体，将自己紧紧地拉在一起，并逐渐升高，同时伸展分叉尾巴。尾巴处亮红色的亮丝，不规则地弯向一边。不一会儿，我突然感到手臂上一阵刺痛，这使我吃惊地停了下来。然而，我怀疑这可能是假想，就又继续往前走；不久，我又感到一次震痛，这使我几乎不由自主地把那有生物的树枝一下子扔到地上。"——作者注

④米勒先生在《园丁词典》中肯定地说，葡萄牙月桂在 1739—1740 年那场非凡的霜冻中没有受到影响，所以要么是那个准确的观察者大错特错，要么是在上面提到的 1784 年 12 月的霜冻比上面提到的那一年更严重、更具破坏性。

第一百〇八封
致戴恩斯·巴林顿阁下

英格兰北部很少出现特别炎热的天气，夏天常常不太热，太阳不能像人们期望的那样催熟地上的果实。因此，我将较简短地说明这种夏季的危害性，留些篇幅讲述冬季的寒冷以及带来的种种不便。

1781 年和 1783 年的夏天异常炎热干燥。我将引述当时的日记，而无须追溯那遥远的年代。第一年，我的桃树和油桃树受酷热煎熬，果皮灼伤脱落。这些树开始渐渐腐烂。这或许给勤劳的园丁们一个启示，可以用垫子或木板围住或遮挡靠墙边的树。这些很容易做到，因此这种烦恼不会持续很久。那个夏天，我一直悉心照顾的苹果，很快失去原有的味道，冬天也难以储藏。这种情况使我想起一位旅行者的话，他们说从来没有在欧洲南部吃过一个好苹果或是好杏子。原因就是那里太热，以致果实变得寡淡无味。

黄蜂是果园里的大害虫，它们毁掉正在成熟的上好果实。1781 年还没有蜂害，1783 年则出现无数蜂群；如果我们不让孩子们去捣蜂窝、用尖端有粘鸟胶的榛树枝捉住成千上万只的话，我花园里所有的农产品都会被黄蜂全部吞噬。因此，每年春天，我们都会雇用一些男孩子捕杀大黄蜂。这种权宜之计效果显著，遏制住了这些窃贼。黄蜂实际并不多见，它们也只是在炎热的夏天出现，我在上面提到这两年出现的这种情形不会在每个酷夏发生。[①]

　　在1783年闷热的季节，蜜露频繁地破坏了花园的美景。一周前眼中那甜美可爱的忍冬转眼成了最令人讨厌的东西，它被黏稠的物质包裹起来，里面爬满黑蚜虫或蛰蟖。这种黏稠的物质估计是这样形成的：在炎热的天气，田野、草地和花园的花朵散发的气味在白天迅速蒸发。夜里同露水一同落下，混杂在一起。夏天，空气中弥漫着浓郁的香味，应该是混有花粉的原因。我们用感官体会这些气味，而这种黏糊糊的东西带有甜味，我们则是从青睐它们的蜜蜂那里得知。这种黏稠物应该是在夜晚降落，因为在温暖静谧的清晨，它总是最先跃入眼帘。

　　在白垩质和沙质土壤上，或是在伦敦周围炎热的村庄里，温度计读数常常高达83华氏或84华氏度。但在这个多山多木的地区，我几乎从未见过温度计超过80华氏度，甚至连80华氏度也很少有。我想，原因在于这里黏土紧实，上面又被浓密的树木遮蔽，热气不像上面提到的地区那般容易穿透。此外，山脉来的气流和微风，还有林地散发的巨大气体，也中和调节了这里的热气。

---

①自然经济中有一个极好的定律，根据这些定律，这些恼人的掠夺者的数量被限制在适当

的范围内。如果没有这个定律，它们很快便会遍布地球表面。每一个黄蜂窝都有成千上万的中性蜂或工蜂。中性蜂最先出生，也最早死去。即使是温和的冬天，也没有一只能够存活下来。

　　雌黄蜂尽管比雄黄蜂更强壮也更耐寒，但是每个巢有几百只雌蜂在冬天结束前死去。实际上，每巢存活下来的不超过十只或者十几只。这些雌蜂注定要延续物种，它们每一个都是新的共和国的缔造者。是否有雄蜂存活，这点很难确定。大约在10月初，每个巢都呈现出一种异常残酷且非同寻常的景象。黄蜂不仅停止给幼蜂提供营养，还把毛虫状态下的幼蜂拖出来，暴露在外面。它们最后要么因为缺乏食物而饿死，要么成为鸟类的猎物，或者更普遍的一种情况是，母黄蜂用钳子夹死它们。但是，这或许并不是残忍或者非正常的行为，而是一种仁慈，因为黄蜂没有为冬天储存食物，它们的后代会因饥饿而痛苦地死去。因此，看起来这种行为背离了动物对幼崽那种天伦之爱，实际却是本性中一种尽心的仁慈。

第一百〇九封
致戴恩斯·巴林顿阁下

1783 年的夏天怪事不断，这是个令人惊异和不祥的夏天。除了让人惊恐的流星和大规模的雷雨，给这个王国各郡带来恐惧和惊扰外，还有一种诡异的阴霾，或者说是烟雾，在这个岛、欧洲各地，甚至之外的一些地方蔓延数周。这种奇特的景象不同于人们以往记忆中的任何事物。按照日记记录，这种奇怪现象自 6 月 23 日持续到 7 月 20 日。在这段时间，风力不变，风向一直不停变化。正午的太阳看上去像被乌云遮蔽的月亮，散发着铁锈色的光，照在地上和房间的地板上。日出日落之时，太阳如血般鲜红。天气一直很热，以至于屠夫新宰杀的肉都不能放过夜。小巷子和篱笆里苍蝇成群，马几乎都快要被整疯了，这让骑行人简直难以驾驭。乡下人开始怀着一种迷信而敬畏的心情望着阴沉的红太阳。这些确实都能让最开明的人感到忧虑。卡拉布里亚和西西里岛的一些地区一直因地震而撕裂和震动①；与此同时，在裂缝附近，靠近挪威海岸的海面上冒出一座火山。那时，弥尔顿在《失乐园》中对太阳的比喻不断在我的脑海中涌现，这几行诗确实特别适用此情此景。结尾处，它暗示了一种迷信的恐惧。遇到这种奇怪又不寻常的景象，一种恐惧总是笼罩在人们心头。

> 当新的一轮太阳初升，
> 透过朦胧的空气向远处望去，
> 他的光束被夺走；或是从月亮背后，
> 在昏暗的光中，透出灾难性的暮光，
> 投洒在半个国家，变动的恐惧
> 惊扰着君王……

---

①这里暗指可怕的地震冲击，从2月5日开始，一直持续到1783年3月1日；受地震影响，位于北纬38度至39度之间的卡拉布里亚两个大区完全变了样：小山被吞没，大山崩裂，一部分被推到相当远的地方；山谷被填满；河道改变；泉水干涸，又再形成新的泉水。在卡拉布里亚·乌尔特拉的劳雷亚纳，两片山谷中的种植园被地震拆散，移到别处，树木仍在原地，只是距它们之前的位置大约有一英里远；混合着沙子的热水，喷溅到惊人高度，原因难以解释。在这个异常的夏季，欧洲大气环境受到极大影响。

第一百一十封
致戴恩斯·巴林顿阁下

我们这里很少有雷雨侵扰。另外，几乎从没听过南方形成的那些雷雨曾抵达过这座村庄，这个现象值得特别注意。早在越过我们头顶之前，它们便往东或是往西转了向；有时也分为两支，分别转往这两个方向。1783 年的夏天便是如此。那年夏天，我的日记里有这样的纪录：当周围地区不断受到来自南方雷雨的侵袭时，我们却侥幸避开。这里和大海之间隔着诺尔山、巴尼特山、巴斯特山和波茨冈，这些连绵的山脉以某种方式让风暴转往不同的方向。这是我对这一现象能想到的唯一解释。据观察，高高的海岬和隆起的高地吸住云朵，化解了云朵中动荡不安的气体。树梢和山巅一接触到它们，这些躁动之气就散入其中。不大的山谷因地势太低而逃离。

我说不记得有过来自南方的风暴，并不是说这里从未遭受风暴侵袭。在 1784 年 6 月 5 日，早上温度还是 64 华氏度，中午就变成 70 华氏度，气压计读数在 $29\frac{3}{10}$ 度，刮着北风。我发现，沿着斜坡林悬浮着一种蓝色烟雾，带着股强烈的硫黄味，似乎预示着风暴即将到来。下午两点左右，我有事被叫进屋，错过了云朵在北方积聚的景象。屋外的人肯定地说，那场景实在罕见。大约两点一刻，起自哈特利的暴风雨慢慢从北向南移动，覆盖该地区的诺顿农场和格兰奇农场。起初是大颗的雨滴，很快就变成圆冰雹，周长有三英寸。①假如暴雨覆盖范围和持续时间跟它的猛烈程度一样，这个地区定然受损惨重。所幸，持续时间很短。哈特利教区的一个农场遭受些损失，处于风暴中心的诺顿和与之相邻的格兰奇则受损严重。这场风暴仅抵达村中央，冰雹击破了屋北面的窗子、花园里所有的灯、我的放大镜，还有邻居的很多窗户。风暴影响的范围长约两英里、宽一英里。当时我们刚要准备吃晚饭，注意力很快被屋瓦和玻璃的叮当作响声所吸引。上面提到的农场此时也是瓢泼大雨，形成同样迅猛的洪流很快淹没了草场，冲刷走休耕地的土壤。通往奥尔顿的凹道撕裂扭曲，修复之前已然无法通行。

道上重达两百英担的岩石也被移了位。看见大冰雹落入水塘中的人说，冰雹溅起的水花距离水面有三英尺高，呈现惊人景象。冰雹落入水面时的冲击力和咆哮声实在可怕。

尽管伦敦附近的南兰贝斯云层稀薄透亮，看不见也听不见风暴的行踪，但空气中电力异常充足。那里有一台电机上的铃铛一直响个不停，还不断释放出强烈的电火花。

我刚着手这项工作时，原计划附上一篇《年度十二个月博物志》（*Annus Historico-naturalis*），用以补充上述信件中一些遗漏之事。不过，沃灵顿的艾金先生最近刚好也有类似的书出版，再者我这信的长度已足够测试读者您的耐心，我便止笔于此，与自然史这话题，也与您作别。

献上我最诚挚的敬意和问候！

您最忠实和谦逊的随从

吉尔伯特·怀特

塞尔伯恩

1787 年 6 月 25 日

---

①1829 年 1 月 4 日，一场夹着冰雹的猛烈暴风雨从伦敦附近的埃德蒙顿上空经过；冰雹周长有 3.4 英寸，呈不规则形状。实际上，与欧洲大陆相比，冰雹灾害在我国甚少遇到。在法国，冰雹暴风雨频发，强度大。因此在许多地区，玉米、葡萄树和橄榄树受损严重。在 1799、1800 和 1801 这三年间，法国的冰雹暴风雨比往年更多，许多家庭因此沦为废墟。人们曾就这种状况向图卢兹的巴罗先生提议，成立一个应对冰雹灾害的保险项目，这个项目持续至今。

不久前，奥涅阿堡辖区的斯特里塔马克降下冰雹，冰雹中心有一颗小石子。经分析，石子成分若以 100 为单位，含铁氧化物为 70.00、锰氧化物为 7.50、明矾为 3.75、二氧化硅为 7.50、硫和废物为 5.00。

对大自然的观察篇

Observation of nature

来自怀特先生的多视角观察

由马克威克先生和编辑评注

绵羊　今年冬天（1769 年）绵羊的毛蓬乱结团，长得不理想。牧羊人说，绵羊用自己的嘴和角撕扯自己身上的毛，在温和潮湿的冬天它们总是这样，因为身上长了虱子瘙痒难忍。

母羊和羔羊的毛被剃光后，羊群就会产生骚乱，绵羊咩咩直叫，母羊和幼崽相互都不能像以前那样辨认彼此。这种尴尬似乎不完全是由于羊毛被剪光而引起的，剪了羊毛的外观可能会引起这种尴尬，但主要是由于缺失了气味。气味是它们相互辨认的关键，而且，由于剪羊毛时所使用的沥青和焦油的浓烈气味使它们更加不能辨认对方。因为动物主要是靠气味来辨识对方，视觉是其次。在众多的同类中，它们主要靠鼻子进行辨认，而不是眼睛。羊洗过澡后，也存在同样的困惑，原因也是如此。

兔子　兔子是制造草坪的能手，因为它们在吃草时紧贴地面，较大的四足动物做不到这一点，而且兔子不容许任何弯曲的草留下来。因此，兔穴周围的草坪整齐精致，而羊从不吃草的茎。

猫和松鼠　一个男孩从松鼠巢里拿走了三只小松鼠。他把这些小动物交给一只猫照顾，这只猫刚刚失去了小猫，我们发现它就像对待自己的孩子那样精心哺育它们。这证实了雷先生的猜测，他提到被遗弃的儿童被失去幼崽的雌性动物所哺育，有些作者曾多次提及这可能不会像许多人所想象的那样只是偶然的情况。有些人认为这简直是一个荒诞不经的故事。

许多人去看那只母猫是如何哺乳小松鼠的，母猫看到这么多人来看它的小松鼠，非常担心它们的安全，于是便把它们藏在天花板上，在那里一只小松鼠死了。这说明了她对这些小松鼠的挚爱，她认为它们是她的幼崽。同理，母鸡孵出小鸭后，就把它们当作自己的小鸡一样爱它们。

马　一匹老猎马病得很厉害，在公共场所四处奔跑，它跑到村子里，向人们求助，第二天夜里在街上死去。[①]

猎犬　国王带着猎鹿犬来到奥尔顿，随同有一名猎人和六名骑兵，试图寻找一直困扰着哈特利·伍德的那头鹿。数以百计的人、马还有狗全力以赴参与进来，寻找鹿的躲避处。但是，尽管猎人画了哈特利·伍德的地图，还画了狭长的矮树林、灌木林和汉格尔斯圣殿的地图，他们还是没有找到那头鹿，空手回到哈特利和沃德-勒-汉姆·汉格尔斯。这群王室成员习惯于守株待兔，等着鹿自己跑到面前来，就像在场的许多人看到的那样，不论是言谈还是神情，他们从来不掩饰这一点。事实证明了这一点：最近，有一个人在哈特利·伍德追猎一只断了翅膀的野鸡，碰巧撞到了那头牡鹿，当时他正躲在浓密的荆棘和灌木丛中，那头鹿撞到了他身上。

---

①牧师布里先生说："几年前，在我家附近的一块小田的角落里，堆了一些泥炭土，以备不时之需。一匹马来到这块田里（可以看出，这块土地为它提供了一片好牧场），它经常到这一堆泥炭土那里，吃得津津有味，就像吃一摞好干草一样。有一只通常被拴住的导盲犬，一旦松开绳子，也总是会跑到这堆土那里，大口地吃土。"

对鸟类的观察

鸟类概说

在恶劣的天气里，田鹬、红翼鸫和山雀到潮湿的草地寻找食物；后者以腹部涉水搜索昆虫的蛹，沿着漂浮的水草和野草疾走。许多蠓虫见于靠近水的雪地上：这些昆虫让鸟类更容易度过冬天。

鸟类选择食物深受食物颜色的影响；比如虽然白茶藨子比红的更甜，但除非后者吃光，它们很少取食前者。

红尾鸲、捕蝇鸟和黑帽莺，在每年的 4 月初到达。如果说这些小精灵是候鸟（我们有理由认为它们是，因为它们在冬天从未出现过），它们看起来非常娇弱，怎么能顶着风霜雪雨，在狂风中一路向前？我们不难想象，即使是鸟类中最强壮果敢的，也会受阻不前。然而，不管风霜如何阻隔，它们总是会在相同的节候，准时回到它们的栖息地，仿佛没有遇到什么阻碍一样。短翼夏季鸟类的来去，在自然历史中是一个非常令人费解的现象。

每次男孩们给我送来马蜂窝时，我的几只矮脚鸡就吃得很香，而且，当蜂巢被撕成碎片时，矮脚鸡吞噬着幼蜂的蛹蛆，大饱口福。任何吃昆虫的鸟类都会这样做；因此，我常常感到好奇，观察精微的雷先生称一种秃鹰为 buteo apivorus sive vespivorus，或食蜂秃鹰，因为在一个秃鹰巢中发现了一些蜂房。蜂房被搬到这里，毫无疑问是因为蜂蛹而不是蜂蜜，因为没有在蜂巢中找到蜂蜜的痕迹。猛禽有时候也吃昆虫，我曾见过一只驯养的鸢啄食满肚子蚁卵的母蚁，一副满足的样子。①

白嘴鸦　白嘴鸦们在不断地斗争，把彼此的巢穴拉成碎片，这和大家抬头不见低头见的社区生活理念不一致。如果一对鸟想在一棵树上筑巢，那巢穴会立刻被掠夺和拆除。一些白嘴鸦栖息在它们的巢树上。白嘴鸦叼来筑巢的小树枝，被穷人用作柴火。有些不幸的鸟，在别的鸟完成筑巢之前，是没法筑巢的。一旦它们把一些小树枝放在一起，一伙鸟就会来摧毁整个巢穴。白嘴鸦一筑好窝，还没躺下，公鸦就开始给母鸦喂食，母鸦就用爱抚、颤抖的声音、颤动的翅膀，以及幼鸟在无助的状态下所表达的所有甜蜜，来接受它们的赏赐。这种殷勤的举止在整个孵化期里一直持续着。这些鸟不在树上交配，也不在巢里交配，而是在开阔的地上交配。②

鸫鹆　在漫长的干旱中，鸫鹆在猎取贝壳蜗牛方面有很大作用，它们为幼虫撕碎贝壳，因此在花园里很有用。③鸫鸟不破坏花园里的水果，就像其他种类的图尔迪（turdi），但却以槲寄生有机物的浆果为食。在春天，它们吃常春藤正在成熟的浆果。在夏天，当它们的幼鸟羽翼开始丰满，它们离开原生社会，去往羊群和野生动物当中。

当喜鹊有了幼鸟之后，会毁掉画眉的窝。尽管雌性画眉是凶猛的鸟，并且会与外侮斗争。此外在其他时候非常具有野性，它们喜欢在房子附近，以及寻常的走廊和花园里筑巢。[①]

家禽　许多生物都有一种现成的洞察力，可以看到什么会成为自己的优势和收益；并且经常表现得比人们认为的更加睿智。因此，我邻居的家禽会守候装满了小麦的货车，然后追赶货车，捡起许多谷物，这些谷物是由于车厢的摇晃而从麦束上脱落下来的。因此，当我的兄弟常常拿下他的枪来射麻雀时，他的猫会从屁股后面跑出来，随时准备在鸟儿倒地时抓住它们。

杂种野鸡

胆小鬼一心一意地早早地栖息在高处，这是很明显的；它们有一种强烈的恐惧感印在心头，鉴于天敌可能在地面上骚扰它们，尤其是在黑暗的时候。因此，如果放养家禽而不是将其关在家里，它们就会整个冬天都栖息在紫杉树和冷杉树上。火鸡和珍珠鸡，虽然很重，却会爬上苹果树；野鸡也在树林里睡在树上以避免狐狸；为了安全起见，豌豆鸟爬到屋主周围最高的树顶，任由天气变冷，寒风呼啸。山鹑，它是真的栖息在地上，因为它们没有栖息在树上的能力，但是在它们的脑海中也有同样的恐惧；比如在臭鼬和白鼬的理解中，它们从不信任自己的藏身之处，而是在大片的田野中偎依在一起，远离它们喜欢在白天出没的篱笆和灌木丛，这样它们可以潜伏起来远离劫难，更加安全。

至于鸭子和鹅，它们笨拙的、张开的、网状的脚不允许它们栖息在树上；因此，在黑暗和危险的时候，它们会投身于它们自己的自然环境——水里，在那大湖大池中，像船停泊一样，它们整夜安详地漂浮着。⑤

雌山鹑　一只雌山鹑从一条沟里出来，翅膀颤抖着，好像受了伤。当雌鸟表现出这种痛苦时，那个到过我家的男孩看到了它的小窝，那个幼鸟又小又无法飞行，在沟岸下面的一个狐狸窝里躲避。如此美妙的本能力量！⑥

杂种野鸡　斯多维尔勋爵从霍尔特的一个小屋给我送来一只古怪的鸟，要我验看。他的一只猎犬在一个矮林中发现了它，并射中了它的翅膀。鸟的形状、样子、习性，以及眼睛周围的猩红环，都和雄鸡的外表很相符，但是它的头、脖子、乳房和腹部却是一片亮黑色；虽然它重三磅三盎司半，⑦是一只成年雄鸡的重量，但腿上没有一丝所有成年雄鸡身上都有的刺痕。腿和脚赤裸无毛，因此它可能不是松鸡的一种。在尾部没有长而弯曲的羽毛，公鸡一般都有，而且是性别的特征。尾巴短于雌雉，末端方钝。背部、翅膀羽毛和尾巴全是淡褐色的，奇怪地呈条纹状，有点像雌松鸡的上部。我回信时断定，它可能是一种杂种的雌鸟，是雄野鸡和家禽之间杂交的后代。当我和带它来的主人谈话时，他告诉我，去年夏天人们知道有些雌孔雀常出没于发现这只杂交动物的矮林和隐蔽处。

法纳姆的著名画家埃尔默先生被雇来精准描绘这只奇特的鸟。

应该提到的是，一些优秀的法官曾把这只鸟想象成一只流浪的松鸡或黑公鸡；然而，值得注意的是，W. 先生说它的腿和脚是赤裸裸的，而松鸡的腿和脚趾是有羽毛的。⑧

秧鸡 有人给我带来一只秧鸡，在本地非常少见，一季见到一两只，就算不错了，而且还仅见于秋天。作者们都认为它是候鸟，但从它的生理构造看，并不适合远距离迁徙。它的翅膀前置而短小，不在重心之上，以沉重而笨拙的方式飞行，双腿悬垂，它快跑时，几乎不能再次起跳，而且似乎更依赖于它的脚的敏捷，而不是它的飞行。

我们剖开它的肚子，发现其内脏非常柔嫩，看起来像山鹬的内脏是众人向往的美食。嗉子很瘦小，里面有黏液，胃却厚壮，里面装满了带壳的蜗牛，有些是完整的，很多则被肠胃的蠕动弄碎了。我们在食物中没有找到沙砾；也许蜗牛贝壳可以起到沙砾的作用，并且可以互相研磨帮助消化。我记得，在北威尔茨（North Wilts）的克里斯蒂安·马尔福德的低洼潮湿的豆田里，在牛津郡的天堂花园附近的草地上，我经常听到它们的叫声"crex，crex"。上面提到的鸟重七盎司半，又肥又嫩，味道像一只小木鸡的肉。肝脏大而细腻。⑨

斑尾林鸽的食物　我的一个邻居在一个晚上，鸽子取食后回来栖息时，将其射猎，当他的妻子拔毛剖开它时，亚伯发现它的嗉子里塞满了最美味的萝卜。这些菜她洗了又煮，然后得享这盘由鸽子精选、提供的精致的青菜，这种方式真是难得一见。

由此可见，这些食草的鸟类在找不到谷物时，也能吃菜叶度日。我们甚至可以假定，如果长时期不吃菜叶，它们的健康很难维持。对于火鸡来说，虽然是以玉米为食，但是各种植物，如卷心菜、生菜、莴苣等，它也喜欢。家禽也吃很多草；而鹅放养在一起生活了好几个月，只靠吃牧草。

> 没什么是无用的：
> ——即便是荒芜的荒野
> 牧羊人照料羊群，就是每天的劳作。
> 他们在青苔草坪上的清淡的晚餐
> 是充足的：在他们之后，咯咯咯咯的鹅，
> 食草者，找到了减轻她的欲望的办法
> ——PHILIPS' *Cyder*.⑩

白尾鹬　一个邻居的绅士在麦茬里发现了一只野鸡，朝它开

枪；尽管有枪声，它立即被一只名叫白尾鹞的蓝鹰追赶，所幸它逃进了一个隐身之处。然后，他又在同一块田里惊起了第二只，第三只，但它们也以同样的方式逃走了；他正在寻找猎物时，那只老鹰一直在他周围盘旋，毫无疑问，它意识到了潜藏在麦地里的猎物。因此，我们可以断定，这只食肉鸟因饥饿而变得胆大妄为，而且鹰也不能总是随心所欲地抓住猎物。我们可以进一步观察，它们不能把猎物猛扑到地上，这样猎物就能够进行顽强的抵抗，因为当鹰在田野上空盘旋时，像野鸡那样大的鸟儿不难被鹰的锐眼发现。因此，它们直到几乎被踩踏时才奋起反抗，它们采取这种畏缩和蹲伏的策略，无疑觉得这样最安全：尽管网和枪发明之后，鸡类早已面临毁灭性的威胁。①

大斑点潜鸟或者潜鸟　当我的一个邻居从布拉姆肖特穿过沼泽地越过沃尔默森林时，他发现一只不寻常的大鸟在灌木丛中飞翔，但是没有受伤，他还把它活着带回家了。经仔细查看，证明是 columbus glacialis，即大斑点潜鸟或者潜鸟，在《威鲁格比鸟类学》中对其有精彩的描述。②

这只鸟的每个部分和比例都与它的生活方式相适应，以至于我们从来没有看到上帝在创造中的智慧有甚于此。头部是尖的，比毗邻的颈部更小，以便它可以刺穿水面；翅膀是朝前的，并且离开重心，以便于注意翅膀后面的部分；大腿紧贴肛门，以便于潜水；腿是平的，后部像刀刃一样锋利，在打水时，它们可以轻易地割断水，双脚掌宽阔，适于游泳，但向前伸展时却折叠得很紧，以便进行新的划水动作，就像小腿一样紧窄。两只脚的外脚趾最长，指甲又平又宽，像人的脚趾一样，易于生力，以增加游泳的力量。当脚伸展时，不是与鸟的腿或身体成直角，而是外侧部分向头部倾斜，与身体形成锐角，其意图不在于使腿本身沿直线运动，而是通过两者的组合推动身体的中线形成合力。

大多数人已经注意到，鸟儿的游动只不过是在水中漫步，一只脚在陆地上跟着另一只脚走；然而据我所知，没有人说过潜水的鸟儿在水下时用翅膀和脚来推动前进，但事实确实如此，任何人都很容易相信，我们不难观察到当狗在清澈的池塘里捕猎鸭子时鸭子的运动方式。我也不知道谁解释过为什么潜水鸟的翅膀如此前倾，但毫无疑问，这不是为了提高它们的飞行速度——而是为了增加它们在水中的运动能力，这样它就有四个"桨"而不是两个。然而，如果翅膀和脚更靠近，就像陆地上的鸟一样，它们在行动时就会非常不便，与其说是互相协助，不如说是互相阻碍。

这只colymbus相当壮实，只差三德朗就三磅重了。从喙到尾（非常短）两英尺，再到脚趾的末端，还有四英寸，翼展也足足有42英寸。有人试图吃掉这只鸟，但是发现它很结实，有腐臭味，就像所有以鱼为生的鸟的肉一样。潜鸟（diver）或潜水鸟（loon），虽然在欧洲最北部繁殖，但在严寒的冬天，我们仍能看见它和我们在一起；在泰晤士河上，人们称它为鲱鱼潜水鸟，因为它们捕食很多这种鱼。

colymbi和mergi的腿非常靠后，而且不在重心上，以至于这些鸟根本不能行走。它们被林奈(瑞典博物学家)称为 compedes，因为它们在地面上移动就像被束缚一样。[13]

欧石鸻 1788 年 2 月 27 日，我听到了石鸻的叫声。3 月 1 日天黑后，有什么东西在我们村子上空飞过。它们在夜间旅行时短促的尖叫可以识别出是石鸻，这样的叫声让它们不会因迷路而失去同伴。

因此，我们看到，无论它们冬天去哪里，它们都会在早春时候返回，而且现在看来，它们是第一批回来的夏季鸟类。也许这个季节的温和可能加速了今年石鸻的迁徙。

它们白天在高海拔的田野和羊道上度过，但似乎在夜里降落到小溪和草地上，也许是为了水，而这些水是他们在高地出没时喝不到的。[14]

最小的无冠毛的柳莺鹪 最小的柳莺鹪，或称 chiff chaf，是我们注意到的第二种初夏鸟，它在空旷的树林中发出两声尖厉刺耳的鸣叫，如此响亮，以至于引起回声，通常最早听到的是在 3 月 20 日。[15]

蕨鹰 又称鸦鸢夜鹰。乡下人有一种观念，认为蕨鹰对断奶的小牛非常有害，当它们受到攻击时，会引起致命的瘟气，这种瘟气叫 puckeridge。因此，这种无害、命运多舛的鸟，在意大利，被指责吮吸山羊的乳头，因此被称为"卡普林劳"(capriwnlauw)；在我们这里，被指责向牛群传播一种致命的疾病，事实上这绝不应归咎于它。我刚刚和一个人谈过，他说他不止一次把死于 puckeridge 的小牛犊剥皮，病痛沿着脊柱一路下来，那里的肉肿大明显，充满了脓物。有一次，我亲眼看到一只粗大的蛆从牛背上挤了出来。埃塞克斯的这些蛆被称为沃尼斯（wornils）。[⑯]

只要稍加观察和关注，人们就会相信，这些鸟既不会伤害养山羊的人，也不会伤害养绵羊的人，它们是完全无害的，而且是独居的。它们是夜鸟，吃夜间的昆虫，比如甲虫和飞蛾；整个7月，它们大多吃 scarabeus solstitialis（6月金龟子）。在这个季节很多地方都有大量的这种昆虫。我们打开的那些家伙的胃里总是塞满了大夜蛾和它们的卵，还有几块甲虫碎片；它们看起来既虚弱又没有武器，除非它们拥有动物磁性的力量，才能够飞过山羊或绵羊。

8月27日傍晚，一只蕨鹰以一种少见的方式卖弄着，非常有趣，它跟着我那棵大橡树的圆周来回地兜了20圈，大部分时间都靠近草地，偶尔也会在树枝间瞥一眼。这只有趣的鸟儿当时正在追逐一窝橡树上的几种特殊 phalaens，我想，这时它展现的翅膀功夫比燕子还要高明。

当有人傍晚接近蕨鹰的栖息地时，它们就继续绕着闯入者的头飞翔；而且，通过把翅膀一起在背上拍打，就像众所周知的鸽子朝着骚扰者聒噪一样，发出猛烈的啪声：也许在那个时候，它们一心守护幼鸟，它们的声音和姿势充满了恐吓的意味。

蕨鹰（fern-owl）对橡树有依恋。毋庸置疑，这是由于食物的缘故。第二天晚上，我们在同一棵树的树枝间又看见过一只，但是它并没有像以前那样在草地上掠过树干。5月，这些鸟儿在橡树上发现了金龟子，在仲夏时节发现了金龟子。一天 24 小时当中，只有两个小时可以观察到这些奇特的鸟儿，就是在日落后一小时的黄昏当中，和日出前一小时。

在这一天(1989 年 7 月 14 日)，一名妇女给我带来了两个蕨鹰的蛋，或者名 eve-jarr，她是在悬挂林边上，在修道院左边山毛榉灌木丛发现它们的。这个住在悬挂林脚下的人似乎很熟悉这些夜间的蕨鹰，并说她经常在那个地方找到蕨鹰的蛋，有一次光地上就有两个。这些卵是椭圆形的，颜色暗淡，蛋上的条纹很像母鸟的羽毛，并且可能在一周内孵化。从那时起，我们可以看到它们繁殖的时间与褐雨燕几乎同时，以及到达的时期也很相应。每个种类通常在 5 月初看到；每个种类只在夏季繁殖一次；每只只下两个蛋。

1790 年 7 月 4 日。去年 7 月 14 日给我带来两只蕨鹰蛋的女人，这一天给我带来了两个，其中一个是在今天早上才生下的，这显而易见，因为前一天晚上只有一只在窝里。就像去年 7 月一样，它们在阴凉的地面上被发现。在阴凉的山毛榉灌木丛下，去年的蛋里，卵已经成胎了，雏鸟正准备破壳而出。

这些情况指出了这些奇妙的昼伏夜出的候鸟产卵和孵化幼鸟的确切时间。蕨鹰，像鹬、欧石鸻和一些鸟，它们不筑巢。在地上做窝的鸟不会筑巢。[17]

崖沙燕 1788 年 3 月 23 日，本周在维夫里做客的一位绅士趁机查看了一些岸沙燕的巢穴，因为这里很常见。这些洞应该是崖沙燕打的，它们也在里面繁殖，所以他满怀信心认为它们藏在里面。

他以为崖沙燕正在里面冬眠，他的挖掘可能让正在从冬眠中醒来的崖沙燕吃了一惊。当他挖了一段时间，他发现洞是水平的，蛇形的，正如我以前观察到的；而且巢穴是沉积在深处的，去年夏天幼鸟曾经住过的，但没有发现冬眠的燕子。他打开查看了十多个洞穴。好多年前，另外一个绅士也做过类似的搜查，也无功而返。这些洞穴约有两英尺深。

1790年3月21日，在索特希夫，有人看到一只崖燕或者沙燕正在沙坑上空盘旋玩耍，每年夏天这里的崖沙燕都很多。

1973年4月9日，有一个一向稳重的农民对我说，在维什汉格公地，海德利和佛林思罕之间，他看到了几只崖沙燕进进出出，在沙丘前的一些巢洞前悬停，这种鸟常常在这里做窝。

这件事证实了我对这个物种的猜疑，那就是，每年在燕子科中它最早出现，这给了我们充分的理由去猜想，它们根本不会离开它们的野外出没地，而是在那些陡峭的悬崖的裂缝和洞穴中生存，它们通常在那里度过夏天。

考虑到近来的恶劣天气，这些鸟儿不太可能这么早就从热带地区一路顶风冒雪迁徙过来。但是很容易假设它们可能像蝙蝠和苍蝇一样，被太阳的温暖从沉睡中唤醒，它们已经度过了难熬的没有食物的苦日子，那时候处于昏迷状态，沉睡得最深。

在维什班格有一个大池塘，这些沙燕经常在那个地区出没：因为我曾经说过，它们经常出没在大水域附近，无论是河流还是湖泊。⑱

家燕的聚集与消失 在春天晚些时候经常刮起的大风中，很难说那些燕子是如何生存的，因为它们逃离了，几乎没人看见，也没有昆虫可吃。像蝙蝠一样，偷偷地逃到洞穴里度过难熬的时光，当然只是猜测，没有实证：或者它们是在水边的深谷和隐蔽的山谷里度过，在那儿更容易找到昆虫？可以肯定的是，几乎几天也见不到一只这样的鸟。

1791 年 9 月 13 日，在教堂和塔上聚集的燕群，美丽又有趣，一受到惊扰，它们就一起飞离塔顶，挤满天空。很快又结伴降落，或者整理羽毛，或者展开翅膀晒太阳，看起来在享受阳光的温暖。它们在利用白天的热量，商量晚上向何处去，什么时候出发，但同时在村子里还有其他它们聚集的地方。

值得注意的是，虽然它们中的大多数落在城垛和屋顶上，但是有不少鸟用爪子在墙面上悬挂或黏附了一段时间，在它们留在我们身边的时候，都没有这样做过。

燕子似乎更喜欢在树上开会。

1789 年 11 月 9 日，早上在牛顿牧师住宅里看到两只燕子，在屋顶和楼外盘旋，安顿下来。自从 10 月 11 日以来，在塞尔伯恩就没人看到过一只燕子，值得注意的是，在燕群消失了几个星期之后，偶尔还会看到一些燕子；有时，在 11 月的第一周，只有一天。这期间它们莫非没有搬走，而是藏起来睡觉了？因为我们不能想象它们已经迁徙到温暖的地方，然后又回来了。难道它们不太可能从睡梦中醒来，像蝙蝠一样，出来寻觅一些食物吗？蝙蝠在秋季和春季都会出现，那时温度计是 50 华氏度，因为那时 phalaenae 和蛾子正活跃。这些家燕看起来像是幼鸟。[19]

鹡鸰（Wagtails）　当牛群在潮湿的低洼牧场中觅食时，白色和灰色的鹡鸰围绕着它们奔跑，靠近它们的鼻子，在它们的肚子下面，拣食落在牛腿上的蚊虫，可能在被踩踏的脚印土坑里找到蚯蚓和 larvae 来吃。大自然是这样的经济学家，竟让相差甚远的动物可以互相取益！利益造就了神奇的友谊。[20]

蚁䴕　这些鸟儿出现在草地上散步，它们走路和跳跃一样快，它们把嘴伸进草皮，我想是为了寻找蚂蚁：蚂蚁是它们的食物。当它们把喙伸进草丛中时，它们用舌头拽出猎物，舌头长到可以盘绕在头上。

松雀　B 先生射杀了一只公松雀，他观察到它在花园里游荡了两个多星期。我开始指责这只鸟破坏了邻近所有果园的樱桃、醋栗和壁果的花蕾。打开它的嗉囊或是胃，看不见嫩芽，只看见一堆坚果的果核。B 先生观察到，这只鸟经常去李子树生长的地方，而且他看见它嘴里有些硬东西，很难咬破：这些都是李子核。拉丁鸟类学家称这种鸟为 Coccothraustes，即浆果破碎鸟，因为其角质大的喙会为了种子或果核而击碎坚硬的果壳。这种鸟在英国很少见到，只有在冬天才能见到。[21]

---

①这些红尾鸲、捕蝇鸟、黑帽莺及其他细嘴食虫小型鸟类，特别是燕子部落，它们每年早

春就出现了，是一个众所周知的事实，但捕蝇鸟是它们当中最后到来的，它在 5 月份之前从未出现过。如果这些可爱的生灵，从遥远的国度来到我们这里——正如怀特先生的客观看法，它们很可能会在路上遭遇狂风暴雨带来的艰难险阻，这对它们娇弱的身躯来说是一个巨大的挑战。另一方面，如果我们假定冬季它们处于休眠状态，在我们这个乡村里，隐蔽在洞穴或其他藏身之地，躲避严寒侵袭以图活命，并且在春天到来的时候，它们从冬眠状态恢复生机，再现他们非凡的活动能力，这将能使它们有能力战胜暴风雨带来的困阻。但是，我们如何解决它们从冬眠中醒来这个更大的困难？气温在什么程度上是唤醒冬眠的必要条件，以及温度如何对动物的生理功能产生影响，都是不容易回答的问题。

怀特先生怎么看待雷先生将这个物种命名为蜂鹰的事情呢？因为它以蜂蜜为食，当时不仅用拉丁文将之命名为 buteo apivorus et vespivorus，而且明确地说："它以昆虫为食，并用蜂蛹及其幼虫来喂养幼鸟。"

②第一窝白嘴鸦羽翼丰满后，白天都离开窝棚，到遥远的地方去觅食，但每晚都定时飞很远返回沙漠树林，经过几次飞行，那里非常喧闹。它们都聚集在一起，在它们的住所过夜。——马克威克

③我们知道画眉以蜗牛壳为食，但是认为画眉在潮湿的天气里比在干燥的天气里更容易发现它们，那时它们通常把自己藏在洞里。

在皮特莱西附近的法夫，一对画眉在车棚里筑巢，而四名车匠则把它当作工作坊。它被放在手推车的一个外壳和邻接的啮合处。人们整天忙着接合木头的嘈杂工作，然而这些鸟儿在棚子的门前来回飞翔，没有害怕和恐惧，筑完它们的巢。第二天，雌鸟下了一只蛋，她坐在那里，不时和雄鸟换班孵蛋。13 天后，小鸟从壳里出来，成鸟总是会把它们带走。它们给幼鸟喂食带壳蜗牛，也有蝴蝶和蛾子。

北谢菲尔德的 E. H. 格林豪（E. H. Greenhow）先生提到了他在惠特比观察到的类似事件。这个巢也建在一个小棚里，在公共场所。——马丁斯

④事实上，我已经亲眼目睹了这一幕。亲眼所见画眉以带壳蜗牛为食。

在今年（1797）春天很早的时候，这种鸟儿每天早上都坐在我窗边高大的榆树顶上，用它迷人的歌声来取悦我，也许是被这附近生长的一些成熟的常春藤浆果所吸引。

我说过一些类似的事实，好多年前，我看到一对鸟反复飞翔，袭击了一些较大的鸟，同时发出猛烈的尖叫，我猜大鸟们扰乱了它们位于我果园的巢穴。自从写下上面的文字以来，我不止一次，看见一对鸟非常狂暴地尖叫着攻击了一些骚扰它们巢穴的喜鹊。——马克威克

⑤几内亚珍珠鸡不仅栖息在高处，在恶劣的天气里，甚至在白天，也会爬到最高的树顶。

去年冬天，当地面被雪覆盖时，我发现我所有的几内亚珍珠鸡，在中午时分坐在一些很高大的榆树枝上，叽叽喳喳地叫着。我把它们弄下来，免得它们在这么高的地方冻死，但这样做并不容易，它们非常不愿意离开它们高处的住所，尽管它们中有一个的脚冻伤太厉害了，我们不得不杀了这只鸡。我不知道如何解释这一现象。也许是因为它们是源于炎热气候带的鸟类，所以极度厌恶地面积雪。尽管怀特先生说鸭子一类的动物有笨拙的、张开的、网状的脚，但是一些外来物种具有轻松栖居在大树枝上的能力。其中一个实例，我曾在阿什伯纳姆伯爵的动物园里看到过。夏鸭（anus epona）在我面前飞起来，停留在橡树的树枝上。但它们是否在夜间栖息在树上，我则无从得知，我想应该不会。但是，就像其他属一样，它们睡在水里，这个属的鸟类并不总是非常安全。这个社区曾发生这样一件事：早上发现一只雌性狐狸淹死在一个池塘里，其中有几只鹅。据说，在夜晚，狐狸游进池塘吞食鹅，但遭到了雄鹅的攻击。鹅在它自己的自然环境中最强大，它的翅膀绕着头部冲击着狐狸，直到狐狸被淹死。——马克威克

在阿贝定什尔，1821年，30只鹅离开了喂养它们的池塘，从来没有听说过这样的事情。一位绅士看到它们向东飞向大海，其时大风从西北吹来。

哈德斯菲尔德附近的一位绅士有一群鹅，喂养在房子附近的高地上。每天晚上要把鹅群赶回家。有一次，它们差点就要下水到旁边一个农舍的水池，此水池和他们家的那个水池很相似；然而，不久，它们发现了自己的错误，便飞到空中，几乎和以前一样高，落在自己的池塘，并早于他们的主人到家。

一只母鸡连续三个季节都忙于养鸭子，这只母鸡热心于让小鸭子下水。在鸭子们栖息的池塘中央，有一块大石头，母鸡会飞到那块石头上，耐心地等待小鸭子们游过来。第四年，她坐在自己的蛋上，像往常一样，期待着自己的鸡能下水，她飞到池塘中央的石头旁，诚恳地叫着它们，可是它们并不听她的话。

斯卡帕教授讲述了下列事实：一只鸭子习惯于在主人的圈子里被喂食，它曾被喂过一些香

面包，起初它拒绝吃。然而，经过几次尝试，它终于进食了，把面包放进嘴里，然后夹着面包到一个邻居的池塘里，朝不同的方向游动，好像要洗掉难闻的味道和气味，然后才把它吞下去。

伦敦《自然史》杂志一个通讯作者报道说："我最近看到一只超乎寻常的大而完美的鹅蛋，里面有一个较小的鹅蛋，里面的小鹅蛋还有它特有的钙质外壳。"这确实是一个非常奇特的作品。我们经常知道有的蛋有两个蛋黄，但这是我们遇到的唯一一个蛋里面还有另一个完整的蛋的例子。

我们的朋友安德鲁·肖特雷德先生告诉我们，他记得，在他父亲的蒙克劳农场，在杰德堡附近，有一只鸭子在春天下黑蛋。随着季节的推移，黑色逐渐消失，直到秋末，它的蛋比普通鸭的蛋还要白。这只鸭的身体比一般的鸭子长。

在同一个农场，还有一只鸭子每天下两个蛋。把这只鸭子关起来就可以确认这一点，早上一个蛋，晚上一个蛋。这只了不起的鸭子被一个不知其特异之处的仆人杀了。——马丁斯

⑥看到一只老松鸡假装受伤，在地上奔跑，在狗或人面前叫唤，要把它们从它那无助的幼崽身边拉开，这并不罕见。我经常看到这样的场景，特别是有一次，我看到了一只老鸟的焦虑，想要拯救它的雏鸟。当我用小猎犬打猎时，狗在一窝小松鸡上奔跑；那只老鸟在狗的鼻子前叫着，扑腾着，滚滚向前，直到把狗引到一个相当远的地方，老鸟飞了起来，飞得更远，但没有离开田野。这时狗回到我身边，小鸟们藏在草丛里，老鸟一看见草丛，就飞回来了，就在狗的鼻子前又安顿下来，翻来覆去，把小狗的注意力从幼鸟身上引开，这样就再一次保全了一窝小鸟。我还看到，当一只风筝悬停在一群小鹧鸪上方时，老鸟飞向猎鸟，尖叫着，竭尽全力地战斗，以保护它们的后代。——马克威克

⑦雌野鸡通常只重两磅十盎司。这只奇特的天然畸形物现在被收藏在位于佩特沃斯的白鹭伯爵的藏品中，博物学家认为它是黑公鸡和普通野鸡之间的杂交品种。——马丁斯

⑧莱瑟姆先生观察到，"雌孔雀下蛋后，有时会呈现出雄孔雀的羽毛"，并给呈现雄性羽毛的雌孔雀画了一幅像存放在列维利亚博物馆里，现在还可以看到；萨尔恩先生说，雌野鸡下蛋孵化后，毛色就会变得与雄鸡一样。我得到了雄性的羽毛。这只杂种雌，像怀特先生所说的，难道不是这种情况吗？那是一只母鸟，刚刚开始呈现出公鸡的毛色。——马克威克

我们在第93页的笔记中已经注意到这个奇怪的问题。作者记录了雌鸟拥有雄鸟毛色的事

实。几年前，一只雌性金鸡在布克鲁克公爵那里呈现雄性羽毛。维尔尼学会会员卡洛弗里的福尔考尔先生知道一只家母鸭呈现出公鸭的毛色；德文郡的一位贵族养了一只雌性野鸭，出现了相同的变化。葛兰丽勋爵最近向爱丁堡学院博物馆赠送了一件呈现雄性毛色的雌孔雀。巴特博士对这个问题给予了极大的关注，并得出如下结论：（1）为了区分性别，大自然给动物附加了一些适当的外部特征。（2）在生命早期，雌雄之间的差异并不明显。但在某个时期，雄性会呈现出明显特征，这是它们吸引雌性的要素。亨特先生称之为"第二性征"。（3）雌性很少朝这样的第二性征发育，直到其失去生育能力，这时一种类似于雄性特征的倾向发生了。而且应该考虑到，这一原则对于所有雌性来说都是普遍的，它并不是像有的作者认为的那样是个荒谬的事件。

人们通常不知道，野鸡对农场主是有益的。1821年，在惠特尼法院，这一事实得到了充分的证明。汤金斯·德阁下开枪射杀了一只雌野鸡，引起了在场的运动家的注意。它的胃非常大，在被打时发现胃里有超过半品脱的害虫——铁线虫。——马丁斯

⑨我们的秧鸡比塞尔伯恩的邻村更多。我一个下午猎获了4双（8只）秧鸡，我的一个朋友最近在邻近的两块田野里射获了9只，但除了秋天，我从来没有在别的季节见过它们。

毫无疑问，它是一只过境的鸟，怀特先生认为由于它翅膀很短，而且翅膀没有在准确的重心上，所以它不适合迁徙：我不能这么说，但我知道它笨重的飞行不是因为它不能飞得更快，因为我见过它飞得很快，尽管总的来说它的动作很慢。我想，它之所以不愿意站起来，是因为它迟钝的性情和胆怯，因为它有时会蹲得离地面很近，以至于被人抓住都不站起来，但它有时会跑得很快。怀特先生对在胃中发现的小壳蜗牛的评论证实了我的观点，即它经常出没于玉米地、三叶草和蕨类植物地，更多的是为了蜗牛、蛞蝓和其他昆虫，而不是为了谷物或种子。所以它是彻头彻尾的食虫鸟。——马克威克

⑩许多食草的鸟类也以草料或植物的叶子为食，毫无疑问：鹦鹉和云雀经常以萝卜的绿色叶子为食，这使它们的肉具有独特的味道。野鸭和鹅的味道很大程度上也取决于它们的味道。我猜想它们的肉常常由于它们吃了沼泽地里的水生植物，变得更硬更紧、不好吃。

蔬菜的叶子是有益健康的，而且对鸟类的健康是有益的，这似乎是可能的，因为许多人用切碎的莴笋叶来喂肥它们的鸭子和火鸡。——马克威克

⑪在饥饿的驱使下，我目睹了几例食肉鸟儿的勇敢和贪婪，尤其是在冬季和两个朋友在一起打猎的时候。一只丘鹬（woodcock）飞过我们身边，一只小鹰紧紧地追着它，我们三个人向丘鹬（woodcock）开了枪，而不是向老鹰。尽管听到附近三声枪响，老鹰还是继续追捕丘鹬（woodcock），扑向它，然后把它叼走了，正如我们后来才发现猎物被小鹰叼走了。

还有一次，我们和一位朋友一起射击松鸡，看到一只环尾鹰从坑里爬出来，爪子里还夹着一些大鸟，虽然在很远的地方，我们都开枪射击，迫使环尾鹰扔下猎物，结果证明这是我们追逐的松鸡之一。最后，在一个晚上，我向一只松鸡开枪，清楚地看到我打伤了一只松鸡，但天色已晚，只好回家了，再也找不到它。第二天早上，我没带枪就在我的土地上寻找，但一只最喜欢的老猎犬一直跟在我后面。当我傍晚来到我打伤那只鸟的田野附近时，我听到松鸡的叫声，它们好像受到了很大的惊扰。当我走近栅栏时，它们全都站了起来，有的在我右边，有的在我左边；就在我头上，我感觉到（虽然从它们飞快的移动中看不清楚）两只鸟正对着彼此飞翔，突然间，令我大吃一惊的是，掉下了一只松鸡在我脚边；狗立刻抓住它，我检查时发现它头上的新伤口血流不止，但是它的翅膀和侧面有一些干血块。由此我得出结论，一只鹰把被我弄伤的鸟挑出来当作猎物，并击中了它。在我逼近的那一刻，鸟儿不得不振翅起飞，但是篱笆之间的空间太小了，鸟儿的动作又那么迅速，我简直看不清楚。——马克威克

⑫蒙塔古在《鸟类学词典》中写道："一只北方潜鸟被活捉，并被关在池塘里几个月，这使我们有机会观察它的习性。几天后，它变得非常温顺，随时随地从池塘的一边走到另一边，把食物送到我们手上。这只鸟的头部受伤了，一只眼睛失明了，另一只眼睛也有点受损，但是尽管如此，它仍然可以通过不断地潜水，发现扔进池塘里的所有鱼。没有鱼的时候，它也会吃肉。"

可以观察到，这种鸟的腿是如此的构造和定位，以至于它并不适合于行走。这可能是适合于所有潜鸟和水鸟能轻松潜水的设计。——马丁斯

⑬这些准确而巧妙的观察，有助于恰当地阐述上帝在创造物种时的奇妙，并指出上帝的智慧使得这只鸟的肢体形状和位置适应了它一生中最重要的部分。怀特先生不仅作为一个博物学家，而且作为一个人和一个哲学家，用最真实的措辞表达了我的观点；因为，如果我们能够精确、细致地追溯大自然的作品，我们就会发现，不仅每只鸟，而且每种生物，都同样地很好地适应了它所要达到的目的。

我养过两只鸟，虽然属于不同的种类，但它们的生活方式与怀特先生所称的 columbus 大相径庭，它们主要生活在水里，在水里游泳和潜水的速度惊人；为此，它们鳍状趾的脚长在后面，翅膀也非常短，很好地适应了这一点，显示了上帝的智慧，和前面提到的鸟表现出来的一样明显。这些鸟是或大或小的鷿鷈（podiceps cristatus et auritus）。最让我吃惊的是，有一只鸟被发现生活在离海大约七英里的干燥土地上，那里没有水路可通。它是怎么来到离海这么远的地方的？它的翅膀和腿既不适合于飞行，也不适合于行走。在淡水池塘中也发现了较小的鷿鷈，与其他水域没有联系，在离大海大约几英里的地方。——马克威克

⑭1792 年 1 月 31 日，我收到一只这种鸟，它最近被一个邻居杀死了。他说他以前冬天时经常在田里看到它，也许是偶然离群的，由于某种意外它没能回到迁徙中的鸟群。——马克威克

⑮这种鸟，怀特先生称之为最小的柳鹩鹩。在春天很早就出现了，在我们这里很常见，但是我没有见到他介绍的三种不同的柳鹩鹩。自从《塞尔伯恩自然史》出版以来，我尽了最大的努力来寻找他说的三种鸟，迄今为止也没有成功。我经常射杀这种鸟，这种鸟"只在树梢上飞来飞去，发出一种兄弟般的声音"，即使发出那种兄弟般的音符，但它最后总是被证明不过是普通的柳鹩鹩，或者是他说的 chiff chaf。——马克威克

⑯这是 bresse-fly 的蛹蛆，克拉克所称的 aetruw bovis。在我们住在法夫的时候，它们被证实会给牛带来很大的麻烦。我们经常从奶牛身上将它挤出来。我们试图用新鲜的死牛肉来喂它，但它不吃，死了。1824 年，我们从一头母牛背上取出三只，把它们放进盆里检查，操作结束后，一只驯狼把我们的意图付诸实施，把它们当作午餐吃掉了。其中一只有一英寸长，和我们的小手指一样粗，它在动物背上产生的肿胀相当于一个大便士的大小。这是由一个人用手按住牛背后抽出的。这个力需要把它压过孔径（大约是八分之一英寸），发出类似气枪的声音，蛆虫被挤射到离牛背 12 英尺远。——马丁斯

⑰我所认识的作者中，没有一个像怀特先生那样对夜鹰的举止和习惯做过准确而令人愉快的描述。它是一种夜间活动的鸟，这让我失去了许多观察它的机会。我怀疑它是在深林密布的山谷的黑暗阴霾中隐蔽度日的。不止一次在白天打猎时看到它被我的狗从如此偏僻的地方唤醒。我还在一个晚上看到了它，但时间不够长，没能注意到它的习惯和举止。我从未在夏天 5 月到 9 月以外见过它。——马克威克

⑱这里，在他的许多其他著作中，这位非常巧妙的博物学者也赞成这个观点，即燕子部落中至少有一部分像蝙蝠和苍蝇一样，以冬眠状态度过它们的冬天，并在春天来临时恢复生机。

我时常注意到所有这些情况，这使怀特先生以为有些燕子在冬天会变得迟钝。直到11月底，在一年中那个季节，天气比往常好，我看到两三只候鸟在温暖的篱笆下，或者是在建筑物的向阳一面来回飞翔。我曾经在12月8日看到两只燕子飞得很快，天气很温和。我以前没见过多少燕子。那么，这些鸟儿从何而来呢？它们为冬天准备了什么巢穴？当然不能断言这些鸟只在冬季天气晴好的一两天才再次从遥远的热带地区迁徙回来。同样，在春天很早的时候，有时是在非常寒冷、恶劣的天气之后，气温稍有点升高时，这些鸟中有几只在它们大量出现很久之前就突然出现了。这些出现肯定有利于佐证它们就地冬眠的观点。在一个冬眠状态中度过冬天，但不能绝对地证明这个事实，因为没有谁曾看见过它们自发地从冬眠状态中恢复过来。而且，尽管如此，被迫重新活过来不久它们又死去了。——马克威克。

⑲它们的迁徙是铁证难疑的。查尔斯·韦杰爵士和莱特上尉在海上看到了成群结队的燕子，从一个国家飞到另一个国家。我们的作者怀特先生，看到了他所认为的这些鸟类的实际迁徙，他在《塞尔伯恩自然史》第78页描述了这些鸟类的迁徙，以及它们在离开之前聚集在教堂和其他建筑物的屋顶和树上的情况；有一次，我在凯斯菲尔德教堂的屋顶上看到一大群家燕，它们正像怀特先生描述的那样，有时整理它们的羽毛，向太阳张开翅膀，然后一起飞翔，但很快又回到了原来的样子。这些鸟中绝大部分似乎是幼鸟。——马克威克

⑳鸟类不断地利用特殊的不寻常的环境来获取食物：因此，鹡鸰在牛的鼻子和腿上嬉戏，寻找那些动物附近的苍蝇和其他昆虫；它们中的许多会紧跟着犁以吞食被犁翻出来的蠕虫等。当园丁挖地时，知更鸟（The red-breast）熟练而温顺地紧跟着农夫的铁锹，像我经常看到的那样，几乎是从他的铁锹旁边挑出虫子。椋鸟和喜鹊经常坐在羊和鹿的背上啄它们的蜱虫。——马克威克

㉑除了在最寒冷的冬天里，我从来没见过这种稀有的鸟，在这一带我拥有过两三只这种鸟，在不同年份的冬季被捕杀了。——马克威克

1832年9月的第二个星期，北希尔兹的外科医生格林霍先生提到，在卡拉姆特威德河边看到一群埃及鹅，其中两只在河边吃草时被猎场管理员拉尔夫·斯蒂芬森射杀。——马丁斯

对昆虫和蠕虫的观察

昆虫概说

昆虫交替地占据一年中的白天和夜晚：晚上是蛾子（phalene）、蠼螋（earwigs）、①木虱（woodlice），等等，继白天活动的蝶（papilios）、蝇（musae）以及蜂（apes）而来。傍晚时分，当甲虫开始嗡嗡叫时，鸱鸺开始鸣叫：时间分毫不差。

常春藤是膜翅目和双翅目昆虫取食时间最长的一种花。在阳光明媚的日子里，一直到 11 月，它们会成群结队地爬上被这种花藤覆盖的树；当它们消失的时候，它们很可能会躲在树叶的庇护之下，隐藏在它们的藤蔓和缠绕在一起的树木之间。②

蜘蛛、木虱、在碗柜和糖中的 lepisme、一些 empedes、蠓虫、几种有翅昆虫、篱笆里的 phalence、蚯蚓，等等，当冬天是温和的时候，会随时出来活动。它们对从不离开我们这里的软嘴鸟有益。

整个冬天，每逢阳光明媚的日子，成群的昆虫，通常叫作蚊蚋（我猜是大蚊 tipule 和舞虻 empedes），就会在灌木丛中常青树的顶部嬉戏跳舞，四处游荡，仿佛生育大业还在继续。按它们的体形来看，它们属于不同的种类，在冬天不会像大多数有翅昆虫那样处于蛰伏状态。在晚上，在霜冻的天气，当下雨和刮风时，它们似乎又躲进树里。它们经常在雾天出没。④

夏天的蜂鸣音——在炎热的夏日里，我们村开阔的高地上会出现一种自然现象，它总是让我很开心，但却不知道其缘由；也就是说，空中有蜂的嗡嗡声，但却看不到一只昆虫。④从"钱谷"到怀特先生的大道门口，整个公共场所都能清楚地听到这种声音。任何人都会认为蜂群在运动，在他头上飞舞。上周6月28日，人们又听到了这种蜂鸣音。

> 不停的蜂鸣音，盘旋在
> 生机盎然的地表上
> 对中午沉思的人来说
> 犹如脑海中的光流
> 上下横冲直撞
> 颤音国度的游戏
> 尽是花样
>
> ——汤姆逊《四季》

金龟子　在三四年内至多大量出现一次；当它们成群结队时，它们会破坏树木和树篱。橡树的整个树林都被它们剥光了。⑤

金龟子会被火鸡、乌鸦和家麻雀吃掉。

夏至金龟子（the scarabeus solstitialis） 初见于 6 月 26 日前后，每年都很准时。它们是一种很小的物种，大约有"五月金龟子"一半大小，并且在某些地方以"蕨草金龟子"的名称闻名。⑥

栉角蛛甲 那些在桌子、椅子、床柱上打虫洞，破坏木质家具的蛆虫是栉角蛛甲的幼虫。这种昆虫很有可能把卵产在表面，孵出虫子后一直朝里面吃进去。它们在洞里变成了蛹，所以在 7 月有翅膀出现：通过窗帘，或碰巧阻碍它们通过的任何家具，它们都一路吃过去。⑦

它们似乎最容易在山毛榉中繁殖，因此山毛榉木料制造的家具用不了很久。如果它们的蛋被沉积在表面上，需要经常擦拭才能保护木质家具。

蟑螂 一个邻居向我抱怨说，她家到处都是蟑螂，或者像她说的那样，被一种黑虫子挤满了。当他们在清晨黎明前起床时，它们就已经聚集在她的厨房里了。

听她讲了不久之后，我在一个黑暗的烟囱壁橱里发现了一种不常见的昆虫，从此以后，我发现它们也在我的厨房里成群结队地出现。经过检查，我很快查明了它们是林奈所称的东方小蠊（blatta orientalis of Linnaus）和莫菲特所称的莫氏小蠊（blatta molendinaria of Mouffet）。雄性有翅膀，雌性没有翅膀，但又有点翅膀的雏形，就像正在长翅膀的蛹一样。

这些昆虫原产于美洲较温暖的地区，从那里爬上船来到东印度群岛；通过商业往来，在欧洲北部地区开始流行，如俄罗斯、瑞典等。我不能说它们在英国盛行多久了，因为从未观察到，直到最近才在我家发现它们。

它们喜欢温暖，经常在壁炉壁橱和烤箱的后面。Poda 说，这些蟋蟀不会聚集在一起，但他错了，正如林奈对他的断言怀疑的那样。它们都是夜行昆虫，从来都要等到房间漆黑而寂静才出来活动，当烛光一出现就敏捷地逃走。⑧它们的触须非常细长而柔韧。

1790 年 10 月，仆人们上床后，厨房的壁炉里挤满了小蟋蟀，还有各种大大小小的 blatta molendinaria，从最小的到成虫大小。它们似乎已友好地生活在一起，而不是弱肉强食。

1792 年 8 月，在摧毁成千上万只蟑螂（molendinariae）之后，我们发现，老蟑螂（molendinariae）有时会重新出现，特别是在这个炎热的季节；因为晚上窗户是敞开的，所以它们会从邻居家的窗子飞进来，和它们一起装满房间。那些看起来没有完美翅膀的雌虫怎么能设法从一个家到另一个家飞来飞去，并不那么容易理解。同许多昆虫一样，当它们发现它们目前的栖息地过于拥挤时，就会迁徙到新的栖息地。由于蟑螂的数量受到抑制，蟋蟀的数量大大增加了。

家蟋蟀（Gryllus Domesticus）　11 月，仆人们上床后，厨房的壁炉里挤满了小蟋蟀，这些小蟋蟀没有跳蚤那么大，一定是最近孵化的。因此，这些被持续不断的大火所温暖的室内昆虫，并没有受到季节变化的影响，而会在同类死去或准备过冬时产下幼虫，在最深的沉睡中度过不舒适的月份，并处于一种蛰伏状态。

当夜里蟋蟀出来在房间里跑来跑去时，如果被蜡烛惊吓，它们会发出两三声尖叫，就像给同伴发信号一样，以便逃到缝隙和隐蔽的洞穴里躲避危险。

线臭虫（Cimex Linearis） 1775 年 8 月 12 日，线臭虫正在池塘和小湖里忙于交配。雌性比雄性大得多，将雄性背在背上，在水面上飞来飞去，当雌性想要脱身时，她会像桀骜的小马一样昂起，跳跃，寻找新的伴侣。雌性满足以后，就会很快地退到湖的另一边，也许找个地方安静地产卵。从各种大小的幼虫看来，这些昆虫无疑是胎生的。

栎树蛾（Phalrna Quercus） 我们大多数的橡树都是光秃秃的叶子，甚至整个山谷，都被浅黄色的小栎树蛾（phalena）的毛虫破坏了。这些昆虫虽然是微弱的种族，但是从数量上看，它们具有奇妙的效果，能够毁坏整个森林和地区的叶子。在这个季节，它们正在出蛹，化虫成蛾，然后覆盖树木和树篱。

在格雷萨姆附近的一块田野里，我看见一群雨燕忙着在地下捕捉猎物，发现它们在猎取这些小栎树蛾。这只蛾子的蛹闪闪发光，像黑玉一样黑；它裹在一片卷树叶里，两端用网固定，以防幼虫掉出来。⑨

蜉蝣（Ephemera Cauda Biset，五月蝇）　　1771 年 6 月 10 日，数不清的五月蝇，首次见于奥尔莱斯福河，天空中满是五月蝇，水面上也是。它们在河面上挣扎时，大鳟鱼吞食它们，因为知道它们的翅膀是湿润的，无法飞起来。在某种程度上，这种现象使我认可了斯科波利对卡尼奥拉河出现的大量同类现象所做的精彩叙述。它们的运动非常奇特，几乎垂直地上许多码。[10]

桴天蛾（Sphynx Ocellata）　　傍晚时分，一只巨大的昆虫出现，嗡嗡作响地飞舞，把舌头伸进金银花的花朵里；它几乎不落在植物上，而是像鸟儿一样振动翅膀来进食。[11]

野蜂（Wild Bee）　有一种野蜂常来光顾花园的剪秋萝，以获取它的绒毛，这可能是为了筑巢。看到它从树枝的顶部到底部，然后像剃须刀一样灵巧地把剪秋萝剃光是非常令人愉快的。当它有一大堆，几乎等于它自己的体积时，就会飞走——它把绒毛夹在下巴和前腿之间。

在苏塞克斯郡刘易斯城附近的高地上，有一座不同寻常的山丘，山名叫卡伯恩山，俯瞰着那个城镇，除了几处海景外，还俯瞰着各地最迷人的景色。就在这个高耸的海岬的山顶，在丹麦营地的战壕中，有一群野蜂出没，在白垩色的土地上筑巢。当人们接近这个地方时，这些昆虫开始受到惊吓，并且发出尖锐而充满敌意的叫声，扑向入侵者的头部和面部。我常常在欣赏周围壮观的景色时受到打扰，我总担心有被蜇的危险。

黄蜂（Wasps）　在远离我们这一带的荒野树林里，黄蜂非常多：它们以花为食，捕捉苍蝇和毛虫以喂养幼虫。黄蜂用好木料的锉屑做窝。大黄蜂把腐烂的木料咬下来做窝。它们将这些木屑用自身的唾液糅合，再做成蜂巢。

园中没有果子，黄蜂就吃苍蝇，从花朵、常春藤花和伞形花卉中吸取蜂蜜。它们也从屠夫的肉铺中吃些肉屑。[12]

狂蝇（Oestrus Curvicauda）　这种昆虫在马的腿、身体两侧等地方都留下它的幼虫或蛋。每个都在一根毛上。蛆孵化时，不会进入马皮，而是落到地上。在潮湿的沼泽地最为常见，虽然有时在高地上也能看到它。[13]

马鼻蝇（Nose Fly）　大约在 7 月初，一种苍蝇（murca）使得马的日子很难过，这种蝇试图进入它们的鼻孔和耳朵，实际上是把卵产在那些器官的后面，或者可能同时产在这两个器官中。当虫子到处都是时，林地中的马在工作中变得烦躁不安，不断地摇头，互相摩擦鼻子，不管赶马的人如何驱逐苍蝇，事故总是随之发生。在炎热的天气里，人们常常被迫停止耕作。鞍马在这样的季节也很麻烦。乡下人把这种昆虫称为"马鼻蝇"。⑭

姬蜂（Ichneumon Fly）　我最近看到一只小姬蜂在攻击一只比自己大得多的蜘蛛。当蜘蛛反抗时，姬蜂用尾巴螫它，猛烈地螫，使它很快死去，一动不动。姬蜂跑了回来，把它的猎物敏捷地移到了还未剪草的草地上。蜘蛛会被存放在一个姬蜂产卵的洞里，幼虫一孵出，就可以以之为食。⑮

也许有些虫卵会被注入蜘蛛体内。一些姬蜂将它们的卵生在飞蛾和蝴蝶的蛹中。⑯

这种奇异的动物具有浓郁的橙色；由于人们对它捕食的方式处于猜测之中，故经常在无知和迷信的人中引起极大的恐慌。数月的栖息地显示出极大的聪明才智：在准备这些藏身之所时，它们表现出了敏锐的远见。山羊蛾（cossus ligniperda）在树上挖掘出一个适于它居住的空洞。以下是其中一个冬季巢穴的图，由织物、锉木屑和强韧的丝结合而成。

许多昆虫族群在雄性和雌性身上都具有极大的形状多样性；在某些情况下，它们非常不同，很可能被当作不同的物种。我们提供以下不多的例子：

1. 雌性蒸腾蛾　　2. 雄性蒸腾蛾

中蜂虻（Rombylius Medius）　　3 月和 4 月初 bombylius medius 到处都是，但看起来会很快退隐。它是一种毛茸茸的昆虫，像一只大黄蜂（humble-bee），但是只有两只翅膀，还有一个又长又直的嘴，用它吮吸早期的花朵。雌性好像在翅膀摆动时产卵，依靠着草，击打自己的尾巴。快速地完成几次产卵。[⑰]

银蝇（Muscae，苍蝇）　　在一年时间的推移中，当早晨和晚上变得寒冷时，许多种类的苍蝇（银蝇）退到房子里，在窗户里飞舞。

起初，它们非常敏捷和警觉；但是，随着它们变得更加迟钝，人们自然观察到它们移动困难，并且几乎不能抬腿，看起来好像黏在玻璃上；渐渐地，不少银蝇实际上最后死在那里了，也没有挪动一下。

已经观察到，潜水蝇（divers fly），除了锋利的、钩状的指甲外，还有瘦削的手掌，或脚上的皮瓣，借此它们能够黏在玻璃和其他光滑的物体上，并能够背朝下在天花板上行走。在温暖的天气里它们活泼机敏，能够克服体重带来的阻力，但随着时光推移，这种阻力变大，它们力气越来越弱；我们看到苍蝇在窗户里蹒跚前行，拖着双脚，好像它们紧紧地黏在玻璃上似的，很难提脚前行。要把它们空空的脑袋从光滑的表面抬起来，也很困难。

男孩子们玩耍时，只用一块湿皮移动重物，将湿皮紧紧地压在石头的表面，牵动皮子上缀附的绳子，就可以移动了。苍蝇用脚上的肉垫黏附在物体的表面支撑自己，与这个原理相同。

大蚊（Tipule），又名（Empedes）　5月白天快要结束时，数以百万计的大蚊（empedes 或 tipulce）蜂拥而出，满天飞舞。在这个时刻，它们游戏、交配；天越来越黑，它们退隐了。它们整天躲在篱笆里。当它们群飞升起时，它们就像烟雾一样。

除了伊利岛的沼泽外，我从来没有见过这样的蜂群。它们大多出现在草地上。

蚜虫（Aphides）　8月1日，下午三点半钟后，塞尔伯恩的人们惊讶于一场"蚜虫雨"。那时走在街上的人发现自己身上落满了蚜虫，这些昆虫也落在树木和花园里，把蔬菜都弄黑了。毫无疑问，这些蚜虫当时处于移民和搬迁的路上，也许来自于肯特或苏塞克斯郡的大片种植园，那天吹的是北风。它们同时在法纳姆和奥尔顿的山谷里被观察到。

蚂蚁（Ants）　8月23日，这个时候每个蚁山都陷于忙乱；所有有翼的蚂蚁，都在仓皇逃离，一心想尽快离开，它们成群结队地飞到空中，成为空中燕子(hirundines)的盛宴。⑱那些有幸躲过燕子的蚂蚁不再返回巢穴，而是寻找新的定居地，为未来的安顿奠定基础。这时所有的雌蚁都怀孕了，那些为躲避燕子捕食的雄蚁，则落单离群而死。

10月2日。通常在8月和9月炎热的晴天，雄性和雌性飞蚁通常成群结队地迁徙；但是今天在我的花园里发生了一次大规模的迁徙，无数的蚂蚁从果墙下面的排水沟里冒了出来，把天空和邻近的树林都塞满了。雌蚁满肚子都是卵。他们延迟迁徙可能是由于滞后的潮湿季节。第二天，就再也没有看到一只飞蚁。

蚂蚁则扛着捕来的飞蝇和更小蚁种的蛹(aurelia)，回到了原来的巢穴。⑲

萤火虫(Glow-Worms)   通过观察从田野里带到花园埂里的两只萤火虫，我们认为，这些小动物在晚上11点到12点之间熄灭了灯，整晚都不再发光。⑳

雄萤火虫被烛光所吸引，进入了客厅。

蚯蚓(Earth-Worms)   在3月和4月份的温和天气下最容易蜕皮，它们在冬天不冬眠，而是在没有霜冻的时候出来活动。它们在雨夜到处爬，通过它们在柔软的泥泞土壤上留下的蜿蜒的痕迹可知，也许是为了寻找食物。

当蚯蚓在草坪上躺一晚上时，虽然它们身体伸展得很厉害，但它们并不完全离开洞穴，而是把尾巴的两端固定在洞穴里，这样它们至少可以警惕地随着地下的降雨而退隐。它们抓住什么就吃什么，比如，草叶、稻草、落叶，它们常常把叶子的末端拉进洞里；甚至在交配时，它们的一部分身体也从不离开洞里，所以除非两只蚯蚓的洞子不远，否则是没法交配的；但是，由于每个个体都是雌雄同体，所以找配偶没有困难，这和雌雄异体的动物很不一样。

蜗牛和蛞蝓（Snails Aan Slugs）　这种无壳的蜗牛叫作蛞蝓，整个冬天在温和的天气里活动，对园艺植物造成极大的损害，而且对绿麦的伤害也很大，人们常常将此归咎于蚯蚓；而有壳的蜗牛，直到 4 月 10 日左右才出来，在秋天很早的时候就躲起来了，躲避在没有霜冻的地方，而且在它的壳口有它自己的唾液做成的盖子，这样它就把自己完全封在里面，躲避各种极端的天气。蛞蝓之所以比贝壳蜗牛更能忍受寒冷，其原因在于它们的身体被黏液覆盖，就像鲸鱼被脂肪覆盖一样。[20]

蜗牛大概在盛夏交配；不久后，它们的头和身体都钻到地下，把它们的卵产在土中。因此，消灭它们的方法是在它们开始繁殖之前尽可能多地杀死它们。

大型灰色无壳蜗牛，与那些生活在国外的蜗牛几乎同时产卵；因此，很明显，温度不够不是影响它们退隐的唯一原因。

　　蛇的蜕皮
　　——蛇把她的珐琅皮扔掉了。

　　　　　　　　　——莎士比亚《仲夏夜之梦》

大约在这个月（9 月）中旬，我们在篱笆附近的一块田野里发现了一条大蛇的蜕皮，它似乎是刚蜕下的。从环境上看，它似乎向外转向了错误的一面，像是一个长筒袜，或者是女人的手套。不仅整个皮肤，而且眼睛上的鳞片都被剥掉，像眼镜一样出现在头部。这只爬行动物在换外套的时候，把自己纠缠在草丛和杂草丛中，所以茎和叶片的摩擦可能造成它蜕皮过程的奇怪现象。

——Lubrica serpens

Exuit in opinis vestem. ——LUCRET.

滑溜溜的蛇，

蜕掉棘手的皮。

——卢克莱修

要是有人亲眼看到这种壮举，亲眼看到那条蛇换衣服的过程，那将是一派很有趣的景象。由于眼睛鳞片的凸起现在是向内，这种情况本身就是蛇皮被翻过来的证明，更不用说如果你看蛇的鳞片，现在的内侧比外侧颜色要深一些。如果你从凹陷的侧面看蛇的眼睛就能发现，这条蛇的眼睛，当时视物是受阻的。因此，综上所述，蛇从它们自己的嘴中爬了出来，最后脱掉尾部，就像鳗鱼被厨师剥皮一样。当眼睛的鳞片变得松弛，新的皮肤正在形成时，这个生物一定是瞎眼的，并且感觉自己处于尴尬、不安的境地。[2]

①蠼螋飞行能力强，虽然一般不为人所知。这是卡比和斯彭斯提到的；贝斯沃特的邓森先生通过实验发现了这个事实。他说："每个蠼螋在飞行之前，用尾巴上的钳子在十分敏捷的背上翻转来扩张雪白的膜翅。它们灵活地沿着小圈子作曲线飞行。"——马丁斯

②我经常看到，在秋天很晚的时候，蜜蜂和其他有翅膀的昆虫聚集在常春藤的花丛中。——马克威克

③我也见过，而且经常看到成群的有翅小昆虫在冬天的日子里在空中来回飞舞，甚至在地上被雪覆盖的时候也有。——马克威克

④这种声音并不像作者所想的那样来自蜜蜂，而是来自普通的叮人小虫（culex pipiens）。1832 年 8 月，我们在一条从沃里斯顿克雷森特（Warriston Crescent）背面通往纽黑文路的小路上注意到了这一点。当时气温很高，声音从一些高树的顶端发出。第二天，我们经过同一条路，空气更湿冷一些，当时这些小虫在阳光下飞舞，在靠近一根不超过 4 英尺高的篱笆的顶部处。这一大群小虫子形成了一个 200 码的长柱，宽约一码，深约两码；我们相信从造物到现在，地球上这种虫子的数量比人类还多。——马丁斯

⑤考虑到金龟子的大小，它比一匹马大 6 倍；如果像林纳斯观察到的那样，与 stage-beetle 一样大，它就能够把岩石从山脚下拉起来，把山夷为平地；如果狮子和老虎有像西辛德拉（cicindela）和甲虫一样的强壮和敏捷量级，那么就没有任何东西可以警觉地逃脱它们的魔爪，或者通过力量来抵抗。——马丁斯

⑥今年（1800 年）发生了一个与 cock-chaffer，或者如这里所称的五月金龟子有关的奇特情况。我的园丁在挖地时发现，在地下大约 6 英寸处，这些昆虫中有两只还活着，而且完好无损，最早是在 3 月 24 日。当他把它们带到一个房间时，它们看起来像在仲夏时节一样完美，一样有活力，像往常一样轻快地爬来爬去；然而直到 5 月 22 日，这种昆虫才开始出现，我才再见到它。为什么它早在 3 月 24 日就完美地成形了，但直到两个月后它才露出地面？——马克威克

⑦博物学家们已经观察到，昆虫的雄性幼虫总是比雌性幼虫出现得早。伦尼教授注意到，在一棵杨树的叶子上，他发现了三个小蛾卵，其中两个比另一个早了两个星期。第一个是雄性，

最后一个是雌性，因此明确证明了这一点。正如在同一片叶子上发现的，它们当然被认为是由同一种类产下的；同时，孵化时间的先后也不受大气条件影响。

⑧虽然蟑螂一般在日落后离开休养地时被发现，但它们偶尔也会在白天出现。我们的朋友，帕特里克·沃克爵士，一位出色的实用博物学家，擅长昆虫学。他告诉我们，毛里求斯船长告诉他，在他们到利斯的途中，蟑螂同时从满是蟑螂的船舱来到甲板上，展开无数的翅膀，遮天蔽日地绕着船飞几圈，落在甲板上，然后又快速撤到下面。——马丁斯

⑨我猜这里的昆虫不是指栎树蛾（phalaena quercus），而是指栎树蝶（phalaena viridata），关于这一点，我在 1785 年的《博物学家日历》中找到了以下笔记：大约就在这个时候，就在过去的几天里，我看到在丹恩·科普斯，几乎所有橡树的叶子都被吃掉和毁坏了，再仔细一看，我看见无数美丽的浅绿色小蛾子在树上飞来飞去，它们的叶子并没有完全被毁坏，而是蜷缩着，里面是蝶蛹或蛹壳，我想是蛾子从那里飞出的，它的毛虫吃了叶子。——马克威克

⑩我曾经看到一群昆虫在丹恩公园的池塘表面上下飞舞，正是这个精审的博物学者所描述的那样。我看到它们的时候，是一个温暖的夏日傍晚。——马克威克

⑪我经常看到大蜂蛾（sphinx stellatarum）把长舌头或喙插入花朵中间，以花蜜为食，不停在花上，而是始终振动翅膀。——马克威克

⑫1775 年，黄蜂在这一带四处繁衍，8 月的时候，有七八个黄蜂的网被犁掉，有人告诉我几例这样的情况。在春天，大约在 4 月初，有时可以看到一只黄蜂，它比平常更大；我想，这是王后或雌黄蜂，是未来蜂群的母亲。——马克威克

⑬人牛虻，原产于西印度群岛。它们将卵产在人的皮肤上，在那里变成蛆虫，有时会引起剧痛；曾发现有多达 2305 只这样的蠕虫在一个人的身上繁殖。詹姆森教授 1830 年 4 月的《日志》记录了这类奇怪的病例。——马丁斯

⑭这种昆虫不是林奈说的鼻甲虫（autrus nasalis）吗？克拉克先生在《林奈学报》第三卷中将其命名为 astrus veterinus。

⑮昆虫的卵有多种多样的形态和外部特征：它们很少像鸟类那样呈卵圆形。有些是在一边有纹样，而另一边没有。以下是这些形式中的几个例子：

1 斑纹蝴蝶（wood butterfly，拉丁名 hipparehia agena）的卵 2. 小珉珸蝶 3. 大珉珸蝶

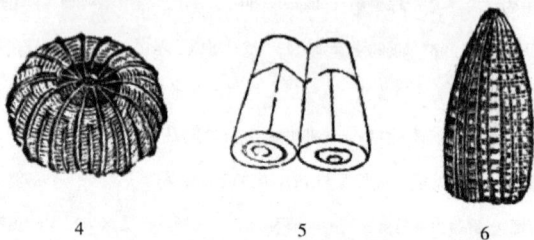

4. 角影蛾（angle shades moth）5. 侍从蛾（Lackey moth）6. 卷心菜蝶（cabbage butterfly）

在许多昆虫的毛虫卵中，大自然展示的怪胎也同样奇特；其中引人注目的如下图：龙虾毛虫卵。

⑯在我的《博物学家日志》1795 年 7 月 21 日，我发现了以下笔记：

一些姬蜂在蝶蛹中产卵，这并不罕见。不久前，我有两只即将孵化的蝶蛹，但其中一只长出了大量的小姬蜂，而没有长成蝴蝶。

这些小昆虫通过把卵产在幼虫的软体里来减少害虫的数量，为人类做出了许多贡献，但是没有比刺破幼虫软体并把卵产在 tipula tritici 幼虫体内的姬蜂更引人注目的事了，这种昆虫，当其大量繁殖时，对麦粒非常有害。我经常高兴地看到姬蜂这样产卵，深感奇妙。——马克威克

⑰我经常看到这种昆虫飞得很快，突然停下来，在空中静止了一段时间，然后又飞走了；但是从没想过它好像把尾巴触到地上，或任何其他物体上。——马克威克

⑱蚂蚁是燕子的猎物，它们反过来又捕食其他昆虫；令人讨厌的害虫——蚜虫，被蚂蚁吞食了成千上万，蚁山一般靠近蚜虫赖以生存的灌木丛。蚂蚁吃各种动物性食物。——马丁斯

⑲在 1777 年 9 月 6 日的《博物学家日志》中，我找到了下面的条目注释，即飞蚁：

我看到一大群蚂蚁在我家附近一些高大的榆树顶上飞来飞去，它们不停地从树上掉落到地上，还有些从地上爬起来，聚团交配，我想它们的生命很短暂，几乎朝生暮死，忙于传宗接代。它们是黑色的，有点像小黑蚁，有四只翅膀。在另一个地方，我也看到了一种黄色的种群。1785 年 9 月 8 日，我再次观察到大量这种昆虫在榆树顶部附近飞翔，然后掉到地上的情况。

在 1777 年 3 月 2 日，我看到了一大群蚂蚁从地下出来。——马克威克

⑳雄萤火虫和雌性一样发光，但光要微弱一点。虫卵在某种程度上也是发光的。萤火虫可以随意熄灭光，光是从身体最后三个环和尾巴上的亮点发出的；发光物质是囊泡中所含的黄色物质；当这些囊泡全部去除后，它们还会发光一段时间；但如果被撕裂，光就会熄灭。——马丁斯

㉑蛞蝓具有吐出黏糊糊的线的能力，因此它们可以像蜘蛛一样从高处落下。——马丁斯

㉒我曾见过许多完整的蜕皮或蛇皮；但有一种很特殊，这种蜕皮错综复杂地和各种杂物交织在一起，以至于它在没有被破坏的情况下很难和杂物分开：这无疑是该生物想以此来帮助摆脱它身上的累赘。

我有充分的理由认为，小蜥蜴或普通蜥蜴也会蜕皮，但不像蛇一样完整地脱皮；因为，在 1777 年 3 月 30 号，我看到蜥蜴身上有一些残渣，看起来像它的残皮。——马克威克

帕拉斯发现，水蛭在用于医学用途后，最具繁殖能力。从 8 月中旬到 9 月底的任何时间里，把它们放进一个盒子里，盒子里装着泥质土，土壤有 6 英寸之深。在 5 个月的时间里会产生茧，每个茧里有 12 个个体。茧的外体轻巧，多孔，呈毛绒状，以保持水分和调节温度。茧里面有纤维且密集，被一种多腔薄膜包裹，薄膜里含有细菌等。——马丁斯

对植物的观察

树及其落叶顺序

胡桃木是落叶最早的树木中的一种；接下来是桑树、白蜡树，尤其是当白蜡树有许多灰点的时候，再接来下是马栗树。所有被砍掉的树，如果它们的枝丫还很新，它们的叶子可以在枝丫上停留很长一段时间。苹果树和桃子树通常到11月底才会开始黄叶；树龄小的山毛树叶子在秋天会变成深栗色，到来年春天再换叶，树龄大的山毛树叶子在10月底开始落叶。

大小和生长。诺威奇附近的斯特拉顿的马斯汉姆先生来信写道："我很早就成种植园主了。因此我在1720年种植的一棵橡树，在离地面1英尺高的地方，其周长有12英尺6英寸，在离地面14英尺的地方（树高的一半），周长是8英尺2英寸。因此，如果树皮按照树高的方法测算，这棵树就有116.5英尺，这是买方的标准。

"也许在种植园主还活着的期间，你从来没有听说过更大的橡树。我总是夸自己能够修枝，松土，松土面积大小足够树根伸展，就像菲尔所翻译的那样，让树木长高。要是我能种植山毛榉（我最喜欢的树，当然也是你最喜欢的）该多好，我可能会看到我自己培养出来的大树。但我直到 1741 年才开始种植，还是播种的形式；所以我最大的一棵树在离地面 5 英尺的地方，其周长是 6 英尺 3 英寸，树顶大概是一个直径为 20 码的圆的大小。这棵树也有松土，修枝等。斯特拉顿，1790 年 7 月 24 日。"

我自己种下的树的周长，离地一英尺(1790)：

树种	年份	英尺	英寸
橡树	1730	4	5
白蜡树	1730	4	6
大冷杉	1751	5	0
大山毛榉	1731	4	0
榆树	1760	5	3
酸橙树	1756	5	5

霍尔特的大橡树，被马斯汉姆先生认为是这个岛上最大的橡树，离地面 7 英尺的地方，其周长是 34 英尺。它曾经掉过几条树枝，而且正在腐烂。根据马斯汉姆先生的计算，当这棵橡树有 14 英尺高的时候，其木料有 1000 英尺。

人们已经接受了这样的观点，树木只通过树顶的新芽长高。但是我街对面的邻居——他的职业使他一直坐在一个地方，向我保证，树也会在较低的地方长高变宽。他给出的理由是：我的一棵冷杉树在初夏的时候只能在我家屋顶后面才能看见，但是过了一个生长季后，他就可以在他商店一直坐着的位置上看到树干旁的三四条分枝。根据这种假设，该树长高了不少，尽管该树的新芽每年夏天都会被摧毁。

树液的流动。如果一根藤蔓的树枝在晚春刚发芽的时候被切掉，就会流很多树液；但是，等叶子掉了后，除掉树上的任何部分都只会流最少的树液。因此，当树叶在萌芽的时候，橡树可能会被剥皮；但是，一旦它们在生长，树皮就很难剥下来了，因为润滑树皮并使其剥离的汁液会从叶子中蒸发掉。[①]

树叶的更新——当橡树的叶子被剥光，它们在仲夏的时候又会长出叶子；但是山毛、马栗树和枫树，一旦被昆虫破坏，整个季节里也无法长出新叶。

白蜡树　许多白蜡树每年都有大量的灰点；其他树似乎从来没有像它那样有这么多灰点。灰点多的白蜡树叶子会掉光，看起来不好看；那些叶茂的，其叶子可在白蜡树上长很长一段时间，看起来很漂亮。[②]

山毛榉　山毛喜欢在拥挤的环境中成长，把自己藏在密林中以存活。因此，将山毛榉种在大树间的空地上较合适。

梧桐木　5月12日，梧桐木，或者是大枫树，正在开花，在这个季节看起来很漂亮，并为蜜蜂提供了很多的食材，闻起来有很浓的蜂蜜味。这棵树的叶子长势很好，可用于装饰店铺。所有的枫树都有糖液。

箭杆杨上的方块　箭杆杨叶子的茎骨上都有一个长方形块，好奇的观察者们认为这是树上的果实。这些方块旁都是小昆虫，有些昆虫是有翅膀的，有些则不是。

母昆虫属于犬齿昆虫。花园里有些杨树满身都是赘疣。[③]

栗木材　约翰·卡彭特带回一些长得很高的栗树；在一些地方，啄木鸟已经开始在树上钻孔了。这些树的木料和树皮很像橡树，不仔细的观察者很容易被欺骗；但是该树木料很不结实，从树皮到树心呈杯状（也就是说，像杯子一样易碎），所以里面的部分是没有用的。它们主要用于制作桶，但只能做成普通的滚筒和水桶等。栗树的售价是橡树的一半，但有时会替代橡树放到码头铺路搭桥。

酸橙花　钱德勒博士告诉我们，在法国南部，用酸橙树（椴树属）的花泡水可治疗咳嗽、声音发哑、发烧等。在尼姆斯，酸橙花被人们大量采摘并晒干用于泡水治病。

了解到这些后，我们用酸橙花泡了茶，发现喝起来味淡、甘甜并带点薄荷味，味道很像甘草汁。

黑刺李　该树通常在吹寒冷的东北风的时候开花；开花的这个季节天气恶劣，因此被当地人称为黑刺冬。

常春藤浆果　在冬天和春天，常春藤的浆果为鸟类提供了难能可贵的食材；因为第一次严重的霜冻会冻坏所有的山楂果，有时严重的霜冻在11月中旬就开始了。常春藤的浆果似乎不会被冻坏。

啤酒花　维吉尔的葡萄树文化与啤酒花的现代管理非常一致。我可能会没完没了地挖地锄地，架桩挖洞，修剪多余的嫩枝等；但是最近，我观察到了一种新情况，一个邻近的农民在一排排的啤酒花之间，使用一个由两个把手引导的小三角形耙地。下面的文字，耙地，由一匹马牵引着，这引起了我的注意：

驾着小母牛，在葡萄园里辛勤劳作。
——《农事诗》第二节

啤酒花是雌雄异体的植物，因此，尽管没有实践过，也许可以在每个花园中故意留下一些雄性植物，它们的花粉可能会使啤酒花花朵受孕。雌性的植物，如果没有雄性植物的陪伴，不会处于自然生长状态；我们可能会认为啤酒花地上的作物频繁歉收是偶然的。[④]和其他人工栽培植物相比，啤酒花的栽培更容易失败。

两个被冰雹袭击了(6月5日)的啤酒花花园，现在(9月2日)展示出惊人的长势，比教区里的任何啤酒花都长得更大更美。主人们现在似乎已经确信，冰雹压垮了啤酒花的顶部，却促进了侧芽的增长，从而使啤酒花长得更好。因此，当啤酒花的顶部长势喜人的时候，该不该将其顶部修剪掉？

沉睡的种子　陡坡林地裸露部分现在被各种各样的蓟覆盖着。这些蓟的种子可能已经在山毛榉的浓荫下生长了许多年，但有了太阳和空气才会生长。当老的山毛榉树被清理后，光秃的土地在一到两年内就会被草莓树覆盖，草莓的种子在地面上已经待了很久。在陡坡林地中部的一个壕沟里，草莓树被高大的近百年的山毛榉所覆盖，但是现在仍被称为草莓沟，尽管人们已经不记得有没有草莓在此生长。毫无疑问，这种水果曾经在那里随处可见，当障碍被消除时，它又会再次出现。⑤

鸟种下的豆子 许多蚕豆都会在秋天出现在散步的田野里，现在已经长得很高了。去年夏天，羊群出现在豆田里，很有可能这些种子是它们带来的，老鼠不太可能把种子带这么远的距离。因此，最可能的是，它们是由鸟类带来的，特别是橿鸟和喜鹊，它们似乎把种子藏在草和苔藓中，然后又忘记藏在什么地方了。有些豌豆在相似或者可能相同的环境下生长。

由蜜蜂种的黄瓜 如果蜜蜂是最好的黄瓜种植者，那它们对黄瓜架就不会特别友好，最好的办法就是用一点蜂蜜来吸引它们，把蜂蜜放在雄性和雌性的花朵上。当它们被引诱在架上盘旋，它们就会授粉。它们会在清晨围着灯不耐烦地盘旋，直到玻璃被打开。

小麦 在英国有这样一个说法，炎热的夏季产小麦。然而，在1780年和1781年，尽管夏天很热，小麦却发霉了，产量很低。是不是当麦秆还在生长，天气不够热，麦汁流了出来，汁液在麦秆上结斑，使得茎叶褪色，伤害了植物的健康？

松露 8月，一个真正的猎人拜访了我们，在他的口袋里装了几块大松露。他说，这些根不是在深林里找到的，而是在狭窄的篱下和小灌木林边上。他告诉我们，一些松露长在地下两英尺处，有些长在地面上；他补充道，后者几乎没有气味，而且像长在地里的一样，不容易被狗发现。我们用半克朗从他那里买了1磅。松露受到美食家的欢迎，用在各种各样的菜肴中，可以是火鸡的填料，也可煮在葡萄酒中，还可伴着盐吃。在供销紧缺的时候，每磅得卖2基尼。松露在欧洲大陆不同地方生长，通常使用猪来找寻它们。在英国，它们生长在南部郡的森林里，主要是在苏塞克斯、哈茨和柏克，在那里它们被狗发现，这些动物通过气味来找寻。松露生长的季节开始于9月。

松露在潮湿的冬季和春季并不太生长。在不同的情况下，它们一年中至少有9个月在生长。⑥

银耳念珠藻属（Tremella Nostoc）　尽管天气可能一直如此燥热，但是经过两到三天的潮湿天气之后，这种类似果冻的物质在散步中随处可见。

蘑菇圈　蘑菇圈生长的原因和形状都和草皮相关，并且能在草皮中扩散。我散步的花园的草皮，从上到下，有很多蘑菇圈，形状各异，且不断改变生长位置。有时候它们呈圆形，有时呈列状，有时呈堆状。无论它们在哪里生长，都伴随大量的牛屎菇一同生长，毫无疑问，牛屎菇的种子被带到了草地上。⑦

_____

①一个伦敦《自然史》杂志的通讯作者提出了一个关于汁液上升的理论。"我希望证明的理论，"他说："如下：汁液，在茎秆中下降，有些成分会缺失，尤其是有水的那部分：这种缺失是由植物分解含水成分并吸收了分解后的气体造成的。当吸收发生时，由于气体转化为固态，便会形成部分真空；该真空很快会被流进来的汁液填充。根据规律，流体倾向于流进任何没有

空气的洞里。"——马丁斯

②白蜡树的落叶有很大的不规则性。有的树已经落叶了，而在同一条篱下的其他树似乎根本没有受到秋风寒蝉的影响。这不能归因于光照的不同，因为根据我们对路边几英里的观察，它们几乎交替出现上述情况，有的叶茂，有的叶子已经掉光。——马丁斯

③杰出的植物学家大卫·唐先生发现，当把螺旋形的导管从草本植物的嫩枝上分离出来时，它们常常会变得异常激动，这种运动会持续几秒钟，可能与动物的心脏有些相似。——马丁斯

④自然能够通过各种各样的方法使得植物的种子传播开来，这些方式都能观察到。紫罗兰种子的传播最不引人注意。这种植物按照自然秩序排列的种子被包含在一个单一体中，该单一体包含了三个瓣。种子附在这三个瓣里，并在里面待上一定时间。这三个瓣在成熟的过程中慢慢分裂并打开。然而太阳将会使得每个瓣的侧面收缩并掉落，在这种状态下，瓣的边缘将使劲挤压种子，种子将排成一条直线，这和一开始的排列顺序不一样。这些种子不仅极其光滑、光亮，而且通常是蛋形的；所以当种子被瓣的边缘挤压时，种子会沿着瓣沿慢慢下滑，掉下来，落到较远的地方。

紫罗兰还有另一种值得我们钦佩的妙处。在种子成熟之前，果实悬挂在下垂的位置，持续的花萼像伞一样在它上面伸展，以保护它不受雨淋和露水的影响，这将延缓成熟的进程；但是，一旦成熟完成时，果实就会直立起来，受到花萼的支撑。这种直立的姿势似乎是自然的，目的是为了让种子播撒的范围更广，因为它获得了更高的高度（有时候超过 1 英寸）来播撒种子；根据落弹的规律，种子播撒的水平范围也会增加。——马丁斯

⑤在 1817 年，托马斯·迪克兰黛爵士以他对科学的热情而闻名，他做了一些关于种子发芽的非常有趣的实验，他如下写道："我的一个朋友在这个郡有地产，大部分地产都分布在马里湾沿岸。时间不是很确定，但肯定不早于 60 年前，这里覆盖着沙子，沙子是从西面吹来的，覆盖了耕地，导致农耕者不得不放弃耕地。我的朋友在买下这块地后，辛苦劳作，他在田里科学地挖沟埋沙，把原来的黑霉菌犁到地表。这些改善土质的操作很富有成效，让聪明进取的土地经营者更加辛苦劳作，把土地上的沙子埋在不少于 8 英尺深的地方。

"想到这是个试验种子生命力的好机会，即便种子被埋在土里。我从我朋友那里买了大量的刚从土地里挖出来的黑霉菌，放进一个罐子里，罐口用罐塞塞住。我提前准备了几个花盆，在

盆底钻了一个小洞，方便浇水。花盆里放些黑霉菌，将其放在一个很宽很浅的浴盆里，故意在每个花盆上面放一个大的盖子。每个盖子上有个黄铜把手，方便盖子和盆底之间有缝隙，以便空气进入。全部装置放在我的书房里，书房的门窗一直关着。

"以上事项是在 2 月 17 日完成的。现在是 5 月 6 日；在检查这些花盆的时候，我发现了大约46 种植物，显然有四种不同的种类；但是，由于它们还很幼小，我无法精确地确定它们的物种。"托马斯爵士刚刚告诉我们，发芽的种子都是高脂的；长出来的植物是柳叶蒲公英属（myosotis scorpiqdes'），蝎子草（Zamium purpureum），红天使，以及玉米大爪草。实验的土壤取自于弗拉吉的土地。——马丁斯

⑥这种单一的蔬菜属于隐花植物类，还有林奈所称的块茎食窦（the tuber cibarium of Linnaeus）：它完全生长在地下，没有根、茎、叶，呈黑色，有强烈的气味，呈球状，会长到鸭蛋大小，但是表面粗糙。

松露生长的季节开始于 9 月。松露受到美食家的欢迎，用在各种各样的菜肴中，可以是火鸡的填料，也可煮在葡萄酒中，还可伴着盐吃。在供销紧缺的时候，每磅得卖 2 基尼。松露在欧洲大陆不同的地方生长，通常用猪来找寻它们。在英国，它们生长在南部郡的森林里，主要是在苏塞克斯、哈茨和柏克，在那里它们被狗发现，这些动物通过气味来找寻它们。——马丁斯

⑦这一现象的真正原因还没有得到合理解释。达沃斯顿先生的观点是，它们是由电流引起的，蘑菇环上的真菌是这些呈不同形状的蘑菇菌的结果而不是原因。威瑟比的约翰逊先生在《哲学杂志》第四卷的一篇论文中把它们归因于椋鸟的粪便，当椋鸟成群飞行时，它们经常呈圆形歇息在地面上，有时以此圆形状队列歇息很久。——马丁斯

对气象的观察

气压计　1768 年 11 月 22 日，英国的气压表显著下降。在塞尔本，我们没有风，也没有多少雨；只有大量巨大的像岩石一样的云出现在远处。

局部霜冻　有些在国外的国人，他们早上起来得很早，在某些地区就会遇到严重霜冻，而有的地区没有霜冻。形成部分地区霜冻的原因是显而易见的，即有的地方有雾：有雾的地方，只有一点点或者没有霜；在空气很干净的地方，就会结冰。因此，霜冻要么发生在山上，要么在山谷中，在这些地方，从蒸汽中来的空气最干净。

融雪　由于降雨量少，雪有时会融得出奇地快。这时的温度会不会不是从下面来的？严寒季节的寒冷似乎会从上到下蔓延，在极其寒冷的夜晚，如果多云，温度可能会一下上升 10 华氏度。融雪经常首先出现在地窖、酒窖等。

如果发生霜冻，即使地面非常干燥，解冻也会立马发生，解冻后道路和田地都会变得湿滑泥泞。乡下人认为霜吸走了水分。但真正的原理是，蒸汽不断地从地面上升，被霜吸收了，直到解冻才又从霜中蒸发。因此，毫无疑问，地表水上一直浮有水分；因为从地上蒸发带来的湿度量是惊人的。

冰冻的雨夹雪　1月20日，H先生说，他遇上了这一天，他在哈克伍德公园附近的一条小巷里发现了许多白嘴鸦，它们想要飞起来，但从树上掉了下来，它们的翅膀因为雨夹雪冻在一起了。当它们落在地上后，它们也冻住了。他断言，有许多白嘴鸦被冻残了。

雾，也被称为伦敦烟　这是一种蓝色的雾，有点像煤烟的味道，而且它总是伴着东北风来的，应该是从伦敦来的。它有一股强烈的气味，有时味道不会太浓烈。当这种雾出现时，通常会伴有干燥的天气。[①]

关于雾的思考　当人们打着灯笼在夜晚的白雾中行走时，如果他们背对着灯光，他们会看到他们的影子以巨大的比例投影在雾中。这种现象似乎并没有被人们注意到，但这表明此时大气的密度很大。

甘露　1783年6月4日。这周有大量的甘露。原因似乎是在炎热的日子里，快速的蒸发使得花汁聚集起来，然后在晚上，花汁伴着露水流了下来，露水和花汁融合在一起。

这种黏稠的物质得益于蜜蜂，蜜蜂非常勤勉地收集它；但是，这种黏稠的物质一旦落在树上，会堵住树叶的气孔，对树造成伤害。在寂静的天气里掉落最多；因为风会把它吹散，大量的露水也会稀释它，防止它的不良影响。它主要是在雾蒙蒙、暖和的天气里掉落。②

晨云 在一个明亮有露水的夜晚后，天空通常在上午 11 点或 12 点的时候变得多云，随着天黑天空会再次晴朗。原因似乎是，当蒸发遇上云，露水便会聚集；到傍晚的时候，温度降低，露水消失。如果在一个持续暖和的夜晚观察云，云也会消失。③

干旱后的降雨天气。没有人遇到过这种情况，也没有类似天气的记录，他们没有意识到 10 天雨天将会对草或玉米的生长影响有多大。1776 年的夏天出现了这一引人注意的现象。直到 5 月 30 日，田野被烧光无遗，当时大麦还没长到成苗的一半高，但是现在，6 月 10 日，大麦长势喜人。④

北极光 1787 年 11 月 1 日，北奥罗拉出现了一个特别的现象，即形成了一个宽阔的、红色的、炽热的带状体，在天空中从东到西延伸；但是大约在 10 点月亮升起的时候，天空晴空万里，在东方出现了巨大的流星。

这颗流星首次被观测到的时间是未知的；英国的编年史对此没有记录，直到 1560 年 1 月 30 日发生的这一引人注目的事件。另一个非常引人注目的例子出现在 1760 年。

黑色春天，1771 年 约翰逊博士说："在 1771 年，斯凯岛的春天非常糟糕，因此人们称其为黑色春天。以前春天几乎没有雪，那个春天雪在地面上覆盖了 8 个星期；许多牲畜都死了，那些幸存下来的牲畜也是奄奄一息，以至于它们不像以往一样，在春季寻求交配。"我们在南方情况也是一样的；在那可怕的时期之后，从没见过春天有这么多的病恹恹的奶牛。整个奶牛场都没有幼崽出生。

在 3 月底，地面几乎寸草不生：小麦几乎看不到，也没有任何草迹；芜菁没了，羊也一直缺粮；所有的粮食都在涨价，因为降雨少农民不能播种。

---

①雾可发生在任何地方，是由大气的上层比下层更冷造成的。水蒸气的上升因为温度下降不能继续，停留在地球表面附近。但伦敦的雾更浓，可能比其他任何大城市都浓；原因是大量的煤烟物质飘浮在这些地方，和水蒸气混在一起，使得雾气显得厚重。有时天黑会出现在正午，致使商店和公共事务办公室需要使用蜡烛和煤气灯来开展业务。这种情况在冬季经常发生；但在某些情况下（大约在 1831 年 12 月 27 日下午两点），这种雾蒙蒙的黑暗真的很可怕。然而，这种异常是由一件非常普通的事件引起的，即风向的改变。西风把城市的烟雾往西吹，吹到 20 或 30 英里远的距离。在晴朗的日子，人们可以在高处或离城市 6 英里的地方看到从城市吹来的烟雾。——马丁斯

②威廉·柯蒂斯先生发现了甘露是蚜虫的粪便；确切地说，没有这些昆虫，就没有甘露。根据列氏寒暑表的观察，这些蚜虫会产生 90 个幼崽，因此，通过繁殖，到第五代的时候，一个蚜虫将产生 59049 万个蚜虫。

③对于农学家来说，观察这一小块云是很有用的，因为它的形成和消失很快。它出现在春天、夏天和秋天温和的天气里。它是一种小巧、精致、柔软、白色、不规则的云，形成在那些精致的、堆积着云的顶峰上，被称为 "comuli"，它的高度似乎达到了惊人的高度。当这个小小的 "风暴帽" 被看到时，它就像一个白色的丝网一样，出现在圆形的山顶上。它在几秒钟内消失，然后又出现，然后突然下沉。当这些现象发生的时候，24 小时内可能就会有恶劣的天气。

④英国每年平均的露水储蓄量大约为 5 英寸深，约为公牛从大气中吸收的平均湿度量的七分之一，即约 22，161，337，355 吨，每吨等于 252 加仑。